COLLECTION
L'IMAGINAIRE

D.A.F. de Sade

Justine
ou les malheurs
de la vertu

Préface et notes
de Noëlle Châtelet

Gallimard

Pour cette édition Noëlle Châtelet a modifié la préface
qu'elle avait rédigée en 1977.

Donatien Alphonse François, marquis de Sade, est né le 2 juin 1740, en l'hôtel de Condé, à Paris, dans la vieille aristocratie provençale dont il lui faudra, selon l'expression consacrée, « redorer le blason » : il épousera pour cela, en 1763, Renée Pélagie de Montreuil, issue de la noblesse de robe, dont il divorcera en 1790. Après des études au collège Louis-le-Grand à Paris, il fait carrière dans l'armée, participe comme capitaine à la guerre de Sept Ans. Simple « exercice » de grand seigneur, à cette époque, son libertinage prend un tour rapidement provocateur puis scandaleux. Il est incarcéré une première fois en 1763 pour mœurs dissolues et cruauté. Il est libéré, remplace son père dans la charge de lieutenant général des provinces de Bresse, Bugey, Valmorey et Gex.

Il est de nouveau incarcéré en 1768. En 1772, il s'enfuit en Italie pour éviter une nouvelle condamnation. Il est condamné à mort par contumace, son effigie est brûlée à Aix, et il est emprisonné le 8 décembre au fort de Miolans. Il s'en évade. Mais, alors qu'il s'est réfugié dans son château de Lacoste en Provence, il se signale rapidement par des scandales, et est remis en prison en 1777 à Vincennes, à Aix d'où il s'évade, de nouveau à Vincennes où il restera de 1778 à 1784, enfin à la Bastille.

Lorsque la Constituante abolit les lettres de cachet et le

libère en 1790, il a écrit le *Dialogue entre un prêtre et un moribond* (publication posthume 1926), *Les 120 journées de Sodome* (publication posthume 1931-35) et il fait paraître *Justine ou les malheurs de la vertu* ; il fait représenter *Le comte Oxtiern ou les malheurs du libertinage*, et les *Opuscules philosophiques* seront publiés entre 1791 et 1793. C'est à cette date qu'il devient le président de la section des Piques, et peu de temps après qu'il est de nouveau arrêté — pour modérantisme —, condamné à mort et « sauvé » in extremis de la guillotine par la chute de Robespierre. Rejeté par les siens, mis par erreur sur une liste d'émigrés, grugé par ses chargés d'affaires, toutes les années du Directoire et du Consulat, il les occupe à survivre et à lutter pour sa liberté. Il publie *Aline et Valcour, les crimes de l'amour* qui consacrent son grand talent d'écrivain, et, parce qu'il connaît la misère matérielle, des productions alimentaires qui sont des ouvrages... pornographiques ! — ceux-ci l'enverront dans les prisons impériales en 1801. Il restera enfermé, jusqu'à la fin de ses jours : de Sainte-Pélagie où il tente de séduire de jeunes détenus, il est transféré à Bicêtre, puis, déclaré fou, à l'hospice de Charenton, le 27 avril 1803.

À Charenton, on lui permet d'écrire et d'organiser des représentations théâtrales à l'intérieur de l'hospice. Il pourra même publier, en 1813, *La marquise de Gange*. C'est là que, persuadé de la destruction des *120 journées*, il rédige entre 1804 et 1807 *Les journées de Florbelle,* dont le manuscrit sera saisi par la police et que sa famille et l'Administration feront brûler à sa mort. C'est là encore qu'il écrit, en 1812, *Adélaïde de Brunswick, princesse de Saxe* et, entre le 19 mai et le 20 novembre 1813, *Isabelle de Bavière*. D'ultimes corrections y sont apportées le 29 octobre 1814, trente-quatre jours avant sa mort, survenue le 2 décembre.

Malgré son testament, il est enterré religieusement.

PRÉFACE

Avec *Justine*, un homme du XVIIIe siècle parle, un prisonnier vitupère, un philosophe argumente, tous ensemble, dans une symphonie agressive que notre oreille douillette, accoutumée à de trop douces harmonies peut-être, reçoit comme un coup de poing. C'est précisément dans ce choc que la vérité de Sade doit se trouver, dans l'hématome, la boursouflure, le filet de sang qui suinte de la plaie...

La genèse de *Justine ou les malheurs de la vertu* et ses développements romanesques sont d'un grand intérêt pour celui que préoccupe la mise en place de la pensée philosophique de Sade [1]. Le fait que le texte de *Justine* soit le prolongement d'un conte encore voltairien dans le ton : *Les Infortunes de la vertu,* écrit dix années plus tôt, puis ait donné à son tour naissance, quatre années après, à une version résolument immorale : *La Nouvelle Justine,* est lourd de conséquences.

1. On pourra se reporter à ce propos à l'Annexe 1.

Ce qui est mis en lumière à travers tout ce jeu de relais d'une *Justine* à l'autre, c'est précisément la transfiguration progressive d'un homme et d'un écrivain, l'épanouissement d'une philosophie vivante, à la recherche de ses propres principes et nourrie de la réalité empirique et politique d'une des époques les plus dramatiques de notre histoire. Parvenu à *La Nouvelle Justine suivie de l'Histoire de Juliette sa sœur,* plus rien ne retient désormais l'imagination de Sade, sa rage de dire et de se venger : « Vous avez imaginé faire merveille (écrit-il depuis sa prison à ses censeurs) en me réduisant à une abstinence atroce sur le péché de chair ; eh bien vous vous êtes trompés : vous avez échauffé ma tête, vous m'avez fait former des fantômes qu'il faudra que je réalise. » Les menaces de Sade vont se concrétiser et les « fantômes » nés de son cerveau incendié par l'injustice, se mettre en marche, pour ne plus s'arrêter, écrasant sous leurs pas lourds d'horreur, nos pauvres conventions humaines. Sade a cinquante ans lorsqu'il écrit *Justine ou les malheurs de la vertu,* il ne sait pas encore qu'il est un écrivain. Il l'apprendra dans l'enfermement, ce qu'il appelle lui-même le « pressurage » de son isolement. « C'est dans sa cellule, dit M. Heine en 1930, replié sur lui-même, partagé entre la haine et l'espoir, entre l'orgueil et la rage, craignant sans doute pour son esprit d'obscures et stériles obsessions, qui se manifestent déjà, que Sade trouve en lui-même une force de salut et une méthode d'évasion... Mais ce qu'il demande à de tels moyens, ce n'est pas la distrac-

10

tion banale, le dressage d'araignées qui suffiraient à prolonger l'équilibre d'un médiocre, c'est le renversement de toutes les conventions, le brisement de tous les freins, le déchaînement de la pensée et de l'imagination. »

Sade, peu enclin à l'optimisme, se situe d'emblée dans l'univers inquiétant qu'est le roman noir[1]. Il s'y plaît tant qu'il y forge des armes nouvelles de philosophe et d'écrivain car le roman noir est le lieu favorable à l'éclosion de ses fantasmes d'homme condamné au silence.

Rien n'encourage mieux la parole que l'interdiction de parler. À l'épaisseur des murs qui le clôtureront se mesureront la force destructrice du discours et la virulence de l'attaque sophistique ; au froid du cachot, de glacials propos luxurieux ; à la pénombre des prisons, les noirs desseins du libertinage. Sade, en se découvrant écrivain, prend conscience de la supériorité du verbe : les mots sont tout-puissants ; ils résistent aux chaînes les plus lourdes, aux forteresses les plus imprenables.

C'est pourquoi, nous le verrons, le discours est investi d'un pouvoir sans limites et d'une certaine manière symbolique, pour Sade d'abord, mais aussi pour tous les personnages qui s'expriment à travers lui. L'univers sadien est un univers discursif dont la fonction, comme le remarque R. Barthes, n'est pas en effet « de faire peur, honte, envie, impression, etc. mais de concevoir l'inconce-

_____
1. Voir Annexe 2.

vable c'est-à-dire de ne rien laisser en dehors de la parole et de ne concéder au monde aucun ineffable... mot d'ordre qui se répète de la Bastille où Sade n'existe que par la parole, au château de Silling, sanctuaire non de la débauche, mais de l'histoire[1] ». Encore ne s'agit-il pas de n'importe quel discours. Celui-ci fonctionne à la façon d'un boutoir, violent et têtu, s'acharnant sur les mêmes objectifs, avec les mêmes arguments et sur un rythme litanique, jusqu'à ce que ça se fissure, ça craquelle, ça cède. C'est ainsi dans *Justine ou les malheurs de la vertu*, mais aussi dans tous les autres récits de Sade : les libertins entrent en scène et chacun à son tour, aussi semblables dans la lubricité des postures que dans l'éloquence des mots, assènent leurs coups, invariablement ; la Dubois, Dubourg, Clément, Guernande, Roland, peu importe *qui* frappe ; ils sont interchangeables par les lézardes qu'ils laissent dans l'édifice ennemi. L'ennemi, alors, c'est « l'Institution ». Édifiée en rempart pour contenir, ordonner l'homme et la Nature, qu'elle choisisse l'empirie (le mariage, les prisons, l'école), l'énoncé en principes (la morale, les lois, l'éducation), qu'elle s'immisce dans les replis de l'âme (la religion, les croyances, le respect), l'Institution est dans tous les cas dangereuse et despotique. Elle brille du faux

1. Roland Barthes : *L'arbre du crime*, Revue Tel Quel, n° 28. N.B. — « Silling » est le nom du château qui sert de théâtre au déroulement des *120 journées de Sodome*.

éclat de l'hypocrisie ; elle a étouffé sous le poids des
bonnes mœurs et de la tradition la seule voix digne
d'être entendue : l'irrépressible cri de l'instinct.

Il s'agit dès lors, pour Sade, de le libérer du
fatras de chimères où l'enferma principalement la
Religion. Porté par l'athéisme de ses maîtres à
penser matérialistes — d'Holbach, La Mettrie,
Diderot, Helvétius — Sade ne se contente plus
d'être écrivain, romancier, le voici devenir philosophe, mais un philosophe « turbulent »[1] que la
modération de ses maîtres, encore prisonniers d'un
vieux fond de respect pour la vertu naturelle, ne
satisfait plus : « l'idée de Dieu, lance-t-il, est le seul
tort que je ne puisse pardonner à l'homme ».
Comme ses maîtres cependant, dont il admire le
talent d'observateurs et de critiques, c'est sur ses
contemporains et sur l'existence bancale qu'ils se
sont forgée, que va se porter le regard implacable
de Sade. Alors tout bascule. Tel un ver rongeant le
fruit en son point le plus vulnérable, l'athéisme
libertin envahit les lieux les plus incertains et
secrets de l'homme et de l'Institution, là où ils
avouent leur impuissance et leurs contradictions,
là où ils simulent la normalité : tel est le coup de
maître, remarque Klossowski, réussi par Sade : « il
rompt avec la tradition littéraire libertine et introduit le thème de la perversion dans la peinture des
mœurs... il trouve son personnage au cœur même
des institutions... et le monde apparaît comme le ✳

---

1. P. Klossowski préfère l'appeler « scélérat ».

13

minutie ; athéisme

→ lieu où se vérifie la loi secrète de la Prostitution universelle des êtres [1] ».

Cependant Sade n'agit pas au hasard. Le ressentiment que lui inspire son destin d'emmuré n'est qu'un tremplin. Il a tout le loisir (hélas) de mettre en place son « petit monde ». Acculé à la claustration, menacé de mutisme, notre philosophe va ciseler, sur la lame acérée de la haine de Dieu, de tortueuses arabesques, au nom d'une transgression érigée d'abord en axiome puis en système.

Comprendre Sade, ou, plus modestement, le côtoyer, c'est dans un premier temps admettre le risque de se perdre, de s'enliser dans le dessin répétitif, voire lassant, de cette ciselure. Si nous sortons vainqueur d'une telle épreuve, une deuxième étape s'offre alors à nous : celle du recul théorique qui nous permet d'admirer sans souffrance, sans répulsion tout à coup, un objet d'art minutieusement agencé, articulé avec la précision d'une horlogerie. C'est pourquoi, je crois sans pédantisme pouvoir affirmer que *Justine* est une de ces œuvres qu'on n'a pas lue si on ne l'a relue. La relecture, seule, met à jour la mécanique du système sadien, le mode d'agencement de ses rouages où l'athéisme occupe une place centrale, distribuant les mouvements, dictant la cadence et ses pulsations successives.

---

1. P. Klossowski : *Le philosophe scélérat*, Postface aux œuvres complètes de Sade (Éd. Cercle du Livre précieux).

Sade s'est assigné une tâche : saper, un à un, ←
tous les fondements de notre croyance d'homme
socialisé. Il a besoin, pour ce faire, non seulement
du recours à la démesure, à la violence, de la
transgression qu'impliquent les crimes les plus
affreux — sodomisation, viol, parricide, infanticide, vampirisme, anthropophagie, etc. — mais
aussi, il a besoin d'agir avec méthode et sang-froid,
de penser rationnellement les actions les plus
irrationnelles, réfléchir sur les perversions les plus
insensées. Comme tout bon philosophe, son dessein est de convaincre. C'est pourquoi on ne peut
jamais dissocier, dans la lecture de Sade, les
descriptions érotiques des principes théoriques sur
lesquels elles s'appuient et qui permettent leur
rebondissement. Sans relâche, il discourt donc,
veillant à ne rien laisser dans l'ombre, à ne se
permettre aucune gratuité (c'est-à-dire à n'autori-
ser aucune orgie qui ne soit rigoureusement fondée
philosophiquement), le tout dans un didactisme
aussi buté que sont butées les extravagances
auxquelles ce discours conduit irrémédiablement.
Une extraordinaire logique sous-tend chaque
« dissertation » de ceux qui de près ou de loin,
parlent en son nom.

La pensée subversive de Sade progresse sereinement, calmement, d'un pas assuré. Le danger de *
cette subversion réside moins pour nous dans la
concrétisation livresque que dans la manière
implacable et lucide qu'elle a d'apparaître. *La scélératesse du marquis de Sade libertin n'est rien auprès de*

15

la scélératesse du marquis de Sade philosophe. La transgression systématique à laquelle il se livre ne devient intolérable que dans sa légitimation. Le criminel qui traverse le roman sadien use de la raison (oui, la même que les gens raisonnables !) pour justifier son crime, de l'exigence théorique pour le perpétrer et de la force du discours pour le normaliser.

— Et c'est à ce criminel-là, ce héros de la sophistique, Justine, à lui que tu vas devoir être confrontée ? Pauvre Justine. Curieusement, cela est vrai, je pense moins aux sévices corporels qui seront ton lot qu'aux égarements moraux et théoriques qui pourraient bien menacer ta tête vertueuse. Ton corps ne traverse-t-il pas les épreuves libertines avec le détachement de celui d'une sainte ? Ne se remet-il pas des meurtrissures et des souillures endurées avec une rapidité miraculeuse ? Je ne crains ni pour la beauté de ton visage, ni pour la perfection de tes formes ou pour tes attraits de femme, je crains, avec toi, la dangereuse et perfide menace de l'athéisme qui ferait chanceler ton âme. Je te vois pourtant résister à tout, grandiose. Comment dès lors croire Sade lorsqu'il tente lui-même de te limiter au rôle d'une victime, une malheureuse persécutée par des bourreaux sanguinaires ? Qui donc es-tu pour montrer tant de fermeté, et surtout pourquoi tant de zèle ?

Ces interrogations ne sont anecdotiques qu'en apparence : il ne s'agit pas seulement d'éclairer la personnalité d'une héroïne romanesque, mais à

16

travers elle de mettre à jour une entreprise philosophique dont les principes transgressifs troublent notre raison. Mais Justine se dérobe sans cesse aux questions trop pressantes, jouant de la pénombre où se déroule son existence de femme. Comprendre Justine, être en mesure de saisir toute la complexité de sa démarche dans l'univers libertin qu'elle parcourt malgré elle, ce serait accéder d'une certaine manière aux sources du projet sadien, entrevoir son essence, lieux hors d'atteinte, pour nous, lecteurs, condamnés aux hypothèses et aux approximations d'une vérité de Sade asymptotique : « quel est le fond de la pensée de Sade — s'interroge M. Blanchot. Qu'a-t-il dit au juste... tout ce qui est dit est clair, mais semble à la merci de quelque chose qui n'a pas été dit... tout est mis au jour, tout arrive à l'expression, mais tout est aussi replongé dans l'obscurité des pensées irréfléchies et des moments non formulables [1] ».

Alors pour approcher Justine, il nous faut recourir à un stratagème classique : celui du miroir déformant que Juliette — choisie par Sade semble-t-il comme l'anti-Justine, la Justine inversée — offre à notre curiosité : ainsi le visage douloureux de la trop vertueuse Justine en butte aux pires humiliations, renvoie-t-il le reflet incongru et provocateur d'une Juliette dépravée, au faîte de la gloire et du plaisir. On pourrait donc provisoirement se contenter de définir Justine négativement, comme

---

1. Maurice Blanchot : Préface à *La Nouvelle Justine suivie de l'Histoire de Juliette*, Cercle du Livre précieux, tome VI, p. 13.

17

tout ce que n'est pas Juliette, puisque aussi bien Juliette se livre intégralement avec une complaisance où la lucidité le dispute au cynisme. Juliette partage avec tous les libertins le goût de se raconter, exhibant les recoins les plus enfouis de son âme impie. Elle met son point d'honneur, précisément à ne rien laisser dans l'ombre, à mettre à nu les moindres pulsions nées de son imagination. Rien du récit de sa lente ascension sur la route du crime ne nous est épargné : ni ses hésitations premières, ni ses surprises, ni les multiples délices qui vont surgir en crescendo de l'apprentissage du mal. Juliette n'est jamais tout à fait la même. Elle évolue en fonction de son expérience du libertinage ; elle se nuance, s'affermit, module son personnage. Bref, elle est extraordinairement concrète et vivante. Or, autant Juliette est offerte, transparente dans sa mouvante lucidité, autant Justine nous reste étrangère en ce sens qu'on ne sait jamais très bien, en dehors des plaintes et des réprobations (presques formelles) que font naître ses tourments, ce qu'elle pense vraiment, où elle en est concrètement. Elle devient comme statufiée dans son rôle de victime auquel elle oppose une attitude de caricature où se mêlent un reproche et une soumission presque allégoriques. Comparativement à sa sœur, on se rend compte vraiment à quel point on sait peu de chose de l'intimité de Justine. Elle se maintient dans l'extériorité du paraître, l'abstraction d'une image, mieux, d'un symbole, celui de la Vertu sacrifiée.

18

le méta... de Sade... les mineurs & elles st aussi (w) et continuité, dans une certaine mesure △ la complexité de la nature humaine ≠ inversible, les 2 forment aussi 1. (surtt si Justine est tt aussi monstrueuse)

Mais Juliette, c'est aussi ce que n'est pas Justine...

Tout semble donc avoir été conçu, par Sade d'abord, par ceux qui le lurent et tentèrent de le cerner ensuite, de manière qu'on ne puisse en effet parler de Justine sans que son double oppositionnel ne fasse irruption, et inversement pour Juliette, comme si l'une ne pouvait exister, résister, sans l'achèvement de l'autre. Cette tentation est si forte d'ailleurs de les nouer réciproquement qu'elle ressemble à une fatalité. Cette fatalité, P. Klossowski la projette simplement en Sade lui-même ; aussi Justine et Juliette incarnent-elles tour à tour à ses yeux, la conscience blessée et la revanche transgressive de Sade, métaphorisant les deux moments successifs d'une pensée humiliée puis △ vindicative. « Parmi ses personnages d'inégale importance, écrit Klossowski, Sade a confié l'aventure de ses idées à deux figures féminines qui en feraient les frais, chacune à sa manière, l'une en les subissant, l'autre en les expérimentant ; ce sont les deux sœurs Justine et Juliette dans lesquelles il semble lui-même s'être mis tout entier de préférence à des personnages masculins... il est évident que, s'identifiant avec ses deux personnages féminins, éprouvant lui-même des émotions comme les femmes peuvent en éprouver, le créateur de Justine et de Juliette puisait dans son propre fond, autant que dans ses expériences hétérosexuelles la substance de ces deux figures [1]. »

1. P. Klossowski, préface à *La Nouvelle Justine, ibid.*, p. 70.

La mécanique de l'antithèse
↳ do cette antithèse, où serait sa réuti-
lisation (réappropriation) de R. ?

Il y a quelque chose de rassurant probablement dans le fait d'identifier un personnage romanesque à son auteur. C'est une manière pour le lecteur de circonscrire celui-ci, de se garantir contre la contingence du passage à la chose écrite, déroutante au possible. L'œuvre laissée par Sade ne pouvait donner lieu qu'à des interprétations complexes (l'identification antithétique à Justine et Juliette en est un exemple; il en est d'autres encore). D'une certaine façon elles se valent pour être fondées, justifiables théoriquement, mais aucune n'est convaincante cependant parce qu'elles sont réductrices d'une pensée qui se veut imprenable, d'une philosophie qui se sait scandaleuse (« Ah, en Sade du moins, respectez le scandale », réclame Blanchot...) fondamentalement et par là même indéchiffrable. C'est pourquoi le décryptage qui s'ajoute ici à ceux qui l'ont précédé n'est peut-être qu'un balbutiement mais il s'articule du moins sur la suspicion. Des doutes surgissent de partout et particulièrement des figures inversées qui nous sont imposées de Justine et de Juliette.

→ La mécanique de l'antithèse n'est pas sans défaut et quelques grains de sable en font grincer les rouages. De loin l'antithèse semble parfaite dans ce que nous appelions « l'horlogerie » sadienne : Justine est aussi blonde que Juliette est brune, aussi dévouée à Dieu que Juliette est mécréante, aussi soumise que Juliette est dominatrice et enfin aussi infortunée que Juliette est comblée. Superficiellement tout les oppose donc, physiquement, moralement, socialement, et c'est sur cette opposition que s'inscrivent leurs destins respectifs : à Justine « les malheurs de la vertu », à Juliette les joies du libertinage.

Approchons-nous maintenant, prenons les textes à bras-le-corps, ouvrons sans vergogne les boîtiers qui assurent leur mouvement aux deux sœurs, et voilà que des illogismes inattendus s'offrent à nos regards. Parlons de Justine. Parlons surtout de ses fameux « malheurs ». Sade ne lui en épargne aucun ; ils se partagent à la fois sa chair et son âme, dans l'ordre du supplice et de la déconvenue : un subtil va-et-vient de violations corporelles et de désespoir. Mais Justine cherche-t-elle à sortir de cette alternance douloureuse ? — Non. Tire-t-elle des leçons profitables de ces persécutions ? — encore moins. S'insurge-t-elle contre la Providence qui la conduit de tourment en tourment ? — Jamais. Une sorte d'entêtement la confine dans le malheur ; une sorte d'aveuglement l'enferme dans la souffrance. Bref, derrière le masque douloureux d'une persécutée se dessine l'image de la sérénité : Justine se plaît, se *complaît* dans le désastre suscité par sa beauté et sa naïveté. Elle s'y meut avec un enthousiasme rentré, une sorte de plaisir. Cela signifie-t-il qu'elle soit animée d'un sentiment de type masochiste ? — Je ne le crois pas. Justine n'éprouve pas de jouissance à souffrir. Son plaisir réside plutôt dans *l'idée* de l'épreuve que dans l'épreuve elle-même ; il se satisfait aussi au travers

21

des efforts continus et acharnés qu'elle doit mettre en œuvre pour résister aux tortures et convaincre ses ennemis d'y renoncer.

La vertu — qu'elle vise l'abnégation ou le prosélytisme — lui est délicieuse. Elle y est entraînée avec la même puissance instinctive que Juliette sur la voie du crime. Elle convoite la vertu comme la plus grande des douceurs possibles. Ses sens s'enflamment à cette idée, elle en est comme troublée érotiquement et rien ne peut l'arrêter dans le désir pressant qu'elle ressent à faire le bien. Ainsi dès *Les Infortunes de la vertu* trouve-t-on sous la plume de Sade des expressions fort ambiguës où Justine exprime son amour de la religion en termes de « désir », de « jouissance », « d'excitation », de « charme ». L'un de ses bourreaux libertins, Dalville, habile sophiste, ne s'y trompe pas lorsqu'il argumente contre elle qui le sermonne : « raisonne donc mieux chétive créature, que faisais-tu quand tu m'as secouru ? Entre la possibilité de suivre ton chemin et celle de venir à moi, tu choisis la dernière comme un mouvement que ton *cœur* t'inspirait... Tu le livrais donc à une *jouissance* ? Par où diable prétends-tu que je sois obligé de te récompenser des plaisirs que tu *t'es* donnés[1] ? ». Dans *Justine* l'ambiguïté demeure : la vertu s'interprète en termes de pulsion. Une simple allusion à un couvent ou à un lieu saint suffit à faire perdre

---

1. *Les Infortunes de la vertu.* Œuvres complètes, *op. cit.*, tome XIV, p. 428. Cf. folio n° 963.

la tête à la jeune fille, la voilà qui s'exalte, inconsciente du danger : « Ce récit *enflammant* encore davantage mon zèle, il me devint *impossible de résister* au *désir violent* que j'éprouvais d'aller visiter cette sainte église et d'y réparer par quelques actes pieux les négligences dont j'étais coupable[1]. » La vertu de Justine lui est dictée par son instinct d'abord, par sa raison ensuite. Elle ne fera donc que théoriser sur une donnée (on pourrait aussi bien dire : une fatalité) naturelle. Or, en est-il autrement pour Juliette, laquelle mue par d'autres élans pulsionnels est entraînée de son côté à ne désirer que le mal ? Formellement, est-elle plus coupable que sa sœur, soumise comme elle à la dure loi de l'instinct ? Et où donc est notre antithèse, cette fameuse et si confortable opposition entre Justine et Juliette sinon dans l'illégitime choix de la Providence qui distribue les pulsions ? Ce ne serait plus dès lors qu'une question de contenu... Telles sont les préoccupations de Sade et celles qui, exprimées violemment par lui, nous dérangent aujourd'hui. Voilà aussi pourquoi nous restons suspicieux sur l'image élémentaire que Sade lui-même tente de donner de sa Justine, décidément trop vertueuse pour être vertueuse...

D'une manière plus évidente, puisque Sade le signale cette fois explicitement, on pourrait dire de Juliette qu'elle semble trop heureuse, dans son libertinage intempestif, pour être heureuse... Rien

1. *Justine ou les malheurs de la vertu, ibid.*, tome III, p. 159.

le travail sur soi que requiert la vie de Juliette
Stoïcisme ? (vs. sophistique ?) (épicurisme ??
"chemin du libertinage intégral" → forma?, et état/statu ?
✓culte, religion quelle se fait cf pape Bradu

n'indique en effet que la route du crime soit plus aisée à suivre que celle de la vertu. Juliette ne s'y jette pas d'abord sans douleur ni sans dégoût. Elle apprend progressivement (avec beaucoup de talent et d'efficacité, il est vrai) à les surmonter. Le vice est un apprentissage et la jouissance qu'on peut en retirer ne s'obtient qu'après maints efforts de constance et d'opiniâtreté. N'est pas libertin qui veut. C'est du libertinage « intégral » ici qu'il s'agit ; celui qui culmine dans ce que les libertins accomplis appellent « l'apathie ». Parvenir à l'apathie implique d'avoir parcouru tous les détours possibles du libertinage calculé, d'avoir traversé l'épreuve du remords et de la spontanéité sans s'y être amoindri, et surtout de s'être frotté aux arts si subtils de la sophistique et de la rhétorique à même de légitimer les mouvements les plus imprévisibles de l'imagination perverse. Sur le chemin du libertinage intégral, bien des adeptes du crime tombent avant d'arriver. Il ne suffit pas d'avoir été admis dans la « Société des Amis du crime » pour atteindre au vrai plaisir du libertinage, encore faut-il pouvoir y demeurer, offrant des preuves quotidiennes de sa dévotion au mal. La loi du plus fort qui soumet notre Justine aux scélératesses de ses persécuteurs est plus que jamais de rigueur dans l'univers clos où évoluent ces mêmes bourreaux : parmi les pervers, il y a toujours l'esclave d'un maître et la mort plane, aussi menaçante que sur Justine, sur la tête de chacun de ceux qui tourmentent la jeune fille.

Juliette n'aura de cesse de dominer les plus
dominateurs de ses complices et ne se saura
parvenue au nirvāna du libertinage qu'après avoir
éliminé autour d'elle, dans cette terrible ascension
apathique, les seuls partenaires susceptibles d'être
ses maîtres. Ainsi se retrouve-t-elle, un jour, face à
face avec le pape Brashi, l'inaccessible prêtre
libertin, en tant qu'égale : « Brashi, je consens au
rôle de complice avec toi, mais je n'aime pas celui
de victime [1]. »

Pour Juliette, Sade transforme nos doutes en
une certitude : la jouissance libertine fleurit sur un
fond de souffrance, la souffrance du renoncement.
« L'apathie, l'insouciance, le stoïcisme, la solitude
de soi-même, voilà le ton où il lui faut nécessairement montrer son âme » écrit-il dans l'*Histoire de
Juliette*, et alors, alors seulement, l'apathie « se
métamorphose bientôt en plaisirs mille fois plus
divins que ceux que leur procurait leur faiblesse ».
Tout est fonction du calcul des plaisirs. Le sang-
froid et l'énergie nécessaires à l'étouffement parfois
douloureux de la sensibilité n'entravent que passa-
gèrement l'éclosion de la jouissance : ils ne la
tempèrent que pour mieux la savourer ultérieure-
ment. Le libertin a tout son temps, l'attente
raisonnée du plaisir ne contribuant qu'à le renfor-
cer. La force instinctive qui conduit le pervers
sadien à satisfaire ses désirs destructeurs n'est
jamais mise en cause — elle est le point de départ

1. *Histoire de Juliette, ibid.*, tome IX, p. 168.

au contraire de son système — mais seulement canalisée, réfléchie, dominée théoriquement pour être gardée intacte, pour être utilisée au maximum de ses possibilités, sans risque de déperdition.

Il serait décidément trop facile de ne voir dans l'affrontement de Justine et de sa sœur Juliette que le combat allégorique de la Vertu toute pure contre le Vice absolu. Portées l'une et l'autre par des instincts contraires dans leurs principes, mais étrangement proches dans leurs modulations où s'entremêlent la jouissance comme l'abnégation, elles délimitent finalement un espace composé de deux quadrillages parfois superposables. Il est impossible en particulier, qu'elles ne se rencontrent pas dans un des lieux de prédilection qu'elles ont en commun : celui de la parole.

De toutes les victimes offertes en holocauste aux besoins inassouvissables des libertins, Justine est la seule à qui Sade confère pleinement le droit de discourir. Ce ne peut être un hasard.

Nous avons insisté déjà sur l'aspect à la fois transgressif et compensateur du discours libertin, suscité par un homme condamné au silence de l'enfermement ; nous avons encore plus insisté sur le rôle contestataire de ce discours et sur ses effets subversifs dans le rempart de l'Institution. Il faudrait dire maintenant comment la parole parcourt l'univers sadien où s'affrontent Justine et *son* bourreau, toujours identique quels que soient son nom, son sexe, ses manies.

Dans le système philosophique de Sade, un

libertin ne se conçoit pas hors du discours. S'il raconte ses perversions, s'explique sur la violence de ses actes, les justifie sans cesse, les commente, c'est moins par luxe que par nécessité. Le récit de la perversité compte autant que l'acte pervers lui-même ; il en est le prolongement ou le détonateur. Il permet que la lubricité soit continue dans l'orgie corporelle et le blasphème théorique, si bien qu'on ne sait plus très bien dans quel ordre de causalité s'inscrivent les scènes érotiques et leur ordonnance discursive. Le libertin jouit des mots qui racontent ses folles inventions et cette jouissance verbale déclenche à son tour de nouvelles turpitudes. L'excitation du mot et du geste est réciproque et ininterrompue. À peine a-t-on dit qu'il faut faire, à peine a-t-on fait qu'il faut dire. « Pour Sade, remarque R. Barthes, il n'y a d'érotique que si l'on raisonne le crime. Raisonner, cela veut dire philosopher, disserter, haranguer, bref soumettre le crime au système du langage articulé[1]. » C'est aux conteuses ou aux historiennes que Sade confie fréquemment le rôle (dans *Les 120 journées de Sodome* en particulier) d'excitatrices verbales. La parole qui dit le plaisir est un plaisir en pointillé, un substitut provisoire du plaisir.

La parole est au service des déviations orgiaques mais elle permet aussi la distance indispensable à la réflexion et à la mise en place de l'apathie. Grâce au recul théorique, les libertins calment

1. Roland Barthes : *L'arbre du crime, op. cit.*

27

provisoirement leurs sens enflammés et c'est dans la froideur et la lucidité retrouvées grâce à leur volonté de raisonner, que s'élaborent alors les seuls projets érotiques dignes d'intérêt. Juliette apprendra que trop d'émotion, trop d'exaltation sensuelles sont incompatibles avec la beauté d'un crime commis sereinement, froidement.

Justine a rarement en face d'elle, répétons-le, de vulgaires monstres sanguinaires mais des pervers théoriciens, des êtres d'autant plus redoutables précisément qu'ils ont recours à l'universalité de la parole. Alors, malgré elle, la voilà qui leur répond, qui discourt avec eux, voilà d'une certaine manière qu'elle se *compromet* en leur répondant, en voulant (innocemment?) les convaincre. — Là fut ton erreur, Justine, là fut ton péché; mais là aussi, dans cette fêlure de la vertu surgit peut-être toute la complexité de ton personnage. Tu échappes du coup à l'image un peu niaise de la sainteté sacrifiée; tu t'étoffes par le discours dont tu joues comme d'une arme défensive, secrètement exaltée!

Nous nageons en plein paradoxe — le paradoxe qui confère précisément à *Justine,* parmi tous les autres textes de Sade une place privilégiée —. De toutes les victimes sadiennes, Justine est à la fois la plus humiliée et la plus respectée : humiliée pour sa beauté et sa vertu, respectée pour son intelligence et sa valeur intellectuelle. Si contre elle se déchaînent des passions sauvages, destructrices, pour elle s'admettent des égards qui ressemblent à du respect. Rares sont les libertins qui un jour ou l'autre ne lui proposent de s'allier à eux, de les rejoindre dans la confrérie criminelle : la Dubois, Cœur-de-Fer, le comte de Bressac surtout, bien près de se laisser séduire par les rares qualités de réflexion de sa victime, dont il ne craint pour elle que les chimères de la religion [1]. Constamment, Sade entrecoupe les scènes de lubricité, où Justine est la cible de choix, de pauses théoriques consacrées à la mise au point des débauches qui viennent d'avoir lieu et qui reprendront à peine le discours achevé. Alors tout se passe comme si l'on avait à faire à des gens du monde. Il ne reste des chambres de tortures que l'écho d'une conversation philosophique, l'ambiance feutrée d'une confrontation, d'un échange d'opinions sur Dieu, le bien, le mal, la justice, la passion, etc. Il n'est plus question de faire subir à Justine de quelconques outrages. On l'épargne un moment, on l'assoit, on l'écoute avec attention, pour argumenter avec elle, affiner les positions, nuancer les propos. De victime, Justine redevient une personne à part entière. Elle ne figure plus comme l'ennemi mais comme un interlocuteur digne d'être entendu. En ce sens, sans le savoir peut-être, elle se rend, le temps d'un discours (pour la bonne

---

1. « Tu es la première femme que j'embrasse, me dit le Comte, (c'est Justine qui raconte) et en vérité, c'est de toute mon âme... Tu es délicieuse mon enfant ; un rayon de sagesse a donc pénétré ton esprit ! Est-il possible que cette tête charmante soit si longtemps restée dans les ténèbres ! » *Justine ou les malheurs de la vertu*. Œuvres complètes, *op. cit.*, tome III, p. 122.

* La parole accompagne la force, le statut ; mais le mode
libertin ne fait pas partie de d'autre parole dominante,
sociale et "naturelle".
* Justin et son propre stoïcisme, plô plus proche de la def. ppale
(p. 31)

cause, mais quand même...) complice des libertins. Une victime douée de parole n'est plus une vraie victime : elle acquiert par ce fait la puissance d'un maître. Justine, en argumentant, appartient provisoirement au monde discursif de ceux qui, par leurs extravagances précédentes et futures, creusaient entre elle et eux un abîme apparemment infranchissable. Sans y prendre garde, elle comble cette distance scandaleuse, afin d'imposer ses raisons, mais aussi pour connaître les raisons des autres. Elle ignore que sa curiosité intellectuelle est du même ordre que celle de ses tortionnaires mécréants et qu'elle satisfait en réalité alors à un désir identique. C'est sans doute en ce lieu précis que Justine et Juliette sont au plus près. Un fil commun les noue, fermement, dans un même réseau d'exigence. Ce fil a un nom : il s'appelle *philosophie.*

Justine n'a de cesse de comprendre les bizarreries que la Nature a soufflées dans les âmes libertines. Ses souffrances concrètes et subjectives ne l'empêchent pas de prendre le recul nécessaire (ses bourreaux lui en donnent maintes fois l'occasion, obsédés qu'ils sont par de semblables préoccupations) pour analyser lucidement l'adversaire, attentive à le laisser s'expliquer jusqu'au bout sur lui-même. Elle en oublie presque la triste situation dans laquelle elle se trouve. Ce qui importe, c'est de gagner la joute théorique où s'opposent des pulsions contradictoires imposées par la Providence. Le ton de Justine est plus exclamatif que terrifié : la Nature et les folies meurtrières qu'elle fait naître autour d'elle n'en finissent pas de la surprendre. Elle n'en revient pas. La découverte progressive de la perversité humaine — dont elle fait les frais pourtant — attise continuellement sa volonté de savoir et son désir de mettre à l'épreuve ses propres certitudes. Elle peut, en ce sens, évaluer philosophiquement, consciente de la contingence de la Providence, les déviations où conduisent les pulsions. Justine prend tellement à cœur son devoir de découvreur, elle se soumet si bien aux malheurs que suscite un tel entêtement théorique que, renvoyée à une vie régulière, plongée à nouveau, après une dizaine d'années, dans la normalité, elle dépérit soudainement : « tout à coup son humeur changea, sans qu'il fût possible d'en deviner la cause. Elle devint sombre, inquiète, rêveuse ; quelquefois elle pleurait au milieu de ses amis, sans pouvoir elle-même expliquer le sujet de ses peines... On eût dit que cette triste créature, uniquement destinée au malheur, et sentant la main de l'infortune toujours suspendue sur sa tête, prévît déjà les derniers coups dont elle allait être écrasée [1] ». L'explication donnée par Sade de cette transformation de Justine n'est pas tout à fait suffisante : pourquoi Justine aurait-elle l'intuition d'un malheur injustifié puisqu'elle ne cessa de faire la preuve, pendant sa vie de tortures, d'une totale inconscience, d'un manque absolu de discerne-

1. *Ibid.*, p. 342-343.

*Juliette qui veut aussi se dépasser =ausi P.
*"Désapprendre" vs. magie d'éducat° de Justine
aussi de l'amélior° de soi, préjugés etc.

ment par rapport aux dangers imminents? Je crois, pour ma part, qu'il manque à Justine condamnée à un bonheur inhabituel, l'excitation qu'impliquait à ses yeux l'épreuve physique et morale. Elle s'ennuie de n'être plus sollicitée par le questionnement et le droit au savoir philosophique. Justine tourne à vide dans sa tête raisonneuse...

L'exigence de Juliette s'alimente aux mêmes sources. Moins soucieuse de se laisser convaincre par les arguments de Justine (elle lui prête attention par principe, mais par principe aussi demeure inébranlable) que de se convaincre elle-même, avec Justine pour témoin, Juliette soumet les pulsions qui la traversent à un examen constant et minutieux. C'est en philosophe aussi qu'elle s'observe sur la route du crime, en philosophe qu'elle justifie ses actes les moins justifiables, la raison — *sa* raison — garantissant sans cesse le bien-fondé de ses choix, l'objectivité, la légitimité de ses perversions. Sa volonté de s'assumer dans les pires excès du libertinage, non seulement subjectivement mais en théoricienne, la rend aussi absolue que Justine tout imprégnée de vertu. Le contentement lui sied mal : elle a toujours à apprendre d'elle-même, de ses limites, s'efforçant, au nom de la nécessité naturelle, de se surpasser.

Elle a surtout à « désapprendre » ce que l'éducation, les bonnes mœurs et la religion ont fallacieusement érigé en lois, veillant à retrouver au plus profond d'elle-même l'appel authentique des pulsions aussi aberrantes soient-elles, libre enfin de tout préjugé.

Victimes, bourreaux? Peut-être, quoique d'une manière bien ambiguë; philosophes? Certes, dans l'égal souci du Savoir. Justine et Juliette ne sont pas seulement cela cependant. Le plus important peut-être n'a pas été dit encore : le fait qu'elles sont aussi des femmes. Voilà le grand mot lâché : « femme ». C'est ici que de toute évidence on achoppe, ici que les spécialistes de Sade s'insultent, s'entre-déchirent, ici que la subjectivité du lecteur entre en jeu et que j'éprouve moi-même, comme les autres, le désir d'y aller de mon interprétation et de mon sentiment au travers du kaléidoscope complexe où s'entrecroisent mon regard critique, ma simple compréhension de la philosophie sadienne et mon individualité... de femme, précisément.

Sans doute faudrait-il commencer par dire à quel point les femmes en général sont réticentes à lire et à interpréter Sade, comme elles s'y entendent pour ne pas savoir — ou ne pas vouloir — le lire, pour l'interpréter faussement. Cela confine à la mauvaise foi.

Des excuses, elles en ont si elles imaginent (ce qui ne peut être que l'effet d'ailleurs d'une lecture fort superficielle) que Sade se complaît à entériner l'image d'une femme asservie, victime privilégiée et systématique des lubies masculines, si elles croient que le personnage de Justine fait s'exprimer symboliquement et exclusivement la misogynie d'un libertin inquiet de sa propre virilité et enfermé dans l'obsession de ses fantasmes sexuels, bref si elles pensent que, pour Sade, la femme c'est Justine. Quelle erreur de considérer que Justine puisse devenir négativement le monopole de la parole et de l'expérience féminines dans l'univers romanesque sadien ! Juger de la position théorique de Sade sur la condition féminine à la lumière de ce seul personnage, c'est comme si on espérait évaluer le génie de Mozart à partir de la seule *Petite Musique de nuit...*

Dans la mise en place du système philosophique de Sade, *Justine* ne représente qu'un moment — certes décisif, important — mais *un* moment précédé et suivi de moments *autres* où s'expriment des positions théoriques sur la femme bien différentes, parfois même contradictoires. Pour ne parler que des grandes figures, avant Justine, il y eut Aline et Léonore, après Justine il y aura Juliette, Clairwill.

Or, si Aline partage avec Justine un destin malheureux, une conscience sans arrêt bafouée et une attitude de résignation mêlée de complaisance, Léonore et Juliette offrent la preuve éclatante que le fait d'être femme ne constitue pas forcément une fatalité et qu'il ne tient qu'à elles de prouver non seulement leur droit à l'existence et à la parole mais aussi leur souveraineté. Justine ne représente donc, ne focalise qu'une attitude féminine parmi d'autres devant l'épreuve de la vie. Elle est un exemple, en aucun cas un modèle.

Est-ce à sa féminité — mieux : sa féminitude —

*travien à la loi des plus fort ; laquelle n'est pas forcément
étrangère à la P de R. à l'âge des cabanes...

* la parde est aussi typiquement mas . mais Justin s'approprie
ce privilège et c'est apprécié par le hô

que Justine doit son enlisement dans le rôle de
victime ? Sade répond « non » avec Juliette, Clairwill, Delbène et Léonore.

À ce point précis, on se rend compte que les
suspicions de misogynie, de machisme s'avèrent
bien dérisoires... La subversion de Sade va au-delà
des banales querelles de sexe. Elle se situe à un
autre niveau, plus profond, plus dérangeant aussi.
Le monde du libertinage n'est pas comme on
pourrait le croire, le paradis des hommes et l'enfer
des dames, mais plutôt le paradis des forts et
l'enfer des faibles.

Sade pousse la provocation jusqu'à ce rare
paradoxe (qui plonge évidemment toutes formes
de militantisme sexuel dans une sorte de perplexité
et de dégoût) : le désintérêt du sexe au nom de
l'obsession de l'érotisme, ou, plus exactement, le
*rejet de la différence sexuelle au nom de l'indifférence du
désir.*

Que je m'explique : Justine n'est pas humiliée
par les libertins, en tant qu'elle est femme mais
parce que la providence, la fatalité la condamnent
à une naïveté qui la rendent vulnérable. Trop
crédule par rapport à ses principes religieux, elle
offre constamment à ceux qui l'entourent l'image
de la faiblesse et de la soumission. Elle ne reprend
de l'assurance qu'au travers du combat théorique,
que l'ennemi apprécie d'ailleurs à sa juste valeur.

Dans l'univers libertin, la hiérarchisation est
moins fonction du sexe que du tempérament.
Indifféremment, les hommes et les femmes ont

accès à la « Société des Amis du Crime » qui dans *l'Histoire de Juliette* consacre le libertinage intégral, du moment qu'ils font preuve de l'impiété, de la cruauté, de la luxure et du sang-froid indispensables à l'accomplissement de l'apathie. S'il arrive que quelques libertins de *La Nouvelle Justine* ou des *120 journées de Sodome* se laissent aller à quelques propos misogynes, le véritable théoricien du mal, comme Dolmancé dans *La Philosophie dans le boudoir* ou encore le sage Zamé d'*Aline et Valcour*, s'attache à ne faire aucune distinction entre la perverse et le pervers qui ont les mêmes devoirs mais aussi les mêmes droits. « Sexe charmant, dit Dolmancé, vous serez libre un jour... Les femmes, ayant reçu des penchants bien plus violents que nous aux plaisirs, pourront s'y livrer tant qu'elles le voudront, absolument dégagées de tous les liens de l'hymen, de tous les faux préjugés de la pudeur, absolument rendues à l'état de nature [1]. » En ce sens, l'*Histoire de Juliette* est presque le récit inversé de *Justine* : c'est un monde de femmes où la victime est le plus souvent masculine. Madame de Clairvil a son harem de gitons, comme Rodin dans *Justine*, et le couvent administré par l'infâme Delbène n'a rien à envier à celui décrit par Justine, où sévissent les quatre moines. On y commet les mêmes crimes, on y philosophe, surtout, avec le même talent, la même violence.

---

1. Sade : *La Philosophie dans le boudoir* (Pamphlet : « Français encore un effort, si vous voulez être républicain. ») *Ibid.*, tome III.

La répartition des personnages sadiens s'effectue donc à partir de critères essentiellement *caractériels* où sont impliquées à la fois des dispositions naturelles et les conventions humaines. Sur la base de cette double détermination, ceux-ci choisissent leur appartenance. Il y a d'un côté les passifs et résignés, cibles de choix pour les flèches libertines, de l'autre les actifs ou vindicatifs, admirablement conçus pour profiter de cette inégalité de fait ; ou bien d'un côté les faibles ou crédules aveuglés par les effets de l'éducation et de la religion et par là même incapables de la moindre riposte, de l'autre, les forts et incrédules, ceux qui, conscients des contradictions naturelles et sociales du monde où ils évoluent, se prennent en charge portés lucidement par la toute-puissance de l'instinct, dans le refus d'une illusoire normalité ; ou encore d'un côté les vaincus, de l'autre les vainqueurs.

De toute évidence, Justine est du mauvais côté. Mais son cas n'est pas désespéré puisqu'elle a l'esprit philosophe et le sens du discours. Elle peut encore changer de camp. Qu'elle soit femme importe peu, c'est à sa réflexion que ses ennemis s'adressent, tentant de l'ébranler conceptuellement. Le lieu sadien n'est pas un espace immobile : il suggère d'incessants mouvements, de constants remue-ménage favorisés par le désordre des pulsions mais aussi la justification théorique de ces pulsions. Bref, on peut naître fort et devenir faible, naître fort et le rester, naître faible et devenir fort, naître faible et le rester, sans qu'en aucune façon l'appartenance à un sexe soit déterminante. Elle n'est qu'anecdotique et n'entre en jeu que comme un accessoire éventuel, transformable aisément. Posséder n'est plus seulement une donnée naturelle mais aussi un choix culturel ; être possédé n'est pas le fait d'une fatalité mais la conséquence d'une volonté. Ainsi le libertinage permet-il par exemple aux femmes de s'assumer comme hommes au travers des désordres du saphisme et aux hommes de se retrouver femmes par le jeu des sodomisations. L'imagination et les fantasmes de Sade interprètent, sur des airs de cruauté et d'horreur, des thèmes difficiles à entendre : on voit des libertines nanties de clitoris hyperboliques, rivaliser avec le pénis masculin. Et tout cela dépucelle, violente jeunes filles et jeunes garçons avec une rage et une efficacité qui n'ont plus rien de féminin ! On voit des libertins s'offrir comme épouses dociles au pourfendage de membres naturels ou fictifs dont on ne sait plus bien à qui ils appartiennent. La cartographie sexuelle sadienne ne coïncide plus avec celle du corps objectif car le corps libertin non plus n'est pas clôturé. Il n'est pas à proprement parler sexué mais *sexuable*, c'est-à-dire susceptible de se métamorphoser constamment au gré du désir en « quelque chose » de trop peu durable, de trop mal défini pour qu'on puisse parler raisonnablement encore d'homme ou de femme. La féminité, la virilité appartiennent à tous, indistinctement, dans la société libertine. Chacun s'en arrange quand et où bon lui semble, dans la pluralité des pulsions. On ne se soumet plus, sagement, à l'ordre dicté par la nature qui vous fait naître homme ou femme ; on le bouleverse sans restriction en référence à l'imagination. Toutes les catégorisations sexuelles volent en éclats, car le corps libertin est un corps permuté et permutable, impossible à contenir et surtout à maintenir dans la fixité. Rien n'est plus favorable à la mouvance corporelle que la rêverie érotique et c'est en elle et à partir d'elle qu'une image idéale du corps est susceptible de naître. La corporéité libertine joue des déformations que lui permettent les folies érotiques.

Ces folies rendent caduques les limites du corps objectif qui perd ses contours. Plus rien des critères anatomiques et physiologiques ne demeure. Tout est sens dessus dessous, désorganisé et c'est en vain qu'on pourrait se raccrocher à ces notions de féminité ou de virilité qui ne sont plus dès lors que des concepts creux ou approximatifs. *Paradoxalement rien n'est moins sexué que le désir sexuel,* trop ambigu, trop mouvant pour se fixer à un modèle quelconque, trop délirant pour être circonscrit.

Justine fait la découverte, douloureusement, de sa propre mouvance corporelle. Son corps, telle une pâte à modeler, est travaillée par ses tortionnaires qui lui impriment des formes inattendues, des violations imprévisibles et cela à l'infini, sans qu'il semble possible d'en prévoir l'arrêt si ce n'est par la mort elle-même. La mort de la victime n'apporte d'ailleurs au libertin qu'une joie mitigée :

elle signifie que le « jeu » est fini, qu'il n'y a plus rien à tirer de la malléabilité de cette pâte qui va casser tout à coup, s'effriter entre ses mains par trop brutales. L'idéal consiste alors à maintenir le corps supplicié dans une virtualité de mort, assez vivant encore pour donner aux tortionnaires l'illusion de la rébellion et exciter leur sauvagerie, assez mort pour favoriser la malléabilité et permettre toutes les distorsions possibles du corps victime. Sade ne s'attarde que très rarement sur la personnalité et les problèmes de conscience des souffre-douleur des libertins : ils sont si nombreux qu'ils sont comme interchangeables. Hommes, femmes, enfants, indifférenciés, se perdent dans la masse des malchanceux, à peine si l'on se souvient de leurs noms, de leur beauté, de leur innocence... Aline et Justine sont, en ce sens, des exceptions. Ce sont les seules grandes images de victimes qui préoccupent Sade. Il leur donne et le rôle de narratrices et celui d'interlocutrices. Elles émergent, superbement, par le discours, du magma des vaincus, en provoquant celui des vainqueurs et leur souffrance acquiert par ce biais le droit à l'immortalité et parfois même à la compassion.

Entre Justine et Juliette, personnages apparemment antithétiques qui expriment deux manières possibles de s'assumer comme femmes il est vrai, mais d'abord et surtout comme être doués de langage et de volonté philosophique, d'autres figures féminines parcourent l'univers romanesque sadien qui ont leur importance. Je ne veux parler ni des maquerelles ni des pourvoyeuses, dont la tâche ne requiert aucun génie si ce n'est celui de l'habileté et de la ruse, mais de celles que Sade appelle les « Historiennes ». En choisissant des historiennes plutôt que des historiens, Sade prouve que lorsqu'il s'agit de la parole, du récit, la femme mieux que l'homme excelle dans l'art de « dire ». C'est un rôle de prestige qui leur est ainsi conféré. Certes les hommes libertins discourent, ils s'adonnent avec un certain talent aux délices de la sophistique et manient avec succès l'art de la rhétorique : les Brissac, les Clément, les Noirceuil et les Saint-Fond s'y entendent pour philosopher mais Sade ne leur donne la parole qu'épisodiquement, comme en passant et toujours subsidiairement par rapport à Justine ou Juliette par exemple qui détiennent en fin de compte les clefs du discours et grâce à qui le roman se construit.

Qu'avez-vous à répondre à cela, Mesdames les exclusives ? Accepterez-vous de lire enfin Sade comme il mérite d'être lu ? Peut-on espérer mieux pour ces femmes (asservies, dit-on) que vous voulez sauver du despotisme mâle que d'être rehaussées à ce rôle de conteur ou d'écrivain ? Sans Justine, sans Juliette, plus de récit, plus de roman ! Sans les historiennes de la forteresse de Silling, plus de raisonnement, plus de réflexion ! Des *120 journées de Sodome* ne reste qu'un fatras d'obscénités et d'horreurs aussi lassantes qu'indigestes. Une femme qui discourt domine le plus roué des libertins de toute la force de la parole ; elle détient le véritable pouvoir et interrompt comme par magie le rythme infernal des lubricités. Elle parle : tout s'arrête.

Le désir, oui, même le désir forcené qui échappe à toute entrave morale ou matérielle, qui ne connaît ni obstacle ni frein, le désir, dis-je, s'avoue vaincu face à la parole. Il se soumet religieusement dans l'adoration de l'Idée.

Gagnante est donc une femme qui parle, doublement gagnante si, de plus, elle est libertine, car sa parole s'articule alors de manière aussi à enflammer les sens, à échauffer les esprits, insufflant un air brûlant dans les veines déjà chauffées à blanc des libertins. L'historienne est deux fois souveraine : comme philosophe et comme incitatrice au plaisir. Elle sert de pivot au mécanisme de la gradation criminelle. Elle fait très exactement la jonction entre la parole et l'expérience, entre la projection imaginaire de l'acte pervers et sa concrétisation. A peine aura-t-elle cessé de discourir que ses complices libertins, galvanisés par son génie de conteuse, ses qualités de logicienne et l'obscénité de ses propos, se jetteront avec plus de violence encore — si c'est possible, mais c'est toujours possible avec Sade — dans l'anarchie du désir. Mieux qu'historienne, Juliette, auteur de sa propre histoire, romancière autobiographique (au même titre que Justine) et libertine consacrée, va conduire son destin de femme jusqu'au plus haut faîte de la gloire. C'est du moins ce que Sade attendait d'elle après qu'elle eût pris connaissance de l'exemple négatif de sa sœur Justine.

Reprenons Justine et Juliette au commencement de leurs aventures. Elles partent d'une situation matérielle et psychologique identique : toutes deux orphelines, toutes deux extrêmement sensibles et peu accoutumées au malheur, les voilà jetées avec la même violence dans la jungle sociale avec pour armes leur seule intelligence et leur seule beauté. La première épreuve « d'initiation » au monde qu'elles ont à traverser fournit à Sade l'occasion de les désunir. Ce que le bien-être social, le bonheur familial n'avaient pu révéler, l'indigence et l'abandon vont l'exprimer, clairement : c'est le tempérament, la différence de caractère qui vont faire se désolidariser les deux sœurs plongées dans une semblable infortune.

Très vite, devant la succession des obstacles à franchir, Justine se montre aussi douce, crédule et soumise que Juliette énergique, méfiante et rebelle. Dès les premières pages des récits de Justine et de Juliette, tout est mis en place pour que chacune d'elles assume son destin en se laissant glisser sur la pente fatale où l'entraîne sa nature, mais tout est mis en place également pour donner à chacune d'elles la chance de se défendre de cette fatalité, de prendre sur soi, en se livrant à des actes contraires à la conscience et à la spontanéité. Cette chance, Juliette la saisira, Justine jamais.

Nous la tenons cette fois la *vraie* différence ! Elle est là, dans la stagnation de l'une opposée à la révolte de l'autre. Ce sont deux mondes qui s'affrontent au-delà des deux femmes, lesquelles s'épanouissent dès lors en symboles [1].

On comprend mieux du même coup pourquoi Sade a préféré des héroïnes à des héros : « Ce n'est pas un hasard, écrit Apollinaire, Justine c'est l'ancienne femme asservie, misérable et moins qu'humaine ; Juliette au contraire, représente la femme nouvelle qu'il entrevoyait, un être dont on n'a pas encore idée, qui se dégage de l'humanité, qui aura des ailes et qui renouvellera l'univers [2]. »

En donnant la parole à Justine d'abord, à Juliette ensuite, Sade commet déjà un acte subversif. Les femmes, traditionnellement, sont réduites au silence et n'ont leur place dans la littérature au XVIIᵉ et au XVIIIᵉ siècle qu'à travers l'image stéréotypée d'une femme victime enfermée dans une résignation pudique. Avec *Justine*, Sade va jusqu'au bout de ce stéréotype, à la limite même de la parodie, mais il vise plus loin : il pense déjà à *Juliette* (de la même manière qu'il songeait à Léonore en décrivant Aline) et il procède selon le principe du miroir inversé de telle manière qu'à chaque blocage de Justine encore prisonnière de son sens moral, de son éducation, corresponde une transgression, un déblocage de Juliette avide de

1. On pourra lire à ce propos l'excellent article de Maurice Tourné dans *Europe* (« Les mythes de la femme »).
2. Apollinaire G. : *L'Œuvre du Marquis de Sade*, Paris, 1909. Bibliothèque du Curieux (Collect. Les Maîtres et l'amour). Pages choisies, introduction, essai bibliographique et notes.

s'en libérer. Plus Justine s'enfoncera dans le stéréotype, plus Juliette en émergera, comme cette
« femme nouvelle » dont rêve Apollinaire. C'est
pourquoi de même que nous disions plus haut que
Justine ne se comprend bien qu'après relecture,
j'ajouterai maintenant qu'elle se comprend mieux
encore après qu'on a connu sa sœur Juliette et son
histoire. Relire Justine après avoir lu Juliette voilà
une leçon profitable. Qu'on ne se méprenne pas, je
le répète, sur l'apparente facilité où évolue d'ailleurs Juliette. Une dure école, celle du libertinage
intégral, prélude à sa réussite. « La femme nouvelle » aura beaucoup à faire pour sortir de la
bourbe ancestrale où elle vivait prisonnière, beaucoup à souffrir avant de jouir, beaucoup à réfléchir
avant de disserter. En ce sens, l'apprentissage de
Juliette est une réponse presque directe à celui que
Rousseau prévoyait pour Émile, en « vrai philosophe », comme se plaisait à le reconnaître Sade,
admiratif malgré ses désaccords. Dans l'école
libertine où Juliette fait ses classes, le sujet d'étude
privilégié est précisément le statut de cette
« femme nouvelle ». On y consacre et du temps et
du travail. Si, encore une fois, les femmes d'aujour-
d'hui le voulaient bien, elles trouveraient dans ces
longues pages où Delbène explique à Juliette sa
position sur la condition féminine des propos d'une
modernité étonnante. Il y est question de la
virginité, du mariage, de l'avortement, de la
prostitution, de l'inconstance, de la maternité et de
l'éducation des enfants, etc. Sade examine concrè-

tement, point par point, l'application possible des théories qu'il développe dans *La Philosophie dans le Boudoir,* avec une clairvoyance (malgré son parti pris d'immoralité) bien rare pour un homme. Allez donc dire après cela qu'il est un ennemi des femmes! Apollinaire, rendons-lui cet hommage, est sans doute l'un des rares à avoir voulu rétablir sur ce point la vérité. « Le Marquis de Sade, admire-t-il en 1910, cet esprit le plus libre qui ait existé, avait sur la femme des idées particulières et la voulait aussi libre que l'homme. »

L'opinion que Sade (je devrais dire · *les* opinions puisqu'il met parfois en scène des personnages masculins misogynes comme pour bien montrer que tout cela n'est pas quand même si évident...) exprime sur la femme n'est en aucun cas séparable de l'ensemble du système qu'il élabore contre la Société de son temps pour en dénoncer les imperfections et les abus.

La liberté de la femme ne se conçoit sérieusement que dans le cadre d'une société elle-même intégralement remise en question. Avant que de son cachot de la Bastille, Sade n'entende monter les grondements d'un peuple en colère, il rêvait déjà d'une République. Sade sait bien que le XVIIIe siècle n'est pas encore prêt à accepter l'idée d'une femme libre, qu'il n'a pas fait ses preuves en ce sens. Est-ce parce qu'il avait compris cela que Sade s'est confiné dans la marginalité d'une théorie profondément immorale et utopique?... La naissance de la « femme nouvelle » ne s'obstiendra que sur la base d'une morale nouvelle, d'un régime politique nouveau, d'une législation nouvelle, bref d'une philosophie nouvelle dont elle est peut-être *la pierre de touche* puisqu'en elle s'exprime symboliquement le désir d'en finir avec le passé, la féodalité.

Allez donc dire après cela que Sade est un phallocrate !

Justine et Juliette sont hélas contemporaines ; elles expriment allégoriquement le « choc » peut-être impossible de deux univers dont l'un tire du côté du passé et l'autre du côté de l'avenir.

Cependant l'opposition une fois de plus n'est pas exclusive : s'il est vrai que Justine s'apparente, quelque peu complaisante, à la femme féodale que la tradition confine à la soumission et à la passivité douloureuse, au milieu des tourments que lui imposent les libertins — inféodés peut-être eux-mêmes à leurs propres pulsions [1] — elle a, malgré tout, en elle, les germes de la révolte : sa parole lui

1. La question mérite en effet d'être posée des dangers de la clôture où risquent de s'enfermer les libertins. Parvenus, après mille efforts, au nirvāna du libertinage qu'est « la Société des Amis du crime », les libertins n'ont-ils pas à craindre (comme Justine, prisonnière de sa propre morale, de ses propres conventions) de tourner en rond dans leurs têtes et dans leurs corps, uniquement préoccupés de se satisfaire ? Juliette y songe fréquemment. Elle devine, parvenue au plus haut degré de la réussite, que le systématisme du libertinage est menacé lui-même d'enfermement et qu'il n'est pas de sommet glorieux qui ne puisse être surpassé puis surpassé encore. Prison pour prison, la vraie réussite ne serait-elle pas de tenter de grimper la pente de la libération en se gardant bien d'y accéder tout à fait ? L'idéal ne serait-il pas de se maintenir entre ces deux clôtures, dans l'instabilité de l'exigence et du dépassement ?

ouvre la voie de la liberté et cela, même ses bourreaux le pressentent.

L'esprit philosophique de Justine ne demande qu'à s'épanouir sur la base d'un profond questionnement de soi et d'autrui. Qui sait si, dès lors, Juliette ne concrétise pas précisément cet épanouissement ? Paradoxalement il y a du Juliette dans Justine et Justine n'est pas tout à fait morte en Juliette. L'ascension de Juliette est préfigurée par la progression théorique de Justine, puisque avec ses faibles moyens de la femme d'autrefois, encore engluée dans la crainte d'elle-même, Justine œuvre malgré tout pour la Juliette de l'avenir, soucieuse de se mettre à nu. La clef du drame de Justine c'est l'histoire triomphante de Juliette, car hormis Dieu qui les sépare, au moment où Justine se raconte, et malgré la divergence des systèmes qu'elles édifient, toutes deux luttent vers un même but : celui de comprendre les desseins de la fatalité qui si différemment enchevêtre leurs corps, leurs désirs et leur raison.

Justine et Juliette prennent conscience, l'une au travers d'un malheur relatif, l'autre dans un bonheur exigeant, que la volonté du Savoir n'est en aucun cas séparable du désir et de sa pratique ; qu'en matière de désir, toute idée de normalité est impropre à juguler la prolifération inquiétante et imprévisible des pulsions.

Mais n'est-ce pas de l'inconscient qu'il s'agit ?

Encore fallait-il Justine pour que Juliette l'apprenne !

N. C.

Justine
ou les malheurs de la vertu

A MA BONNE AMIE[1]

Oui, Constance, c'est à toi que j'adresse cet ouvrage ; à la fois l'exemple et l'honneur de ton sexe, réunissant à l'âme la plus sensible l'esprit le plus juste et le mieux éclairé, ce n'est qu'à toi qu'il appartient de connaître la douceur des larmes qu'arrache la Vertu malheureuse. Détestant les sophismes du libertinage et de l'irréligion, les combattant sans cesse par tes actions et par tes discours, je ne crains point pour toi ceux qu'a nécessités dans ces mémoires le genre des personnages établis ; le cynisme de certains crayons (adoucis néanmoins autant qu'on l'a pu) ne t'effraiera pas davantage ; c'est le Vice qui, gémissant d'être dévoilé, crie au scandale aussitôt qu'on l'attaque. Le procès du Tartuffe fut fait par des bigots ; celui de Justine sera l'ouvrage des libertins. Je les redoute peu : mes motifs, dévoilés par toi, n'en seront point désavoués ; ton opinion suffit à ma gloire, et je dois, après t'avoir plu, ou plaire universellement, ou me consoler de toutes les censures.

Le dessein de ce roman (pas si roman que l'on croirait) est nouveau sans doute ; l'ascendant de la Vertu sur le Vice, la récompense du bien, la punition du mal, voilà la marche ordinaire de tous les ouvrages de cette espèce : ne devrait-on pas en être rebattu ?

Mais offrir partout le Vice triomphant et la Vertu

51

victime de ses sacrifices ; montrer une infortunée errante de
malheurs en malheurs ; jouet de la scélératesse ; plastron de
toutes les débauches ; en butte aux goûts les plus barbares et
les plus monstrueux ; étourdie des sophismes les plus hardis,
les plus spécieux ; en proie aux séductions les plus adroites,
aux subornations les plus irrésistibles ; n'ayant pour opposer à tant de revers, à tant de fléaux, pour repousser tant
de corruption, qu'une âme sensible, un esprit naturel et
beaucoup de courage ; hasarder en un mot les peintures les
plus hardies, les situations les plus extraordinaires, les
maximes les plus effrayantes, les coups de pinceau les plus
énergiques, dans la seule vue d'obtenir de tout cela l'une
des plus sublimes leçons de morale que l'homme ait encore
reçues : c'était, on en conviendra, parvenir au but par une
route peu frayée jusqu'à présent.

Aurai-je réussi, Constance ? une larme de tes yeux
déterminera-t-elle mon triomphe ? Après avoir lu Justine,
en un mot, diras-tu : « Oh ! combien ces tableaux du Crime
me rendent fière d'aimer la Vertu ! Comme elle est sublime
dans les larmes ! Comme les malheurs l'embellissent ! »

O Constance ! que ces mots t'échappent, et mes travaux
sont couronnés.

PREMIÈRE PARTIE

Le chef-d'œuvre de la philosophie serait de développer les moyens dont la Providence se sert pour parvenir
aux fins qu'elle se propose sur l'homme, et de tracer,
d'après cela, quelques plans de conduite qui pussent
faire connaître à ce malheureux individu bipède la
manière dont il faut qu'il marche dans la carrière
épineuse de la vie, afin de prévenir les caprices bizarres
de cette fatalité à laquelle on donne vingt noms
différents, sans être encore parvenu ni à la connaître ni
à la définir.

Si, plein de respect[2] pour nos conventions sociales,
et ne s'écartant jamais des digues qu'elles nous imposent, il arrive, malgré cela, que nous n'ayons rencontré
que des ronces, quand les méchants ne cueillaient que
des roses, des gens privés d'un fond de vertus assez
constaté pour se mettre au-dessus de ces remarques ne
calculeront-ils pas alors qu'il vaut mieux s'abandonner
au torrent que d'y résister ? Ne diront-ils pas que la
vertu, quelque belle qu'elle soit, devient pourtant le
plus mauvais parti qu'on puisse prendre, quand elle se
trouve trop faible pour lutter contre le vice, et que dans
un siècle entièrement corrompu, le plus sûr est de faire

53

comme les autres ? Un peu plus instruits, si l'on veut, et abusant des lumières qu'ils ont acquises, ne diront-ils pas avec l'ange Jesrad, de *Zadig*[3], qu'il n'y a aucun mal dont il ne naisse un bien, et qu'ils peuvent, d'après cela, se livrer au mal, puisqu'il n'est dans le fait qu'une des façons de produire le bien ? N'ajouteront-ils pas qu'il est indifférent au plan général, que tel ou tel soit bon ou méchant de préférence ; que si le malheur persécute la vertu et que la prospérité accompagne le crime, les choses étant égales aux vues de la nature, il vaut infiniment mieux prendre parti parmi les méchants qui prospèrent, que parmi les vertueux qui échouent ? Il est donc important de prévenir ces sophismes dangereux d'une fausse philosophie ; essentiel de faire voir que les exemples de vertu malheureuse, présentés à une âme corrompue, dans laquelle il reste pourtant quelques bons principes, peuvent ramener cette âme au bien tout aussi sûrement que si on lui eût montré dans cette route de la vertu les palmes les plus brillantes et les plus flatteuses récompenses[4]. Il est cruel sans doute d'avoir à peindre une foule de malheurs accablant la femme douce et sensible qui respecte le mieux la vertu, et d'une autre part l'affluence des prospérités sur ceux qui écrasent ou mortifient cette même femme. Mais s'il naît cependant un bien du tableau de ces fatalités, aura-t-on des remords de les avoir offertes ? Pourra-t-on être fâché d'avoir établi un fait, d'où il résultera pour le sage qui lit avec fruit la leçon si utile de la soumission aux ordres de la providence, et l'avertissement fatal que c'est souvent pour nous ramener à nos devoirs que le Ciel frappe à côté de nous l'être qui nous paraît le mieux avoir rempli les siens ?

Tels sont les sentiments qui vont diriger nos travaux, et c'est en considération de ces motifs que nous

demandons au lecteur de l'indulgence[5] pour les systèmes erronés qui sont placés dans la bouche de plusieurs
de nos personnages, et pour les situations quelquefois
un peu fortes, que, par amour pour la vérité, nous
avons dû mettre sous ses yeux.

Mme la comtesse de Lorsange était une de ces
prêtresses de Vénus dont la fortune est l'ouvrage d'une
jolie figure et de beaucoup d'inconduite, et dont les
titres, quelque pompeux qu'ils soient, ne se trouvent
que dans les archives de Cythère, forgés par l'imperti-
nence qui les prend, et soutenus par la sotte crédulité
qui les donne : brune, une belle taille, des yeux d'une
singulière expression ; cette incrédulité de mode, qui,
prêtant un sel de plus aux passions, fait rechercher
avec plus de soin les femmes en qui on la soupçonne ;
un peu méchante, aucun principe, ne croyant de mal à
rien, et cependant pas assez de dépravation dans le
cœur pour en avoir éteint la sensibilité ; orgueilleuse,
libertine : telle était Mme de Lorsange.

Cette femme avait reçu néanmoins la meilleure
éducation : fille d'un très gros banquier de Paris, elle
avait été élevée avec une sœur nommée Justine, plus
jeune qu'elle de trois ans, dans une des plus célèbres
abbayes de cette capitale, où jusqu'à l'âge de douze et
de quinze ans, aucun conseil, aucun maître, aucun
livre, aucun talent n'avaient été refusés ni à l'une ni à
l'autre de ces deux sœurs.

A cette époque fatale pour la vertu de deux jeunes
filles, tout leur manqua dans un seul jour : une
banqueroute affreuse précipita leur père dans une
situation si cruelle, qu'il en périt de chagrin. Sa femme
le suivit un mois après au tombeau. Deux parents
froids et éloignés délibérèrent sur ce qu'ils feraient des
jeunes orphelines ; leur part d'une succession absorbée

par les créances se montait à cent écus pour chacune. Personne ne se souciant de s'en charger, on leur ouvrit la porte du couvent, on leur remit leur dot, les laissant libres de devenir ce qu'elles voudraient.

Mme de Lorsange, qui se nommait pour lors Juliette, et dont le caractère et l'esprit étaient, à fort peu de chose près, aussi formés qu'à trente ans, âge qu'elle atteignait lors de l'histoire que nous allons raconter, ne parut sensible qu'au plaisir d'être libre, sans réfléchir un instant aux cruels revers qui brisaient ses chaînes. Pour Justine, âgée, comme nous l'avons dit, de douze ans, elle était d'un caractère sombre et mélancolique, qui lui fit bien mieux sentir toute l'horreur de sa situation. Douée d'une tendresse, d'une sensibilité surprenante, au lieu de l'art et de la finesse de sa sœur, elle n'avait qu'une ingénuité, une candeur qui devaient la faire tomber dans bien des pièges. Cette jeune fille, à tant de qualités, joignait une physionomie douce, absolument différente de celle dont la nature avait embelli Juliette ; autant on voyait d'artifice, de manège, de coquetterie dans les traits de l'une, autant on admirait de pudeur, de décence et de timidité dans l'autre ; un air de vierge, de grands yeux bleus, pleins d'âme et d'intérêt, une peau éblouissante, une taille souple et flexible, un organe touchant, des dents d'ivoire et les plus beaux cheveux blonds, voilà l'esquisse de cette cadette charmante, dont les grâces naïves et les traits délicats sont au-dessus de nos pinceaux.

On leur donna vingt-quatre heures à l'une et à l'autre pour quitter le couvent, leur laissant le soin de se pourvoir, avec leurs cent écus, où bon leur semblerait. Juliette, enchantée d'être sa maîtresse, voulut un moment essuyer les pleurs de Justine, puis voyant qu'elle n'y réussirait pas, elle se mit à la gronder

56

au lieu de la consoler ; elle lui reprocha sa sensibilité ; elle lui dit, avec une philosophie très au-dessus de son âge, qu'il ne fallait s'affliger dans ce monde-ci que de ce qui nous affectait personnellement ; qu'il était possible de trouver en soi-même des sensations physiques d'une assez piquante volupté pour éteindre toutes les affections morales dont le choc pourrait être douloureux ; que ce procédé devenait d'autant plus essentiel à mettre en usage que la véritable sagesse consistait infiniment plus à doubler la somme de ses plaisirs qu'à multiplier celle de ses peines ; qu'il n'y avait rien, en un mot, qu'on ne dût faire pour émousser dans soi cette perfide sensibilité, dont il n'y avait que les autres qui profitassent, tandis qu'elle ne nous apportait que des chagrins. Mais on endurcit difficilement un bon cœur, il résiste aux raisonnements d'une mauvaise tête, et ses jouissances le consolent des faux brillants du bel esprit.

Juliette, employant d'autres ressources, dit alors à sa sœur qu'avec l'âge et la figure qu'elles avaient l'une et l'autre, il était impossible qu'elles mourussent de faim. Elle lui cita la fille d'une de leurs voisines, qui, s'étant échappée de la maison paternelle, était aujourd'hui richement entretenue et bien plus heureuse, sans doute, que si elle fût restée dans le sein de sa famille ; qu'il fallait bien se garder de croire que ce fût le mariage qui rendît une jeune fille heureuse ; que captive sous les lois de l'hymen, elle avait, avec beaucoup d'humeur à souffrir, une très légère dose de plaisirs à attendre ; au lieu que, livrées au libertinage, elles pourraient toujours se garantir de l'humeur des amants, ou s'en consoler par leur nombre.

Justine eut horreur de ces discours ; elle dit qu'elle préférait la mort à l'ignominie, et quelques nouvelles instances que lui fît sa sœur, elle refusa constamment

de loger avec elle dès qu'elle la vit déterminée à une
conduite qui la faisait frémir.

Les deux jeunes filles se séparèrent donc, sans
aucune promesse de se revoir, dès que leurs intentions
se trouvaient si différentes. Juliette qui allait, prétendait-elle, devenir une grande dame, consentirait-elle à
recevoir une petite fille dont les inclinations vertueuses
mais basses seraient capables de la déshonorer ? Et de
son côté, Justine voudrait-elle risquer ses mœurs dans
la société d'une créature perverse qui allait devenir
victime de la crapule et de la débauche publique ?
Toutes deux se firent donc un éternel adieu, et toutes
deux quittèrent le couvent dès le lendemain.

Justine, caressée lors de son enfance par la couturière de sa mère, croit que cette femme sera sensible à
son malheur ; elle va la trouver, elle lui fait part de ses
infortunes, elle lui demande de l'ouvrage... à peine la
reconnaît-on ; elle est renvoyée durement.

— Oh, ciel ! dit cette pauvre créature, faut-il que les
premiers pas que je fais dans le monde soient déjà
marqués par des chagrins ! Cette femme m'aimait
autrefois, pourquoi me rejette-t-on aujourd'hui ?
Hélas ! c'est que je suis orpheline et pauvre ; c'est que
je n'ai plus de ressources dans le monde, et que l'on
n'estime les gens qu'en raison des secours et des
agréments que l'on s'imagine en recevoir.

Justine, en larmes, va trouver son curé ; elle lui peint
son état avec l'énergique candeur de son âge... Elle
était en petit fourreau blanc ; ses beaux cheveux
négligemment repliés sous un grand bonnet ; sa gorge à
peine indiquée, cachée sous deux ou trois aunes de
gaze ; sa jolie mine un peu pâle à cause des chagrins qui
la dévoraient ; quelques larmes roulaient dans ses yeux
et leur prêtaient encore plus d'expression.

— Vous me voyez, monsieur, dit-elle au saint

58

ecclésiastique... oui, vous me voyez dans une position bien affligeante pour une jeune fille ; j'ai perdu mon père et ma mère... Le Ciel me les enlève à l'âge où j'avais le plus besoin de leur secours... Ils sont morts ruinés, monsieur ; nous n'avons plus rien... Voilà tout ce qu'ils m'ont laissé, continua-t-elle, en montrant ses douze louis... et pas un coin pour reposer ma pauvre tête... Vous aurez pitié de moi, n'est-ce pas, monsieur ! Vous êtes le ministre de la religion, et la religion fut toujours la vertu de mon cœur ; au nom de ce Dieu que j'adore et dont vous êtes l'organe, dites-moi, comme un second père, ce qu'il faut que je fasse... ce qu'il faut que je devienne ?

Le charitable prêtre répondit en lorgnant Justine que la paroisse était bien *chargée ;* qu'il était difficile qu'elle pût *embrasser* de nouvelles aumônes, mais que si Justine voulait le servir, que si elle voulait faire *le gros ouvrage,* il y aurait toujours dans sa cuisine un morceau de pain pour elle. Et, comme en disant cela, l'interprète des dieux lui avait passé la main sous le menton, en lui donnant un baiser beaucoup trop mondain pour un homme d'Eglise, Justine, qui ne l'avait que trop compris, le repoussa en lui disant :

— Monsieur, je ne vous demande ni l'aumône ni une place de servante ; il y a trop peu de temps que je quitte un état au-dessus de celui qui peut faire désirer ces deux grâces pour être réduite à les implorer ; je sollicite les conseils dont ma jeunesse et mes malheurs ont besoin, et vous voulez me les faire acheter un peu trop cher.

Le pasteur, honteux d'être dévoilé, chassa promptement cette petite créature, et la malheureuse Justine, deux fois repoussée dès le premier jour qu'elle est condamnée à *l'isolisme,* entre dans une maison où elle voit un écriteau, loue un petit cabinet garni au cinquième, le paye d'avance, et s'y livre à des larmes d'autant plus amères qu'elle est sensible et que sa petite fierté vient d'être cruellement compromise.

Nous permettra-t-on de l'abandonner quelque temps ici, pour retourner à Juliette[6] et pour dire comment, du simple état d'où nous la voyons sortir, et sans plus avoir de ressources que sa sœur, elle devint pourtant, en quinze ans, femme titrée, possédant trente mille livres de rente, de très beaux bijoux, deux ou trois maisons tant à la ville qu'à la campagne, et, pour l'instant, le cœur, la fortune et la confiance de M. de Corville, conseiller d'Etat, homme dans le plus grand crédit et à la veille d'entrer dans le ministère ? La carrière fut épineuse, on n'en doute assurément pas : c'est par l'apprentissage le plus honteux et le plus dur que ces demoiselles-là font leur chemin ; et telle est dans le lit d'un prince aujourd'hui, qui porte peut-être encore sur elle les marques humiliantes de la brutalité des libertins entre les mains desquels sa jeunesse et son inexpérience la jetèrent.

En sortant du couvent, Juliette alla trouver une femme qu'elle avait entendu nommer à cette jeune amie de son voisinage ; pervertie comme elle avait envie de l'être et pervertie par cette femme, elle l'aborde avec son petit paquet sous le bras, une lévite bleue bien en désordre, des cheveux traînants, la plus jolie figure du monde, s'il est vrai qu'à de certains yeux l'indécence puisse avoir des charmes ; elle conte son histoire à cette femme, et la supplie de la protéger comme elle a fait de son ancienne amie.

— Quel âge avez-vous ? lui demande la Duvergier.

— Quinze ans dans quelques jours, madame, répondit Juliette.

— Et jamais nul mortel... continua la matrone.

J. et J. se ressemblent bcp en principe: Juliette, si elle s'adonne à l'interdit et au secret, est transparente à sa manière; sa propre candeur (cf sa propre vertu p. 58)

Juliette : sa monstruosité est honnête (transparence) (62 pr voc.)

— Oh! non, madame, je vous le jure, répliqua Juliette.

— Mais c'est que quelquefois dans ces couvents, dit la vieille... un confesseur, une religieuse, une camarade... Il me faut des preuves sûres.

— Il ne tient qu'à vous de vous les procurer, *sûre d'elle ici; sa transparence* madame, répondit Juliette en rougissant.

Et la duègne s'étant affublée d'une paire de lunettes, et ayant avec scrupule visité les choses de toutes parts :

— Allons, dit-elle à la jeune fille, vous n'avez qu'à rester ici, beaucoup d'égards pour mes conseils, un grand fonds de complaisance et de soumission pour mes pratiques, de la propreté, de l'économie, de la candeur vis-à-vis de moi, de la politique envers vos compagnes, et de la fourberie avec les hommes, avant dix ans je vous mettrai en état de vous retirer dans un troisième avec une commode, un trumeau, une servante; et l'art que vous aurez acquis chez moi vous *(1162)* donnera de quoi vous procurer le reste.

Ces recommandations faites, la Duvergier s'empare du petit paquet de Juliette; elle lui demande si elle n'a *des erreurs de Jul.* point d'argent, et celle-ci lui ayant trop franchement *de Jul.* avoué qu'elle avait cent écus, la chère maman les *son appren-* confisque en assurant sa nouvelle pensionnaire qu'elle *tissage* placera ce petit fonds à la loterie pour elle, mais qu'il ne faut pas qu'une jeune fille ait d'argent :

— C'est, lui dit-elle, un moyen de faire le mal, et dans un siècle aussi corrompu, une fille sage et bien née doit éviter avec soin tout ce qui peut l'entraîner dans quelque piège. C'est pour votre bien que je vous parle, ma petite, ajouta la duègne, et vous devez me savoir gré de ce que je fais.

Ce sermon fini, la nouvelle venue est présentée à ses compagnes; on lui indique sa chambre dans la maison, et dès le lendemain ses prémices sont en vente.

61

En quatre mois, la marchandise est successivement vendue à près de cent personnes ; les uns se contentent de la rose, d'autres plus délicats ou plus dépravés (car la question n'est pas résolue) veulent épanouir le bouton qui fleurit à côté. Chaque fois, la Duvergier rétrécit, rajuste, et pendant quatre mois ce sont toujours des prémices que la friponne offre au public. Au bout de cet épineux noviciat, Juliette obtient enfin des patentes de sœur converse ; de ce moment, elle est réellement reconnue fille de la maison ; dès lors elle en partage les peines et les profits. Autre apprentissage : si dans la première école, à quelques écarts près, Juliette a servi la nature, elle en oublie les lois dans la seconde ; elle y corrompt entièrement ses mœurs ; le triomphe qu'elle voit obtenir au vice dégrade totalement son âme ; elle sent que, née pour le crime, au moins doit-elle aller au grand et renoncer à languir dans un état subalterne, qui, en lui faisant faire les mêmes fautes, en l'avilissant également, ne lui rapporte pas, à beaucoup près, le même profit. Elle plaît à un vieux seigneur fort débauché, qui ne la fait venir d'abord que pour l'affaire du moment ; elle a l'art de s'en faire magnifiquement entretenir ; elle paraît enfin aux spectacles, aux promenades, à côté des cordons bleus de l'ordre de Cythère ; on la regarde, on la cite, on l'envie, et la fine créature sait si bien s'y prendre, qu'en moins de quatre ans elle ruine six hommes, dont le plus pauvre avait cent mille écus de rente. Il n'en fallait pas davantage pour faire sa réputation ; l'aveuglement des gens du monde est tel, que plus une de ces créatures a prouvé sa malhonnêteté, plus on est envieux d'être sur sa liste ; il semble que le degré de son avilissement et de sa corruption devienne la mesure des sentiments que l'on ose afficher pour elle.

Juliette venait d'atteindre sa vingtième année, lors-

qu'un certain comte de Lorsange, gentilhomme ange-
vin, âgé d'environ quarante ans, devint tellement épris
d'elle, qu'il résolut de lui donner son nom : il lui
reconnut douze mille livres de rente, lui assura le reste
de sa fortune s'il venait à mourir avant elle ; lui donna
une maison, des gens, une livrée, et une sorte de
considération dans le monde, qui parvint en deux ou
trois ans à faire oublier ses débuts.

Ce fut ici que la malheureuse Juliette, oubliant tous
les sentiments de sa naissance et de sa bonne éducation, pervertie par de mauvais conseils et des livres
dangereux, pressée de jouir seule, d'avoir un nom et
point de chaînes, osa se livrer à la coupable idée
d'abréger les jours de son mari. Ce projet odieux,
conçu, elle le caressa ; elle le consolida malheureusement dans ces moments dangereux où le physique
s'embrase aux erreurs du moral ; instants où l'on se
refuse d'autant moins qu'alors rien ne s'oppose à
l'irrégularité des vœux ou à l'impétuosité des désirs, et
que la volupté reçue n'est vive qu'en raison de la
multitude des freins qu'on brise, ou de leur sainteté.
Le songe évanoui, si l'on redevenait sage, l'inconvénient serait médiocre, c'est l'histoire des torts de
l'esprit ; on sait bien qu'ils n'offensent personne, mais
on va plus loin, malheureusement. Que sera-ce, ose-
t-on se dire, que la réalisation de cette idée, puisque
son seul aspect vient d'exalter, vient d'émouvoir si
vivement ? On vivifie la maudite chimère, et son
existence est un crime.

Mme de Lorsange exécuta, heureusement pour elle,
avec tant de secret, qu'elle se mit à l'abri de toute
poursuite, et qu'elle ensevelit avec son époux les traces
du forfait épouvantable qui le précipitait au tombeau.

Redevenue libre et comtesse, Mme de Lorsange
reprit ses anciennes habitudes ; mais se croyant quel-

que chose dans le monde, elle mit à sa conduite un peu
moins d'indécence. Ce n'était plus une fille entretenue,
c'était une riche veuve qui donnait de jolis soupers,
chez laquelle la cour et la ville étaient trop heureuses
d'être admises ; femme décente en un mot et qui
néanmoins *couchait* pour deux cents louis, et se donnait
pour cinq cents par mois.

Jusqu'à vingt-six ans, Mme de Lorsange fit encore de
brillantes conquêtes ; elle ruina trois ambassadeurs
étrangers, quatre fermiers généraux, deux évêques, un
cardinal et trois chevaliers des Ordres du roi ; mais
comme il est rare de s'arrêter après un premier délit,
surtout quand il a tourné heureusement, la malheureuse Juliette se noircit de deux nouveaux crimes
semblables au premier ; l'un pour voler un de ses
amants qui lui avait confié une somme considérable,
ignorée de la famille de cet homme et que Mme de Lorsange put mettre à l'abri par cette affreuse action ;
l'autre pour avoir plus tôt un legs de cent mille francs
qu'un de ses adorateurs lui faisait au nom d'un tiers,
chargé de rendre la somme après décès. A ces horreurs,
Mme de Lorsange joignait trois ou quatre infanticides.
La crainte de gâter sa jolie taille, le désir de cacher une
double intrigue, tout lui fit prendre la résolution
d'étouffer dans son sein la preuve de ses débauches ; et
ces forfaits ignorés comme les autres n'empêchèrent
pas cette femme adroite et ambitieuse de trouver
journellement de nouvelles dupes.

Il est donc vrai que la prospérité peut accompagner
la plus mauvaise conduite, et qu'au milieu même du
désordre et de la corruption, tout ce que les hommes
appellent le bonheur peut se répandre sur la vie ; que
l'exemple du malheur poursuivant partout la vertu, et
que nous allons bientôt offrir, ne tourmente pas
davantage les honnêtes gens. Cette félicité du crime est

64

trompeuse, elle n'est qu'apparente ; indépendamment
de la punition bien certainement réservée par la
providence à ceux qu'ont séduits ses succès, ne nour-
rissent-ils pas au fond de leur âme un ver qui, les
rongeant sans cesse, les empêche d'être réjouis de ces
fausses lueurs, et ne laisse en leur âme, au lieu de
délices, que le souvenir déchirant des crimes qui les
ont conduits où ils sont[7] ? A l'égard de l'infortuné que
le sort persécute, il a son cœur pour consolation, et les
jouissances intérieures que lui procurent ses vertus le
dédommagent bientôt de l'injustice des hommes.

Tel était donc l'état des affaires de Mme de Lorsange, lorsque M. de Corville, âgé de cinquante ans,
jouissant du crédit et de la considération que nous
avons peints plus haut, résolut de se sacrifier entièrement pour cette femme et de la fixer à jamais à lui. Soit
attention, soit procédés, soit politique de la part de
Mme de Lorsange, il y était parvenu, et il y avait quatre
ans qu'il vivait avec elle, absolument comme avec une
épouse légitime, lorsque l'acquisition d'une très belle
terre auprès de Montargis les obligea l'un et l'autre
d'aller passer quelque temps dans cette province.

Un soir, où la beauté du temps leur avait fait
prolonger leur promenade, de la terre qu'ils habitaient
jusqu'à Montargis, trop fatigués l'un et l'autre pour
entreprendre de retourner comme ils étaient venus, ils
s'arrêtèrent à l'auberge où descend le carrosse de
Lyon, à dessein d'envoyer de là un homme à cheval
leur chercher une voiture. Ils se reposaient dans une
salle basse et fraîche de cette maison, donnant sur la
cour, lorsque le coche dont nous venons de parler entra
dans cette hôtellerie.

C'est un amusement assez naturel que de regarder
une descente de coche ; on peut parier pour le genre
des personnages qui s'y trouvent, et si l'on a nommé

�→ Justine est un meurtre, une anomalie, si après tes ts épreuves elle est encore décrite de cette manière ? Aussi ont elle se fait reconnaître par sa sœur ⊕ le démembre-t-on capenne et la fétichisabis ? Narrateur n'a pas de pitié pr elle

une catin, un officier, quelques abbés et un moine, on
est presque toujours sûr de gagner. Mme de Lorsange
se lève, M. de Corville la suit, et tous deux s'amusent à
voir entrer dans l'auberge la société cahotante. Il
paraissait qu'il n'y avait plus personne dans la voiture,
lorsqu'un cavalier de maréchaussée, descendant du
panier, reçut dans ses bras d'un de ses camarades
également placé dans le même lieu, une fille de vingt-
six à vingt-sept ans, vêtue d'un mauvais petit caraco
d'indienne et enveloppée jusqu'aux sourcils d'un grand
mantelet de taffetas noir. Elle était liée comme une
criminelle, et d'une telle faiblesse, qu'elle serait assurément tombée si ses gardes ne l'eussent soutenue. A un
cri de surprise et d'horreur qui échappe à Mme de Lorsange, la jeune fille se retourne, et laisse voir avec la
plus belle taille du monde, la figure la plus noble, la
plus agréable, la plus intéressante, tous les appas enfin
les plus en droit de plaire, rendus mille fois plus
piquants encore par cette tendre et touchante affliction
que l'innocence ajoute aux traits de la beauté.

M. de Corville et sa maîtresse ne peuvent s'empêcher de s'intéresser pour cette misérable fille. Ils
s'approchent, ils demandent à l'un des gardes ce qu'a
fait cette infortunée.

— On l'accuse de trois crimes, répond le cavalier, il
s'agit de meurtre, de vol et d'incendie ; mais je vous
avoue que mon camarade et moi n'avons jamais
conduit de criminel avec autant de répugnance ; c'est la
créature la plus douce, et qui paraît la plus honnête.

— Ah, ah ! dit M. de Corville, ne pourrait-il pas y
avoir là quelques-unes de ces bévues ordinaires aux
tribunaux subalternes[8] ?... Et où s'est commis le délit ?

— Dans une auberge à quelques lieues de Lyon ;
c'est Lyon qui l'a jugée ; elle va, suivant l'usage, à Paris

66

pour la confirmation de sa sentence, et reviendra pour être exécutée à Lyon.

Mme de Lorsange, qui s'était approchée, qui entendait ce récit, témoigna bas à M. de Corville l'envie qu'elle aurait d'apprendre de la bouche de cette fille même l'histoire de ses malheurs, et M. de Corville, qui formait aussi le même désir, en fit part aux deux gardes en se nommant à eux. Ceux-ci ne crurent pas devoir s'y opposer. On décida qu'il fallait passer la nuit à Montargis ; on demanda un appartement commode ; M. de Corville répondit de la prisonnière, on la délia ; et quand on lui eut fait prendre un peu de nourriture, Mme de Lorsange, qui ne pouvait s'empêcher de prendre à elle le plus vif intérêt, et qui sans doute se disait à elle-même : « Cette créature, peut-être innocente, est pourtant traitée comme une criminelle, tandis que tout prospère autour de moi... de moi qui me suis souillée de crimes et d'horreurs », Mme de Lorsange, dis-je, dès qu'elle vit cette pauvre fille un peu rafraîchie, un peu consolée par les caresses que l'on s'empressait de lui faire, l'engagea de dire par quel événement, avec une physionomie si douce, elle se trouvait dans une aussi funeste circonstance.

— Vous raconter l'histoire de ma vie, madame, dit la belle infortunée, en s'adressant à la comtesse, c'est vous offrir l'exemple le plus frappant des malheurs de l'innocence, c'est accuser la main du Ciel, c'est se plaindre des volontés de l'Etre suprême, c'est une espèce de révolte contre ses intentions sacrées... Je ne l'ose pas... car dirait que la Providence fait erreur... est injuste...

Des pleurs coulèrent alors avec abondance des yeux de cette intéressante fille, et après leur avoir donné cours un instant, elle commença son récit dans ces termes :

— Vous me permettrez de cacher mon nom et ma naissance, madame ; sans être illustre, elle est honnête, et je n'étais pas destinée à l'humiliation où vous me voyez réduite. Je perdis fort jeune mes parents ; je crus avec le peu de secours qu'ils m'avaient laissé pouvoir attendre une place convenable, et refusant toutes celles qui ne l'étaient pas, je mangeai, sans m'en apercevoir, à Paris où je suis née, le peu que je possédais ; plus je devenais pauvre, plus j'étais méprisée ; plus j'avais besoin d'appui, moins j'espérais d'en obtenir ; mais de toutes les duretés que j'éprouvai dans les commencements de ma malheureuse situation, de tous les propos horribles qui me furent tenus, je ne vous citerai que ce qui m'arriva chez M. Dubourg, un des plus riches traitants de la capitale. La femme chez qui je logeais m'avait adressée à lui, comme à quelqu'un dont le crédit et les richesses pouvaient le plus sûrement adoucir la rigueur de mon sort. Après avoir attendu très longtemps dans l'antichambre de cet homme, on m'introduisit ; M. Dubourg, âgé de quarante-huit ans, venait de sortir de son lit, entortillé d'une robe de chambre flottante qui cachait à peine son désordre ; on s'apprêtait à le coiffer ; il fit retirer et me demanda ce que je voulais.

— Hélas ! monsieur, lui répondis-je toute confuse, je suis une pauvre orpheline qui n'ai pas encore quatorze ans et qui connais déjà toutes les nuances de l'infortune ; j'implore votre commisération, ayez pitié de moi, je vous conjure. *elle donne des détails*

Et alors je lui détaillai tous mes maux, la difficulté de rencontrer une place, peut-être même un peu la peine que j'éprouvais à en prendre une, n'étant pas née pour cet état ; le malheur que j'avais eu, pendant tout cela, de manger le peu que j'avais...le défaut d'ouvrage, l'espoir où j'étais, qu'il me faciliterait les moyens de

* "providents" sous couvert d'honnêteté

vivre ; tout ce que dicte enfin l'éloquence du malheur, toujours rapide dans une âme sensible, toujours à charge à l'opulence... Après m'avoir écoutée avec beaucoup de distraction, M. Dubourg me demanda si j'avais toujours été sage.

— Je ne serais ni aussi pauvre ni aussi embarrassée, monsieur, répondis-je, si j'avais voulu cesser de l'être.

— Mais, me dit à cela M. Dubourg, à quel titre prétendez-vous que les gens riches vous soulagent, si vous ne les servez en rien ?

— Et de quel service prétendez-vous parler, monsieur ? répondis-je ; je ne demande pas mieux que de rendre ceux que la décence et mon âge me permettront de remplir.

— Les services d'une enfant comme vous sont peu utiles dans une maison, me répondit Dubourg ; vous n'êtes ni d'âge ni de tournure à vous placer comme vous le demandez. Vous ferez mieux de vous occuper de plaire aux hommes, et de travailler à trouver quelqu'un qui consente à prendre soin de vous ; cette vertu dont vous faites un si grand étalage ne sert à rien dans le monde ; vous aurez beau fléchir aux pieds de ses autels, son vain encens ne vous nourrira point. La chose qui flatte le moins les hommes, celle dont ils font le moins de cas, celle qu'ils méprisent le plus souverainement, c'est la sagesse de votre sexe ; on n'estime icibas, mon enfant, que ce qui rapporte ou ce qui délecte ; et de quel profit peut nous être la vertu des femmes ? Ce sont leurs désordres qui nous servent et qui nous amusent ; mais leur chasteté nous intéresse on ne saurait moins. Quand des gens de notre sorte donnent, en un mot, ce n'est jamais que pour recevoir ; or, comment une petite fille comme vous peut-elle reconnaître ce qu'on fait pour elle, si ce n'est par l'abandon de tout ce qu'on exige de son corps ?

— Oh! monsieur, répondis-je le cœur gros de soupirs, il n'y a donc plus ni honnêteté ni bienfaisance chez les hommes ?

— Fort peu, répliqua Dubourg ; on en parle tant, comment voulez-vous qu'il y en ait ? On est revenu de cette manie d'obliger gratuitement les autres ; on a reconnu que les plaisirs de la charité n'étaient que les jouissances de l'orgueil, et comme rien n'est aussitôt dissipé, on a voulu des sensations plus réelles ; on a vu qu'avec un enfant comme vous, par exemple, il valait infiniment mieux retirer pour fruit de ses avances tous les plaisirs que peut offrir la luxure, que ceux très froids et très futiles de la soulager gratuitement ; la réputation d'un homme libéral, aumônier, généreux, ne vaut pas même, à l'instant où il en jouit le mieux, le plus léger plaisir des sens.

— Oh ! monsieur, avec de pareils principes, il faut donc que l'infortuné périsse !

— Qu'importe ; il y a plus de sujets qu'il n'en faut en France ; pourvu que la machine ait toujours la même élasticité, que fait à l'Etat le plus ou le moins d'individus qui la pressent ?

— Mais croyez-vous que des enfants respectent leurs pères, quand ils en sont ainsi maltraités ?

— Que fait à un père l'amour d'enfants qui le gênent ?

— Il vaudrait donc mieux qu'on nous eût étouffés dès le berceau[9] !

— Assurément, c'est l'usage dans beaucoup de pays, c'était la coutume des Grecs ; c'est celle des Chinois : là les enfants malheureux s'exposent ou se mettent à mort. A quoi bon laisser vivre des créatures qui ne pouvant plus compter sur les secours de leurs parents ou parce qu'ils en sont privés ou parce qu'ils n'en sont pas reconnus, ne servent plus dès lors qu'à

* gaspillage de ressources → ?   * le mode et le syst. de pensée
* le pessimisme du narrateur   de Justine notamment l'effet
* retour à l'orgueil de Justine   des larmes, statut, vertu...

visée très sombre

surcharger l'Etat d'une denrée dont il a déjà trop ? Les bâtards, les orphelins, les enfants mal conformés devraient être condamnés à mort dès leur naissance ; les premiers et les seconds, parce que n'ayant plus personne qui veuille ou qui puisse prendre soin d'eux, ils souillent la société d'une lie qui ne peut que lui devenir funeste un jour, et les autres parce qu'ils ne peuvent lui être d'aucune utilité ; l'une et l'autre de ces classes sont à la société comme ces excroissances de chairs qui, se nourrissant du suc des membres sains, les dégradent et les affaiblissent, ou, si vous l'aimez mieux, comme ces végétaux parasites qui, se liant aux bonnes plantes, les détériorent et les rongent en s'adaptant leur semence nourricière. Abus criants que ces aumônes destinées à nourrir une telle écume, que ces maisons richement dotées qu'on a l'extravagance de leur bâtir, comme si l'espèce des hommes était tellement rare, tellement précieuse qu'il fallût en conserver jusqu'à la plus vile portion ! Mais laissons une politique où tu ne dois rien comprendre, mon enfant ; pourquoi se plaindre de son sort, quand il ne tient qu'à soi d'y remédier ?

— A quel prix, juste ciel !

— A celui d'une chimère, d'une chose qui n'a de valeur que celle que ton orgueil y met. Au reste, continue ce barbare en se levant et ouvrant la porte, voilà tout ce que je puis pour vous ; consentez-y, ou délivrez-moi de votre présence ; je n'aime pas les mendiants...

Mes larmes coulèrent, il me fut impossible de les retenir ; le croirez-vous, madame, elles irritèrent cet homme au lieu de l'attendrir. Il referme la porte et me saisissant par le collet de ma robe, il me dit avec brutalité qu'il va me faire faire de force ce que je ne veux pas lui accorder de bon gré. En cet instant cruel,

71

mon malheur me prête du courage ; je me débarrasse
de ses mains, et m'élançant vers la porte :

— Homme odieux, lui dis-je en m'échappant,
puisse le Ciel, aussi grièvement offensé par toi, te punir
un jour, comme tu le mérites, de ton exécrable
endurcissement ! Tu n'es digne ni de ces richesses dont
tu fais un aussi vil usage, ni de l'air même que tu
respires dans un monde souillé par tes barbaries.

Je me pressai de raconter à mon hôtesse la réception
de la personne chez laquelle elle m'avait envoyée ; mais
quelle fut ma surprise de voir cette misérable m'acca-
bler de reproches au lieu de partager ma douleur.

— Chétive créature, me dit-elle en colère, t'imagines-tu que les hommes sont assez dupes pour faire
l'aumône à de petites filles comme toi, sans exiger
l'intérêt de leur argent ? M. Dubourg est trop bon
d'avoir agi comme il l'a fait ; à sa place je ne t'aurais pas
laissée sortir de chez moi sans m'avoir contenté. Mais
puisque tu ne veux pas profiter des secours que je
t'offre, arrange-toi comme il te plaira ; tu me dois ·
demain de l'argent, ou la prison [10].

— Madame, ayez pitié...

— Oui, oui, pitié... on meurt de faim avec la pitié !

— Mais comment voulez-vous que je fasse ?

— Il faut retourner chez Dubourg ; il faut le
satisfaire, il faut me rapporter de l'argent ; je le verrai,
je le préviendrai ; je raccommoderai, si je puis, vos
sottises ; je lui ferai vos excuses, mais songez à vous
mieux comporter.

Honteuse, au désespoir, ne sachant quel parti prendre, me voyant durement repoussée de tout le monde,
presque sans ressource, je dis à Mme Desroches (c'était
le nom de mon hôtesse) que j'étais décidée à tout pour
la satisfaire. Elle alla chez le financier, et me dit au
retour qu'elle l'avait trouvé très irrité ; que ce n'était

*+ aussi d'écrasement par misère faire peser qui la
red service ensuite → qu'à faire?*
*+ personnages qui servent d'appâts à la rouerie, déshumanisés pr
atteindre un but // l'utilitarisme des pratiques*

pas sans peine qu'elle était parvenue à le fléchir en ma
faveur ; qu'à force de supplications elle avait pourtant
réussi à lui persuader de me revoir le lendemain matin ;
mais que j'eusse à prendre garde à ma conduite, parce
que, si je m'avisais de lui désobéir encore, lui-même se
chargeait du soin de me faire enfermer pour la vie [11].

J'arrive tout émue. Dubourg était seul, dans un état
plus indécent encore que la veille. La brutalité, le
libertinage, tous les caractères de la débauche écla-
taient dans ses regards sournois. *incarna de psch, pas tout un indiv idu*

— Remerciez la Desroches, me dit-il durement, de
ce que je veux bien en sa faveur vous rendre un instant
mes bontés ; vous devez sentir combien vous en êtes
indigne après votre conduite d'hier. Déshabillez-vous,
et si vous opposez encore la plus légère résistance à mes
désirs, deux hommes vous attendent dans mon antichambre pour vous conduire en un lieu dont vous ne
sortirez de vos jours.

— O monsieur, dis-je en pleurs et me précipitant
aux genoux de cet homme barbare, laissez-vous fléchir,
je vous en conjure ; soyez assez généreux pour me
secourir sans exiger de moi ce qui me coûte assez pour
vous offrir plutôt ma vie que de m'y soumettre... Oui,
j'aime mieux mourir mille fois que d'enfreindre les
principes que j'ai reçus dans mon enfance... Monsieur,
monsieur, ne me contraignez pas, je vous supplie ;
pouvez-vous concevoir le bonheur au sein des dégoûts
et des larmes ? Osez-vous soupçonner le plaisir où vous
ne verrez que des répugnances ? Vous n'aurez pas plus
tôt consommé votre crime que le spectacle de mon
désespoir vous accablera de remords....

Mais les infamies où se livrait Dubourg m'empêchèrent de poursuivre ; aurais-je pu me croire capable
d'attendrir un homme qui trouvait déjà dans ma
propre douleur un véhicule de plus à ses horribles

73

passions ? Le croirez-vous, madame, s'enflammant aux accents aigus de mes plaintes, les savourant avec inhumanité, l'indigne se disposait lui-même à ses criminelles tentatives ! Il se lève, et se montrant à la fin à moi dans un état où la raison triomphe rarement, et où la résistance de l'objet qui la fait perdre n'est qu'un aliment de plus au délire, il me saisit avec brutalité, enlève impétueusement les voiles qui dérobent encore ce dont il brûle de jouir ; tour à tour, il m'injurie... il me flatte... il me maltraite et me caresse... Oh ! quel tableau, grand Dieu ! quel mélange inouï de dureté... de luxure ! Il semblait que l'Etre suprême voulût, dans cette première circonstance de ma vie, imprimer à jamais en moi toute l'horreur que je devais avoir pour un genre de crime d'où devait naître l'affluence des maux dont j'étais menacée ! Mais fallait-il m'en plaindre alors ? Non, sans doute ; à ses excès je dus mon salut ; moins de débauche, et j'étais une fille flétrie ; les feux de Dubourg s'éteignirent dans l'effervescence de ses entreprises, le Ciel me vengea des offenses où le monstre allait se livrer, et la perte de ses forces, avant le sacrifice, me préserva d'en être la victime.

Dubourg n'en devint que plus insolent ; il m'accusa des torts de sa faiblesse... voulut les réparer par de nouveaux outrages et des invectives encore plus mortifiantes ; il n'y eut rien qu'il ne me dît, rien qu'il ne tentât, rien que la perfide imagination, la dureté de son caractère et la dépravation de ses mœurs ne lui fît entreprendre. Ma maladresse l'impatienta ; j'étais loin de vouloir agir, c'était beaucoup que de me prêter : mes remords n'en sont pas éteints... Cependant rien ne réussit, ma soumission cessa de l'enflammer ; il eut beau passer successivement de la tendresse à la rigueur... de l'esclavage à la tyrannie... de l'air de la décence aux excès de la crapule, nous nous trouvâmes

74

excédés l'un et l'autre, sans qu'il pût heureusement recouvrer ce qu'il fallait pour me porter de plus dangereuses attaques. Il y renonça, me fit promettre de venir le trouver le lendemain, et pour m'y déterminer plus sûrement, il ne voulut absolument me donner que la somme que je devais à la Desroches. Je revins donc chez cette femme, bien humiliée d'une pareille aventure et bien résolue, quelque chose qui pût m'arriver, de ne pas m'y exposer une troisième fois. Je l'en prévins en la payant, et en accablant de malédictions le scélérat capable d'abuser aussi cruellement de ma misère. Mais mes imprécations, loin d'attirer sur lui la colère de Dieu, ne firent que lui porter bonheur ; huit jours après, j'appris que cet insigne libertin venait d'obtenir du gouvernement une régie générale qui augmentait ses revenus de plus de quatre cent mille livres de rentes ; j'étais aborbée dans les réflexions que font naître inévitablement de semblables inconséquences du sort, quand un rayon d'espoir sembla luire un instant à mes yeux.

La Desroches vint me dire un jour qu'elle avait enfin trouvé une maison où l'on me recevrait avec plaisir, pourvu que je m'y comportasse bien.

— Oh ! ciel, madame, lui dis-je, en me jetant avec transport dans ses bras, cette condition est celle que j'y mettrais moi-même, jugez si je l'accepte avec plaisir !

L'homme que je devais servir était un fameux usurier de Paris[12] qui s'était enrichi non seulement en prêtant sur gages, mais même en volant impunément le public chaque fois qu'il avait cru le pouvoir faire en sûreté. Il demeurait rue Quincampoix, à un second étage, avec une créature de cinquante ans, qu'il appelait sa femme, et pour le moins aussi méchante que lui.

— Thérèse, me dit cet avare (tel était le nom que

j'avais pris pour cacher le mien), Thérèse, la première vertu de ma maison, c'est la probité ; si jamais vous détourniez d'ici la dixième partie d'un denier, je vous ferais pendre, voyez-vous, mon enfant. Le peu de douceur dont nous jouissons, ma femme et moi, est le fruit de nos travaux immenses et de notre parfaite sobriété... Mangez-vous beaucoup, ma petite ?

— Quelques onces de pain par jour, monsieur, lui répondis-je, de l'eau et un peu de soupe, quand je suis assez heureuse pour en avoir.

— De la soupe ! morbleu, de la soupe ! Regardez, ma mie, dit l'usurier à sa femme, gémissez des progrès du luxe : ça cherche condition, ça meurt de faim depuis un an, et ça veut manger de la soupe ; à peine en faisons-nous une fois tous les dimanches, nous qui travaillons comme des forçats ; vous aurez trois onces de pain par jour, ma fille, une demi-bouteille d'eau de rivière, une vieille robe de ma femme tous les dix-huit mois et trois écus de gages au bout de l'année, si nous sommes contents de vos services, si votre économie répond à la nôtre, et si vous faites enfin prospérer la maison par de l'ordre et de l'arrangement. Votre service est médiocre, c'est l'affaire d'un clin d'œil ; il s'agit de frotter et nettoyer trois fois la semaine cet appartement de six pièces, de faire nos lits, de répondre à la porte, de poudrer ma perruque, de coiffer ma femme, de soigner le chien et le perroquet, de veiller à la cuisine, d'en nettoyer les ustensiles, d'aider à ma femme quand elle nous fait un morceau à manger, et d'employer quatre ou cinq heures par jour à faire du linge, des bas, des bonnets et autres petits meubles de ménage. Vous voyez que ce n'est rien, Thérèse ; il vous restera bien du temps, nous vous permettrons d'en faire usage pour votre compte, pourvu que vous soyez sage, mon enfant, discrète, économe surtout, c'est l'essentiel.

Vous imaginez aisément, madame, qu'il fallait se trouver dans l'affreux état où j'étais pour accepter une telle place; non seulement il y avait infiniment plus d'ouvrage que mes forces ne me permettaient d'entreprendre, mais pouvais-je vivre avec ce qu'on m'offrait ? Je me gardai pourtant bien de faire la difficile, et je fus installée dès le même soir.

Si ma cruelle situation permettait que je vous amusasse un instant, madame, quand je ne dois penser qu'à vous attendrir, j'oserais vous raconter quelques traits d'avarice dont je fus témoin dans cette maison; mais une catastrophe si terrible pour moi m'y attendait dès la seconde année, qu'il m'est bien difficile de vous arrêter sur des détails amusants avant que de vous entretenir de mes malheurs.

Vous saurez, cependant, madame, qu'on n'avait jamais d'autre lumière, dans l'appartement de M. du Harpin, que celle qu'il dérobait au réverbère heureusement placé en face de sa chambre; jamais ni l'un ni l'autre n'usaient de linge : on emmagasinait celui que je faisais, on n'y touchait de la vie; il y avait aux manches de la veste de Monsieur, ainsi qu'à celles de la robe de Madame, une vieille paire de manchettes cousues après l'étoffe, et que je lavais tous les samedis au soir; point de draps, point de serviettes, et tout cela pour éviter le blanchissage. On ne buvait jamais de vin chez lui, l'eau claire étant, disait Mme du Harpin, la boisson naturelle de l'homme, la plus saine et la moins dangereuse. Toutes les fois qu'on coupait le pain, il se plaçait une corbeille sous le couteau, afin de recueillir ce qui tombait : on y joignait avec exactitude toutes les miettes qui pouvaient se faire aux repas, et ce mets, frit le dimanche, avec un peu de beurre, composait le plat de festin de ces jours de repos ; jamais il ne fallait battre les habits ni les meubles, de peur de les user, mais les housser légèrement avec un plumeau. Les souliers de Monsieur, ainsi que ceux de Madame, étaient doublés de fer, c'étaient les mêmes qui leur avaient servi le jour de leurs noces. Mais une pratique beaucoup plus bizarre était celle qu'on me faisait exercer une fois la semaine : il y avait dans l'appartement un assez grand cabinet dont les murs n'étaient point tapissés ; il fallait qu'avec un couteau j'allasse râper une certaine quantité de plâtre de ces murs, que je passais ensuite dans un tamis fin ; ce qui résultait de cette opération devenait la poudre de toilette dont j'ornais chaque matin et la perruque de Monsieur et le chignon de Madame. Ah ! plût à Dieu que ces turpitudes eussent été les seules où se fussent livrées ces vilaines gens ! Rien de plus naturel que le désir de conserver son bien ; mais ce qui ne l'est pas autant, c'est l'envie de l'augmenter de celui des autres. Et je ne fus pas longtemps à m'apercevoir que ce n'était qu'ainsi que s'enrichissait du Harpin.

Il logeait au-dessus de nous un particulier fort à son aise, possédant d'assez jolis bijoux, et dont les effets, soit à cause du voisinage, soit pour avoir passé par les mains de mon maître, se trouvaient très connus de lui ; je lui entendais souvent regretter avec sa femme une certaine boîte d'or de trente à quarante louis, qui lui serait infailliblement restée, disait-il, s'il avait su s'y prendre avec plus d'adresse. Pour se consoler enfin d'avoir rendu cette boîte, l'honnête M. du Harpin projeta de la voler, et ce fut moi qu'on chargea de la négociation.

Après m'avoir fait un grand discours sur l'indifférence du vol, sur l'utilité même dont il était dans le monde, puisqu'il y rétablissait une sorte d'équilibre, que dérangeait totalement l'inégalité des richesses ; sur la rareté des punitions, puisque de vingt voleurs il était prouvé qu'il n'en périssait pas deux ; après m'avoir démontré avec une érudition dont je n'aurais pas cru M. du Harpin capable, que le vol était en honneur dans toute la Grèce, que plusieurs peuples encore l'admettaient, le favorisaient, le récompensaient comme une action hardie prouvant à la fois le courage et l'adresse (deux vertus essentielles à toute nation guerrière); après m'avoir en un mot exalté son crédit qui me tirerait de tout, si j'étais découverte, M. du Harpin me remit deux fausses clefs dont l'une devait ouvrir l'appartement du voisin, l'autre son secrétaire dans lequel était la boîte en question ; il m'enjoignit de lui apporter incessamment cette boîte, et que pour un service aussi essentiel, je recevrais pendant deux ans un écu de plus sur mes gages.

— Oh ! monsieur, m'écriai-je en frémissant de la proposition, est-il possible qu'un maître ose corrompre ainsi son domestique ! Qui m'empêche de faire tourner contre vous les armes que vous me mettez à la main, et qu'aurez-vous à m'objecter si je vous rends un jour victime de vos propres principes ?

Du Harpin, confondu, se rejeta sur un subterfuge maladroit : il me dit que ce qu'il faisait n'était qu'à dessein de m'éprouver, que j'étais bien heureuse d'avoir résisté à ses propositions... que j'étais perdue si j'avais succombé... Je me payai de ce mensonge ; mais je sentis bientôt le tort que j'avais eu de répondre aussi fermement : les malfaiteurs n'aiment pas à trouver de la résistance dans ceux qu'ils cherchent à séduire ; il n'y a malheureusement point de milieu dès qu'on est assez à plaindre pour avoir reçu leurs propositions : il faut nécessairement devenir dès lors ou leurs complices, ce qui est dangereux, ou leurs ennemis, ce qui l'est encore davantage. Avec un peu plus d'expérience, j'aurais quitté la maison dès l'instant, mais il était déjà écrit dans le ciel que chacun des mouvements honnêtes qui devrait éclore de moi serait acquitté par des malheurs !

M. du Harpin laissa couler près d'un mois, c'est-à-dire à peu près jusqu'à l'époque de la fin de la seconde année de mon séjour chez lui, sans dire un mot et sans témoigner le plus léger ressentiment du refus que je lui avais fait, lorsqu'un soir, venant de me retirer dans ma chambre pour y goûter quelques heures de repos, j'entendis tout à coup jeter ma porte en dedans, et vis, non sans effroi, M. du Harpin conduisant un commissaire et quatre soldats du guet près de mon lit.

— Faites votre devoir, monsieur, dit-il à l'homme de justice ; cette malheureuse m'a volé un diamant de mille écus, vous le retrouverez dans sa chambre ou sur elle, le fait est certain.

— Moi, vous avoir volé, monsieur ! dis-je en me jetant toute troublée hors de mon lit ; moi, juste ciel ! Ah ! qui sait mieux que vous le contraire ? Qui doit être pénétré mieux que vous du point auquel cette action me répugne et de l'impossibilité qu'il y a que je l'aie commise ?

Mais du Harpin, faisant beaucoup de bruit pour que mes paroles ne fussent pas entendues, continua d'ordonner les perquisitions, et la malheureuse bague fut trouvée dans mon matelas. Avec des preuves de cette force, il n'y avait pas à répliquer ; je fus à l'instant saisie, garrottée et conduite en prison, sans qu'il me fût seulement possible de faire entendre un mot en ma faveur.

Le procès d'une malheureuse qui n'a ni crédit, ni protection, est promptement fait dans un pays où l'on croit la vertu incompatible avec la misère, où l'infortune est une preuve complète contre l'accusé ; là, une injuste prévention fait croire que celui qui a dû commettre le crime l'a commis ; les sentiments se mesurent à l'état où l'on trouve le coupable ; et sitôt que l'or ou des titres n'établissent pas son innocence, l'impossibilité qu'il puisse être innocent devient alors démontrée * [13].

J'eus beau me défendre, j'eus beau fournir les meilleurs moyens à l'avocat de forme qu'on me donna pour un instant, mon maître m'accusait, le diamant s'était trouvé dans ma chambre ; il était clair que je l'avais volé. Lorsque je voulus citer le trait horrible de M. du Harpin, et prouver que le malheur qui m'arrivait n'était que le fruit de sa vengeance et la suite de l'envie qu'il avait de se défaire d'une créature qui, tenant son secret, devenait maîtresse de lui, on traita ces plaintes de récrimination, on me dit que M. du Harpin était connu depuis vingt ans pour un homme intègre, incapable d'une telle horreur. Je fus transférée à la Conciergerie, où je me vis au moment d'aller payer de mes jours le refus de participer à un crime ; je périssais ; un nouveau délit pouvait seul me sauver : la providence voulut que le crime servît au moins une fois d'égide à la vertu, qu'il la préservât de l'abîme où l'allait engloutir l'imbécillité des juges.

J'avais près de moi une femme d'environ quarante ans, aussi célèbre par sa beauté que par l'espèce et la multiplicité de ses forfaits ; on la nommait Dubois, et elle était, ainsi que la malheureuse Thérèse, à la veille de subir un jugement de mort : le genre seul embarrassait les juges. S'étant rendue coupable de tous les crimes imaginables, on se trouvait presque obligé ou à inventer pour elle un supplice nouveau, ou à lui en

* Siècles à venir ! Vous ne verrez plus ce comble d'horreurs et d'infamie.

faire subir un dont nous exempte notre sexe. J'avais inspiré une sorte d'intérêt à cette femme, intérêt criminel, sans doute, puisque la base en était, comme je le sus depuis, l'extrême désir de faire une prosélyte de moi.

Un soir, deux jours peut-être tout au plus avant celui où nous devions perdre l'une et l'autre la vie, la Dubois me dit de ne me point coucher, et de me tenir avec elle sans affectation le plus près possible des portes de la prison.

— Entre sept et huit heures, poursuivit-elle, le feu prendra à la Conciergerie, c'est l'ouvrage de mes soins ; beaucoup de gens seront brûlés sans doute, peu importe, Thérèse, osa me dire cette scélérate ; le sort des autres doit être toujours nul dès qu'il s'agit de notre bien-être ; ce qu'il y a de sûr, c'est que nous nous sauverons ; quatre hommes, mes complices et mes amis, se joindront à nous, et je réponds de ta liberté.

Je vous l'ai dit, madame, la main du Ciel qui venait de punir l'innocence dans moi, servit le crime dans ma protectrice ; le feu prit, l'incendie fut horrible, il y eut vingt et une personnes de brûlées, mais nous nous sauvâmes. Dès le même jour nous gagnâmes la chaumière d'un braconnier de la forêt de Bondy, intime ami de notre bande.

— Te voilà libre, Thérèse, me dit alors la Dubois, tu peux maintenant choisir tel genre de vie qu'il te plaira, mais si j'ai un conseil à te donner, c'est de renoncer à des pratiques de vertu qui, comme tu vois, ne t'ont jamais réussi ; une délicatesse déplacée t'a conduite aux pieds de l'échafaud, un crime affreux m'en sauve ; regarde à quoi les bonnes actions servent dans le monde, et si c'est bien la peine de s'immoler pour elles ! Tu es jeune et jolie, Thérèse : en deux ans je me charge de ta fortune ; mais n'imagine pas que je te conduise à son temple par les sentiers de la vertu : il faut, quand on veut faire son chemin, chère fille, entreprendre plus d'un métier et servir à plus d'une intrigue ; décide-toi donc, nous n'avons point de sûreté dans cette chaumière, il faut que nous en partions dans peu d'heures.

— Oh ! madame, dis-je à ma bienfaitrice, je vous ai de grandes obligations, je suis loin de vouloir m'y soustraire ; vous m'avez sauvé la vie ; il est affreux pour moi que ce soit par un crime ; croyez que s'il me l'eût fallu commettre, j'eusse préféré mille morts à la douleur d'y participer ; je sens tous les dangers que j'ai courus pour m'être abandonnée aux sentiments honnêtes qui resteront toujours dans mon cœur ; mais quelles que soient, madame, les épines de la vertu, je les préférerai sans cesse aux dangereuses faveurs qui accompagnent le crime. Il est en moi des principes de religion qui, grâce au Ciel, ne me quitteront jamais ; si la Providence me rend pénible la carrière de la vie, c'est pour m'en dédommager dans un monde meilleur. Cet espoir me console, il adoucit mes chagrins, il apaise mes plaintes, il me fortifie dans la détresse, et me fait braver tous les maux qu'il plaira à Dieu de m'envoyer. Cette joie s'éteindrait aussitôt dans mon âme si je venais à la souiller par des crimes, et avec la crainte des châtiments de ce monde, j'aurais le douloureux aspect des supplices de l'autre, qui ne me laisserait pas un instant dans la tranquillité que je désire.

— Voilà des systèmes absurdes qui te conduiront bientôt à l'hôpital, ma fille, dit la Dubois en fronçant le sourcil ; crois-moi, laisse là la justice de Dieu, ses châtiments ou ses récompenses à venir ; toutes ces platitudes-là ne sont bonnes qu'à nous faire mourir de faim. O Thérèse ! la dureté des riches légitime la mauvaise conduite des pauvres ; que leur bourse s'ouvre à nos besoins, que l'humanité règne dans leur cœur, et les vertus pourront s'établir dans le nôtre ; mais tant que notre infortune, notre patience à la supporter, notre bonne foi, notre asservissement, ne serviront qu'à doubler nos fers, nos crimes deviendront leur ouvrage, et nous serions bien dupes de nous les refuser quand ils peuvent amoindrir le joug dont leur cruauté nous surcharge. La nature nous a fait naître tous égaux, Thérèse ; si le sort se plaît à déranger ce premier plan des lois générales, c'est à nous d'en corriger les caprices et de réparer, par notre adresse, les usurpations du plus fort. J'aime à les entendre, ces gens riches, ces gens titrés, ces magistrats, ces prêtres, j'aime à les voir nous prêcher la vertu ! Il est bien difficile de se garantir du vol quand on a trois fois plus qu'il ne faut pour vivre ; bien malaisé de ne jamais concevoir le meurtre, quand on n'est entouré que d'adulateurs ou d'esclaves dont nos volontés sont les lois ; bien pénible, en vérité, d'être tempérant et sobre, quand on est à chaque heure entouré des mets les plus succulents ; ils ont bien du mal à être sincères, quand il ne se présente pour eux aucun intérêt de mentir !... Mais nous, Thérèse, nous que cette Providence barbare, dont tu as la folie de faire ton idole, a condamnés à ramper dans l'humiliation comme le serpent dans l'herbe ; nous qu'on ne voit qu'avec dédain, parce que nous sommes pauvres ; qu'on tyrannise, parce que nous sommes faibles ; nous, dont les lèvres ne sont abreuvées que de fiel, et dont les pas ne pressent que des ronces, tu veux que nous nous défendions du crime quand sa main seule nous ouvre la porte de la vie, nous y maintient, nous y conserve, et nous empêche de la perdre ! Tu veux que perpétuellement soumis et dégradés, pendant que cette classe qui nous maîtrise a pour elle toutes les faveurs de la Fortune, nous ne nous réservions que la peine, l'abattement et la douleur, que le besoin et que les larmes, que les flétrissures et l'échafaud! Non, non, Thérèse, non; ou cette providence que tu révères n'est faite que pour nos mépris, ou ce ne sont point là ses volontés. Connais-la mieux, mon enfant, et convaincs-toi que dès qu'elle nous place dans une situation où le mal nous devient nécessaire, et qu'elle nous laisse en même temps la possibilité de l'exercer, c'est que ce mal sert à ses lois comme le bien, et qu'elle gagne autant à l'un qu'à l'autre ; l'état où elle nous a créés est l'égalité, celui qui le dérange n'est pas plus coupable que celui qui cherche à le rétablir ; tous deux agissent d'après les impulsions reçues, tous deux doivent les suivre et jouir [14].

Je l'avoue, si jamais je fus ébranlée, ce fut par les séductions de cette femme adroite ; mais une voix, plus forte qu'elle, combattait ses sophismes dans mon cœur ; je m'y rendis, je déclarai à la Dubois que j'étais décidée à ne me jamais laisser corrompre.

— Eh bien! me répondit-elle, deviens ce que tu voudras, je t'abandonne à ton mauvais sort ; mais si jamais tu te fais prendre, ce qui ne peut te fuir par la fatalité qui sauve inévitablement le crime en immolant la vertu, souviens-toi du moins de ne jamais parler de nous.

Pendant que nous raisonnions ainsi, les quatre compagnons de la Dubois buvaient avec le braconnier, et comme le vin dispose l'âme du malfaiteur à de nouveaux crimes et lui fait oublier les anciens, nos scélérats n'apprirent pas plus tôt mes résolutions qu'ils se décidèrent à faire de moi une victime, n'en pouvant faire une complice ; leurs principes, leurs mœurs, le sombre réduit où nous étions, l'espèce de sécurité dans laquelle ils se croyaient, leur ivresse, mon âge, mon innocence, tout les encouragea. Ils se lèvent de table, ils tiennent conseil, ils consultent la Dubois, procédés dont le lugubre mystère me fait frissonner d'horreur, et le résultat est enfin un ordre de me prêter sur-le-champ à satisfaire les désirs de chacun des quatre, ou de bonne grâce, ou de force : si je le fais de bonne grâce, ils me donneront chacun un écu pour me conduire où je voudrai ; s'il leur faut employer la violence, la chose se fera tout de même ; mais pour que le secret soit mieux gardé, ils me poignarderont après s'être satisfaits et m'enterreront au pied d'un arbre.

Je n'ai pas besoin de vous peindre l'effet que me fit cette cruelle proposition, madame, vous le comprenez sans peine ; je me jetai aux genoux de la Dubois, je la conjurai d'être une seconde fois ma protectrice : la malhonnête créature ne fit que rire de mes larmes.

— Oh ! parbleu, me dit-elle, te voilà bien malheureuse !... Quoi ! tu frémis de l'obligation de servir successivement à quatre beaux grands garçons comme ceux-là ? Mais sais-tu bien qu'il y a dix mille femmes à Paris qui donneraient la moitié de leur or ou de leurs bijoux pour être à ta place ! Ecoute, ajouta-t-elle pourtant après un peu de réflexion, j'ai assez d'empire sur ces drôles-là pour obtenir ta grâce aux conditions que tu t'en rendras digne.

— Hélas ! madame, que faut-il faire ? m'écriai-je en larmes, ordonnez-moi, je suis toute prête.

— Nous suivre, t'enrôler avec nous, et commettre les mêmes choses sans la plus légère répugnance : à ce seul prix je te sauve le reste.

Je ne crus pas devoir balancer ; en acceptant cette cruelle condition, je courais de nouveaux dangers, j'en conviens, mais ils étaient moins pressants que ceux-ci ; peut-être pouvais-je m'en garantir, tandis que rien n'était capable de me soustraire à ceux qui me menaçaient.

— J'irai partout, madame, dis-je promptement à la Dubois, j'irai partout, je vous le promets ; sauvez-moi de la fureur de ces hommes, et je ne vous quitterai de ma vie.

— Enfants, dit la Dubois aux quatre bandits, cette fille est de la troupe, je l'y reçois, je l'y installe ; je vous supplie de ne point lui faire de violence ; ne la dégoûtons pas du métier dès les premiers jours ; vous voyez comme son âge et sa figure peuvent nous être utiles, servons-nous-en pour nos intérêts, et ne la sacrifions pas à nos plaisirs.

Mais les passions ont un degré d'énergie dans l'homme où rien ne peut les captiver. Les gens à qui j'avais affaire n'étaient plus en état de rien entendre, m'entourant tous les quatre, me dévorant de leurs regards en feu, me menaçant d'une manière plus terrible encore, prêts à me saisir, prêts à m'immoler.

— Il faut qu'elle y passe, dit l'un d'eux, il n'y a plus moyen de lui faire de quartier : ne dirait-on pas qu'il faut faire preuve de vertu pour être dans une troupe de voleurs ? et ne nous servira-t-elle pas aussi bien flétrie que vierge ?

J'adoucis les expressions, vous le comprenez, madame, j'affaiblirai de même les tableaux ; hélas ! l'obscénité de leur teinte est telle que votre pudeur souffrirait de leur *nu* pour le moins autant que ma timidité.

Douce et tremblante victime, hélas ! je frémissais ; à peine avais-je la force de respirer ; à genoux devant tous les quatre, tantôt mes faibles bras s'élevaient pour les implorer, et tantôt pour fléchir la Dubois.

— Un moment, dit un nommé Cœur-de-Fer qui paraissait le chef de la bande, homme de trente-six ans, d'une force de taureau et d'une figure de satyre ; un moment, mes amis ; il est possible de contenter tout le monde ; puisque la vertu de cette petite fille lui est si précieuse, et que, comme dit fort bien la Dubois, cette qualité, différemment mise en action, pourra nous devenir nécessaire, laissons-la-lui ; mais il faut que nous soyons apaisés ; les têtes n'y sont plus, Dubois, et dans l'état où nous voilà, nous t'égorgerions peut-être toi-même si tu t'opposais à nos plaisirs ; que Thérèse se mette à l'instant aussi nue que le jour qu'elle est venue au monde, et qu'elle se prête ainsi tour à tour aux différentes positions qu'il nous plaira d'exiger, pendant que la Dubois apaisera nos ardeurs, fera brûler l'encens sur les autels dont cette créature nous refuse l'entrée.

— Me mettre nue ! m'écrié-je, oh, ciel ! qu'exigez-vous ? Quand je serai livrée de cette manière à vos regards, qui pourra me répondre ?...

Mais Cœur-de-Fer, qui ne paraissait pas d'humeur à m'en accorder davantage ni à suspendre ses désirs, m'invectiva en me frappant d'une manière si brutale, que je vis bien que l'obéissance était mon dernier lot. Il se plaça dans les mains de la Dubois, mise par lui à peu près dans le même désordre que le mien, et dès que je fus comme il le désirait, m'ayant fait mettre les bras à terre, ce qui me faisait ressembler à une bête, la Dubois apaisa ses feux en approchant une espèce de monstre, positivement aux péristyles de l'un et l'autre autel de la nature, en telle sorte qu'à chaque secousse elle dût fortement frapper ces parties de sa main pleine, comme le bélier jadis aux portes des villes assiégées. La violence des premières attaques me fit reculer ; Cœur-de-Fer, en fureur, me menaça de traitements plus durs si je me soustrayais à ceux-là ; la Dubois a ordre de redoubler, un de ces libertins contient mes épaules et m'empêche de chanceler sous les saccades ; elles deviennent tellement rudes que j'en suis meurtrie, et sans pouvoir en éviter aucune.

— En vérité, dit Cœur-de-Fer en balbutiant, à sa place, j'aimerais mieux livrer les portes que de les voir ébranlées ainsi, mais elle ne le veut pas, nous ne manquerons point à la capitulation... Vigoureusement... vigoureusement, Dubois !...

Et l'éclat des feux de ce débauché, presque aussi violent que ceux de la foudre, vint s'anéantir sur les brèches molestées sans être entrouvertes.

Le second me fit mettre à genoux entre ses jambes, et pendant que la Dubois l'apaisait comme l'autre, deux procédés l'occupaient tout entier ; tantôt il frappait à main ouverte, mais d'une manière très nerveuse, ou mes joues ou mon sein ; tantôt sa bouche impure venait fouiller la mienne. Ma poitrine et mon visage devinrent dans l'instant d'un rouge de pourpre... Je souffrais, je lui demandais grâce, et mes larmes coulaient sur ses yeux ; elles l'irritèrent, il redoubla ; en ce moment ma langue fut mordue, et les deux fraises de mon sein tellement froissées que je me rejetai en arrière, mais j'étais contenue. On me repoussa sur lui, je fus pressée plus fortement de partout, et son extase se décida...

Le troisième me fit monter sur deux chaises écartées, et s'asseyant en dessous, excité par la Dubois placée dans ses jambes, il me fit pencher jusqu'à ce que sa bouche se trouvât perpendiculairement au temple de la nature ; vous n'imagineriez pas, madame, ce que ce mortel obscène osa désirer ; il me fallut, envie ou non, satisfaire à de légers besoins... Juste Ciel ! quel homme assez dépravé peut goûter un instant le plaisir à de telles choses !... Je fis ce qu'il voulut, je l'inondai, et ma soumission tout entière obtint de ce vilain homme une ivresse que rien n'eût déterminée sans cette infamie.

Le quatrième m'attacha des ficelles à toutes les parties où il devenait possible de les adapter, il en tenait le faisceau dans sa main, assis à sept ou huit pieds de mon corps, fortement excité par les attouchements et les baisers de la Dubois ; j'étais droite, et c'est en tiraillant fortement tour à tour chacune de ces cordes que le sauvage irritait ses plaisirs ; je chancelais, je perdais à tout moment l'équilibre ; il s'extasiait à chacun de mes trébuchements ; enfin toutes les ficelles se tirèrent à la fois, avec tant d'irrégularité, que je tombai à terre auprès de lui ; tel était son unique but, et mon front, mon sein et mes joues reçurent les preuves d'un délire qu'il ne devait qu'à cette manie.

Voilà ce que je souffris, madame, mais mon honneur au moins se trouva respecté si ma pudeur ne le fut point. Un peu plus calmes, ces bandits parlèrent de se remettre en route et dès la même nuit ils gagnèrent le Tremblay avec l'intention de s'approcher des bois de Chantilly, où ils s'attendaient à quelques bons coups.

Rien n'égalait le désespoir où j'étais de l'obligation de suivre de telles gens, et je ne m'y déterminai que bien résolue à les abandonner dès que je le pourrais sans risque. Nous couchâmes le lendemain aux environs de Louvres, sous des meules de foin ; je voulus m'étayer de la Dubois, et passer la nuit à ses côtés ; mais il me parut qu'elle avait le projet de l'employer à autre chose qu'à préserver ma vertu des attaques que je pouvais craindre. Trois l'entourèrent, et l'abominable créature se livra sous nos yeux à tous les trois en même temps. Le quatrième s'approcha de moi, c'était le chef.

— Belle Thérèse, me dit-il, j'espère que vous ne me refuserez pas au moins le plaisir de passer la nuit près de vous ?

Et comme il s'aperçut de mon extrême répugnance :

— Ne craignez point, dit-il, nous jaserons, et je n'entreprendrai rien que de votre gré. O Thérèse, continua-t-il en me pressant dans ses bras, n'est-ce pas une grande folie que cette prétention où vous êtes de vous conserver pure avec nous ? Dussions-nous même y consentir, cela pourrait-il s'arranger avec les intérêts de la troupe ? Il est inutile de vous le dissimuler, chère enfant ; mais quand nous habiterons les villes, ce n'est qu'aux pièges de vos charmes que nous comptons prendre des dupes.

— Eh bien, monsieur, répondis-je, puisqu'il est certain que je préférerais la mort à ces horreurs, de quelle utilité puis-je vous être, et pourquoi vous opposez-vous à ma fuite ?

— Assurément, nous nous y opposons, mon ange, répondit Cœur-de-Fer, vous devez servir nos intérêts ou nos plaisirs ; vos malheurs vous imposent ce joug, il faut le subir ; mais vous le savez, Thérèse, il n'y a rien qui ne s'arrange dans le monde, écoutez-moi donc, et faites vous-même votre sort : consentez de vivre avec moi, chère fille, consentez à m'appartenir en propre et je vous épargne le triste rôle qui vous est destiné.

— Moi, monsieur, m'écriai-je, devenir la maîtresse d'un... !

— Dites le mot, Thérèse, dites le mot, d'un coquin, n'est-ce pas ? Je l'avoue, mais je ne puis vous offrir d'autres titres, vous sentez bien que nous n'épousons pas, nous autres ; l'hymen est un sacrement, Thérèse, et pleins d'un égal mépris pour tous, jamais nous n'approchons d'aucun. Cependant raisonnez un peu ; dans l'indispensable nécessité où vous êtes de perdre ce qui vous est si cher, ne vaut-il pas mieux le sacrifier à un seul homme, qui deviendra dès lors votre soutien et votre protecteur, que de vous prostituer à tous ?

— Mais pourquoi faut-il, répondis-je, que je n'aie pas d'autre parti à prendre ?

— Parce que nous vous tenons, Thérèse, et que la raison du plus fort est toujours la meilleure[15]. Il y a longtemps que La Fontaine l'a dit. En vérité, poursuivit-il rapidement, n'est-ce pas une extravagance ridicule que d'attacher, comme vous le faites, autant de prix à la plus futile des choses ? Comment une fille peut-elle être assez simple pour croire que la vertu puisse dépendre d'un peu plus ou d'un peu moins de largeur dans une des parties de son corps ? Eh ! qu'importe aux hommes ou à Dieu que cette partie soit intacte ou flétrie ? Je dis plus : c'est que l'intention de la nature étant que chaque individu remplisse ici-bas toutes les vues pour lesquelles il a été formé, et les femmes n'existant que pour servir de jouissance aux hommes, c'est visiblement l'outrager que de résister ainsi à l'intention qu'elle a sur vous ; c'est vouloir être une créature inutile au monde et par conséquent méprisable. Cette sagesse chimérique, dont on a eu l'absurdité de vous faire une vertu et qui, dès l'enfance, bien loin d'être utile à la nature et à la société, outrage visiblement l'une et l'autre, n'est donc plus qu'un entêtement répréhensible dont une personne aussi remplie d'esprit que vous ne devrait pas vouloir être coupable. N'importe, continuez de m'entendre, chère fille, je vais vous prouver le désir que j'ai de vous plaire et de respecter votre faiblesse. Je ne toucherai point, Thérèse, à ce fantôme dont la possession fait toutes vos délices ; une fille a plus d'une faveur à donner, et Vénus avec elle est fêtée dans bien plus d'un temple ; je me contenterai du plus médiocre ; vous le savez, ma chère, près des autels de Cypris, il est un antre obscur où vont s'isoler les Amours pour nous séduire avec plus d'énergie ; tel sera l'autel où je brûlerai l'encens; là, pas le moindre inconvénient, Thérèse, si les grossesses vous effraient, elles ne sauraient avoir lieu de cette manière, votre jolie taille ne se déformera jamais; ces prémices qui vous sont si douces seront conservées sans atteinte, et quel que soit l'usage que vous en vouliez faire, vous pourrez les offrir pures. Rien ne peut trahir une fille de ce côté-là, quelques rudes ou multipliées que soient les attaques; dès que l'abeille en a pompé le suc, le calice de la rose se referme; on n'imaginerait pas qu'il ait jamais pu s'entrouvrir. Il existe des filles qui ont joui dix ans de cette façon, et même avec plusieurs hommes, et qui ne s'en sont pas moins mariées comme toutes neuves après. Que de pères, que de frères ont ainsi abusé de leurs filles ou de leurs sœurs, sans que celles-ci en soient devenues moins dignes de sacrifier ensuite à l'hymen! A combien de confesseurs cette même route n'a-t-elle pas servi pour se satisfaire, sans que les parents s'en doutassent! C'est en un mot l'asile du mystère, c'est là qu'il s'enchaîne aux Amours par les liens de la sagesse... Faut-il vous dire plus, Thérèse? si ce temple est le plus secret, c'est en même temps le plus voluptueux; on ne trouve que là ce qu'il faut au bonheur, et cette vaste aisance du voisin est bien éloignée de valoir les attraits piquants d'un local où l'on n'atteint qu'avec effort, où l'on n'est logé qu'avec peine; les femmes mêmes y gagnent, et celles que la raison contraignit à connaître ces sortes de plaisirs, ne regrettèrent jamais les autres. Essayez, Thérèse, essayez, et nous serons tous deux contents.

— Oh! monsieur, répondis-je, je n'ai nulle expérience de ce dont il s'agit; mais cet égarement que vous préconisez, je l'ai ouï dire, monsieur, il outrage les femmes d'une manière plus sensible encore... il offense plus grièvement la nature. La main du Ciel se venge en ce monde, et Sodome en offrit l'exemple.

— Quelle innocence, ma chère, quel enfantillage! reprit ce libertin; qui vous instruisit de la sorte? Encore un peu d'attention, Thérèse, et je vais rectifier vos idées. La perte de la semence destinée à propager l'espèce humaine, chère fille, est le seul crime qui puisse exister. Dans ce cas, si cette semence est mise en nous aux seules fins de la propagation, je vous l'accorde, l'en détourner est une offense. Mais s'il est démontré qu'en plaçant cette semence dans nos reins, il s'en faille de beaucoup que la nature ait eu pour but de l'employer toute à la propagation, qu'importe, en ce cas, Thérèse, qu'elle se perde dans un lieu ou dans un autre? L'homme qui la détourne alors ne fait pas plus de mal que la nature, qui ne l'emploie point. Or, ces pertes de la nature qu'il ne tient qu'à nous d'imiter, n'ont-elles pas lieu dans tout plein de cas? La possibilité de les faire d'abord est une première preuve qu'elles ne l'offensent point. Il serait contre toutes les lois de l'équité et de la profonde sagesse, que nous lui reconnaissons dans tout, de permettre ce qui l'offenserait; secondement, ces pertes sont cent et cent millions de fois par jour exécutées par elle-même; les pollutions nocturnes, l'inutilité de la semence dans le temps des grossesses de la femme, ne sont-elles pas des pertes autorisées par ses lois, et qui nous prouvent que, fort peu sensible à ce qui peut résulter de cette liqueur où nous avons la folie d'attacher tant de prix, elle nous en permet la perte avec la même indifférence qu'elle y procède chaque jour; qu'elle tolère la propagation, mais qu'il s'en faut bien que la propagation soit dans ses vues; qu'elle veut bien que nous nous multipliions, mais que, ne gagnant pas plus à l'un de ces actes qu'à celui qui s'y oppose, le choix que nous pouvons faire lui est égal ; que, nous laissant les maîtres de créer, de ne point créer ou de détruire, nous ne la contenterons ni ne l'offenserons davantage en prenant, dans l'un ou l'autre de ces partis, celui qui nous conviendra le mieux ; et que celui que nous choisirons, n'étant que le résultat de sa puissance et de son action sur nous, il lui plaira toujours bien plus sûrement qu'il ne courra risque de l'offenser ? Ah ! croyez-le, Thérèse, la nature s'inquiète bien peu de ces mystères dont nous avons l'extravagance de lui composer un culte. Quel que soit le temple où l'on sacrifie, dès qu'elle permet que l'encens s'y brûle, c'est que l'hommage ne l'offense pas ; les refus de produire, les pertes de la semence qui sert à la production, l'extinction de cette semence, quand elle a germé, l'anéantissement de ce germe longtemps même après sa formation, tout cela, Thérèse, sont des crimes imaginaires qui n'intéressent en rien la nature, et dont elle se joue comme de toutes nos autres institutions, qui l'outragent souvent au lieu de la servir [16].

Cœur-de-Fer s'échauffait en exposant ses perfides maximes, et je le vis bientôt dans l'état où il m'avait si fort effrayée la veille ; il voulut, pour donner plus d'empire à la leçon, joindre aussitôt la pratique au précepte ; et ses mains, malgré mes résistances, s'égaraient vers l'autel où le traître voulait pénétrer... Faut-il vous l'avouer, madame ? aveuglée par les séductions de ce vilain homme ; contente, en cédant un peu, de sauver ce qui semblait le plus essentiel ; ne réfléchissant ni aux inconséquences de ses sophismes, ni à ce que j'allais risquer moi-même, puisque ce malhonnête homme, possédant des proportions gigantesques, n'était pas même en possibilité de voir une femme au lieu le plus permis, et que conduit par sa méchanceté naturelle, il n'avait assurément point d'autre but que de m'estropier ; les yeux fascinés sur tout cela, dis-je, j'allais m'abandonner, et par vertu devenir criminelle ; mes résistances faiblissaient ; déjà maître du trône, cet insolent vainqueur ne s'occupait plus que de s'y fixer, lorsqu'un bruit de voiture se fit entendre sur le grand chemin. Cœur-de-Fer quitte à l'instant ses plaisirs pour ses devoirs ; il rassemble ses gens et vole à de nouveaux crimes. Peu après nous entendons des cris, et ces scélérats ensanglantés reviennent triomphants et chargés de dépouilles.

— Décampons lestement, dit Cœur-de-Fer, nous avons tué trois hommes, les cadavres sont sur la route, il n'y a plus de sûreté pour nous.

Le butin se partage. Cœur-de-Fer veut que j'aie ma portion ; elle se montait à vingt louis, on me force de les prendre ; je frémis de l'obligation de garder un tel argent ; cependant on nous presse, chacun se charge et nous partons.

Le lendemain nous nous trouvâmes en sûreté dans la forêt de Chantilly ; nos gens, pendant leur souper, comptèrent ce que leur avait valu leur dernière opération, et n'évaluant pas à deux cents louis la totalité de la prise :

— En vérité, dit l'un d'eux, ce n'était pas la peine de commettre trois meurtres pour une si petite somme !

— Doucement, mes amis, répondit la Dubois, ce n'est pas pour la somme que je vous ai moi-même exhortés à ne faire aucune grâce à ces voyageurs, c'est pour notre unique sûreté ; ces crimes sont la faute des lois et non pas la nôtre : tant que l'on fera perdre la vie aux voleurs comme aux meurtriers, les vols ne se commettront jamais sans assassinats. Les deux délits se punissent également, pourquoi se refuser au second, dès qu'il peut couvrir le premier ? Où prenez-vous d'ailleurs, continua cette horrible créature, que deux cents louis ne valent pas trois meurtres? Il ne faut jamais calculer les choses que par la relation qu'elles ont avec nos intérêts. La cessation de l'existence de chacun des êtres sacrifiés est nulle par rapport à nous. Assurément nous ne donnerions pas une obole pour que ces individus-là fussent en vie ou dans le tombeau; conséquemment si le plus petit intérêt s'offre à nous avec l'un de ces cas, nous devons sans aucun remords le déterminer de préférence en notre faveur; car, dans une chose totalement indifférente, nous devons, si nous sommes sages et maîtres de la chose, la faire indubitablement tourner du côté où elle nous est profitable, abstraction faite de tout ce que peut y perdre l'adversaire; parce qu'il n'y a aucune proportion raisonnable entre ce qui nous touche et ce qui touche les autres. Nous sentons l'un physiquement, l'autre n'arrive que moralement à nous, et les sensations morales sont trompeuses; il n'y a de vrai que les sensations physiques [17]; ainsi, non seulement deux cents louis suffisent pour les trois meurtres, mais trente sols même eussent suffi, car ces trente sols nous eussent procuré une satisfaction qui, bien que légère, doit néanmoins nous affecter beaucoup plus vivement que n'eussent fait les trois meurtres, qui ne sont rien pour nous, et de la lésion desquels il n'arrive pas à nous seulement une égratignure. La faiblesse de nos organes, le défaut de réflexion, les maudits préjugés dans lesquels on nous a élevés, les vaines terreurs de la religion ou des lois, voilà ce qui arrête les sots dans la carrière du crime, voilà ce qui les empêche d'aller au *grand*; mais tout individu rempli de force et de vigueur, doué d'une âme énergiquement organisée, qui se préférant, comme il le doit, aux autres, saura peser leurs intérêts dans la balance des siens, se moquer de

Dieu et des hommes, braver la mort et mépriser les lois, bien pénétré que c'est à lui seul qu'il doit tout rapporter, sentira que la multitude la plus étendue des lésions sur autrui, dont il ne doit physiquement rien ressentir, ne peut pas se mettre en compensation avec la plus légère des jouissances achetées par cet assemblage inouï de forfaits. La jouissance le flatte, elle est en lui : l'effet du crime ne l'affecte pas, il est hors de lui ; or, je demande quel est l'homme raisonnable, qui ne préférera pas ce qui le délecte à ce qui lui est étranger, et qui ne consentira pas à commettre cette chose étrangère dont il ne ressent rien de fâcheux, pour se procurer celle dont il est agréablement ému ?

— Oh ! madame, dis-je à la Dubois, en lui demandant la permission de répondre à ses exécrables sophismes, ne sentez-vous donc point que votre condamnation est écrite dans ce qui vient de vous échapper ? Ce ne serait tout au plus qu'à l'être assez puissant pour n'avoir rien à redouter des autres que de tels principes pourraient convenir ; mais nous, madame, perpétuellement dans la crainte et l'humiliation ; nous, proscrits de tous les honnêtes gens, condamnés par toutes les lois, devons-nous admettre des systèmes qui ne peuvent qu'aiguiser contre nous le glaive suspendu sur nos têtes ? Ne nous trouvassions-nous même pas dans cette triste position, fussions-nous au centre de la société... fussions-nous où nous devrions être enfin, sans notre inconduite et sans nos malheurs, imaginez-vous que de telles maximes pussent nous convenir davantage ! Comment voulez-vous que ne périsse pas celui qui, par un aveugle égoisme, voudra lutter seul contre les intérêts des autres ? La société n'est-elle pas autorisée à ne jamais souffrir dans son sein celui qui se déclare contre elle ? Et l'individu qui s'isole, peut-il lutter contre tous ? peut-il se flatter d'être heureux et tranquille si, n'acceptant pas le pacte social, il ne consent à céder un peu de son bonheur pour en assurer le reste? La société ne se soutient que par des échanges perpétuels de bienfaits, voilà les liens qui la cimentent; tel qui, au lieu de ces bienfaits, n'offrira que des crimes, devant être craint dès lors, sera nécessairement attaqué s'il est le plus fort, sacrifié par le premier qu'il offensera, s'il est le plus faible; mais détruit de toute manière par la raison puissante qui engage l'homme à assurer son repos et à nuire à ceux qui veulent le troubler; telle est la raison qui rend impossible la durée des associations criminelles : n'opposant que des pointes acérées aux intérêts des autres, tous doivent se réunir promptement pour en émousser l'aiguillon. Même entre nous, madame, osai-je ajouter, comment vous flatterez-vous de maintenir la concorde, lorsque vous conseillez à chacun de n'écouter que ses seuls intérêts? Aurez-vous de ce moment quelque chose de juste à objecter à celui de nous qui voudra poignarder les autres, qui le fera, pour réunir à lui seul la part de ses confrères. Eh! quel plus bel éloge de la vertu que la preuve de sa nécessité, même dans une société criminelle... que la certitude que cette société ne se soutiendrait pas un moment sans la vertu!

— C'est ce que vous nous opposez, Thérèse, qui sont des sophismes, dit Cœur-de-Fer, et non ce qu'avait avancé la Dubois. Ce n'est point la vertu qui soutient nos associations criminelles : c'est l'intérêt, c'est l'égoïsme; il porte donc à faux, cet éloge de la vertu que vous avez tiré d'une chimérique hypothèse; ce n'est nullement par vertu que me croyant, je le suppose, le plus fort de la troupe, je ne poignarde pas mes camarades pour avoir leur part, c'est parce que me trouvant seul alors, je me priverais des moyens qui peuvent assurer la fortune que j'attends de leur secours ; ce motif est le seul qui retienne également leur bras vis-à-vis de moi. Or, ce motif, vous le voyez, Thérèse, il n'est qu'égoïste, il n'a pas la plus légère apparence de vertu. Celui qui veut lutter seul contre les intérêts de la société doit, dites-vous, s'attendre à périr. Ne périra-t-il pas bien plus certainement s'il n'a pour y exister que sa misère et l'abandon des autres ? Ce qu'on appelle l'intérêt de la société n'est que la masse des intérêts particuliers réunis, mais ce n'est jamais qu'en cédant que cet intérêt particulier peut s'accorder et se lier aux intérêts généraux ; or, que voulez-vous que cède celui qui n'a rien ? S'il le fait, vous m'avouerez qu'il a d'autant plus de tort qu'il se trouve donner alors infiniment plus qu'il ne retire, et dans ce cas l'inégalité du marché doit l'empêcher de le conclure ; pris dans cette position, ce qu'il reste de mieux à faire à un tel homme, n'est-il pas de se soustraire à cette société injuste, pour n'accorder des droits qu'à une société différente, qui, placée dans la même position que lui, ait pour intérêt de combattre, par la réunion de ses petits pouvoirs, la puissance plus étendue qui voulait obliger le malheureux à céder le peu qu'il avait pour ne rien retirer des autres ? Mais il naîtra, direz-vous, de là un état de guerre perpétuel. Soit ! n'est-ce pas celui de la nature ? n'est-ce pas le seul qui nous convienne réellement ? Les hommes naquirent tous isolés, envieux, cruels et despotes, voulant tout avoir et ne rien céder, et se battant sans cesse pour maintenir ou leur ambition ou leurs droits ; le législateur vint et dit : Cessez de vous battre ainsi ; en cédant un peu de part et d'autre, la tranquillité va renaître. Je ne blâme point la position de ce pacte, mais je soutiens que deux espèces d'individus ne durent jamais s'y soumettre : ceux qui, se sentant les plus forts, n'avaient pas besoin de rien céder pour être heureux, et ceux qui, étant les plus faibles, se trouvaient céder infiniment plus qu'on ne leur assurait. Cependant la société n'est composée que d'êtres faibles et d'êtres forts ; or, si le pacte dut déplaire aux forts et aux faibles, il s'en fallait donc de beaucoup qu'il ne convînt à la société, et l'état de guerre, qui existait avant, devait se trouver infiniment préférable, puisqu'il laissait à chacun le libre exercice de ses forces et de son industrie dont il se trouvait privé par le pacte injuste d'une société, enlevant toujours trop à l'un et n'accordant jamais assez à l'autre ; donc l'être vraiment sage est celui qui, au hasard de reprendre l'état de guerre qui régnait avant le pacte, se déchaîne irrévocablement contre ce pacte, le viole autant qu'il le peut, certain que ce qu'il retirera de ces lésions sera toujours supérieur à ce qu'il pourra perdre, s'il se trouve le plus faible ; car il l'était de même en respectant le pacte : il peut devenir le plus fort en le violant ; et si les lois le ramènent à la classe dont il a voulu sortir, le pis-aller est qu'il perde la vie, ce qui est un malheur infiniment moins grand que celui d'exister dans l'opprobre et dans la misère. Voilà donc deux positions pour nous ; ou le crime qui nous rend heureux, ou l'échafaud qui nous empêche d'être malheureux. Je le demande, y a-t-il à balancer, belle Thérèse, et votre esprit trouvera-t-il un raisonnement qui puisse combattre celui-là ?

— Oh ! monsieur, répondis-je avec cette véhémence que donne la bonne cause [18], il y en a mille, mais cette vie d'ailleurs doit-elle donc être l'unique objet de l'homme ? Y est-il autrement que comme dans un passage dont chaque degré qu'il parcourt ne doit, s'il est raisonnable, le conduire qu'à cette éternelle félicité, prix assuré de la vertu ? Je suppose avec vous (ce qui pourtant est rare, ce qui pourtant choque toutes les lumières de la raison, mais n'importe), je vous accorde

101

un instant que le crime puisse rendre heureux ici-bas le scélérat qui s'y abandonne : vous imaginez-vous que la justice de Dieu n'attende pas ce malhonnête homme dans un autre monde pour venger celui-ci ?... Ah ! ne croyez pas le contraire, monsieur, ne le croyez pas, ajoutai-je avec des larmes, c'est la seule consolation de l'infortuné, ne nous l'enlevez pas ; dès que les hommes nous délaissent, qui nous vengera si ce n'est Dieu ?

— Qui ? personne, Thérèse, personne absolument ; il n'est nullement nécessaire que l'infortune soit vengée ; elle s'en flatte, parce qu'elle le voudrait, cette idée la console, mais elle n'en est pas moins fausse : il y a mieux, il est essentiel que l'infortune souffre ; son humiliation, ses douleurs sont au nombre des lois de la nature, et son existence est utile au plan général, comme celle de la prospérité qui l'écrase ; telle est la vérité, qui doit étouffer le remords dans l'âme du tyran ou du malfaiteur ; qu'il ne se contraigne pas ; qu'il se livre aveuglément à toutes les lésions dont l'idée naît en lui : c'est la seule voix de la nature qui lui suggère cette idée, c'est la seule façon dont elle nous fait l'agent de ses lois. Quand ses inspirations secrètes nous disposent au mal, c'est que le mal lui est nécessaire, c'est qu'elle le veut, c'est qu'elle l'exige, c'est que la somme des crimes n'étant pas complète, pas suffisante aux lois de l'équilibre, seules lois dont elle soit régie, elle exige ceux-là de plus au complément de la balance ; qu'il ne s'effraye donc, ni ne s'arrête, celui dont l'âme est portée au mal ; qu'il le commette sans crainte, dès qu'il en a senti l'impulsion : ce n'est qu'en y résistant qu'il outragerait la nature [19]. Mais laissons la morale un instant, puisque vous voulez de la théologie. Apprenez donc, jeune innocente, que la religion sur laquelle vous vous rejettez, n'étant que le rapport de l'homme à Dieu, que le culte que la créature crut devoir rendre à son créateur, s'anéantit aussitôt que l'existence de ce créateur est elle-même prouvée chimérique. Les premiers hommes, effrayés des phénomènes qui les frappèrent, durent croire nécessairement qu'un être sublime et inconnu d'eux en avait dirigé la marche et l'influence. Le propre de la faiblesse est de supposer ou de craindre la force ; l'esprit de l'homme, encore trop dans l'enfance pour rechercher, pour trouver dans le sein de la nature les lois du mouvement, seul ressort de tout le mécanisme dont il s'étonnait, crut plus simple de supposer un moteur à cette nature que de la voir motrice elle-même, et sans réfléchir qu'il aurait encore plus de peine à édifier, à définir ce maître gigantesque, qu'à trouver dans l'étude de la nature la cause de ce qui le surprenait, il admit ce souverain être, il lui érigea des cultes. De ce moment, chaque nation s'en composa d'analogues à ses mœurs, à ses connaissances et à son climat ; il y eut bientôt sur la terre autant de religions que de peuples, bientôt autant de dieux que de familles ; sous toutes ces idoles néanmoins, il était facile de reconnaître ce fantôme absurde, premier fruit de l'aveuglement humain. On l'habillait différemment, mais c'était toujours la même chose. Or, dites-le, Thérèse, de ce que des imbéciles déraisonnent sur l'érection d'une indigne chimère et sur la façon de la servir, faut-il qu'il s'ensuive que l'homme sage doive renoncer au bonheur certain et présent de sa vie ? Doit-il, comme le chien d'Esope, quitter l'os pour l'ombre, et renoncer à ses jouissances réelles pour des illusions ? Non, Thérèse, non, il n'est point de Dieu : la nature se suffit à elle-même ; elle n'a nullement besoin d'un auteur ; cet auteur supposé n'est qu'une décomposition de ses propres forces, n'est que ce que nous appelons dans l'école une pétition de principes. Un Dieu suppose une création, c'est-à-dire un instant où il n'y eut rien, ou bien un instant où tout fut dans le chaos. Si l'un ou l'autre de ces états était un mal, pourquoi votre Dieu le laissait-il subsister ? Etait-il un bien, pourquoi le change-t-il ? Mais si tout est bien maintenant, votre Dieu n'a plus rien à faire : or, s'il est inutile, peut-il être puissant ? et s'il n'est pas puissant, peut-il être Dieu ? Si la nature se meut elle-même enfin, à quoi sert le moteur ? Et si le moteur agit sur la matière en la mouvant, comment n'est-il pas matière lui-même ? Pouvez-vous concevoir l'effet de l'esprit sur la matière, et la matière recevant le mouvement de l'esprit qui lui-même n'a point de mouvement ? Examinez un instant, de sang-froid, toutes les qualités ridicules et contradictoires dont les fabricateurs de cette exécrable chimère sont obligés de la revêtir ; vérifiez comme elles se détruisent, comme elles s'absorbent mutuellement, et vous reconnaîtrez que ce fantôme déifique, né de la crainte des uns et de l'ignorance de tous, n'est qu'une platitude révoltante, qui ne mérite de nous ni un instant de foi, ni une minute d'examen ; une extravagance pitoyable qui répugne à l'esprit, qui révolte le cœur, et qui n'a dû sortir des ténèbres que pour y rentrer à jamais.

Que l'espoir ou la crainte d'un monde à venir, fruit de ces premiers mensonges, ne vous inquiète donc point, Thérèse ; cessez surtout de vouloir nous en composer des freins. Faibles portions d'une matière vile et brute, à notre mort, c'est-à-dire à la réunion des éléments qui nous composent aux éléments de la masse générale, anéantis pour jamais, quelle qu'ait été notre conduite, nous passerons un instant dans le creuset de la nature, pour en rejaillir sous d'autres formes, et cela sans qu'il y ait plus de prérogatives pour celui qui follement encensa la vertu, que pour celui qui se livra aux plus honteux excès, parce qu'il n'est rien dont la nature s'offense, et que tous les hommes également sortis de son sein, n'ayant agi pendant leur vie que d'après ses impulsions, y retrouveront tous, après leur existence, et la même fin et le même sort[20].

J'allais répondre encore à ces épouvantables blasphèmes, lorsque le bruit d'un homme à cheval se fit entendre auprès de nous. « Aux armes ! » s'écria Coeur-de-Fer, plus envieux de mettre en action ses systèmes que d'en consolider les bases. On vole... et au bout d'un instant on amène un infortuné voyageur dans le taillis où se trouvait notre camp.

Interrogé sur le motif qui le faisait voyager seul et si matin dans une route écartée, sur son âge, sur sa profession, le cavalier répondit qu'il se nommait Saint-Florent, un des premiers négociants de Lyon, qu'il avait trente-six ans, qu'il revenait de Flandres pour des affaires relatives à son commerce, qu'il avait peu d'argent sur lui, mais beaucoup de papiers. Il ajouta que son valet l'avait quitté la veille, et que pour éviter la chaleur, il marchait de nuit avec le dessein d'arriver le même jour à Paris, où il reprendrait un nouveau domestique et conclurait une partie de ses affaires ; qu'au surplus, s'il suivait un sentier solitaire, il fallait apparemment qu'il se fût égaré en s'endormant sur son cheval. Et cela dit, il demande la vie, offrant lui-même tout ce qu'il possédait. On examina son portefeuille, on compta son argent : la prise ne pouvait être meilleure. Saint-Florent avait près d'un demi-million payable à vue sur la capitale, quelques bijoux et environ cent louis...

— Ami, lui dit Cœur-de-Fer, en lui présentant le bout d'un pistolet sous le nez, vous comprenez qu'après un tel vol nous ne pouvons pas vous laisser la vie.

— Oh, monsieur ! m'écriai-je en me jetant aux pieds de ce scélérat, je vous en conjure, ne me donnez pas, à ma réception dans votre troupe, l'horrible spectacle de la mort de ce malheureux; laissez-lui la vie, ne me refusez point la première grâce que je vous demande.

Et recourant tout de suite à une ruse assez singulière, afin de légitimer l'intérêt que je paraissais prendre à cet homme :

— Le nom que vient de se donner Monsieur, ajoutai-je avec chaleur, me fait croire que je lui appartiens d'assez près. Ne vous étonnez pas, monsieur, poursuivis-je en m'adressant au voyageur, ne soyez point surpris de trouver une parente dans cette situation; je vous expliquerai tout cela. A ces titres, repris-je en implorant de nouveau notre chef, à ces titres, monsieur, accordez-moi la vie de ce misérable; je reconnaîtrai cette faveur par le dévouement le plus entier à tout ce qui pourra servir vos intérêts.

— Vous savez à quelles conditions je puis vous accorder la grâce que vous me demandez, Thérèse, me répondit Cœur-de-Fer; vous savez ce que j'exige de vous...

— Eh bien, monsieur, je ferai tout, m'écriai-je en me précipitant entre ce malheureux et notre chef toujours prêt à l'égorger... Oui, je ferai tout, monsieur, je ferai tout, sauvez-le [21].

— Qu'il vive, dit Cœur-de-Fer, mais qu'il prenne parti parmi nous; cette dernière clause est indispensable, je ne puis rien sans elle, mes camarades s'y opposeraient.

Le négociant surpris, n'entendant rien à cette parenté que j'établissais, mais se voyant la vie sauvée s'il acquiesçait aux propositions, ne crut pas devoir balancer un moment. On le fait rafraîchir, et comme nos gens ne voulaient quitter cet endroit qu'au jour :

— Thérèse, me dit Cœur-de-Fer, je vous somme de votre promesse, mais comme je suis excédé ce soir, reposez tranquille près de la Dubois, je vous appellerai vers le point du jour, et la vie de ce faquin, si vous balancez, me vengera de votre fourberie.

— Dormez, monsieur, dormez, répondis-je, et croyez que celle que vous avez remplie de reconnaissance n'a d'autre désir que de s'acquitter.

Il s'en fallait pourtant bien que ce fût là mon projet, mais si jamais je crus la feinte permise, c'était bien en cette occasion. Nos fripons, remplis d'une trop grande confiance, boivent encore et s'endorment, me laissant en pleine liberté, près de la Dubois qui, ivre comme le reste, ferma bientôt également les yeux.

Saisissant alors avec vivacité le premier moment du sommeil des scélérats qui nous entouraient :

— Monsieur, dis-je au jeune Lyonnais, la plus affreuse catastrophe m'a jetée malgré moi parmi ces voleurs ; je déteste et eux et l'instant fatal qui m'a conduite dans leur troupe ; je n'ai vraisemblablement pas l'honneur de vous appartenir ; je me suis servie de cette ruse pour vous sauver et m'échapper, si vous le trouvez bon, avec vous, des mains de ces misérables. Le moment est propice, ajoutai-je, sauvons-nous ; j'aperçois votre portefeuille, reprenons-le ; renonçons à l'argent comptant, il est dans leurs poches ; nous ne l'enlèverions pas sans danger. Partons, monsieur, partons ; vous voyez ce que je fais pour vous, je me remets en vos mains ; prenez pitié de mon sort ; ne soyez pas surtout plus cruel que ces gens-ci ; daignez respecter mon honneur, je vous le confie, c'est mon unique trésor, laissez-le-moi, ils ne me l'ont point ravi.

On rendrait mal la prétendue reconnaissance de Saint-Florent. Il ne savait quels termes employer pour me la peindre ; mais nous n'avions pas le temps de parler ; il s'agissait de fuir. J'enlève adroitement le portefeuille, je le lui rends, et franchissant lestement le taillis, laissant le cheval, de peur que le bruit qu'il eût fait n'eût réveillé nos gens, nous gagnons, en toute diligence, le sentier qui devait nous sortir de la forêt. Nous fûmes assez heureux pour en être dehors au point du jour, et sans avoir été suivis de personne ; nous entrâmes avant dix heures du matin dans Luzarches, et là, hors de toute crainte, nous ne pensâmes plus qu'à nous reposer.

Il y a des moments dans la vie où l'on se trouve fort riche sans avoir pourtant de quoi vivre : c'était l'histoire de Saint-Florent. Il avait cinq cent mille francs dans son portefeuille, et pas un écu dans sa bourse ; cette réflexion l'arrêta avant que d'entrer dans l'auberge...

— Tranquillisez-vous, monsieur, lui dis-je en voyant son embarras, les voleurs que je quitte ne m'ont pas laissée sans argent, voilà vingt louis, prenez-les, je vous en conjure, usez-en, donnez le reste aux pauvres ; je ne voudrais, pour rien au monde, garder de l'or acquis par des meurtres.

Saint-Florent, qui jouait la délicatesse, mais qui était bien loin de celle que je devais lui supposer, ne voulut pas absolument prendre ce que je lui offrais ; il me demanda quels étaient mes desseins, me dit qu'il se ferait une loi de les remplir, et qu'il ne désirait que de pouvoir s'acquitter envers moi :

— C'est de vous que je tiens la fortune et la vie, Thérèse, ajouta-t-il, en me baisant les mains, puis-je mieux faire que de vous offrir l'une et l'autre ? Acceptez-les, je vous en conjure, et permettez au Dieu de l'hymen de resserrer les nœuds de l'amitié.

Je ne sais, mais soit pressentiment, soit froideur, j'étais si loin de croire que ce que j'avais fait pour ce jeune homme pût m'attirer de tels sentiments de sa part, que je lui laissai lire sur ma physionomie le refus que je n'osais exprimer : il le comprit, n'insista plus, et s'en tint à me demander seulement ce qu'il pourrait faire pour moi.

— Monsieur, lui dis-je, si réellement mon procédé n'est pas sans mérite à vos yeux, je ne vous demande pour toute récompense que de me conduire avec vous à Lyon, et de m'y placer dans quelque maison honnête, où ma pudeur n'ait plus à souffrir.

— Vous ne sauriez mieux faire, me dit Saint-Florent, et personne n'est plus en état que moi de vous rendre ce service : j'ai vingt parents dans cette ville.

Et le jeune négociant me pria de lui raconter alors les raisons qui m'engageaient à m'éloigner de Paris, où je lui avais dit que j'étais née. Je le fis avec autant de confiance que d'ingénuité.

— Oh ! si ce n'est que cela, dit le jeune homme, je pourrai vous être utile avant d'être à Lyon ; ne craignez rien, Thérèse, votre affaire est assoupie ; on ne vous recherchera point, et moins qu'ailleurs assurément dans l'asile où je veux vous placer. J'ai une parente auprès de Bondy, elle habite une campagne charmante dans ces environs ; elle se fera, j'en suis sûr, un plaisir de vous avoir près d'elle ; je vous y présente demain.

Remplie de reconnaissance à mon tour, j'accepte un projet qui me convient autant ; nous nous reposons le reste du jour à Luzarches, et le lendemain nous nous proposâmes de gagner Bondy, qui n'est qu'à six lieues de là.

— Il fait beau, me dit Saint-Florent, si vous me croyez, Thérèse, nous nous rendrons à pied au château de ma parente, nous y raconterons notre aventure, et cette manière d'arriver jettera, ce me semble, encore plus d'intérêt sur vous.

Bien éloignée de soupçonner les desseins de ce monstre et d'imaginer qu'il devait y avoir pour moi moins de sûreté avec lui que dans l'infâme compagnie que je quittais, j'accepte tout sans crainte, comme sans répugnance ; nous dînons, nous soupons ensemble ; il ne s'oppose nullement à ce que je prenne une chambre séparée de la sienne pour la nuit, et après avoir laissé passer le plus chaud, sûr à ce qu'il dit que quatre ou cinq heures suffisent à nous rendre chez sa parente, nous quittons Luzarches et nous nous acheminons à pied vers Bondy.

Il était environ cinq heures du soir lorsque nous entrâmes dans la forêt. Saint-Florent ne s'était pas encore un instant démenti : toujours même honnêteté, toujours même désir de me prouver ses sentiments ; eussé-je été avec mon père, je ne me serais pas crue plus en sûreté. Les ombres de la nuit commençaient à répandre dans la forêt cette sorte d'horreur religieuse qui fait naître à la fois la crainte dans les âmes timides, le projet du crime dans les cœurs féroces. Nous ne suivions que des sentiers ; je marchais la première, je me retourne pour demander à Saint-Florent si ces routes écartées sont réellement celles qu'il faut suivre, si par hasard il ne s'égare point, s'il croit enfin que nous devions arriver bientôt.

— Nous y sommes, putain, me répondit ce scélérat, en me renversant à terre d'un coup de canne sur la tête qui me fait tomber sans connaissance [22].

Oh ! madame, je ne sais plus ni ce que dit, ni ce que fit cet homme ; mais l'état dans lequel je me retrouvai ne me laissa que trop connaître à quel point j'avais été sa victime. Il était entièrement nuit quand je repris mes sens ; j'étais au pied d'un arbre, hors de toutes les routes, froissée, ensanglantée... déshonorée, madame ; telle avait été la récompense de tout ce que je venais de faire pour ce malheureux ; et portant l'infamie au dernier période, ce scélérat, après avoir fait de moi tout ce qu'il avait voulu, après en avoir abusé de toutes manières, de celle même qui outrage le plus la nature, avait pris ma bourse... ce même argent que je lui avais si généreusement offert. Il avait déchiré mes vêtements, la plupart étaient en morceaux près de moi, j'étais presque nue, et meurtrie en plusieurs endroits de mon corps ; vous jugez de ma situation : au milieu des ténèbres, sans ressources, sans honneur, sans espoir, exposée à tous les dangers. Je voulus terminer mes jours : si une arme se fût offerte à moi, je la saisissais, j'en abrégeais cette malheureuse vie, qui ne me présentait que des fléaux...

« Le monstre ! que lui avais-je donc fait, me disais-je, pour avoir mérité de sa part un aussi cruel traitement ? Je lui sauve la vie, je lui rends sa fortune, il m'arrache ce que j'ai de plus cher ! Une bête féroce eût été moins cruelle ! O homme, te voilà donc, quand tu n'écoutes que tes passions ! Des tigres au fond des plus sauvages déserts auraient horreur de tes forfaits. » Quelques minutes d'abattement succédèrent à ces premiers élans de ma douleur ; mes yeux remplis de larmes se tournèrent machinalement vers le ciel ; mon cœur s'élance aux pieds du Maître qui l'habite... Cette voûte pure et brillante... ce silence imposant de la nuit... cette frayeur qui glaçait mes sens... cette image de la nature en paix, près du bouleversement de mon âme égarée, tout répand une ténébreuse horreur en moi, d'où naît bientôt le besoin de prier. Je me précipite aux genoux de ce Dieu puissant, nié par les impies, espoir du pauvre et de l'affligé.

— Etre saint et majestueux, m'écriai-je en pleurs, toi qui daignes en ce moment affreux remplir mon âme d'une joie céleste, qui m'as, sans doute, empêchée d'attenter à mes jours, ô mon protecteur et mon guide, j'aspire à tes bontés, j'implore ta clémence : vois ma misère et mes tourments, ma résignation et mes vœux. Dieu puissant ! tu le sais, je suis innocente et faible, je suis trahie et maltraitée ; j'ai voulu faire le bien à ton exemple, et ta volonté m'en punit ; qu'elle s'accomplisse, ô mon Dieu ! tous ses effets sacrés me sont chers, je les respecte et cesse de m'en plaindre ; mais si je ne dois pourtant trouver ici-bas que des ronces, est-ce t'offenser, ô mon souverain Maître, que de supplier ta puissance de me rappeler vers toi, pour te prier sans trouble, pour t'adorer loin de ces hommes pervers qui ne m'ont fait, hélas ! rencontrer que des maux, et dont les mains sanguinaires et perfides noyent à plaisir mes tristes jours dans le torrent des larmes et dans l'abîme des douleurs ?

La prière est la plus douce consolation du malheureux ; il devient plus fort quand il a rempli ce devoir. Je me lève pleine de courage, je ramasse les haillons que le scélérat m'a laissés, et je m'enfonce dans un taillis pour y passer la nuit avec moins de risque. La sûreté où je me croyais, la satisfaction que je venais de goûter en me rapprochant de mon Dieu, tout contribua à me faire reposer quelques heures, et le soleil était déjà haut quand mes yeux se rouvrirent : l'instant du réveil est affreux pour les infortunés ; l'imagination, rafraîchie des douceurs du sommeil, se remplit bien plus vite et plus lugubrement des maux dont ces instants d'un repos trompeur lui ont fait perdre le souvenir.

« Eh bien, me dis-je alors en m'examinant, il est donc vrai qu'il y a des créatures humaines que la nature ravale au même sort que celui des bêtes féroces ! Cachée dans leur réduit, fuyant les hommes à leur exemple, quelle différence y a-t-il maintenant entre elles et moi ? Est-ce donc la peine de naître pour un sort aussi pitoyable ?... » Et mes larmes coulèrent avec abondance en faisant ces tristes réflexions ; je les finissais à peine, lorsque j'entendis du bruit autour de moi ; peu à peu, je distingue deux hommes. Je prête l'oreille :

— Viens, cher ami, dit l'un d'eux, nous serons à merveille ici ; la cruelle et fatale présence d'une tante que j'abhorre ne m'empêchera pas de goûter un moment avec toi les plaisirs qui me sont si doux[23].

Ils s'approchent, ils se placent tellement en face de moi, qu'aucun de leurs propos, aucun de leurs mouvements ne peut m'échapper, et je vois... Juste Ciel, madame, dit Thérèse, en s'interrompant, est-il possible que le sort ne m'ait jamais placée que dans des situations si critiques, qu'il devienne aussi difficile à la vertu d'en entendre les récits, qu'à la pudeur de les peindre ! Ce crime horrible qui outrage également et la nature et les conventions sociales, ce forfait, en un mot, sur lequel la main de Dieu s'est appesantie si souvent, légitimé par Cœur-de-Fer, proposé par lui à la malheureuse Thérèse, consommé sur elle involontairement par le bourreau qui vient de l'immoler, cette exécration révoltante enfin, je la vis s'achever sous mes yeux avec toutes les recherches impures, tous les épisodes affreux, que peut y mettre la dépravation la plus réfléchie ! L'un de ces hommes, celui qui se prêtait, était âgé de vingt-quatre ans, assez bien mis pour faire croire à l'élévation de son rang, l'autre à peu près du même âge paraissait un de ses domestiques. L'acte fut scandaleux et long. Appuyé sur ses mains à la crête d'un petit monticule en face du taillis où j'étais, le jeune maître exposait à nu au compagnon de sa débauche l'autel impie du sacrifice, et celui-ci, plein d'ardeur à ce spectacle, en caressait l'idole, tout prêt à l'immoler d'un poignard bien plus affreux et bien plus gigantesque que celui dont j'avais été menacée par le chef des brigands de Bondy ; mais le jeune maître,

113

nullement craintif, semble braver impunément le trait qu'on lui présente ; il l'agace, il l'excite, le couvre de baisers, s'en saisit, s'en pénètre lui-même, se délecte en l'engloutissant ; enthousiasmé de ses criminelles caresses, l'infâme se débat sous le fer et semble regretter qu'il ne soit pas plus effrayant encore ; il en brave les coups, il les prévient, il les repousse... Deux tendres et légitimes époux se caresseraient avec moins d'ardeur... Leurs bouches se pressent, leurs soupirs se confondent, leurs langues s'entrelacent, et je les vois tous deux, enivrés de luxure, trouver au centre des délices le complément de leurs perfides horreurs. L'hommage se renouvelle, et pour en rallumer l'encens, rien n'est épargné par celui qui l'exige ; baisers, attouchements, pollutions, raffinements de la plus insigne débauche, tout s'emploie à rendre des forces qui s'éteignent, et tout réussit à les ranimer cinq fois de suite ; mais sans qu'aucun des deux changeât de rôle. Le jeune maître fut toujours femme, et quoiqu'on pût découvrir en lui la possibilité d'être homme à son tour, il n'eut pas même l'apparence d'en concevoir un instant le désir. S'il visita l'autel semblable à celui où l'on sacrifiait chez lui, ce fut au profit de l'autre idole, et jamais nulle attaque n'eut l'air de menacer celle-là.

Oh ! que ce temps me parut long ! Je n'osais bouger, de peur d'être aperçue ; enfin les criminels acteurs de cette scène indécente, rassasiés sans doute, se levèrent pour regagner le chemin qui devait les conduire chez eux, lorsque le maître s'approche du buisson qui me recèle ; mon bonnet me trahit... Il l'aperçoit...

— Jasmin, dit-il à son valet, nous sommes découverts... Une fille a vu nos mystères... Approche-toi, sortons de là cette catin, et sachons pourquoi elle y est

Je ne leur donnai pas la peine de me tirer de mon

asile ; m'en arrachant aussitôt moi-même, et tombant à leurs pieds :

— O messieurs ! m'écriai-je, en étendant les bras vers eux, daignez avoir pitié d'une malheureuse dont le sort est plus à plaindre que vous ne pensez ; il est bien peu de revers qui puissent égaler les miens ; que la situation où vous m'avez trouvée ne vous fasse naître aucun soupçon sur moi ; elle est la suite de ma misère, bien plutôt que de mes torts ; loin d'augmenter les maux qui m'accablent, veuillez les diminuer en me facilitant les moyens d'échapper aux fléaux qui me poursuivent.

Le comte de Bressac (c'était le nom du jeune homme), entre les mains de qui je tombais, avec un grand fonds de méchanceté et de libertinage dans l'esprit, n'était pas pourvu d'une dose très abondante de commisération dans le cœur. Il n'est malheureusement que trop commun de voir le libertinage éteindre la pitié dans l'homme ; son effet ordinaire est d'endurcir : soit que la plus grande partie de ses écarts nécessite l'apathie de l'âme, soit que la secousse violente que cette passion imprime à la masse des nerfs diminue la force de leur action, toujours est-il qu'un libertin est rarement un homme sensible. Mais à cette dureté naturelle dans l'espèce de gens dont j'esquisse le caractère, il se joignait encore dans M. de Bressac un dégoût si invétéré pour notre sexe, une haine si forte pour tout ce qui le caractérisait, qu'il était bien difficile que je parvinsse à placer dans son âme les sentiments dont je voulais l'émouvoir.

— Tourterelle des bois, me dit le comte avec dureté, si tu cherches des dupes, adresse-toi mieux : ni mon ami, ni moi, ne sacrifions jamais au temple impur de ton sexe ; si c'est l'aumône que tu demandes, cherche des gens qui aiment les bonnes œuvres, nous n'en faisons jamais de ce genre... Mais parle, misérable, as-tu vu ce qui s'est passé entre Monsieur et moi ?

— Je vous ai vus causer sur l'herbe, répondis-je, rien de plus, monsieur, je vous l'assure.

— Je veux le croire, dit le jeune comte, et cela pour ton bien ; si j'imaginais que tu eusses pu voir autre chose, tu ne sortirais jamais de ce buisson... Jasmin, il est de bonne heure, nous avons le temps d'ouïr les aventures de cette fille, et nous verrons après ce qu'il en faudra faire.

Ces jeunes gens s'asseyent, ils m'ordonnent de me placer près d'eux, et là je leur fais part avec ingénuité de tous les malheurs qui m'accablent depuis que je suis au monde.

— Allons, Jasmin, dit M. de Bressac en se levant, dès que j'eus fini, soyons juste une fois ; l'équitable Thémis a condamné cette créature, ne souffrons pas que les vues de la déesse soient aussi cruellement frustrées ; faisons subir à la délinquante l'arrêt de mort qu'elle aurait encouru : ce petit meurtre, bien loin d'être un crime, ne deviendra qu'une réparation dans l'ordre moral ; puisque nous avons le malheur de le déranger quelquefois, rétablissons-le courageusement du moins quand l'occasion se présente...

Et les cruels, m'ayant enlevée de ma place, me traînent déjà vers le bois, riant de mes pleurs et de mes cris.

— Lions-la par les quatre membres à quatre arbres formant un carré long, dit Bressac, en me mettant nue.

Puis, au moyen de leurs cravates, de leurs mouchoirs et de leurs jarretières, ils font des cordes dont je suis à l'instant liée, comme ils le projettent, c'est-à-dire dans la plus cruelle et la plus douloureuse attitude qu'il soit possible d'imaginer. On ne peut rendre ce que je souffris ; il me semblait que l'on m'arrachât les membres, et que mon estomac, qui portait à faux, dirigé par son poids vers la terre, dût s'entrouvrir à tous les instants; la sueur coulait de mon front, je n'existais plus que par la violence de la douleur; si elle eût cessé de comprimer mes nerfs, une angoisse mortelle m'eût saisie. Les scélérats s'amusèrent de cette posture, ils m'y considéraient en s'applaudissant.

— En voilà assez, dit enfin Bressac, je consens que pour cette fois elle en soit quitte pour la peur. Thérèse, continue-t-il en lâchant mes liens et m'ordonnant de m'habiller, soyez discrète et suivez-nous : si vous vous attachez à moi, vous n'aurez pas lieu de vous en repentir. Il faut une seconde femme à ma tante, je vais vous présenter à elle, sur la foi de vos récits; je vais lui répondre de votre conduite; mais si vous abusiez de mes bontés, si vous trahissiez ma confiance, ou que vous ne vous soumissiez pas à mes intentions, regardez ces quatre arbres, Thérèse, regardez le terrain qu'ils enceignent, et qui devait vous servir de sépulcre; souvenez-vous que ce funeste endroit n'est qu'à une lieue du château où je vous conduis, et qu'à la plus légère faute, vous y serez aussitôt ramenée.

A l'instant j'oublie mes malheurs, je me jette aux genoux du comte, je lui fais, en larmes, le serment d'une bonne conduite; mais aussi insensible à ma joie qu'à ma douleur :

— Marchons, dit Bressac, c'est cette conduite qui parlera pour vous, elle seule réglera votre sort.

Nous avançons; Jasmin et son maître causaient bas ensemble; je les suivais humblement sans mot dire. Une petite heure nous rend au château de Mme la marquise de Bressac, dont la magnificence et la multitude de valets qu'il renferme me font voir que quelque poste que je doive remplir dans cette maison, il sera sûrement plus avantageux pour moi que celui de la gouvernante en chef de M. du Harpin. On me fait attendre dans une office où Jasmin m'offre obligeamment tout ce qui peut servir à me réconforter. Le jeune comte entre chez sa tante, il la prévient, et lui-même vient me chercher une demi-heure après pour me présenter à la marquise.

Mme de Bressac était une femme de quarante-six ans, très belle encore, qui me parut honnête et sensible, quoiqu'elle mêlât un peu de sévérité dans ses principes et dans ses propos ; veuve depuis deux ans de l'oncle du jeune comte, qui l'avait épousée sans autre fortune que le beau nom qu'il lui donnait. Tous les biens que pouvait espérer M. de Bressac dépendaient de cette tante ; ce qu'il avait eu de son père lui donnait à peine de quoi fournir à ses plaisirs ; Mme de Bressac y joignait une pension considérable, mais cela ne suffisait point : rien de cher comme les voluptés du comte ; peut-être celles-là se payent-elles moins que les autres ; mais elles se multiplient beaucoup plus. Il y avait cinquante mille écus de rente dans cette maison, et M. de Bressac était seul. On n'avait jamais pu le déterminer au service ; tout ce qui l'écartait de son libertinage était si insupportable pour lui, qu'il ne pouvait en adopter la chaîne. La marquise habitait cette terre trois mois de l'année ; elle en passait le reste à Paris ; et ces trois mois qu'elle exigeait de son neveu de passer avec elle étaient une sorte de supplice pour un homme abhorrant sa tante et regardant comme perdus tous les moments qu'il passait éloigné d'une ville où se trouvait pour lui le centre de ses plaisirs.

Le jeune comte m'ordonna de raconter à la marquise les choses dont je lui avais fait part, et dès que j'eus fini :

— Votre candeur et votre naïveté, me dit Mme de Bressac, ne me permettent pas de douter que vous ne soyez vraie. Je ne prendrai d'autres informations sur vous que celles de savoir si vous êtes réellement la fille de l'homme que vous m'indiquez ; si cela est, j'ai connu votre père, et ce sera pour moi une raison de plus pour m'intéresser à vous. Quant à l'affaire de chez du Harpin, je me charge de l'arranger en deux visites chez le chancelier, mon ami depuis des siècles. C'est l'homme le plus intègre qu'il y ait au monde ; il ne s'agit que de lui prouver votre innocence pour anéantir tout ce qui a été fait contre vous. Mais réfléchissez bien, Thérèse, que ce que je vous promets ici n'est qu'au prix d'une conduite intacte ; ainsi vous voyez que les effets de la reconnaissance que j'exige tourneront toujours à votre profit.

Je me jetai aux pieds de la marquise, l'assurai qu'elle serait contente de moi ; elle me releva avec bonté et me mit sur-le-champ en possession de la place de seconde femme de chambre à son service.

Au bout de trois jours, les informations qu'avait faites Mme de Bressac, à Paris, arrivèrent ; elles étaient telles que je pouvais les désirer ; la marquise me loua de ne lui en avoir point imposé, et toutes les idées du malheur s'évanouirent enfin de mon esprit, pour n'être plus remplacées que par l'espoir des plus douces consolations qu'il pût m'être permis d'attendre ; mais il n'était pas arrangé dans le ciel que la pauvre Thérèse dût jamais être heureuse, et si quelques moments de calme naissaient fortuitement pour elle, ce n'était que pour lui rendre plus amers ceux d'horreur qui devaient les suivre.

A peine fûmes-nous à Paris, que Mme de Bressac s'empressa de travailler pour moi : le premier président voulut me voir ; il écouta le récit de mes malheurs avec intérêt ; les calomnies de du Harpin furent reconnues, mais en vain voulut-on le punir : du

Harpin ayant réussi dans une affaire de faux billets par laquelle il ruinait trois ou quatre familles, et où il gagnait près de deux millions, venait de passer en Angleterre. A l'égard de l'incendie des prisons du Palais, on se convainquit que, si j'avais profité de cet événement, au moins, n'y avais-je participé en rien, et ma procédure s'anéantit, m'assura-t-on, sans que les magistrats qui s'en mêlèrent crussent devoir y employer d'autres formalités ; je n'en savais pas davantage, je me contentai de ce qu'on me dit : vous verrez bientôt si j'eus tort.

Il est aisé d'imaginer combien de pareils procédés m'attachaient à Mme de Bressac ; n'eût-elle pas eu, d'ailleurs, pour moi toutes sortes de bontés, comment de telles démarches ne m'eussent-elles pas liée pour jamais à une protectrice aussi précieuse ? Il s'en fallait pourtant bien que l'intention du jeune comte fût de m'enchaîner aussi intimement à sa tante... Mais c'est ici le cas de vous peindre ce monstre.

M. de Bressac réunissait aux charmes de la jeunesse la figure la plus séduisante ; si sa taille ou ses traits avaient quelques défauts, c'était parce qu'ils se rapprochaient un peu trop de cette nonchalance, de cette mollesse qui n'appartient qu'aux femmes ; il semblait qu'en lui prêtant les attributs de ce sexe, la nature lui en eût également inspiré les goûts... Quelle âme, cependant, était enveloppée sous ces appas féminins ! On y rencontrait tous les vices qui caractérisent celle des scélérats : on ne porta jamais plus loin la méchanceté, la vengeance, la cruauté, l'athéisme, la débauche, le mépris de tous les devoirs, et principalement de ceux dont la nature paraît nous faire des délices. Au milieu de tous ses torts, M. de Bressac avait principalement celui de détester sa tante. La marquise faisait tout au monde pour ramener son neveu aux sentiers de la vertu : peut-être y employait-elle trop de rigueur ; il en résultait que le comte, plus enflammé par les effets mêmes de cette sévérité, ne se livrait à ses goûts que plus impétueusement encore, et que la pauvre marquise ne retirait de ses persécutions que de se faire haïr davantage.

— Ne vous imaginez pas, me disait très souvent le comte, que ce soit d'elle-même que ma tante agisse dans tout ce qui vous concerne, Thérèse ; croyez que si je ne la persécutais à tout instant, elle se ressouviendrait à peine des soins qu'elle vous a promis. Elle vous fait valoir tous ses pas, tandis qu'ils ne sont que mon seul ouvrage : oui, Thérèse, oui, c'est à moi seul que vous devez de la reconnaissance, et celle que j'exige de vous doit vous paraître d'autant plus désintéressée que quelque jolie que vous puissiez être, vous savez bien que ce n'est pas à vos faveurs que je prétends ; non, Thérèse, les services que j'attends de vous sont d'un tout autre genre, et quand vous serez bien convaincue de ce que j'ai fait pour votre tranquillité, j'espère que je trouverai dans votre âme ce que je suis en droit d'en attendre.

Ces discours me paraissaient si obscurs que je ne savais comment y répondre : je le faisais pourtant à tout hasard, et peut-être avec trop de facilité. Faut-il vous l'avouer ? Hélas ! oui ; vous déguiser mes torts serait tromper votre confiance et mal répondre à l'intérêt que mes malheurs vous ont inspiré. Apprenez donc, madame, la seule faute volontaire que j'aie à me reprocher... Que dis-je une faute ? une folie, une extravagance... qui n'eut jamais rien d'égal ; mais au moins ce n'est pas un crime, c'est une simple erreur, qui n'a puni que moi, et dont il ne paraît point que la main équitable du Ciel ait dû se servir pour me plonger dans l'abîme qui s'ouvrit peu après sous mes pas.

Quels qu'eussent été les indignes procédés du comte de Bressac pour moi, le premier jour où je l'avais connu, il m'avait cependant été impossible de le voir sans me sentir entraînée vers lui par un mouvement de tendresse que rien n'avait pu vaincre. Malgré toutes mes réflexions sur sa cruauté, sur son éloignement des femmes, sur la dépravation de ses goûts, sur les distances morales qui nous séparaient, rien au monde ne pouvait éteindre cette passion naissante, et si le comte m'eût demandé ma vie, je la lui aurais sacrifiée mille fois[24]. Il était loin de soupçonner mes sentiments... Il était loin, l'ingrat, de démêler la cause des pleurs que je versais journellement ; mais il lui était impossible pourtant de ne pas se douter du désir que j'avais de voler au-devant de tout ce qui pouvait lui plaire ; il ne se pouvait pas qu'il n'entrevît mes prévenances ; trop aveugles sans doute, elles allaient au point de servir ses erreurs, autant que la décence pouvait me le permettre, et de les déguiser toujours à sa tante. Cette conduite m'avait en quelque façon gagné sa confiance, et tout ce qui venait de lui m'était si précieux, je m'aveuglai tellement sur le peu que m'offrait son cœur, que j'eus quelquefois la faiblesse de croire que je ne lui étais pas indifférente. Mais combien l'excès de ses désordres me désabusait promptement ! ils étaient tels que sa santé même en était altérée. Je prenais quelquefois la liberté de lui peindre les inconvénients de sa conduite, il m'écoutait sans répugnance, puis finissait par me dire qu'on ne se corrigeait pas de l'espèce de vice qu'il chérissait.

— Ah ! Thérèse, s'écria-t-il un jour dans l'enthousiasme, si tu connaissais les charmes de cette fantaisie, si tu pouvais comprendre ce qu'on éprouve à la douce illusion de n'être plus qu'une femme ! Incroyable égarement de l'esprit ! on abhorre ce sexe et l'on veut l'imiter ! Ah ! qu'il est doux d'y réussir, Thérèse, qu'il est délicieux d'être le catin de tous ceux qui veulent de vous, et, portant sur ce point, au dernier épisode, le délire et la prostitution, d'être successivement dans le même jour la maîtresse d'un crocheteur, d'un marquis, d'un valet, d'un moine, d'en être tour à tour chéri, caressé, jalousé, menacé, battu, tantôt dans leurs bras victorieux, et tantôt victime à leurs pieds, les attendrissant par des caresses, les ranimant par des excès... Oh ! non, non, Thérèse, tu ne comprends pas ce qu'est ce plaisir pour une tête organisée comme la mienne... Mais, le moral à part, si tu te représentais quelles sont les sensations physiques de ce divin goût ! il est impossible d'y tenir ; c'est un chatouillement si vif, des titillations de volupté si piquantes... on perd l'esprit... on déraisonne ; mille baisers plus tendres les uns que les autres n'exaltent pas encore avec assez d'ardeur l'ivresse où nous plonge l'agent ; enlacés dans ses bras, les bouches collées l'une à l'autre, nous voudrions que notre existence entière pût s'incorporer à la sienne ; nous ne voudrions faire avec lui qu'un seul être ; si nous osons nous plaindre, c'est d'être négligés ; nous voudrions que, plus robuste qu'Hercule, il nous élargît, il nous pénétrât ; que cette semence précieuse, élancée, brûlante au fond de nos entrailles, fît, par sa chaleur et sa force, jaillir la nôtre dans ses mains... Ne t'imagine pas, Thérèse, que nous soyons faits comme les autres hommes ; c'est une construction toute différente, et cette membrane chatouilleuse qui tapisse chez vous le temple de Vénus, le Ciel en nous créant en orna les autels où nos Céladons sacrifient : nous sommes aussi certainement femmes là que vous l'êtes au sanctuaire de la génération ; il n'est pas un de vos plaisirs qui ne nous soit connu, pas un dont nous ne sachions jouir ; mais nous avons, de plus, les nôtres, et c'est cette réunion délicieuse qui fait de nous les hommes de la terre les plus sensibles à la volupté, les mieux créés pour la sentir ; c'est cette réunion enchanteresse qui rend impossible la correction de nos goûts, qui ferait de nous des enthousiastes et des frénétiques, si l'on avait encore la stupidité de nous punir... qui nous fait adorer, jusqu'au cercueil enfin, le dieu charmant qui nous enchaîne !

Ainsi s'exprimait le comte, en préconisant ses travers. Essayais-je de lui parler de l'Etre auquel il devait tout, et des chagrins que de pareils désordres donnaient à cette respectable tante, je n'apercevais plus dans lui que du dépit et de l'humeur, et surtout de l'impatience de voir si longtemps, en de telles mains, des richesses qui, disait-il, devraient lui appartenir ; je n'y voyais plus que la haine la plus invétérée contre cette femme si honnête, la révolte la plus constatée contre tous les sentiments de la nature. Serait-il donc vrai que quand on est parvenu à transgresser aussi formellement dans ses goûts l'instinct sacré de cette loi, la suite nécessaire de ce premier crime fût un affreux penchant à commettre ensuite tous les autres ?

Quelquefois je me servais des moyens de la religion ; presque toujours consolée par elle, j'essayais de faire passer ses douceurs dans l'âme de ce pervers, à peu près sûre de le contenir par ces liens si je parvenais à lui en faire partager les attraits ; mais le comte ne me laissa pas longtemps employer de telles armes. Ennemi déclaré de nos plus saints mystères, frondeur opiniâtre de la pureté de nos dogmes, antagoniste outré de l'existence d'un Etre suprême, M. de Bressac, au lieu de se laisser convertir par moi, chercha bien plutôt à me corrompre[25].

— Toutes les religions partent d'un principe faux, Thérèse, me disait-il ; toutes supposent comme nécessaire le culte d'un Etre créateur, mais ce créateur n'exista jamais. Rappelle-toi sur cela les préceptes sensés de ce certain Cœur-de-Fer qui, m'as-tu dit, Thérèse, avait comme moi travaillé ton esprit ; rien de plus juste que les principes de cet homme, et l'avilissement dans lequel on a la sottise de le tenir ne lui ôte pas le droit de bien raisonner.

Si toutes les productions de la nature sont des effets résultatifs des lois qui la captivent ; si son action et sa réaction perpétuelles supposent le mouvement nécessaire à son essence, que devient le souverain Maître que lui prêtent gratuitement les sots ? Voilà ce que te disait ton sage instituteur, chère fille. Que sont donc les religions, d'après cela, sinon le frein dont la tyrannie du plus fort voulut captiver le plus faible ? Rempli de ce dessein, il osa dire à celui qu'il prétendait dominer qu'un Dieu forgeait les fers dont la cruauté l'entourait ; et celui-ci, abruti par sa misère, crut indistinctement tout ce que voulut l'autre. Les religions, nées de ces fourberies, peuvent-elles donc mériter quelque respect ? En est-il une seule, Thérèse, qui ne porte l'emblème de l'imposture et de la stupidité ? Que vois-je dans toutes ? Des mystères qui font frémir la raison, des dogmes outrageant la nature, et des cérémonies grotesques qui n'inspirent que la dérision et le dégoût. Mais si, de toutes, une mérite plus particulièrement notre mépris et notre haine, ô Thérèse, n'est-ce pas cette loi barbare du Christianisme dans laquelle nous sommes tous deux nés ? En est-il une plus odieuse ?... une qui soulève autant et le cœur et l'esprit ?

Comment des hommes raisonnables peuvent-ils encore ajouter quelque croyance aux paroles obscures, aux prétendus miracles du vil instituteur de ce culte effrayant ? Exista-t-il jamais un bateleur plus fait pour l'indignation publique! Qu'est-ce qu'un Juif lépreux qui, né d'une catin et d'un soldat, dans le plus chétif coin de l'univers, ose se faire passer pour l'organe de celui qui, dit-on, a créé le monde! Avec des prétentions aussi relevées, tu l'avoueras, Thérèse, il fallait au moins quelques titres. Quels sont-ils, ceux de ce ridicule ambassadeur? Que va-t-il faire pour prouver sa mission? La terre va-t-elle changer de face; les fléaux qui l'affligent vont-ils s'anéantir; le soleil va-t-il l'éclairer nuit et jour? Les vices ne la souilleront-ils plus? N'allons-nous voir enfin régner que le bonheur?... Point, c'est par des tours de passe-passe, par des gambades et par des calembours * que l'envoyé de Dieu s'annonce à l'univers; c'est dans la société respectable de manœuvres, d'artisans et de filles de joie que le ministre du Ciel vient manifester sa grandeur; c'est en s'enivrant avec les uns, couchant avec les autres, que l'ami d'un Dieu, Dieu lui-même, vient soumettre à ses lois le pécheur endurci; c'est en n'inventant pour ses farces que ce qui peut satisfaire ou sa luxure ou sa gourmandise, que le faquin prouve sa mission; quoi qu'il en soit, il fait fortune, quelques plats satellites se joignent à ce fripon; une secte se forme; les dogmes de cette canaille parviennent à séduire quelques Juifs; esclaves de la puissance romaine, ils devaient embrasser avec joie une religion qui, les dégageant de leurs fers, ne les assouplissait qu'au frein religieux. Leur motif se devine, leur indocilité se dévoile; on arrête les séditieux; leur chef périt, mais d'une mort beaucoup trop douce sans doute

* Le marquis de Bièvre en fit-il jamais un qui lui valût celui du Nazaréen à son disciple : « Tu es Pierre et sur cette pierre je bâtirai mon Eglise » ? Et qu'on vienne nous dire que les calembours sont de notre siècle !

126

pour son genre de crime, et par un impardonnable défaut de réflexion, on laisse disperser les disciples de ce malotru, au lieu de les égorger avec lui. Le fanatisme s'empare des esprits, des femmes crient, des fous se débattent, des imbéciles croient et voilà le plus méprisable des êtres, le plus maladroit fripon, le plus lourd imposteur qui eût encore paru, le voilà Dieu, le voilà fils de Dieu égal à son père ; voilà toutes ses rêveries consacrées, toutes ses paroles devenues des dogmes, et ses balourdises des mystères ! Le sein de son fabuleux Père s'ouvre pour le recevoir, et ce Créateur, jadis simple, le voilà devenu triple pour complaire à ce fils digne de sa grandeur ! Mais ce saint Dieu en restera-t-il là ? Non, sans doute, c'est à de bien plus grandes faveurs que va se prêter sa céleste puissance. A la volonté d'un prêtre c'est-à-dire d'un drôle couvert de mensonges et de crimes, ce grand Dieu créateur de tout ce que nous voyons va s'abaisser jusqu'à descendre dix ou douze millions de fois par matinée dans un morceau de pâte, qui, devant être digérée par les fidèles, va se transmuer bientôt au fond de leurs entrailles, dans les excréments les plus vils, et cela pour la satisfaction de ce tendre fils, inventeur odieux de cette impiété monstrueuse, dans un souper de cabaret. Il l'a dit, il faut que cela soit. Il a dit : « Ce pain que vous voyez sera ma chair ; vous le digérerez comme tel ; or je suis Dieu, donc Dieu sera digéré par vous, donc le Créateur du ciel et de la terre se changera, parce que je l'ai dit, en la matière la plus vile qui puisse s'exhaler du corps de l'homme, et l'homme mangera Dieu, parce que Dieu est bon et qu'il est tout-puissant. » Cependant ces inepties s'étendent ; on attribue leur accroissement à leur réalité, à leur grandeur, à leur sublimité, à la puissance de celui qui les introduit, tandis que les causes les plus simples doublent leur existence, tandis que le crédit acquis par l'erreur ne trouva jamais que des filous d'une part et des imbéciles de l'autre. Elle arrive enfin sur le trône, cette infâme religion, et c'est un empereur faible, cruel, ignorant et fanatique qui, l'enveloppant du bandeau royal, en souille ainsi les deux bouts de la terre. O Thérèse, de quel poids doivent être ces raisons sur un esprit examinateur et philosophe ? Le sage peut-il voir autre chose dans ce ramas de fables épouvantables, que le fruit de l'imposture de quelques hommes et de la fausse crédulité d'un plus grand nombre ? Si Dieu avait voulu que nous eussions une religion quelconque, et qu'il fût réellement puissant, ou, pour mieux dire, s'il y avait réellement un Dieu, serait-ce par des moyens aussi absurdes qu'il nous eût fait part de ses ordres ? Serait-ce par l'organe d'un bandit méprisable qu'il nous eût montré comment il fallait le servir ? S'il est suprême, s'il est puissant, s'il est juste, s'il est bon, ce Dieu dont vous me parlez, sera-ce par des énigmes et des farces qu'il voudra m'apprendre à le servir et à le connaître ? Souverain moteur des astres et du cœur de l'homme, ne peut-il nous instruire en se servant des uns, ou nous convaincre en se gravant dans l'autre ? Qu'il imprime un jour en traits de feu, au centre du Soleil, la loi qui peut lui plaire et qu'il veut nous donner ; d'un bout de l'univers à l'autre, tous les hommes la lisant, la voyant à la fois, deviendront coupables s'ils ne la suivent pas alors. Mais n'indiquer ses désirs que dans un coin ignoré de l'Asie ; choisir pour sectateur le peuple le plus fourbe et le plus visionnaire ; pour substitut, le plus vil artisan, le plus absurde et le plus fripon ; embrouiller si bien la doctrine, qu'il est impossible de la comprendre ; en absorber la connaissance chez un petit nombre d'individus ; laisser les autres dans l'erreur, et les punir d'y être restés... Eh! non, Thérèse, non, non, toutes ces atrocités-là ne sont pas faites pour nous guider : j'aimerais mieux mourir mille fois que de les croire. Quand l'athéisme voudra des martyrs, qu'il les désigne, et mon sang est tout prêt. Détestons ces horreurs, Thérèse ; que les outrages les mieux constatés cimentent le mépris qui leur est si bien dû... A peine avais-je les yeux ouverts, que je les détestais, ces rêveries grossières ; je me fis dès lors une loi de les fouler aux pieds, un serment de n'y plus revenir ; imite-moi, si tu veux être heureuse ; déteste, abjure, profane ainsi que moi et l'objet odieux de ce culte effrayant, et ce culte lui-même, créé pour des chimères, fait, comme elles, pour être avili de tout ce qui prétend à la sagesse.

— Oh! monsieur, répondis-je en pleurant, vous priveriez une malheureuse de son plus doux espoir si vous flétrissiez dans son cœur cette religion qui la console. Fermement attachée à ce qu'elle enseigne ; absolument convaincue que tous les coups qui lui sont portés ne sont que les effets du libertinage et des passions, irai-je sacrifier à des blasphèmes, à des sophismes qui me font horreur, la plus chère idée de mon esprit, le plus doux aliment de mon cœur ?

J'ajoutais mille autres raisonnements à cela, dont le comte ne faisait que rire, et ses principes captieux nourris d'une éloquence plus mâle, soutenus de lectures que je n'avais heureusement jamais faites, attaquaient chaque jour tous les miens, mais sans les ébranler. Mᵐᵉ de Bressac, remplie de vertu et de piété, n'ignorait pas que son neveu soutenait ses écarts par tous les paradoxes du jour ; elle en gémissait souvent avec moi ; et, comme elle daignait me trouver un peu plus de bon sens qu'à ses autres femmes, elle aimait à me confier ses chagrins.

Il n'était pourtant plus de bornes aux mauvais

procédés de son neveu pour elle ; le comte était au point de ne s'en plus cacher ; non seulement il avait entouré sa tante de toute cette canaille dangereuse servant à ses plaisirs, mais il avait même porté la hardiesse jusqu'à lui déclarer devant moi que si elle s'avisait encore de contrarier ses goûts, il la convaincrait des charmes dont ils étaient, en s'y livrant à ses yeux mêmes[26].

Je gémissais ; cette conduite me faisait horreur. Je tâchais d'en résoudre des motifs personnels pour étouffer dans mon âme la malheureuse passion dont elle était brûlée : mais l'amour est-il un mal dont on puisse guérir ? Tout ce que je cherchais à lui opposer n'attisait que plus vivement sa flamme, et le perfide comte ne me paraissait jamais plus aimable que quand j'avais réuni devant moi tout ce qui devait m'engager à le haïr.

Il y avait quatre ans que j'étais dans cette maison, toujours persécutée par les mêmes chagrins, toujours consolée par les mêmes douceurs, lorsque cet abominable homme, se croyant enfin sûr de moi, osa me dévoiler ses infâmes desseins. Nous étions pour lors à la campagne ; j'étais seule auprès de la comtesse : sa première femme avait obtenu de rester à Paris, l'été, pour quelques affaires de son mari. Un soir, peu après que je fus retirée, respirant à un balcon de ma chambre, et ne pouvant, à cause de l'extrême chaleur, me déterminer à me coucher, tout à coup le comte frappe, et me prie de le laisser causer avec moi. Hélas ! tous les instants que m'accordait ce cruel auteur de mes maux me paraissaient trop précieux pour que j'osasse en refuser un ; il entre, ferme avec soin la porte, et se jetant à mes côtés dans un fauteuil :

— Ecoute-moi, Thérèse, me dit-il avec un peu d'embarras... j'ai des choses de la plus grande conséquence à te dire ; jure-moi que tu ne t'en révéleras jamais rien.

— Oh ! monsieur, répondis-je, pouvez-vous me croire capable d'abuser de votre confiance ?

— Tu ne sais pas ce que tu risquerais si tu venais à me prouver que je me suis trompé en te l'accordant !

— Le plus affreux de tous mes chagrins serait de l'avoir perdue, je n'ai pas besoin de plus grandes menaces...

— Eh bien, Thérèse, j'ai condamné ma tante à la mort... et c'est ta main qui doit me servir.

— Ma main ! m'écriai-je en reculant d'effroi... Oh ! monsieur, avez-vous pu concevoir de semblables projets ?... Non, non ; disposez de ma vie, s'il vous la faut, mais n'imaginez jamais obtenir de moi l'horreur que vous me proposez.

— Ecoute, Thérèse, me dit le comte, en me ramenant avec tranquillité ; je me suis bien douté de tes répugnances, mais, comme tu as de l'esprit, je me suis flatté de les vaincre... de te prouver que ce crime, qui te paraît si énorme, n'est au fond qu'une chose toute simple.

Deux forfaits s'offrent ici, Thérèse, à tes yeux peu philosophiques [27] : la destruction d'une créature qui nous ressemble, et le mal dont cette destruction s'augmente, quand cette créature nous appartient de près. A l'égard du crime de la destruction de son semblable, sois-en certaine, chère fille, il est purement chimérique. Le pouvoir de détruire n'est pas accordé à l'homme ; il a tout au plus celui de varier les formes ; mais il n'a pas celui de les anéantir : or toute forme est égale aux yeux de la nature ; rien ne se perd dans le creuset immense où ses variations s'exécutent ; toutes les portions de matières qui y tombent en rejaillissent incessamment sous d'autres figures, et quels que soient

131

nos procédés sur cela, aucun ne l'outrage sans doute, aucun ne saurait l'offenser. Nos destructions raniment son pouvoir ; elles entretiennent son énergie, mais aucune ne l'atténue ; elle n'est contrariée par aucune... Eh ! qu'importe à sa main toujours créatrice que cette masse de chair conformant aujourd'hui un individu bipède se reproduise demain sous la forme de mille insectes différents ? Osera-t-on dire que la construction de cet animal à deux pieds lui coûte plus que celle d'un vermisseau, et qu'elle doit y prendre un plus grand intérêt ? Si donc ce degré d'attachement, ou bien plutôt d'indifférence, est le même, que peut lui faire que par le glaive d'un homme un autre homme soit changé en mouche ou en herbe ? Quand on m'aura convaincu de la sublimité de notre espèce, quand on m'aura démontré qu'elle est tellement importante à la nature, que nécessairement ses lois s'irritent de cette transmutation, je pourrai croire alors que le meurtre est un crime ; mais quand l'étude la plus réfléchie m'aura prouvé que tout ce qui végète sur ce globe, le plus imparfait des ouvrages de la nature, est d'un égal prix à ses yeux, je n'admettrai jamais que le changement d'un de ces êtres en mille autres puisse en rien déranger ses vues. Je me dirai : tous les hommes, tous les animaux, toutes les plantes croissant, se nourrissant, se détruisant, se reproduisant par les mêmes moyens, ne recevant jamais une mort réelle, mais une simple variation dans ce qui les modifie ; tous, dis-je, paraissant aujourd'hui sous une forme, et quelques années ensuite sous une autre, peuvent, au gré de l'être qui veut les mouvoir, changer mille et mille fois dans un jour, sans qu'une seule loi de la nature en soit un instant affectée, que dis-je ? sans que ce transmutateur ait fait autre chose qu'un bien, puisqu'en décomposant des individus dont les bases redeviennent nécessaires à la nature, il ne fait que lui rendre par cette action, improprement qualifiée de criminelle, l'énergie créatrice dont l'a privée nécessairement celui qui, par une stupide indifférence, n'ose entreprendre aucun bouleversement. O Thérèse, c'est le seul orgueil de l'homme qui érigea le meurtre en crime. Cette vaine créature, s'imaginant être la plus sublime du globe, se croyant la plus essentielle, partit de ce faux principe pour assurer que l'action qui la détruirait ne pouvait qu'être infâme ; mais sa vanité, sa démence ne change rien aux lois de la nature ; il n'y a point d'être qui n'éprouve au fond de son cœur le désir le plus véhément d'être défait de ceux qui le gênent, ou dont la mort peut lui apporter du profit ; et de ce désir à l'effet, t'imagines-tu, Thérèse, que la différence soit bien grande ? Or, si ces impressions nous viennent de la nature, est-il présumable qu'elles l'irritent ? Nous inspirerait-elle ce qui la dégraderait ? Ah ! tranquillise-toi, chère fille, nous n'éprouvons rien qui ne lui serve ; tous les mouvements qu'elle place en nous sont les organes de ses lois ; les passions de l'homme ne sont que les moyens qu'elle emploie pour parvenir à ses desseins. A-t-elle besoin d'individus ? elle nous inspire l'amour, voilà des créations ; les destructions lui deviennent-elles nécessaires ? Elle place dans nos cœurs la vengeance, l'avarice, la luxure, l'ambition, voilà des meurtres ; mais elle a toujours travaillé pour elle, et nous sommes devenus, sans nous en douter, les crédules agents de ses caprices.

Eh ! non, non, Thérèse, non, la nature ne laisse pas dans nos mains la possibilité des crimes qui troubleraient son économie ; peut-il tomber sous le sens que le plus faible puisse réellement offenser le plus fort ? Que sommes-nous relativement à elle ? Peut-elle, en nous créant, avoir placé dans nous ce qui serait capable de lui nuire ? Cette imbécile supposition peut-elle s'arranger avec la manière sublime et sûre dont nous la voyons parvenir à ses fins ? Ah ! si le meurtre n'était pas une des actions de l'homme qui remplit le mieux ses intentions, permettrait-elle qu'il s'opérât ? L'imiter peut-il donc lui nuire ? peut-elle s'offenser de voir l'homme faire à son semblable ce qu'elle lui fait elle-même tous les jours ? Puisqu'il est démontré qu'elle ne peut se reproduire que par des destructions, n'est-ce pas agir d'après ses vues que de les multiplier sans cesse ? L'homme, en ce sens, qui s'y livrera avec le plus d'ardeur sera donc incontestablement celui qui la servira le mieux, puisqu'il sera celui qui coopérera le plus à des desseins qu'elle manifeste à tous les instants. La première et la plus belle qualité de la nature est le mouvement qui l'agite sans cesse, mais ce mouvement n'est qu'une suite perpétuelle de crimes, ce n'est que par des crimes qu'elle le conserve : l'être qui lui ressemble le mieux, et par conséquent l'être le plus parfait, sera donc nécessairement celui dont l'agitation la plus active deviendra la cause de beaucoup de crimes, tandis, je le répète, que l'être inactif ou indolent, c'est-à-dire l'être vertueux, doit être à ses regards le moins parfait sans doute, puisqu'il ne tend qu'à l'apathie, qu'à la tranquillité qui replongerait incessamment tout dans le chaos, si son ascendant l'emportait. Il faut que l'équilibre se conserve ; il ne peut l'être que par des crimes ; les crimes servent donc la nature ; s'ils la servent, si elle les exige, si elle les désire, peuvent-ils l'offenser ? et qui peut être offensé, si elle ne l'est pas ?

Mais la créature que je détruis est ma tante [28]. Oh ! Thérèse, que ces liens sont frivoles aux yeux d'un philosophe ! Permets-moi de ne pas même t'en parler, tant ils sont futiles. Ces méprisables chaînes, fruits de

nos lois et de nos institutions politiques, peuvent-elles
être quelque chose aux yeux de la nature?

Laisse donc là tes préjugés, Thérèse, et sers-moi; ta
fortune est faite.

— Oh! monsieur, répondis-je tout effrayée au
comte de Bressac, cette indifférence que vous supposez
dans la nature n'est encore ici que l'ouvrage des
sophismes de votre esprit. Daignez plutôt écouter
votre cœur, et vous entendrez comme il condamnera
tous ces faux raisonnements du libertinage; ce cœur,
au tribunal duquel je vous renvoie, n'est-il donc pas le
sanctuaire où cette nature que vous outragez veut
qu'on l'écoute et qu'on la respecte? Si elle y grave la
plus forte horreur pour le crime que vous méditez,
m'accorderez-vous qu'il est condamnable? Les passions, je le sais, vous aveuglent à présent, mais aussitôt
qu'elles se tairont, à quel point vous déchireront les
remords? Plus est grande votre sensibilité, plus leur
aiguillon vous tourmentera... Oh! monsieur, conser-
vez, respectez les jours de cette tendre et précieuse
amie; ne la sacrifiez point; vous en périrez de désespoir! Chaque jour, à chaque instant, vous la verriez
devant vos yeux, cette tante chérie qu'aurait plongée
dans le tombeau votre aveugle fureur; vous entendriez
sa voix plaintive prononcer encore ces doux noms qui
faisaient la joie de votre enfance, elle apparaîtrait dans
vos veilles et vous tourmenterait dans vos songes; elle
ouvrirait de ses doigts sanglants les blessures dont vous
l'auriez déchirée; pas un moment heureux, dès lors, ne
luirait pour vous sur la terre; tous vos plaisirs seraient
souillés, toutes vos idées se troubleraient; une main
céleste, dont vous méconnaissez le pouvoir, vengerait
les jours que vous auriez détruits, en empoisonnant
tous les vôtres; et sans avoir joui de vos forfaits, vous
péririez du regret mortel d'avoir osé les accomplir.

J'étais en larmes en prononçant ces mots, j'étais à genoux aux pieds du comte ; je le conjurais par tout ce qu'il pouvait avoir de plus sacré d'oublier un égarement infâme que je lui jurais de cacher toute ma vie... Mais je ne connaissais pas l'homme à qui j'avais affaire ; je ne savais pas à quel point les passions établissaient le crime dans cette âme perverse. Le comte se leva froidement.

— Je vois bien que je m'étais trompé, Thérèse, me dit-il ; j'en suis peut-être autant fâché pour vous que pour moi ; n'importe, je trouverai d'autres moyens, et vous aurez beaucoup perdu sans que votre maîtresse y ait rien gagné.

Cette menace changea toutes mes idées : en n'acceptant pas le crime qu'on me proposait, je risquais beaucoup pour mon compte, et ma maîtresse périssait infailliblement ; en consentant à la complicité, je me mettais à couvert du courroux du comte, et je sauvais assurément sa tante. Cette réflexion, qui fut en moi l'ouvrage d'un instant, me détermina à tout accepter ; mais comme un retour si prompt eût pu paraître suspect, je ménageai quelque temps ma défaite : je mis le comte dans le cas de me répéter souvent ses sophismes ; j'eus peu à peu l'air de ne plus savoir qu'y répondre : Bressac me crut vaincue ; je légitimai ma faiblesse par la puissance de son art, je me rendis à la fin. Le comte s'élance dans mes bras. Que ce mouvement m'eût comblée d'aise s'il eût eu une autre cause !... Que dis-je ? il n'était plus temps ; son horrible conduite, ses barbares desseins avaient anéanti tous les sentiments que mon faible cœur osait concevoir, et je ne voyais plus en lui qu'un monstre...

— Tu es la première femme que j'embrasse, me dit le comte, et en vérité, c'est de toute mon âme... Tu es délicieuse, mon enfant ; un rayon de sagesse a donc pénétré ton esprit ! Est-il possible que cette tête charmante soit si longtemps restée dans les ténèbres !

Et ensuite nous convînmes de nos faits. Dans deux ou trois jours, plus ou moins, suivant la facilité que j'y trouverais, je devais jeter un petit paquet de poison, que me remit Bressac, dans la tasse de chocolat que Madame avait coutume de prendre le matin. Le comte me garantissait de toutes les suites, et me remettait un contrat de deux mille écus de rentes le jour même de l'exécution ; il me signa ces promesses sans caractériser ce qui devait m'en faire jouir, et nous nous séparâmes.

Il arriva sur ces entrefaites quelque chose de trop singulier, de trop capable de vous dévoiler l'âme atroce du monstre auquel j'avais affaire pour que je n'interrompe pas une minute, en vous le disant, le récit que vous attendez sans doute du dénouement de l'aventure où je m'étais engagée.

Le surlendemain de notre pacte criminel, le comte apprit qu'un oncle, sur la succession duquel il ne comptait nullement, venait de lui laisser quatre-vingt mille livres de rentes... Oh ! ciel, me dis-je en apprenant cette nouvelle, est-ce donc ainsi que la justice céleste punit le complot des forfaits ! Et me reprenant bientôt de ce blasphème envers la providence, je me jette à genoux, j'en demande pardon, et me flatte que cet événement inattendu va du moins changer les projets du comte... Quelle était mon erreur !

— Oh ! ma chère Thérèse, me dit-il en accourant le même soir dans ma chambre, comme les prospérités pleuvent sur moi ! Je te l'ai dit souvent, l'idée d'un crime, ou son exécution, est le plus sûr moyen d'attirer le bonheur ; il n'en est plus que pour les scélérats.

— Eh ! quoi, monsieur, répondis-je, cette fortune sur laquelle vous ne comptiez pas ne vous décide point à attendre patiemment la mort que vous voulez hâter ?

— Attendre, reprit brusquement le comte, je n'attendrais pas deux minutes, Thérèse ; songes-tu que j'ai vingt-huit ans, et qu'il est dur d'attendre à mon âge ?... Non, que ceci ne change rien à nos projets, je t'en supplie, et donne-moi la consolation de voir terminer tout avant l'époque de notre retour à Paris... Demain, après-demain au plus tard... Il me tarde déjà de te compter un quartier de tes rentes... de te mettre en possession de l'acte qui te les assure...

Je fis de mon mieux pour déguiser l'effroi que m'inspirait cet acharnement, et je repris mes résolutions de la veille, bien persuadée que si je n'exécutais pas le crime horrible dont je m'étais chargée, le comte s'apercevrait bientôt que je le jouais, et que, si j'avertissais Mᵐᵉ de Bressac, quelque parti que lui fît prendre la révélation de ce projet, le jeune comte, se voyant toujours trompé, adopterait promptement des moyens plus certains, qui, faisant également périr la tante, m'exposaient à toute la vengeance du neveu. Il me restait la voie de la justice, mais rien au monde n'aurait pu me résoudre à la prendre ; je me déterminai donc à prévenir la marquise ; de tous les partis possibles, celui-là me parut le meilleur et je m'y livrai.

— Madame, lui dis-je le lendemain de ma dernière entrevue avec le comte, j'ai quelque chose de la plus grande importance à vous révéler, mais à quelque point que cela vous intéresse, je suis décidée au silence, si vous ne me donnez, avant, votre parole d'honneur de ne témoigner aucun ressentiment à monsieur votre neveu de ce qu'il a l'audace de projeter... Vous agirez, madame, vous prendrez les meilleurs moyens, mais vous ne direz mot. Daignez me le promettre, ou je me tais.

Mᵐᵉ de Bressac, qui crut qu'il ne s'agissait que de quelques extravagances ordinaires à son neveu, s'engagea par le serment que j'exigeais, et je révélai tout. Cette malheureuse femme fondit en larmes en apprenant cette infamie.

— Le monstre! s'écria-t-elle, qu'ai-je jamais fait que pour son bien ? Si j'ai voulu prévenir ses vices, ou l'en corriger, quel autre motif que son bonheur pouvait me contraindre à cette sévérité ?... Et cette succession qui vient de lui échoir, n'est-ce pas à mes soins qu'il la doit ? Ah! Thérèse, Thérèse, prouve-moi bien la vérité de ce projet... mets-moi dans la situation de n'en pouvoir douter ; j'ai besoin de tout ce qui peut achever d'éteindre en moi les sentiments que mon cœur aveuglé ose garder encore pour ce monstre...

Et alors je fis voir le paquet de poison ; il était difficile de fournir une meilleure preuve : la marquise voulut en faire des essais ; nous en fîmes avaler une légère dose à un chien que nous enfermâmes, et qui mourut au bout de deux heures dans des convulsions épouvantables. Mme de Bressac, ne pouvant plus douter, se décida ; elle m'ordonna de lui donner le reste du poison, et écrivit aussitôt par un courrier au duc de Sonzeval, son parent, de se rendre chez le ministre en secret, d'y développer l'atrocité d'un neveu dont elle était à la veille de devenir victime ; de se munir d'une lettre de cachet ; d'accourir à sa terre la délivrer le plus tôt possible du scélérat qui conspirait aussi cruellement contre ses jours.

Mais cet abominable crime devait se consommer ; il fallut que, par une inconcevable permission du Ciel, la vertu cédât aux efforts de la scélératesse. L'animal sur lequel nous avions fait notre expérience découvrit tout au comte ; il l'entendit hurler ; sachant que ce chien était chéri de sa tante, il demanda ce qu'on lui avait fait ; ceux à qui il s'adressa, ignorant tout, ne lui répondirent rien de clair ; de ce moment, il forma des soupçons; il ne dit mot, mais je le vis troublé; je fis part de son état à la marquise, elle s'en inquiéta davantage, sans pouvoir néanmoins imaginer autre chose que de presser le courrier, et de mieux cacher encore, s'il était possible, l'objet de sa mission. Elle dit à son neveu qu'elle envoyait en diligence à Paris prier le duc de Sonzeval de se mettre sur-le-champ à la tête de la succession de l'oncle dont on venait d'hériter, parce que si personne ne paraissait, il y avait des procès à craindre; elle ajouta qu'elle engageait le duc à venir lui rendre compte de tout, afin qu'elle se décidât à partir elle-même avec son neveu, si l'affaire l'exigeait. Le comte, trop bon physionomiste pour ne pas voir de l'embarras sur le visage de sa tante, pour ne pas observer un peu de confusion dans le mien, se paya de tout et n'en fut que mieux sur ses gardes. Sous le prétexte d'une promenade, il s'éloigne du château; il attend le courrier dans un lieu où il devait inévitablement passer. Cet homme, bien plus à lui qu'à sa tante, ne fait aucune difficulté de lui remettre ses dépêches, et Bressac, convaincu de ce qu'il appelle sans doute ma trahison, donne cent louis au courrier avec ordre de ne jamais reparaître chez sa tante. Il revient au château, la rage dans le cœur; il se contient pourtant; il me rencontre, il me cajole à son ordinaire, il me demande si ce sera pour le lendemain, me fait observer qu'il est essentiel que cela soit avant que le duc n'arrive, puis se couche d'un air tranquille et sans rien témoigner. Je ne sus rien alors, je fus la dupe de tout. Si cet épouvantable crime se consomma, comme le comte me l'apprit ensuite, il le commit lui-même sans doute, mais j'ignore comment; je fis beaucoup de conjectures; à quoi servirait-il de vous en faire part ? Venons plutôt à la manière cruelle dont je fus punie de n'avoir pas voulu m'en charger. Le lendemain de l'arrestation du courrier, Madame prit son chocolat comme à l'ordinaire, elle se leva, fit sa toilette, me parut agitée, et se mit à table ; à peine en est-on dehors, que le comte m'aborde :

— Thérèse, me dit-il avec le flegme le plus grand, j'ai trouvé un moyen plus sûr que celui que je t'avais proposé pour venir à bout de nos projets ; mais cela demande des détails, je n'ose aller si souvent dans ta chambre ; trouve-toi à cinq heures précises au coin du parc, je t'y prendrai et nous irons faire une promenade dans le bois, pendant laquelle je t'expliquerai tout.

Je vous l'avoue, madame, soit permission de la Providence, soit excès de candeur, soit aveuglement, rien ne m'annonça l'affreux malheur qui m'attendait ; je me croyais si sûre du secret et des arrangements de la marquise, que je n'imaginai jamais que le comte eût pu les découvrir ; il y avait pourtant de l'embarras dans moi.

Le parjure est vertu quand on promit le crime,

a dit un de nos poètes tragiques ; mais le parjure est toujours odieux pour l'âme délicate et sensible qui se trouve obligée d'y avoir recours. Mon rôle m'embarrassait.

Quoi qu'il en fût, je me trouvai au rendez-vous ; le comte ne tarde pas à y paraître, il vient à moi d'un air libre et gai, et nous avançons dans la forêt sans qu'il soit question d'autre chose que de rire et de plaisanter, comme il avait l'usage avec moi. Quand je voulais mettre la conversation sur l'objet qui lui avait fait désirer notre entretien, il me disait toujours d'attendre, qu'il craignait qu'on ne nous observât, et que nous n'étions pas encore en sûreté ; insensiblement nous arrivâmes vers les quatre arbres où j'avais été si cruellement attachée. Je tressaillis, en revoyant ces lieux ; toute l'horreur de ma destinée s'offrit alors à mes regards, et jugez si ma frayeur redoubla, quand je vis les dispositions de ce lieu fatal. Des cordes pendaient à l'un des arbres ; trois dogues anglais monstrueux étaient liés aux trois autres, et paraissaient n'attendre que moi pour se livrer au besoin de manger qu'annonçaient leurs gueules écumeuses et béantes ; un des favoris du comte les gardait.

Alors le perfide ne se servant plus avec moi que des plus grossières épithètes :

— Bou[gresse], me dit-il, reconnais-tu ce buisson d'où je t'ai tirée comme une bête sauvage, pour te rendre à la vie que tu avais mérité de perdre ?... Reconnais-tu ces arbres où je menaçai de te remettre si tu me donnais jamais occasion de me repentir de mes bontés ? Pourquoi acceptais-tu les services que je te demandais contre ma tante si tu avais dessein de me trahir, et comment as-tu imaginé de servir la vertu en risquant la liberté de celui à qui tu devais le bonheur ? Nécessairement placée entre ces deux crimes, pourquoi as-tu choisi le plus abominable ?

— Hélas ! n'avais-je pas choisi le moindre ?

— Il fallait refuser, poursuivit le comte furieux, me saisissant par un bras et me secouant avec violence, oui, sans doute, refuser et ne pas accepter pour me trahir.

Alors M. de Bressac me dit tout ce qu'il avait fait pour surprendre les dépêches de Madame, et comment était né le soupçon qui l'avait engagé à les détourner.

— Qu'as-tu fait par ta fausseté, indigne créature ? continua-t-il. Tu as risqué tes jours sans conserver ceux de ma tante : le coup est fait, mon retour au château m'en offrira les fruits, mais il faut que tu périsses, il faut que tu apprennes, avant d'expirer, que

142

la route de la vertu n'est pas toujours la plus sûre, et qu'il y a des circonstances dans le monde où la complicité d'un crime est préférable à sa délation.

Et sans me donner le temps de répondre, sans témoigner la moindre pitié pour l'état cruel où j'étais, il me traîne vers l'arbre qui m'était destiné et où attendait son favori.

— La voilà, lui dit-il, celle qui a voulu empoisonner ma tante, et qui peut-être a déjà commis ce crime affreux, malgré mes soins pour le prévenir ; j'aurais mieux fait sans doute de la remettre entre les mains de la Justice, mais elle y aurait perdu la vie, et je veux la lui laisser pour qu'elle ait plus longtemps à souffrir.

Alors les deux scélérats s'emparent de moi, ils me mettent nue dans un instant :

— Les belles fesses ! disait le comte avec le ton de la plus cruelle ironie et touchant ces objets avec brutalité, les superbes chairs !... l'excellent déjeuner pour mes dogues !

Dès qu'il ne me reste plus aucun vêtement, on me lie à l'arbre par une corde qui prend le long de mes reins, me laissant les bras libres pour que je puisse me défendre de mon mieux ; et par l'aisance qu'on laisse à la corde je puis m'avancer et reculer d'environ six pieds. Une fois là, le comte, très ému, vient observer ma contenance ; il tourne et passe autour de moi ; à la dure manière dont il me touche, il semble que ses mains meurtrières voudraient le disputer de rage à la dent acérée de ses chiens.

— Allons ! dit-il à son aide, lâche ces animaux, il en est temps.

On les déchaîne, le comte les excite, ils s'élancent tous trois sur mon malheureux corps, on dirait qu'ils se le partagent pour qu'aucune de ses parties ne soit exempte de leurs furieux assauts ; j'ai beau les repousser, ils ne me déchirent qu'avec plus de furie, et pendant cette scène horrible, Bressac, l'indigne Bressac, comme si mes tourments eussent allumé sa perfide luxure... l'infâme ! il se prêtait, en m'examinant, aux criminelles caresses de son favori.

— C'en est assez, dit-il, au bout de quelques minutes, rattache les chiens et abandonnons cette malheureuse à son mauvais sort.

— Eh bien ! Thérèse, me dit-il en brisant mes liens, la vertu coûte souvent bien cher, tu le vois ; t'imagines-tu que deux mille écus de pension ne valaient pas mieux que les morsures dont te voilà couverte ?

Mais dans l'état affreux où je me trouve, je puis à peine l'entendre ; je me jette au pied de l'arbre et suis prête à perdre connaissance.

— Je suis bien bon de te sauver la vie, dit le traître que mes maux irritent, prends garde au moins à l'usage que tu feras de cette faveur...

Puis il m'ordonne de me relever, de reprendre mes vêtements et de quitter au plus tôt cet endroit. Comme le sang coule de partout, afin que mes habits, les seuls qui me restent, n'en soient pas tachés, je ramasse de l'herbe pour me rafraîchir, pour m'essuyer, et Bressac se promène en long et en large, bien plus occupé de ses idées que de moi.

Le gonflement de mes chairs, le sang qui ruisselle encore, les douleurs affreuses que j'endure, tout me rend presque impossible l'opération de me rhabiller, sans que jamais le malhonnête homme qui vient de me mettre dans ce cruel état... lui, pour qui j'aurais autrefois sacrifié ma vie, daignât me donner le moindre signe de commisération. Dès que je fus prête :

— Allez où vous voudrez, me dit-il ; il doit vous rester de l'argent, je ne vous l'ôte point, mais gardez-vous de reparaître à aucune de mes maisons de ville ou de campagne ; deux raisons puissantes s'y opposent. Il est bon que vous sachiez d'abord que l'affaire que vous avez cru terminée ne l'est point. On vous a dit qu'elle n'existait plus, on vous a induite en erreur ; le décret n'a point été purgé ; on vous laissait dans cette situation pour voir comment vous vous conduiriez ; en second lieu, vous allez publiquement passer pour la meurtrière de la marquise ; si elle respire encore, je vais lui faire emporter cette idée au tombeau, toute la maison le saura. Voilà donc contre vous deux procès au lieu d'un, et à la place d'un vil usurier pour adversaire, un homme riche et puissant, déterminé à vous poursuivre jusqu'aux enfers, si vous abusez de la vie que vous laisse sa pitié.

— Oh ! monsieur, répondis-je, quelles qu'aient été vos rigueurs envers moi, ne redoutez rien de mes démarches ; j'ai cru devoir en faire contre vous quand il s'agissait de la vie de votre tante, je n'en entreprendrai jamais quand il ne sera question que de la malheureuse Thérèse. Adieu, monsieur, puissent vos crimes vous rendre aussi heureux que vos cruautés me causent de tourments ! et quel que soit le sort où le Ciel me place, tant qu'il conservera mes déplorables jours, je ne les emploierai qu'à prier pour vous.

Le comte leva la tête ; il ne peut s'empêcher de me considérer à ces mots, et comme il me vit chancelante et couverte de larmes, dans la crainte de s'émouvoir sans doute [29] le cruel s'éloigna, et je ne le vis plus.

Entièrement livrée à ma douleur, je me laissai tomber au pied de l'arbre, et là, lui donnant le plus libre cours, je fis retentir la forêt de mes gémissements ; je pressai la terre de mon malheureux corps, et j'arrosai l'herbe de mes larmes.

— O mon Dieu, m'écriai-je, vous l'avez voulu ; il était dans vos décrets éternels que l'innocent devînt la proie du coupable ; disposez de moi, Seigneur, je suis encore bien loin des maux que vous avez soufferts pour nous ; puissent ceux que j'endure en vous adorant me rendre digne un jour des récompenses que vous promettez au faible, quand il vous a pour objet dans ses tribulations et qu'il vous glorifie dans ses peines !

La nuit tombait : il me devenait impossible d'aller plus loin ; à peine pouvais-je me soutenir ; je jetai les yeux sur le buisson où j'avais couché quatre ans auparavant, dans une situation presque aussi malheureuse ; je m'y traînai comme je pus, et m'y étant mise à la même place, tourmentée de mes blessures encore saignantes, accablée des maux de mon esprit et des chagrins de mon cœur, je passai la plus cruelle nuit qu'il soit possible d'imaginer.

La vigueur de mon âge et de mon tempérament m'ayant donné un peu de force au point du jour, trop effrayée du voisinage de ce cruel château, je m'en éloignai promptement ; je quittai la forêt, et résolue de gagner à tout hasard la première habitation qui s'offrirait à moi, j'entrai dans le bourg de Saint-Marcel, éloigné de Paris d'environ cinq lieues. Je demandai la maison du chirurgien, on me l'indiqua ; je le priai de panser mes blessures, je lui dis que fuyant, pour quelque cause d'amour, la maison de ma mère, à Paris, j'avais été rencontrée la nuit par des bandits dans la forêt qui, pour se venger des résistances que j'avais opposées à leurs désirs, m'avaient fait ainsi traiter par leurs chiens.

Rodin [30], c'était le nom de cet artiste, m'examina avec la plus grande attention, il ne trouva rien de dangereux dans mes plaies ; il aurait, disait-il, répondu de me rendre en moins de quinze jours aussi fraîche qu'avant mon aventure, si j'étais arrivée chez lui au même instant ; mais la nuit et l'inquiétude avaient envenimé des blessures, et je ne pouvais être rétablie que dans un mois. Rodin me logea chez lui, prit tous les soins possibles pour moi, et le trentième jour, il n'existait plus sur mon corps aucun vestige des cruautés de M. de Bressac.

Dès que l'état où j'étais me permit de prendre l'air, mon premier empressement fut de tâcher de trouver dans le bourg une jeune fille assez adroite et assez intelligente pour aller au château de la marquise s'informer de tout ce qui s'y était passé de nouveau depuis mon départ ; la curiosité n'était pas le vrai motif qui me déterminait à cette démarche ; cette curiosité, vraisemblablement dangereuse, eût à coup sûr été fort déplacée ; mais ce que j'avais gagné chez la marquise était resté dans ma chambre ; à peine avais-je six louis sur moi, et j'en possédais plus de quarante au château. Je n'imaginais pas que le comte fût assez cruel pour me refuser ce qui m'appartenait aussi légitimement. Persuadée que sa première fureur passée, il ne voudrait pas me faire une telle injustice, j'écrivis une lettre aussi touchante que je le pus. Je lui cachai soigneusement le lieu que j'habitais, et le suppliai de me renvoyer mes hardes avec le peu d'argent qui se trouvait à moi dans ma chambre. Une paysanne de vingt-cinq ans, vive et spirituelle, se chargea de ma lettre, et me promit de faire assez d'informations sous main pour me satisfaire à son retour sur les différents objets dont je lui laissai voir que l'éclaircissement m'était nécessaire. Je lui recommandai, sur toutes choses, de cacher le nom de l'endroit où j'étais, de ne parler de moi en quoi que ce pût être, et de dire qu'elle tenait la lettre d'un homme qui l'apportait de plus de quinze lieues de là. Jeannette partit, et, vingt-quatre heures après, elle me rapporta la réponse ; elle existe encore, la voilà, madame, mais daignez, avant que de la lire, apprendre ce qui s'était passé chez le comte depuis que j'en étais dehors.

La marquise de Bressac, tombée dangereusement malade le jour même de ma sortie du château, était morte le surlendemain dans des douleurs et dans des convulsions épouvantables ; les parents étaient accourus, et le neveu, qui paraissait dans la plus grande désolation, prétendait que sa tante avait été empoisonnée par une femme de chambre qui s'était évadée le même jour[31]. On faisait des recherches, et l'intention était de faire périr cette malheureuse si on la découvrait. Au reste, le comte se trouvait, par cette succession, beaucoup plus riche qu'il ne l'avait cru ; le coffre-fort, le portefeuille, les bijoux de la marquise, tous objets dont on n'avait point de connaissance, mettaient son neveu, indépendamment des revenus, en possession de plus de six cent mille francs d'effets ou d'argent comptant. Au travers de sa douleur affectée, ce jeune homme avait, disait-on, bien de la peine à cacher sa joie, et les parents, convoqués pour l'ouverture du corps exigée par le comte, après avoir déploré le sort de la malheureuse marquise, et juré de la venger si la coupable tombait entre leurs mains, avaient laissé le jeune homme en pleine et paisible possession de sa scélératesse. M. de Bressac avait lui-même parlé à Jeannette, il lui avait fait différentes questions auxquelles la jeune fille avait répondu avec tant de franchise et de fermeté, qu'il s'était résolu à lui donner sa réponse sans la presser davantage. La voilà cette fatale lettre, dit Thérèse en la remettant à Mme de Lorsange, oui, la voilà, madame, elle est quelquefois nécessaire à mon cœur, et je la conserverai jusqu'à la mort ; lisez-la, si vous le pouvez, sans frémir.

Mme de Lorsange ayant pris le billet des mains de notre belle aventurière y lut les mots suivants :

Une scélérate capable d'avoir empoisonné ma tante est bien hardie d'oser m'écrire après cet exécrable délit ; ce qu'elle fait de mieux est de bien cacher sa retraite ; elle peut être sûre qu'on l'y troublera si on l'y découvre. Qu'ose-t-elle réclamer ? Que parle-t-elle d'argent ? Ce qu'elle a pu laisser équivaut-il aux vols qu'elle a faits, ou pendant son séjour dans la maison, ou en consommant son dernier crime ? Qu'elle évite un second envoi pareil à celui-ci, car on lui déclare qu'on ferait arrêter son commissionnaire, jusqu'à ce que le lieu qui recèle la coupable soit connu de la Justice.

— Continuez, ma chère enfant, dit Mme de Lorsange en rendant le billet à Thérèse, voilà des procédés qui font horreur ; nager dans l'or, et refuser à une malheureuse qui n'a pas voulu commettre un crime ce qu'elle a légitimement gagné, est une infamie gratuite qui n'a point d'exemple.

— Hélas ! madame, continua Thérèse, en reprenant la suite de son histoire, je fus deux jours à pleurer sur cette malheureuse lettre ; je gémissais bien plus du procédé horrible qu'elle prouvait que des refus qu'elle contenait. Me voilà donc coupable ! m'écriai-je, me voilà donc une seconde fois dénoncée à la Justice pour avoir trop su respecter ses lois ! Soit, je ne m'en repens pas ; quelque chose qui puisse m'arriver, je ne connaîtrai pas du moins les remords tant que mon âme sera pure, et que je n'aurai fait d'autre mal que d'avoir trop écouté les sentiments équitables et vertueux qui ne m'abandonneront jamais.

Il m'était pourtant impossible de croire que les recherches dont le comte me parlait fussent bien réelles ; elles avaient si peu de vraisemblance, il était si dangereux pour lui de me faire paraître en Justice, que j'imaginai qu'il devait, au fond de lui-même, être beaucoup plus effrayé de me voir que je n'avais lieu de frémir de ses menaces. Ces réflexions me décidèrent à rester où j'étais, et à m'y placer même si cela était possible, jusqu'à ce que mes fonds un peu augmentés me permissent de m'éloigner ; je communiquai mon projet à Rodin, qui l'approuva, et me proposa même de rester dans sa maison ; mais avant de vous parler du parti que je pris, il est nécessaire de vous donner une idée de cet homme et de ses entours.

Rodin était un homme de quarante ans, brun, le sourcil épais, l'œil vif, l'air de la force et de la santé, mais en même temps du libertinage. Très au-dessus de son état, et possédant dix à douze mille livres de rentes, Rodin n'exerçait l'art de la chirurgie que par goût ; il avait une très jolie maison dans Saint-Marcel, qu'il n'occupait, ayant perdu sa femme depuis quelques années, qu'avec deux filles pour le servir, et la sienne. Cette jeune personne, nommée Rosalie, venait d'atteindre sa quatorzième année ; elle réunissait tous les charmes les plus capables de faire sensation : une taille de nymphe, une figure ronde, fraîche, extraordinairement animée, des traits mignons et piquants, la plus jolie bouche possible, de très grands yeux noirs, pleins d'âme et de sentiment, des cheveux châtains tombant au bas de sa ceinture, la peau d'un éclat... d'une finesse incroyables ; déjà la plus belle gorge du monde ; d'ailleurs de l'esprit, de la vivacité, et l'une des plus belles âmes qu'eût encore créées la nature. A l'égard des compagnes avec qui je devais servir dans cette maison, c'étaient deux paysannes, dont l'une était gouvernante et l'autre cuisinière. Celle qui exerçait le premier poste pouvait avoir vingt-cinq ans, l'autre en avait dix-huit ou vingt, et toutes les deux extrêmement jolies ; ce choix me fit naître quelques soupçons sur l'envie qu'avait Rodin de me garder. Qu'a-t-il besoin d'une troisième femme, me disais-je, et pourquoi les veut-il jolies ? Assurément, continuai-je, il y a quelque chose dans tout cela de peu conforme aux mœurs régulières dont je ne veux jamais m'écarter ; examinons.

En conséquence, je priai M. Rodin de me laisser prendre des forces encore une semaine chez lui, l'assurant qu'avant la fin de cette époque il aurait ma réponse sur ce qu'il voulait me proposer.

Je profitai de cet intervalle pour me lier plus étroitement avec Rosalie, déterminée à ne me fixer chez son père qu'autant qu'il n'y aurait rien dans sa maison qui pût me faire ombrage. Portant dans ce dessein mes regards sur tout, je m'aperçus dès le lendemain que cet homme avait un arrangement qui dès lors me donna de furieux soupçons sur sa conduite.

M. Rodin tenait chez lui une pension d'enfants des deux sexes ; il en avait obtenu le privilège du vivant de sa femme et l'on n'avait pas cru devoir l'en priver quand il l'avait perdue. Les élèves de M. Rodin étaient peu nombreux, mais choisis ; il n'avait en tout que quatorze filles et quatorze garçons. Jamais il ne les prenait au-dessous de douze ans, ils étaient toujours renvoyés à seize ; rien n'était joli comme les sujets qu'admettait Rodin. Si on lui en présentait un qui eût quelques défauts corporels, ou point de figure, il avait l'art de le rejeter pour vingt prétextes, toujours colorés de sophismes où personne ne pouvait répondre ; ainsi, ou le nombre de ses pensionnaires n'était pas complet, ou ce qu'il avait était toujours charmant ; ces enfants ne mangeaient point chez lui, mais ils y venaient deux fois par jour, de sept à onze heures le matin, de quatre à huit le soir. Si jusqu'alors je n'avais pas encore vu tout ce petit train, c'est qu'arrivée chez cet homme pendant les vacances, les écoliers n'y venaient plus ; ils y reparurent vers ma guérison.

Rodin tenait lui-même les écoles ; sa gouvernante soignait celle des filles, dans laquelle il passait aussitôt qu'il avait fini l'instruction des garçons ; il apprenait à ces jeunes élèves à écrire, l'arithmétique, un peu d'histoire, le dessin, la musique, et n'employait pour tout cela d'autres maîtres que lui.

Je témoignai d'abord mon étonnement à Rosalie de ce que son père exerçant la fonction de chirurgien, pût en même temps remplir celle de maître d'école ; je lui dis qu'il me paraissait singulier que, pouvant vivre à l'aise sans professer ni l'un ni l'autre de ces états, il se donnât la peine d'y vaquer. Rosalie, avec laquelle j'étais déjà fort bien, se mit à rire de ma réflexion ; la manière dont elle prit ce que je lui disais ne me donna que plus de curiosité, et je la suppliai de s'ouvrir entièrement à moi.

— Ecoute, me dit cette charmante fille avec toute la candeur de son âge et toute la naïveté de son aimable caractère ; écoute, Thérèse, je vais tout te dire, je vois bien que tu es une honnête fille... incapable de trahir le secret que je vais te confier. Assurément, chère amie, mon père peut se passer de tout ceci, et s'il exerce l'un ou l'autre des métiers que tu lui vois faire, deux motifs que je vais te révéler en sont la cause. Il fait la chirurgie par goût, pour le seul plaisir de faire dans son art de nouvelles découvertes ; il les a tellement multipliées, il a donné sur sa partie des ouvrages si goûtés, qu'il passe généralement pour le plus habile homme qu'il y ait maintenant en France ; il a travaillé vingt ans à Paris, et c'est pour son agrément qu'il s'est retiré dans cette campagne. Le véritable chirurgien de Saint-Marcel est un nommé Rombeau, qu'il a pris sous sa protection, et qu'il associe à ses expériences. Tu veux savoir à présent, Thérèse, ce qui l'engage à tenir pension ?... le libertinage, mon enfant, le seul libertinage, passion portée à l'extrême en lui. Mon père trouve dans ses écoliers de l'un et l'autre sexe des objets que la dépendance soumet à ses penchants, et il en profite... Mais tiens... suis-moi, me dit Rosalie, c'est précisément aujourd'hui vendredi, un des trois jours de la semaine où il corrige ceux qui ont fait des fautes ; c'est dans ce genre de correction que mon père trouve ses plaisirs ; suis-moi, te dis-je, tu vas voir comme il s'y prend. On peut tout observer d'un cabinet de ma chambre, voisin de celui de ses expéditions ; rendons-nous-y sans bruit, et garde-toi surtout de jamais dire un mot, de ce que je te dis, et de ce que tu vas voir.

Il était trop important pour moi de connaître les mœurs du nouveau personnage qui m'offrait un asile pour que je négligeasse rien de ce qui pouvait me les dévoiler ; je suis les pas de Rosalie, elle me place près d'une cloison assez mal jointe pour laisser, entre les planches qui la forment, plusieurs jours suffisant à distinguer tout ce qui se passe dans la chambre voisine.

A peine sommes-nous postées que Rodin entre, conduisant avec lui une jeune fille de quatorze ans, blanche et jolie comme l'Amour ; la pauvre créature tout en larmes, trop malheureusement au fait de ce qui l'attend, ne suit qu'en gémissant son dur instituteur, elle se jette à ses pieds, elle implore sa grâce, mais Rodin inflexible allume dans cette sévérité même les premières étincelles de son plaisir, elles jaillissent déjà de son cœur par ses regards farouches...

— Oh ! non, non ! s'écrie-t-il, non, non ! voilà trop de fois que cela vous arrive, Julie ; je me repens de mes bontés, elles n'ont servi qu'à vous plonger dans de nouvelles fautes, mais la gravité de celle-ci pourrait-elle même me laisser user de clémence, à supposer que je le voulusse ?... Un billet donné à un garçon en entrant en classe !

— Monsieur, je vous proteste que non !

— Oh ! je l'ai vu, je l'ai vu.

— N'en crois rien, me dit ici Rosalie, ce sont des fautes qu'il controuve pour consolider ses prétextes ; cette petite créature est un ange, c'est parce qu'elle lui résiste qu'il la traite avec dureté.

Et pendant ce temps, Rodin, très ému, saisit les mains de la jeune fille, il les attache en l'air à l'anneau d'un pilier placé au milieu de la chambre de correction. Julie n'a plus de défense... plus d'autre... que sa belle tête languissamment tournée vers son bourreau, de superbes cheveux en désordre, et des pleurs inondant le plus beau visage du monde... le plus doux... le plus intéressant. Rodin considère ce tableau, il s'en embrase ; il place un bandeau sur ces yeux qui l'implorent, Julie ne voit plus rien, Rodin, plus à l'aise, détache les voiles de la pudeur, la chemise retroussée sous le corset se relève jusqu'au milieu des reins... Que de blancheur, que de beautés ! ce sont des roses effeuillées sur des lis par la main même des Grâces. Quel est-il donc, l'être assez dur pour condamner aux tourments des appas si frais... si piquants ? Quel monstre peut chercher le plaisir au sein des larmes et de la douleur ? Rodin contemple... son œil égaré parcourt, ses mains osent profaner les fleurs que ses cruautés vont flétrir. Parfaitement en face, aucun mouvement ne peut nous échapper ; tantôt le libertin entrouvre, et tantôt il resserre ces attraits mignons qui l'enchantent ; il nous les offre sous toutes les formes, mais c'est à ceux-là seuls qu'il s'en tient. Quoique le vrai temple de l'amour soit à sa portée, Rodin, fidèle à son culte, n'y jette pas même de regards, il en craint jusqu'aux apparences ; si l'attitude les expose, il les déguise ; le plus léger écart troublerait son hommage, il ne veut pas que rien le distraie... Enfin sa fureur n'a plus de bornes, il l'exprime d'abord par des invectives, il accable de menaces et de mauvais propos cette pauvre petite malheureuse, tremblante sous les coups dont elle se voit prête à être déchirée ; Rodin n'est plus à lui, il s'empare d'une poignée de verges prises au milieu d'une cuve, où elles acquièrent, dans le vinaigre qui les mouille, plus de verdeur et de piquant...

— Allons, dit-il en se rapprochant de sa victime, préparez-vous, il faut souffrir...

Et le cruel, laissant d'un bras vigoureux tomber ces faisceaux à plomb sur toutes les parties offertes, en applique d'abord vingt-cinq coups qui changent bientôt en vermillon le tendre incarnat de cette peau si fraîche.

Julie jetait des cris... des cris perçant qui déchiraient mon âme... des pleurs coulent sous son bandeau, et tombent en perles sur ses belles joues ; Rodin n'en est que plus furieux... Il reporte ses mains sur les parties molestées, les touche, les comprime, semble les préparer à de nouveaux assauts ; ils suivent de près les premiers, Rodin recommence, il n'appuie pas un seul coup qui ne soit précédé d'une invective, d'une menace ou d'un reproche... le sang paraît... Rodin s'extasie ; il se délecte à contempler ces preuves parlantes de sa férocité. Il ne peut plus se contenir, l'état le plus indécent manifeste sa flamme ; il ne craint pas de mettre tout à l'air ; Julie ne peut le voir... un instant il s'offre à la brèche, il voudrait bien y monter en vainqueur, il ne l'ose ; recommençant de nouvelles tyrannies, Rodin fustige à tour de bras ; il achève d'entrouvrir à force de cinglons cet asile des grâces et de volupté... Il ne sait plus où il en est ; son ivresse est au point de ne plus même lui laisser l'usage de sa raison : il jure, il blasphème, il tempête, rien n'est soustrait à ses barbares coups, tout ce qui paraît est traité avec la même rigueur ; mais le scélérat s'arrête néanmoins, il sent l'impossibilité de passer outre sans risquer de perdre des forces qui lui sont utiles pour de nouvelles opérations.

— Rhabillez-vous, dit-il à Julie, en la détachant et se rajustant lui-même, et si pareille chose vous arrive encore, songez que vous n'en serez pas quitte pour si peu.

Julie rentrée dans sa classe, Rodin va dans celle des garçons ; il en ramène aussitôt un jeune écolier de quinze ans, beau comme le jour ; Rodin le gronde ; plus à l'aise avec lui sans doute, il le cajole, il le baise en le sermonnant :

— Vous avez mérité d'être puni, lui dit-il, et vous allez l'être...

A ces mots, il franchit avec cet enfant toutes les bornes de la pudeur ; mais tout l'intéresse ici, rien n'est exclu, les voiles se relèvent, tout se palpe indistinctement ; Rodin menace, il caresse, il baise, il invective ; ses doigts impies cherchent à faire naître, dans ce jeune garçon, des sentiments de volupté qu'il en exige également.

— Eh bien, lui dit le satyre, en voyant ses succès, vous voilà pourtant dans l'état que je vous ai défendu... Je gage qu'avec deux mouvements de plus tout partirait sur moi..

Trop sûr des titillations qu'il produit, le libertin s'avance pour en recueillir l'hommage, et sa bouche est le temple offert à ce doux encens ; ses mains en excitent les jets, il les attire, il les dévore, lui-même est tout prêt d'éclater, mais il veut en venir au but.

— Ah ! je vais vous punir de cette sottise, dit-il en se relevant.

Il prend les deux mains du jeune homme, il les captive, s'offre en entier l'autel où veut sacrifier sa fureur. Il l'entrouvre, ses baisers le parcourent, sa langue s'y enfonce, elle s'y perd. Rodin, ivre d'amour et de férocité, mêle les expressions et les sentiments de tous deux...

— Ah! petit fripon, s'écrie-t-il, il faut que je me venge de l'illusion que tu me fais!

Les verges se prennent; Rodin fustige; plus excité sans doute qu'avec la vestale, ses coups deviennent et bien plus forts, et bien plus nombreux; l'enfant pleure, Rodin s'extasie, mais de nouveaux plaisirs l'appellent, il détache l'enfant et vole à d'autres sacrifices. Une petite fille de treize ans succède au garçon, et à celle-là un autre écolier, suivi d'une jeune fille; Rodin en fouette neuf, cinq garçons et quatre filles; le dernier est un jeune garçon de quatorze ans, d'une figure délicieuse : Rodin veut en jouir, l'écolier se défend; égaré de luxure, il le fouette, et le scélérat, n'étant plus son maître, élance les jets écumeux de sa flamme sur les parties molestées de son jeune élève, il l'en mouille des reins aux talons : notre correcteur, furieux de n'avoir pas eu assez de force pour se contenir au moins jusqu'à la fin, détache l'enfant avec humeur, et le renvoie dans la classe en l'assurant qu'il n'y perdra rien. Voilà les propos que j'entendis, voilà les tableaux qui me frappèrent.

— Oh! ciel, dis-je à Rosalie quand ces affreuses scènes furent terminées, comment peut-on se livrer à de tels excès? Comment peut-on trouver des plaisirs dans les tourments que l'on inflige?

— Ah! tu ne sais pas tout, me répond Rosalie; écoute, me dit-elle en repassant dans sa chambre avec moi, ce que tu as vu a pu te faire comprendre que lorsque mon père trouve quelques facilités dans ces jeunes élèves, il porte ses horreurs bien plus loin; il abuse des jeunes filles de la même manière que des jeunes garçons (de cette criminelle manière, me fit entendre Rosalie, dont j'avais moi-même pensé devenir la victime avec le chef des brigands, entre les mains duquel j'étais tombée après mon évasion de la Conciergerie, et dont j'avais été souillée par le négociant de Lyon) ; par ce moyen, poursuivit cette jeune personne, les jeunes filles ne sont point déshonorées, point de grossesses à craindre, et rien ne les empêche de trouver des époux ; il n'y a pas d'années qu'il ne corrompe ainsi presque tous les garçons, et au moins la moitié des autres enfants. Sur les quatorze filles que tu as vues, huit sont déjà flétries de cette manière, et il a joui de neuf garçons ; les deux femmes qui le servent sont soumises aux mêmes horreurs... O Thérèse, ajouta Rosalie en se précipitant dans mes bras, ô chère fille, et moi-même aussi, et moi-même il m'a séduite dès ma tendre enfance ; à peine avais-je onze ans que j'étais déjà sa victime... que je l'étais, hélas! sans pouvoir m'en défendre...

— Mais, mademoiselle, interrompis-je, effrayée... et la religion? il vous restait au moins cette voie... Ne pouviez-vous pas consulter un directeur et lui tout avouer?

— Ah! ne sais-tu donc pas qu'à mesure qu'il nous pervertit, il étouffe dans nous toutes les semences de la religion, et qu'il nous en interdit tous les actes?... et d'ailleurs le pouvais-je? A peine m'a-t-il instruite. Le peu qu'il m'a dit sur ces matières n'a été que dans la crainte que mon ignorance ne trahît son impiété. Mais je n'ai jamais été à confesse, je n'ai jamais fait ma première communion ; il sait si bien ridiculiser toutes ces choses, en absorber dans nous jusqu'aux moindres idées, qu'il éloigne à jamais de leurs devoirs celles qu'il a subornées ; ou si elles sont contraintes à les remplir à cause de leur famille, c'est avec une tiédeur, une indifférence si entières, qu'il ne redoute rien de leur indiscrétion. Mais convaincs-toi, Thérèse, convaincs-toi par tes propres yeux, continue-t-elle en me poussant fort vite dans le cabinet d'où nous sortions : viens, cette chambre où il corrige ses écoliers est la même que celle où il jouit de nous ; voici la classe finie, c'est l'heure où, échauffé des préliminaires, il va venir se dédommager de la contrainte que lui impose quelquefois sa prudence ; remets-toi où tu étais, chère fille, et tes yeux vont tout découvrir.

Quelque peu curieuse que je fusse de ces nouvelles horreurs, il valait pourtant mieux pour moi me rejeter dans ce cabinet que de me faire surprendre avec Rosalie pendant les classes ; Rodin en eût infailliblement conçu des soupçons. Je me place donc ; à peine y suis-je, que Rodin entre chez sa fille ; il la conduit dans celui dont il vient d'être question, les deux femmes du logis s'y rendent ; et là, l'impudique Rodin, n'ayant plus de mesures à garder, se livre à l'aise et sans aucun voile à toutes les irrégularités de sa débauche. Les deux paysannes, totalement nues, sont fustigées à tour de bras ; pendant qu'il agit sur une, l'autre le lui rend, et dans l'intervalle, il accable des plus sales caresses, des plus effrénées, des plus dégoûtantes, le même autel dans Rosalie, qui, élevée sur un fauteuil, le lui présente un peu penchée. Vient enfin le tour de cette malheureuse : Rodin l'attache au poteau comme ses écolières, et pendant que l'une après l'autre, et quelquefois toutes deux ensemble, ses femmes le déchirent lui-même, il fouette sa fille, il la frappe depuis le milieu des reins jusqu'au bas des cuisses, en s'extasiant de plaisir. Son agitation est extrême, il hurle, il blasphème, il flagelle ; ses verges ne s'impriment nulle part que ses lèvres ne s'y collent aussitôt. Et l'intérieur de l'autel, et la bouche de la victime... tout, excepté le devant, tout est dévoré de suçons ; bientôt, sans varier l'attitude, se contentant de se la rendre plus propice, Rodin pénètre dans l'asile étroit des plaisirs ; le même trône est, pendant ce temps, offert à ses baisers par sa gouvernante, l'autre fille le fouette autant qu'elle a de forces ; Rodin est aux nues, il pourfend, il déchire, mille baisers plus chauds les uns que les autres expriment son ardeur sur ce qu'on présente à sa luxure ; la bombe éclate, et le libertin enivré ose goûter les plus doux plaisirs au sein de l'inceste et de l'infamie.

Rodin alla se mettre à table : après de tels exploits, il avait besoin de réparer. Le soir il y avait encore et classe et correction ; je pouvais observer de nouvelles scènes si je l'eusse désiré, mais j'en avais assez pour me convaincre et pour déterminer ma réponse aux offres de ce scélérat. L'époque où je devais la rendre approchait. Deux jours après ces événements-ci, lui-même vint me la demander dans ma chambre. Il me surprit au lit. Le prétexte de voir s'il ne restait plus aucune trace de mes blessures lui donna, sans que je pusse m'y opposer, le droit de m'examiner nue, et comme il en faisait autant deux fois le jour depuis un mois, sans que je n'eusse encore aperçu dans lui rien qui pût blesser ma pudeur, je ne crus pas devoir résister. Mais Rodin avait d'autres projets, cette fois-ci : quand il en est à l'objet de son culte, il passe une de ses cuisses autour de mes reins, et l'appuie tellement, que je me trouve, pour ainsi dire, hors de défense.

— Thérèse, me dit-il alors en faisant promener ses mains de manière à ne plus me laisser aucun doute, vous voilà rétablie, ma chère, vous pouvez maintenant me témoigner la reconnaissance dont j'ai vu votre cœur rempli ; la manière est aisée, il ne me faut que ceci, continua le traître en fixant ma position de toutes les forces qu'il pouvait employer... Oui, ceci seulement, voilà ma récompense, je n'exige jamais que cela des femmes... Mais, continue-t-il, c'est que c'est un des plus beaux que j'aie vus de ma vie... Que de rondeur!... quelle élasticité!... que de finesse dans la peau!... Oh! je veux absolument en jouir...

En disant cela, Rodin, vraisemblablement déjà prêt à l'exécution de ses projets, pour achever de les accomplir est obligé de me lâcher un moment; je profite du jour qu'il me donne, et me dégageant de ses bras :

— Monsieur, lui dis-je, je vous prie de bien vous convaincre qu'il n'est rien dans le monde entier qui puisse m'engager aux horreurs que vous semblez vouloir. Ma reconnaissance vous est due, j'en conviens, mais je ne l'acquitterai pas au prix d'un crime. Je suis pauvre et très malheureuse, sans doute; n'importe, voilà le peu d'argent que je possède, continué-je en lui offrant ma chétive bourse, prenez ce que vous jugerez à propos, et laissez-moi quitter cette maison, je vous prie, dès que j'en suis en état.

Rodin, confondu d'une résistance à laquelle il s'attendait peu avec une fille dénuée de ressources, et que d'après une injustice ordinaire aux hommes, il supposait malhonnête par cela seul qu'elle était dans la misère, Rodin, dis-je, me regarde avec attention :

— Thérèse, reprit-il au bout d'un instant, c'est assez mal à propos que tu fais la vestale avec moi; j'avais, ce me semble, quelque droit à des complaisances de ta part; n'importe, garde ton argent, mais ne me quitte point. Je suis bien aise d'avoir une fille sage dans ma maison, celles qui m'entourent le sont si peu!... Puisque tu te montres si vertueuse dans ce cas-ci, tu le seras, j'espère, également dans tous. Mes intérêts s'y trouveront, ma fille t'aime, elle vient de me supplier, tout à l'heure encore, de t'engager à ne point nous quitter ; reste donc près de nous, je t'y invite.

— Monsieur, répondis-je, je n'y serais pas heureuse ; les deux femmes qui vous servent aspirent à tous les sentiments qu'il est en vous de leur accorder ; elles ne me verront pas sans jalousie, et je serai tôt ou tard contrainte à vous quitter.

— Ne l'appréhende pas, me répondit Rodin, ne crains aucun des effets de la jalousie de ces femmes ; je saurai les tenir à leur place en maintenant la tienne, et toi seule posséderas ma confiance sans qu'aucun risque en résulte pour toi. Mais pour continuer d'en être digne, il est bon que tu saches que la première qualité que j'exige de toi, Thérèse, est une discrétion à toute épreuve. Il se passe beaucoup de choses ici, beaucoup qui contrarieront tes principes de vertu ; il faut tout voir, mon enfant, tout entendre, et ne jamais rien dire... Ah ! reste avec moi, Thérèse, restes-y, mon enfant, je t'y garde avec joie ; au milieu de beaucoup de vices où m'emportent un tempérament de feu, un esprit sans frein et un cœur très gâté, j'aurai du moins la consolation d'avoir un être vertueux près de moi, et dans le sein duquel je me rejetterai comme aux pieds d'un dieu, quand je serai rassasié de mes débauches...

O ciel ! pensai-je en ce moment, la vertu est donc nécessaire, elle est donc indispensable à l'homme, puisque le vicieux lui-même est obligé de se rassurer par elle, et de s'en servir comme d'abri ! Me rappelant ensuite les instances que Rosalie m'avait faites pour ne la point quitter, et croyant reconnaître dans Rodin quelques bons principes, je m'engageai décidément chez lui.

— Thérèse, me dit Rodin au bout de quelques jours, c'est auprès de ma fille que je vais te mettre ; de cette manière, tu n'auras rien à démêler avec mes deux

162

autres femmes, et je te donne trois cents livres de gages.

Une telle place était une espèce de fortune dans ma position; enflammée du désir de ramener Rosalie au bien, et peut-être son père même, si je prenais sur lui quelque empire, je ne me repentis point de ce que je venais de faire... Rodin m'ayant fait habiller, me conduisit dès le même instant à sa fille, en lui annonçant qu'il me donnait à elle; Rosalie me reçut avec des transports de joie inouïs, et je fus promptement installée.

Il ne se passa pas huit jours sans que je commençasse à travailler aux conversions que je désirais, mais l'endurcissement de Rodin rompait toutes mes mesures [32].

— Ne crois pas, répondait-il à mes sages conseils, que l'espèce d'hommage que j'ai rendu à la vertu dans toi soit une preuve ni que j'estime la vertu, ni que j'aie envie de la préférer au vice. Ne l'imagine pas, Thérèse, tu t'abuserais; ceux qui, partant de ce que j'ai fait envers toi, soutiendraient d'après ce procédé l'importance ou la nécessité de la vertu, tomberaient dans une grande erreur, et je serais bien fâché que tu crusses que telle est ma façon de penser. La masure qui me sert d'abri à la chasse quand les rayons ardents du soleil dardent à plomb sur mon individu, n'est assurément pas un monument utile, sa nécessité n'est que de circonstance; je m'expose à une sorte de danger, je trouve quelque chose qui me garantit, je m'en sers, mais ce quelque chose en est-il moins inutile? en peut-il être moins méprisable? Dans une société totalement vicieuse, la vertu ne servirait à rien : les nôtres n'étant pas de ce genre, il faut absolument ou la jouer, ou s'en servir, afin d'avoir moins à redouter de ceux qui la suivent. Que personne ne l'adopte, elle deviendra inutile. Je n'ai donc pas tort quand je soutiens que sa nécessité n'est que d'opinion ou de circonstances ; la vertu n'est pas un mode d'un prix incontestable, elle n'est qu'une manière de se conduire, qui varie suivant chaque climat et qui, par conséquent, n'a rien de réel : cela seul en fait voir la futilité. Il n'y a que ce qui est constant qui soit réellement bon ; ce qui change perpétuellement ne saurait prétendre au caractère de bonté ; voilà pourquoi l'on a mis l'immutabilité au rang des perfections de l'Eternel. Mais la vertu est absolument privée de ce caractère : il n'est pas deux peuples sur la surface du globe qui soient vertueux de la même manière ; donc la vertu n'a rien de réel, rien de bon intrinsèquement, et ne mérite en rien notre culte ; il faut s'en servir comme d'étai, adopter politiquement celle du pays où l'on vit, afin que ceux qui la pratiquent par goût, ou qui doivent la révérer par état, vous laissent en repos, et afin que cette vertu, respectée où vous êtes, vous garantisse, par sa prépondérance *de convention*, des attentats de ceux qui professent le vice. Mais, encore une fois, tout cela est de circonstances, et rien de tout cela n'assigne un mérite réel à la vertu. Il est telle vertu, d'ailleurs, impossible à de certains hommes ; or, comment me persuaderez-vous qu'une vertu qui combat ou qui contrarie les passions puisse se trouver dans la nature ? Et si elle n'y est pas, comment peut-elle être bonne ? Assurément, ce seront chez les hommes dont il s'agit les vices opposés à ces vertus qui deviendront préférables, puisque ce seront les seuls modes... les seules manières d'être qui s'arrangeront le mieux à leur physique ou à leurs organes ; il y aura donc dans cette hypothèse des vices très utiles : or, comment la vertu le sera-t-elle si vous me démontrez que ses contraires puissent l'être ? On vous dit à cela : la vertu est utile aux autres, et, en ce sens, elle est bonne; car s'il est reçu de ne faire que ce qui est bon aux autres, à mon tour, je ne recevrai que du bien. Ce raisonnement n'est qu'un sophisme; pour le peu de bien que je reçois des autres, en raison de ce qu'ils pratiquent la vertu, par l'obligation de la pratiquer à mon tour, je fais un million de sacrifices qui ne me dédommagent nullement. Recevant moins que je ne donne, je fais donc un mauvais marché, j'éprouve beaucoup plus de mal des privations que j'endure pour être vertueux, que je ne reçois de bien de ceux qui le sont; l'arrangement n'étant point égal, je ne dois donc pas m'y soumettre, et sûr, étant vertueux, de ne pas faire aux autres autant de bien que je recevrais de peines en me contraignant à l'être, ne vaudra-t-il donc pas mieux que je renonce à leur procurer un bonheur qui doit me coûter autant de mal? Reste maintenant le tort que je peux faire aux autres étant vicieux, et le mal que je recevrai à mon tour si tout le monde me ressemble. En admettant une entière circulation de vices, je risque assurément, j'en conviens; mais le chagrin éprouvé par ce que je risque est compensé par le plaisir de ce que je fais risquer aux autres; voilà dès lors l'égalité rétablie, dès lors tout le monde est à peu près également heureux : ce qui n'est pas, et ne saurait être, dans une société où les uns sont bons et les autres méchants, parce qu'il résulte de ce mélange des pièges perpétuels qui n'existent point dans l'autre cas. Dans la société mélangée, tous les intérêts sont divers : voilà la source d'une infinité de malheurs; dans l'autre association, tous les intérêts sont égaux, chaque individu qui la compose est doué des mêmes goûts, des mêmes penchants, tous marchent au même but, tous sont heureux. Mais, vous disent les sots, le mal ne rend point heureux. Non, quand on est convenu d'encenser le bien; mais déprisez, avilissez ce que vous appelez le bien, vous ne révérez plus que ce que vous aviez la sottise d'appeler le mal ; et tous les hommes auront du plaisir à le commettre, non point parce qu'il sera permis (ce serait quelquefois une raison pour en diminuer l'attrait), mais c'est que les lois ne le puniront plus, et qu'elles diminuent, par la crainte qu'elles inspirent, le plaisir qu'a placé la nature au crime.

Je suppose une société où il sera convenu que l'inceste (admettons ce délit comme tout autre), que l'inceste, dis-je, soit un crime : ceux qui s'y livreront seront malheureux, parce que l'opinion, les lois, le culte, tout viendra glacer leurs plaisirs ; ceux qui désireront le commettre, ce mal, et qui ne l'oseront, d'après ces freins, seront également malheureux ; ainsi la loi qui proscrira l'inceste n'aura fait que des infortunés. Que dans la société voisine, l'inceste ne soit point un crime, ceux qui ne le désireront pas ne seront point malheureux, et ceux qui le désireront seront heureux. Donc la société qui aura permis cette action conviendra mieux aux hommes que celle qui aura érigé cette même action en crime. Il en est de même de toutes les autres actions maladroitement considérées comme criminelles : en les observant sous ce point de vue, vous faites une foule de malheureux ; en les permettant, personne ne se plaint ; car celui qui aime cette action quelconque s'y livre en paix, et celui qui ne s'en soucie pas, ou reste dans une sorte d'indifférence qui n'est nullement douloureuse, ou se dédommage de la lésion qu'il a pu recevoir par une foule d'autres lésions dont il grève à son tour ceux dont il a eu à se plaindre. Donc tout le monde, dans une société criminelle, se trouve ou très heureux, ou dans un état d'insouciance qui n'a rien de pénible ; par conséquent rien de bon, rien de respectable, rien de fait pour rendre heureux dans ce qu'on appelle la vertu. Que ceux qui la suivent ne s'enorgueillissent donc pas de cette sorte d'hommage que le genre de constitution de nos sociétés nous force à lui rendre : c'est une affaire purement de circonstances, de convention ; mais dans le fait, ce culte est chimérique, et la vertu qui l'obtient un instant n'en est pas pour cela plus belle.

Telle était la logique infernale des malheureuses passions de Rodin ; mais Rosalie plus douce et bien moins corrompue, Rosalie, détestant les horreurs auxquelles elle était soumise, se livrait plus docilement à mes avis : je désirais avec ardeur lui faire remplir ses premiers devoirs de religion ; il aurait fallu pour cela mettre un prêtre dans la confidence, et Rodin n'en voulait aucun dans sa maison, il les avait en horreur comme le culte qu'ils professaient : pour rien au monde, il n'en eût souffert un près de sa fille ; conduire cette jeune personne à un directeur était également impossible : Rodin ne laissait jamais sortir Rosalie sans qu'elle fût accompagnée ; il fallut donc attendre que quelque occasion se présentât ; et pendant ces délais, j'instruisais cette jeune personne ; en lui donnant le goût des vertus, je lui inspirais celui de la religion, je lui en dévoilais les saints dogmes et les sublimes mystères, je liais tellement ces deux sentiments dans son jeune cœur que je les rendais indispensables au bonheur de sa vie.

— O mademoiselle, lui disais-je un jour en recueillant les larmes de sa componction, l'homme peut-il s'aveugler au point de croire qu'il ne soit pas destiné à une meilleure fin ? Ne suffit-il pas qu'il ait été doué du pouvoir et de la faculté de connaître son Dieu, pour s'assurer que cette faveur ne lui a été accordée que pour remplir les devoirs qu'elle impose ? Or, quelle peut être la base du culte dû à l'Eternel, si ce n'est la vertu dont lui-même est l'exemple ? Le créateur de tant

167

de merveilles peut-il avoir d'autres lois que le bien ? et nos cœurs peuvent-ils lui plaire si le bien n'en est l'élément ? Il me semble qu'avec les âmes sensibles, il ne faudrait employer d'autres motifs d'amour envers cet Etre suprême que ceux qu'inspire la reconnaissance. N'est-ce pas une faveur que de nous avoir fait jouir des beautés de cet univers, et ne lui devons-nous pas quelque gratitude pour un tel bienfait ? Mais une raison plus forte encore établit, constate la chaîne universelle de nos devoirs ; pourquoi refuserions-nous de remplir ceux qu'exige sa loi, puisque ce sont les mêmes que ceux qui consolident notre bonheur avec les hommes ? N'est-il pas doux de sentir qu'on se rend digne de l'Etre suprême rien qu'en exerçant les vertus qui doivent opérer notre contentement sur la terre, et que les moyens qui nous rendent dignes de vivre avec nos semblables sont les mêmes que ceux qui nous donnent après cette vie l'assurance de renaître auprès du trône de Dieu ? Ah ! Rosalie, comme ils s'aveuglent, ceux qui voudraient nous ravir cet espoir ! Trompés, séduits par leurs misérables passions, ils aiment mieux nier les vérités éternelles que d'abandonner ce qui peut les en rendre dignes. Ils aiment mieux dire : *On nous trompe,* que d'avouer qu'ils se trompent eux-mêmes ; l'idée des pertes qu'ils se préparent troublerait leurs indignes voluptés ; il leur paraît moins affreux d'anéantir l'espoir du ciel que de se priver de ce qui doit le leur acquérir ? Mais quand elles s'affaiblissent en eux, ces tyranniques passions, quand le voile est déchiré, quand rien ne balance plus dans leur cœur corrompu cette voix impérieuse du Dieu que méconnaissait leur délire, quel il doit être, ô Rosalie, ce cruel retour sur eux-mêmes ! et combien le remords qui l'accompagne doit leur faire payer cher l'instant d'erreur qui les aveuglait ! Voilà l'état où il faut juger l'homme pour régler sa propre conduite : ce n'est ni dans l'ivresse, ni dans le transport d'une fièvre ardente que nous devons croire à ce qu'il dit, c'est lorsque sa raison calmée, jouissant de toute son énergie, cherche la vérité, la devine et la voit. Nous le désirons de nous-mêmes alors cet Etre saint autrefois méconnu ; nous l'implorons, il nous console ; nous le prions, il nous écoute. Eh ! pourquoi donc le nierais-je , pourquoi le méconnaîtrais-je, cet objet si nécessaire au bonheur ? Pourquoi préférerais-je de dire avec l'homme égaré : *Il n'est point de Dieu*, tandis que le cœur de l'homme raisonnable m'offre, à tout instant, des preuves de l'existence de cet Etre divin ? Vaut-il donc mieux rêver avec les fous, que de penser juste avec les sages ? Tout découle néanmoins de ce premier principe : dès qu'il existe un Dieu, ce Dieu mérite un culte, et la première base de ce culte est incontestablement la vertu.

De ces premières vérités, je déduisais facilement les autres, et Rosalie, déiste, était bientôt chrétienne[33]. Mais quel moyen, je le répète, de joindre un peu de pratique à la morale ? Rosalie, contrainte d'obéir à son père, ne pouvait tout au plus y montrer que du dégoût, et, avec un homme comme Rodin, cela ne pouvait-il pas devenir dangereux ? Il était intraitable ; aucun de mes systèmes ne tenait contre lui ; mais si je ne réussissais pas à le convaincre, au moins ne m'ébranlait-il pas.

Cependant, une telle école, des dangers si permanents, si réels, me firent trembler pour Rosalie, au point que je ne me crus nullement coupable en l'engageant à fuir de cette maison perverse. Il me semblait qu'il y avait un moindre mal à l'arracher du sein de son incestueux père que de l'y laisser au hasard de tous les risques qu'elle y pouvait courir. J'avais déjà touché légèrement cette matière, et je n'étais peut-être pas très loin d'y réussir, quand tout à coup Rosalie disparut de la maison, sans qu'il me fût possible de savoir où elle était. Interrogeais-je les femmes de chez Rodin, ou Rodin lui-même, on m'assurait qu'elle était allée passer la belle saison chez une parente, à dix lieues de là. M'informais-je dans le voisinage, d'abord on s'étonnait d'une pareille question faite par quelqu'un du logis, puis on me répondait comme Rodin et ses domestiques : on l'avait vue, on l'avait embrassée la veille, le jour même de son départ ; et je recevais les mêmes réponses partout. Quand je demandais à Rodin pourquoi ce départ m'avait été caché, pourquoi je n'avais pas suivi ma maîtresse, il m'assurait que l'unique raison avait été de prévenir une scène douloureuse pour l'une et pour l'autre, et qu'assurément je reverrais bientôt celle que j'aimais. Il fallut se payer de ces réponses, mais s'en convaincre était plus difficile. Etait-il présumable que Rosalie, Rosalie qui m'aimait tant ! eût consenti à me quitter sans me dire un mot ? Et, d'après ce que je connaissais du caractère de Rodin, n'y avait-il pas bien à appréhender pour le sort de cette malheureuse ? Je résolus donc de mettre tout en usage pour savoir ce qu'elle était devenue, et pour y parvenir tous les moyens me parurent bons.

Dès le lendemain, me trouvant seule au logis, j'en parcours soigneusement tous les coins ; je crois entendre quelques gémissements au fond d'une cave très obscure... Je m'approche, un tas de bois paraissait boucher une porte étroite et reculée ; j'avance en écartant tous les obstacles... de nouveaux sons se font entendre ; je crois en démêler l'organe... Je prête mieux l'oreille... je ne doute plus.

— Thérèse ! entends-je enfin, ô Thérèse, est-ce toi ?
— Oui, chère et tendre amie !... m'écriai-je, en

reconnaissant la voix de Rosalie... oui, c'est Thérèse que le Ciel envoie te secourir...

Et mes questions multipliées laissent à peine à cette intéressante fille le temps de me répondre. J'apprends enfin que quelques heures avant sa disparition, Rombeau, l'ami, le confrère de Rodin, l'avait examinée nue, et qu'elle avait reçu de son père l'ordre de se prêter, avec ce Rombeau, aux mêmes horreurs que Rodin exigeait chaque jour d'elle ; qu'elle avait résisté, mais que Rodin, furieux, l'avait saisie et présentée lui-même aux attentats débordés de son confrère ; qu'ensuite, les deux amis s'étaient fort longtemps parlé bas, la laissant toujours nue, et venant par intervalles l'examiner de nouveau, en jouir toujours de cette même manière criminelle, ou la maltraiter en cent façons différentes ; que définitivement, après quatre ou cinq heures de cette séance, Rodin lui avait dit qu'il allait l'envoyer à la campagne chez une de ses parentes ; mais qu'il fallait partir tout de suite et sans parler à Thérèse, pour des raisons qu'il lui expliquerait le lendemain lui-même dans cette campagne, où il irait aussitôt la rejoindre. Il avait fait entendre à Rosalie qu'il s'agissait d'un mariage pour elle, et que c'était en raison de cela que son ami Rombeau l'avait examinée, afin de voir si elle était en état de devenir mère. Rosalie était effectivement partie sous la conduite d'une vieille femme ; elle avait traversé le bourg, dit adieu en passant à plusieurs connaissances ; mais aussitôt que la nuit était venue, sa conductrice l'avait ramenée dans la maison de son père où elle était rentrée à minuit. Rodin, qui l'attendait, l'avait saisie, lui avait intercepté de sa main l'organe de la voix, et l'avait, sans dire un mot plongée dans cette cave où on l'avait d'ailleurs assez bien nourrie et soignée depuis qu'elle y était.

— Je crains tout, ajouta cette pauvre fille ; la

conduite de mon père envers moi depuis ce temps, ses discours, ce qui a précédé l'examen de Rombeau, tout, Thérèse, tout prouve que ces monstres vont me faire servir à quelques-unes de leurs expériences, et c'en est fait de ta pauvre Rosalie.

Après les larmes qui coulèrent abondamment de mes yeux, je demandai à cette pauvre fille si elle savait où l'on mettait la clef de cette cave : elle l'ignorait ; mais elle ne croyait pourtant point que l'on eût l'usage de l'emporter. Je la cherchai de tous côtés ; ce fut en vain ; et l'heure de reparaître arriva sans que je pusse donner à cette chère enfant d'autres secours que des consolations, quelques espérances, et des pleurs. Elle me fit jurer de revenir le lendemain ; je le lui promis, l'assurant même que si, à cette époque, je n'avais rien découvert de satisfaisant sur ce qui la regardait, je quitterais sur-le-champ la maison, je porterais mes plaintes en justice, et la soustrairais, à tel prix que ce pût être, au sort affreux qui la menaçait.

Je remonte ; Rombeau soupait ce soir-là avec Rodin. Déterminée à tout pour éclairer le sort de ma maîtresse, je me cache près de l'appartement où se trouvaient les deux amis, et leur conversation ne me convainc que trop du projet horrible qui les occupait l'un et l'autre.

— Jamais, dit Rodin, l'anatomie ne sera à son dernier degré de perfection que l'examen des vaisseaux ne soit fait sur un enfant de quatorze ou quinze ans, expiré d'une mort cruelle ; ce n'est que de cette contraction que nous pouvons obtenir une analyse complète d'une partie aussi intéressante.

— Il en est de même, reprit Rombeau, de la membrane qui assure la virginité ; il faut nécessairement une jeune fille pour cet examen. Qu'observe-t-on dans l'âge de la puberté ? rien ; les menstrues déchirent

172

l'hymen, et toutes les recherches sont inexactes ; ta fille est précisément ce qu'il nous faut ; quoiqu'elle ait quinze ans, elle n'est pas encore réglée ; la manière dont nous en avons joui ne porte aucun tort à cette membrane, et nous la traiterons tout à l'aise. Je suis ravi que tu te sois enfin déterminé.

— Assurément, je le suis, reprit Rodin ; il est odieux que de futiles considérations arrêtent ainsi le progrès des sciences ; les grands hommes se sont-ils laissé captiver par d'aussi méprisables chaînes ? Et quand Michel-Ange voulut rendre un Christ au naturel, se fit-il un cas de conscience de crucifier un jeune homme, et de le copier dans les angoisses ? Mais quand il s'agit des progrès de notre art, de quelle nécessité ne doivent pas être ces mêmes moyens ! Et combien y a-t-il un moindre mal à se les permettre ! C'est un sujet de sacrifié pour en sauver un million ; doit-on balancer à ce prix ? Le meurtre opéré par les lois est-il d'une autre espèce que celui que nous allons faire, et l'objet de ces lois, qu'on trouve si sages, n'est-il pas le sacrifice d'un pour en sauver mille ?

— C'est la seule façon de s'instruire, dit Rombeau, et dans les hôpitaux, où j'ai travaillé toute ma jeunesse, j'ai vu faire mille semblables expériences ; à cause des liens qui t'enchaînent à cette créature, je craignais, je l'avoue, que tu ne balançasses.

— Quoi ! parce qu'elle est ma fille ? Belle raison ! s'écria Rodin ; et quel rang t'imagines-tu donc que ce titre doive avoir dans mon cœur ? Je regarde un peu de semence éclose du même œil (au poids près) que celle qu'il me plaît de perdre dans mes plaisirs. Je n'ai jamais fait plus de cas de l'un que de l'autre. On est le maître de reprendre ce qu'on a donné ; jamais le droit de disposer de ses enfants ne fut contesté chez aucun peuple de la terre. Les Perses, les Mèdes, les Arméniens, les Grecs en jouissaient dans toute son étendue. Les lois de Lycurgue, le modèle des législateurs, non seulement laissaient aux pères tous droits sur leurs enfants, mais condamnaient même à mort ceux que les parents ne voulaient pas nourrir, ou ceux qui se trouvaient mal conformés. Une grande partie des sauvages tuent leurs enfants aussitôt qu'ils naissent. Presque toutes les femmes de l'Asie, de l'Afrique et de l'Amérique se font avorter sans encourir de blâme ; Cook retrouva cet usage dans toutes les îles de la mer du Sud. Romulus permit l'infanticide ; la loi des Douze Tables le toléra de même, et jusqu'à Constantin, les Romains exposaient ou tuaient impunément leurs enfants. Aristote conseille ce prétendu crime ; la secte des Stoïciens le regardait comme louable ; il est encore très en usage à la Chine. Chaque jour on trouve et dans les rues et sur les canaux de Pékin plus de dix mille individus immolés ou abandonnés par leurs parents, et quel que soit l'âge d'un enfant, dans ce sage empire, un père, pour s'en débarrasser, n'a besoin que de le mettre entre les mains du juge. D'après les lois des Parthes, on tuait son fils, sa fille ou son frère, même dans l'âge nubile ; César trouva cette coutume générale dans les Gaules ; plusieurs passages du *Pentateuque* prouvent qu'il était permis de tuer ses enfants chez le peuple de Dieu ; et Dieu lui-même, enfin, l'exigea d'Abraham. L'on crut longtemps, dit un célèbre moderne, que la prospérité des empires dépendait de l'esclavage des enfants ; cette opinion avait pour base les principes de la plus saine raison. Eh quoi ! un monarque se croira autorisé à sacrifier vingt ou trente mille de ses sujets dans un seul jour pour sa propre cause, et un père ne pourra, lorsqu'il le jugera convenable, devenir maître de la vie de ses enfants ! Quelle absurdité ! quelle inconséquence et quelle faiblesse dans ceux qui sont contenus par de telles chaînes! L'autorité du père sur ses enfants, la seule réelle, la seule qui ait servi de base à toutes les autres, nous est dictée par la voix de la nature même, et l'étude réfléchie de ses opérations nous en offre à tout instant des exemples. Le czar Pierre ne doutait nullement de ce droit; il en usa, et adressa une déclaration publique à tous les ordres de son empire, par laquelle il disait que, d'après les lois divines et humaines, un père avait le droit entier et absolu de juger ses enfants à mort, sans appel et sans prendre l'avis de qui que ce fût. Il n'y a que dans notre France barbare où une fausse et ridicule pitié crut devoir enchaîner ce droit. Non, poursuivit Rodin avec chaleur, non, mon ami, je ne comprendrai jamais qu'un père qui voulut bien donner la vie ne soit pas libre de donner la mort. C'est le prix ridicule que nous attachons à cette vie qui nous fait éternellement déraisonner sur le genre d'action qui engage un homme à se délivrer de son semblable. Croyant que l'existence est le plus grand des biens, nous nous imaginons stupidement faire un crime en soustrayant ceux qui en jouissent; mais la cessation de cette existence, ou du moins ce qui la suit, n'est pas plus un mal que la vie n'est un bien; ou plutôt si rien ne meurt, si rien ne se détruit, ni rien ne se perd dans la nature, si toutes les parties décomposées d'un corps quelconque n'attendent que la dissolution pour reparaître aussitôt sous des formes nouvelles, quelle indifférence n'y aura-t-il pas dans l'action du meurtre, et comment osera-t-on y trouver du mal? Ne dût-il donc s'agir ici que de ma seule fantaisie, je regarderais la chose comme toute simple: à plus forte raison quand elle devient nécessaire à un art aussi utile aux hommes... Quand elle peut fournir d'aussi grandes lumières, dès lors ce n'est plus un mal, mon ami, ce n'est plus un forfait, c'est la meilleure, la plus sage, la plus utile de toutes les actions, et ce ne serait qu'à se la refuser qu'il pourrait exister du crime.

— Ah ! dit Rombeau, plein d'enthousiasme pour d'aussi effrayantes maximes, je t'approuve, mon cher ; ta sagesse m'enchante, mais ton indifférence m'étonne, je te croyais amoureux.

— Moi ! épris d'une fille ?... Ah ! Rombeau, je me supposais mieux connu de toi ; je me sers de ces créatures-là quand je n'ai rien de mieux : l'extrême penchant que j'ai pour les plaisirs du genre dont tu me les vois goûter me rend précieux tous les temples où cette espèce d'encens peut s'offrir, et pour les multiplier, j'assimile quelquefois une jeune fille à un beau garçon ; mais pour peu qu'un de ces individus femelles ait malheureusement nourri trop longtemps mon illusion, le dégoût s'annonce avec énergie, et je n'ai jamais connu qu'un moyen d'y satisfaire délicieusement... Tu m'entends, Rombeau ; Chilpéric, le plus voluptueux des rois de France, pensait de même. Il disait hautement qu'on pouvait à la rigueur se servir d'une femme, mais à la clause expresse de l'exterminer aussitôt qu'on en avait joui *. Il y a cinq ans que cette petite catin sert à mes plaisirs : il est temps qu'elle paye la cessation de mon ivresse par celle de son existence.

Le repas finissait ; aux démarches de ces deux furieux, à leur propos, à leurs actions, à leurs préparatifs, à leur état enfin qui tenait du délire, je vis bien qu'il n'y avait pas un moment à perdre, et que l'époque de la destruction de cette malheureuse Rosalie était fixée à ce même soir. Je vole à la cave, résolue de mourir ou de la délivrer.

— O chère amie, lui criai-je, pas un moment à

* Voyez un petit ouvrage intitulé : *Les Jésuites en Belle Humeur.*

perdre... les monstres !... c'est pour ce soir... ils vont arriver...

Et en disant cela, je fais les plus violents efforts pour enfoncer la porte. Une de mes secousses fait tomber quelque chose, j'y porte la main, c'est la clef ; je la ramasse, je me hâte d'ouvrir... j'embrasse Rosalie, je la presse de fuir, je lui réponds de suivre mes pas, elle s'élance... Juste ciel ! il était encore dit que la vertu devait succomber, et que les sentiments de la plus tendre commisération allaient être durement punis... Rodin et Rombeau, éclairés par la gouvernante, paraissent tout à coup ; le premier saisit sa fille au moment où elle franchit le seuil de la porte, au-delà de laquelle elle n'avait plus que quelque pas à faire pour se trouver libre.

— Où vas-tu, malheureuse ? s'écrie Rodin en l'arrêtant, pendant que Rombeau s'empare de moi... Ah ! continue-t-il en me regardant, c'est cette coquine qui favorisait ta fuite ! Thérèse, voilà donc l'effet de vos grands principes de vertu... enlever une fille à son père !

— Assurément, répondis-je avec fermeté, et je le dois quand ce père est assez barbare pour comploter contre les jours de sa fille.

— Ah ! ah ! de l'espionnage et de la séduction, poursuivit Rodin ; tous les vices les plus dangereux dans une domestique ! montons, montons, il faut juger cette affaire-là.

Rosalie et moi, traînées par ces deux scélérats, nous regagnons les appartements ; les portes se ferment. La malheureuse fille de Rodin est attachée aux colonnes d'un lit[34] et toute la rage de ces furieux se tourne contre moi ; je suis accablée des plus dures invectives, et les plus effrayants arrêts se prononcent ; il ne s'agit de rien moins que de me disséquer toute vive, pour examiner les battements de mon cœur, et faire sur cette partie des observations impraticables sur un cadavre. Pendant ce temps on me déshabille, et je deviens la proie des attouchements les plus impudiques.

— Avant tout, dit Rombeau, je suis d'avis d'attaquer fortement la forteresse que tes bons procédés respectèrent... C'est qu'elle est superbe ! admire donc le velouté, la blancheur de ces deux demi-lunes qui en défendent l'entrée : jamais vierge ne fut plus fraîche.

— Vierge ! mais elle l'est presque, dit Rodin. Une seule fois, malgré elle, on l'a violée, et pas la moindre chose depuis. Cède-moi le poste un instant...

Et le cruel entremêle l'hommage de ces caresses dures et féroces qui dégradent l'idole au lieu de l'honorer. S'il y avait eu là des verges, j'étais cruellement traitée. On en parla, mais il ne s'en trouva point, on se contenta de ce que la main put faire ; on me mit en feu... plus je me défendais, mieux j'étais contenue ; quand je vis pourtant qu'on allait se décider à des choses plus sérieuses, je me précipitai aux pieds de mes bourreaux, je leur offris ma vie, et leur demandai l'honneur.

— Mais dès que tu n'es pas vierge, dit Rombeau, qu'importe ? Tu ne seras coupable de rien, nous allons te violer comme tu l'as déjà été, et dès lors pas le plus petit péché sur ta conscience ; ce sera la force qui t'aura tout ravi...

Et l'infâme, en me consolant de cette cruelle manière, me plaçait déjà sur un canapé.

— Non, dit Rodin en arrêtant l'effervescence de son confrère dont j'étais toute prête à devenir victime, non, ne perdons pas nos forces avec cette créature, songe que nous ne pouvons remettre plus loin les opérations projetées sur Rosalie, et notre vigueur nous est nécessaire pour y procéder : punissons autrement cette malheureuse. — En disant cela, Rodin met un fer au feu. — Oui, continue-t-il, punissons-la mille fois davantage que si nous prenions sa vie, marquons-la, flétrissons-la : cet avilissement, joint à toutes les mauvaises affaires qu'elle a sur le corps, la fera pendre ou mourir de faim ; elle souffrira du moins jusque-là, et notre vengeance plus prolongée en deviendra plus délicieuse.

Il dit : Rombeau me saisit, et l'abominable Rodin m'applique derrière l'épaule le fer ardent dont on marque les voleurs.

— Qu'elle ose paraître à présent, la catin, continue ce monstre, qu'elle l'ose, et en montrant cette lettre ignominieuse, je légitimerai suffisamment les raisons qui me l'ont fait renvoyer avec tant de secret et de promptitude.

On me panse, on me rhabille, on me fortifie de quelques gouttes de liqueur, et profitant de l'obscurité de la nuit, les deux amis me conduisent au bord de la forêt et m'y abandonnent cruellement, après m'avoir fait entrevoir encore le danger d'une récrimination, si j'ose l'entreprendre dans l'état d'avilissement où je me trouve.

Toute autre que moi se fût peu souciée de cette menace ; dès qu'il m'était possible de prouver que le traitement que je venais de souffrir n'était l'ouvrage d'aucun tribunal, qu'avais-je à craindre ? Mais ma faiblesse, ma timidité naturelle, l'effroi de mes malheurs de Paris et de ceux du château de Bressac, tout m'étourdit, tout m'effraya ; je ne pensai qu'à fuir, bien plus affectée de la douleur d'abandonner une innocente victime aux mains de ces deux scélérats prêts à l'immoler sans doute, que touchée de mes propres maux. Plus irritée, plus affligée que physiquement maltraitée, je me mis en marche dès le même instant ;

mais ne m'orientant point, ne demandant rien, je ne fis que tourner autour de Paris, et le quatrième jour de mon voyage, je ne me trouvai qu'à Lieursaint. Sachant que cette route pouvait me conduire vers les provinces méridionales, je résolus alors de la suivre, et de gagner ainsi, comme je le pourrais, ces pays éloignés, m'imaginant que la paix et le repos si cruellement refusés pour moi dans ma patrie m'attendaient peut-être au bout de la France. Fatale erreur ! que de chagrins il me restait à éprouver encore !

Quelles qu'eussent été mes peines jusques alors, au moins mon innocence me restait. Uniquement victime des attentats de quelques monstres, à peu de chose près néanmoins je pouvais me croire encore dans la classe des filles honnêtes. Au fait, je n'avais été vraiment souillée que par un viol fait depuis cinq ans', dont les traces étaient refermées... un viol consommé dans un instant où mes sens engourdis ne m'avaient pas même laissé la faculté de le sentir. Qu'avais-je d'ailleurs à me reprocher ? Rien, oh ! rien sans doute, et mon cœur était pur ; j'en étais trop glorieuse, ma présomption devait être punie, et les outrages qui m'attendaient allaient devenir tels, qu'il ne me serait bientôt plus possible, quelque peu que j'y participasse, de former au fond de mon cœur les mêmes sujets de consolation.

J'avais toute ma fortune sur moi cette fois-ci : c'està-dire environ cent écus, somme résultative de ce que j'avais sauvé de chez Bressac et de ce que j'avais gagné chez Rodin. Dans l'excès de mon malheur, je me trouvais encore heureuse de ce qu'on ne m'avait point enlevé ces secours ; je me flattais qu'avec la frugalité, la tempérance, l'économie auxquelles j'étais accoutumée, cet argent me suffirait au moins jusqu'à ce que je fusse en situation de pouvoir trouver quelque place. L'exécration qu'on venait de me faire ne paraissait point, j'imaginais pouvoir la déguiser toujours et cette flétrissure ne m'empêcherait pas de gagner ma vie. J'avais vingt-deux ans, une bonne santé, une figure dont, pour mon malheur, on ne faisait que trop d'éloges ; quelques vertus qui, quoiqu'elles m'eussent toujours nui, me consolaient pourtant, comme je viens de vous le dire, et me faisaient espérer qu'enfin le Ciel leur accorderait sinon des récompenses, au moins quelque cessation aux maux qu'elles m'avaient attirés. Pleine d'espoir et de courage, je poursuivis ma route jusqu'à Sens, où je me reposai quelques jours. Une semaine me remit entièrement ; peut-être eussé-je trouvé quelque place dans cette ville, mais pénétrée de la nécessité de m'éloigner, je me remis en marche avec le dessein de chercher fortune en Dauphiné ; j'avais beaucoup entendu parler de ce pays, je m'y figurais trouver le bonheur. Nous allons voir comme j'y réussis.

Dans aucune circonstance de ma vie, les sentiments de religion ne m'avaient abandonnée. Méprisant les vains sophismes des esprits forts, les croyant tous émanés du libertinage bien plus que d'une ferme persuasion, je leur opposais ma conscience et mon cœur, et trouvais au moyen de l'un et de l'autre tout ce qu'il fallait pour y répondre. Souvent forcée par mes malheurs de négliger mes devoirs de piété, je réparais ces torts aussitôt que j'en trouvais l'occasion[35].

Je venais de partir d'Auxerre le 7 d'août, je n'en oublierai jamais l'époque ; j'avais fait environ deux lieues, et la chaleur commençant à m'incommoder, je montai sur une petite éminence couverte d'un bouquet de bois, peu éloignée de la route, avec le dessein de m'y rafraîchir et d'y sommeiller une couple d'heures, à moins de frais que dans une auberge, et plus en sûreté que sur le grand chemin ; je m'établis au pied d'un chêne, et après un déjeuner frugal, je me livre aux douceurs du sommeil. J'en avais joui longtemps avec tranquillité, lorsque mes yeux se rouvrant je me plais à contempler le paysage qui se présente à moi dans le lointain. Du milieu d'une forêt, qui s'étendait à droite, je crus voir à près de trois ou quatre lieues de moi un petit clocher s'élever modestement dans l'air... Aimable solitude, me dis-je, que ton séjour me fait envie ! tu dois être l'asile de quelques douces et vertueuses recluses qui ne s'occupent que de Dieu... que de leurs devoirs ; ou de quelques saints ermites uniquement consacrés à la religion... Eloignées de cette société pernicieuse où le crime veillant sans cesse autour de l'innocence la dégrade et l'anéantit... ah ! toutes les vertus doivent habiter là, j'en suis sûre, et quand les crimes de l'homme les exilent de dessus la terre, c'est là, c'est dans cette retraite solitaire qu'elles vont s'ensevelir au sein des êtres fortunés qui les chérissent et les cultivent chaque jour.

J'étais anéantie dans ces pensées, lorsqu'une fille de mon âge, gardant des moutons sur ce plateau, s'offrit tout à coup à ma vue ; je l'interroge sur cette habitation, elle me dit que ce que je vois est un couvent de bénédictins, occupé par quatre solitaires dont rien n'égale la religion, la continence et la sobriété.

— On y va, me dit cette jeune fille, une fois par an en pèlerinage près d'une Vierge miraculeuse, dont les gens pieux obtiennent tout ce qu'ils veulent.

Singulièrement émue du désir d'aller aussitôt implorer quelques secours aux pieds de cette sainte Mère de Dieu, je demande à cette fille si elle veut y venir prier avec moi ; elle me répond que cela est impossible, que sa mère l'attend ; mais que la route est aisée. Elle me l'indique, elle m'assure que le supérieur de cette maison, le plus respectable et le plus saint des hommes, me recevra parfaitement bien, et m'offrira tous les secours qui pourront m'être nécessaires.

— On le nomme dom Severino, continua cette fille ; il est Italien, proche parent du pape qui le comble de bienfaits ; il est doux, honnête, serviable, âgé de cinquante-cinq ans, dont il a passé plus des deux tiers en France... Vous en serez contente, mademoiselle, continua la bergère ; allez vous édifier dans cette sainte solitude, et vous n'en reviendrez que meilleure.

Ce récit enflammant encore davantage mon zèle, il me devint impossible de résister au désir violent que j'éprouvais d'aller visiter cette sainte église et d'y réparer par quelques actes pieux les négligences dont j'étais coupable. Quelque besoin que j'aie moi-même de charités, je donne un écu à cette fille, et me voilà dans la route de Sainte-Marie-des-Bois : tel était le nom du couvent vers lequel je dirigeai mes pas.

Dès que je fus descendue dans la plaine, je n'aperçus plus le clocher ; je n'avais pour me guider que la forêt, et je commençai dès lors à croire que l'éloignement dont j'avais oublié de m'informer était bien autre que l'estimation que j'en avais faite ; mais rien ne me décourage, j'arrive au bord de la forêt, et voyant qu'il me reste encore assez de jour, je me détermine à m'y enfoncer, m'imaginant toujours pouvoir arriver au couvent avant la nuit. Cependant nulle trace humaine ne se présente à mes yeux... Pas une maison, et pour tout chemin un sentier peu battu que je suivais à tout hasard. J'avais au moins déjà fait cinq lieues et je ne voyais encore rien s'offrir, lorsque l'astre ayant absolument cessé d'éclairer l'univers, il me sembla ouïr le son d'une cloche... J'écoute, je marche vers le bruit, je me hâte ; le sentier s'élargit un peu, j'aperçois enfin quelques haies, et bientôt après le couvent. Rien de plus agreste que cette solitude, aucune habitation ne l'avoisinait, la plus prochaine était à six lieues, et des bois immenses entouraient la maison de toutes parts ; elle était située dans un fond, il m'avait fallu beaucoup descendre pour y arriver, et telle était la raison qui m'avait fait perdre le clocher de vue, dès que je m'étais trouvée dans la plaine. La cabane d'un jardinier touchait aux murs du couvent ; c'était là que l'on s'adressait avant que d'entrer. Je demande à cette espèce de portier s'il est permis de parler au supérieur ; il s'informe de ce que je lui veux ; je fais entendre qu'un devoir de religion m'attire dans cette pieuse retraite, et que je serais bien consolée de toutes les peines que j'ai prises pour y parvenir si je pouvais me jeter un instant aux pieds de la miraculeuse Vierge et des saints ecclésiastiques dans la maison desquels cette divine image se conserve. Le jardinier sonne, et pénètre au couvent ; mais comme il est tard et que les Pères soupaient, il est quelque temps à revenir. Il reparaît enfin avec un des religieux :

— Mademoiselle, me dit-il, voilà dom Clément, l'économe de la maison ; il vient voir si ce que vous désirez vaut la peine d'interrompre le supérieur.

Clément, dont le nom peignait on ne saurait moins la figure, était un homme de quarante-huit ans, d'une grosseur énorme, d'une taille gigantesque, le regard sombre et farouche, ne s'exprimant qu'avec des mots durs et lancés par un organe rauque, une vraie figure de satyre, l'extérieur d'un tyran ; il me fit trembler... Alors, sans qu'il me fût possible de m'en défendre, le souvenir de mes anciens malheurs vint s'offrir en traits de sang à ma mémoire troublée...

— Que voulez-vous ? me dit ce moine, avec l'air le plus rébarbatif, est-ce là l'heure de venir dans une église ?... Vous avez bien l'air d'une aventurière.

— Saint homme, dis-je en me prosternant, j'ai cru

qu'il était toujours temps de se présenter à la maison de Dieu ; j'accours de bien loin pour m'y rendre, pleine de ferveur et de dévotion, je demande à me confesser s'il est possible, et quand l'intérieur de ma conscience vous sera connu, vous verrez si je suis digne ou non de me prosterner aux pieds de la sainte image.

— Mais ce n'est pas l'heure de se confesser, dit le moine en se radoucissant ; où passerez-vous la nuit ? Nous n'avons point d'hospice... il valait mieux venir le matin.

A cela je lui dis les raisons qui m'en avaient empêchée, et, sans me répondre, Clément alla en rendre compte au supérieur. Quelques minutes après, on ouvre l'église ; dom Severino s'avance lui-même à moi, vers la cabane du jardinier, et m'invite à entrer avec lui dans le temple.

Dom Severino, duquel il est bon de vous donner une idée sur-le-champ, était un homme de cinquante-cinq ans, ainsi qu'on me l'avait dit, mais d'une belle physionomie, l'air frais encore, taillé en homme vigoureux, membru comme Hercule, et tout cela sans dureté ; une sorte d'élégance et de moelleux régnait dans son ensemble, et faisait voir qu'il avait dû posséder, dans sa jeunesse, tous les attraits qui forment un bel homme. Il avait les plus beaux yeux du monde, de la noblesse dans les traits, et le ton le plus honnête, le plus gracieux, le plus poli. Une sorte d'accent agréable dont pas un de ses mots n'était corrompu faisait pourtant reconnaître sa patrie, et, je l'avoue, toutes les grâces extérieures de ce religieux me remirent un peu de l'effroi que m'avait causé l'autre.

— Ma chère fille, me dit-il gracieusement, quoique l'heure soit indue, et que nous ne soyons pas dans l'usage de recevoir si tard, j'entendrai cependant votre confession, et nous aviserons après aux moyens de vous faire décemment passer la nuit, jusqu'au moment où vous pourrez demain saluer la sainte image qui vous attire ici.

Nous entrons dans l'église ; les portes se ferment ; on allume une lampe près du confessionnal. Severino me dit de me placer ; il s'assied et m'engage à me confier à lui en toute assurance.

Parfaitement rassurée avec un homme qui me paraissait aussi doux, après m'être humiliée, je ne lui déguise rien. Je lui avoue toutes mes fautes ; je lui fais part de tous mes malheurs ; je lui dévoile jusqu'à la marque honteuse dont m'a flétrie le barbare Rodin. Severino écoute tout avec la plus grande attention, il me fait même répéter quelques détails avec l'air de la pitié et de l'intérêt ; mais quelques mouvements, quelques paroles le trahirent pourtant : hélas ! ce ne fut qu'après que j'y réfléchis mieux ; quand je fus plus calme sur cet événement, il me fut impossible de ne pas me souvenir que le moine s'était plusieurs fois permis sur lui-même plusieurs gestes qui prouvaient que la passion entrait pour beaucoup dans les demandes qu'il me faisait, et que ces demandes non seulement s'arrêtaient avec complaisance sur les détails obscènes, mais s'appesantissaient même avec affectation sur les cinq points suivants :

1° S'il était bien vrai que je fusse orpheline et née à Paris. 2° S'il était sûr que je n'eusse plus ni parents, ni amis, ni protection, ni personne enfin à qui je pusse écrire. 3° Si je n'avais confié qu'à la bergère qui m'avait parlé du couvent le dessein que j'avais d'y venir, et si je ne lui avais point donné de rendez-vous au retour. 4° S'il était certain que je n'eusse vu personne depuis mon viol, et si j'étais bien sûre que l'homme qui avait abusé de moi l'eût fait également du côté que la nature condamne, comme de celui qu'elle permet. 5° Si je

186

croyais n'avoir point été suivie, et que personne ne m'eût vue entrer dans le couvent.

Après avoir satisfait à ces questions, de l'air le plus modeste, le plus sincère et le plus naïf :

— Eh bien! me dit le moine en se levant, et me prenant par la main, venez, mon enfant, je vous procurerai la douce satisfaction de communier demain aux pieds de l'image que vous venez visiter : commençons par pourvoir à vos premiers besoins.

Et il me conduit vers le fond de l'église...

— Eh quoi! lui dis-je alors avec une sorte d'inquiétude dont je ne me sentais pas maîtresse... eh quoi! mon père, dans l'intérieur?

— Et où donc, charmante pèlerine? me répondit le moine, en m'introduisant dans la sacristie... Quoi! vous craignez de passer la nuit avec quatre saints ermites!... Oh! vous verrez que nous trouverons les moyens de vous dissiper, cher ange ; et si nous ne vous procurons pas de bien grands plaisirs, au moins servirez-vous les nôtres dans leur plus extrême étendue.

Ces paroles me font tressaillir; une sueur froide s'empare de moi, je chancelle; il faisait nuit, nulle lumière ne guidait nos pas, mon imagination effrayée me fait voir le spectre de la mort balançant sa faux sur ma tête; mes genoux fléchissent... Ici le langage du moine change tout à coup, il me soutient, en m'invectivant :

— Catin, me dit-il, il faut marcher; n'essaye ici ni plainte, ni résistance, tout serait inutile.

Ces cruels mots me rendent mes forces, je sens que je suis perdue si je faiblis; je me relève...

— O ciel! dis-je à ce traître, faudra-t-il donc que je sois encore la victime de mes bons sentiments, et que le désir de m'approcher de ce que la religion a de plus respectable aille être encore puni comme un crime[36] !...

Nous continuons de marcher, et nous nous engageons dans des détours obscurs dont rien ne peut me faire connaître ni le local, ni les issues. Je précédais dom Severino ; sa respiration était pressée, il prononçait des mots sans suite ; on l'eût cru dans l'ivresse ; de temps en temps, il m'arrêtait du bras gauche enlacé autour de mon corps, tandis que sa main droite, se glissant sous mes jupes par-derrière, parcourait avec impudence cette partie malhonnête, qui, nous assimilant aux hommes, fait l'unique objet des hommages de ceux qui préfèrent ce sexe en leurs honteux plaisirs. Plusieurs fois même la bouche de ce libertin ose parcourir ces lieux, en leur plus secret réduit ; ensuite nous recommencions à marcher. Un escalier se présente ; au bout de trente ou quarante marches, une porte s'ouvre, des reflets de lumière viennent frapper mes yeux, nous entrons dans une salle charmante et magnifiquement éclairée ; là je vois trois moines et quatre filles autour d'une table servie par quatre autres femmes toutes nues : ce spectacle me fait frémir ; Severino me pousse, et me voilà dans la salle avec lui.

— Messieurs, dit-il en entrant, permettez que je vous présente un véritable phénomène : voici une Lucrèce qui porte à la fois sur ses épaules la marque des filles de mauvaise vie, et dans la conscience toute la candeur, toute la naïveté d'une vierge... Une seule attaque de viol, mes amis, et cela depuis six ans ; c'est donc presque une vestale... en vérité, je vous la donne pour telle... d'ailleurs le plus beau... Oh ! Clément, comme tu vas t'égayer sur ces belles masses !... quelle élasticité, mon ami ! quelle carnation !

— Ah ! s... ! dit Clément, à moitié ivre, en se levant

et s'avançant vers moi ; la rencontre est plaisante, et je veux vérifier les faits.

Je vous laisserai le moins possible en suspens sur ma situation, madame, dit Thérèse, mais la nécessité où je suis de peindre les nouvelles gens avec lesquelles je me trouve m'oblige de couper un instant le fil du récit. Vous connaissez dom Severino, vous soupçonnez ses goûts ; hélas ! sa dépravation en ce genre était telle qu'il n'avait jamais goûté d'autres plaisirs ; et quelle inconséquence pourtant dans les opérations de la nature, puisque avec la bizarre fantaisie de ne choisir que des sentiers, ce monstre était pourvu de facultés tellement gigantesques, que les routes même les plus battues lui eussent encore paru trop étroites !

Pour Clément, son esquisse est déjà faite. Joignez, à l'extérieur que j'ai peint, de la férocité, de la taquinerie, la fourberie la plus dangereuse, de l'intempérance en tous points, l'esprit satirique et mordant, le cœur corrompu, les goûts cruels de Rodin avec ses écoliers, nul sentiment, nulle délicatesse, point de religion, un tempérament si usé qu'il était depuis cinq ans hors d'état de se procurer d'autres jouissances que celles dont la barbarie lui donnait le goût, et vous aurez de ce vilain homme la plus complète image.

Antonin, le troisième acteur de ces détestables orgies, était âgé de quarante ans ; petit, mince, très vigoureux, aussi redoutablement organisé que Severino et presque aussi méchant que Clément ; enthousiaste des plaisirs de ce confrère, mais s'y livrant au moins dans une intention moins féroce ; car si Clément, usant de cette bizarre manie, n'avait pour but que de vexer, que de tyranniser une femme, sans en pouvoir autrement jouir, Antonin, s'en servant avec délice dans toute la pureté de la nature, ne mettait le flagellant épisode en usage que pour donner à celle qu'il honorait de ses faveurs plus de flamme et plus d'énergie. L'un, en un mot, était brutal par goût, et l'autre par raffinement.

Jérôme, le plus vieux de ces quatre solitaires, en était aussi le plus débauché ; tous les goûts, toutes les passions, toutes les irrégularités les plus monstrueuses, se trouvaient réunis dans l'âme de ce moine ; il joignait aux caprices des autres celui d'aimer à recevoir sur lui ce que ses confrères distribuaient aux filles, et s'il donnait (ce qui lui arrivait fréquemment), c'était toujours aux conditions d'être traité de même à son tour ; tous les temples de Vénus lui étaient d'ailleurs égaux, mais ses forces commençant à faiblir, il préférait néanmoins, depuis quelques années, celui qui, n'exigeant rien de l'agent, laissait à l'autre le soin d'éveiller les sensations et de produire l'extase. La bouche était son temple favori, et pendant qu'il se livrait à ces plaisirs de choix, il occupait une seconde femme à l'échauffer par le secours des verges. Le caractère de cet homme était d'ailleurs tout aussi sournois, tout aussi méchant que celui des autres, et sous quelque figure que le vice pût se montrer, il était sûr de trouver aussitôt des sectateurs et des temples dans cette infernale maison. Vous le comprendrez plus facilement, madame, en vous expliquant comme elle était formée. Des fonds prodigieux étaient faits pour ménager à l'ordre cette retraite obscène existant depuis plus de cent ans, et toujours remplie par les quatre religieux les plus riches, les plus avancés dans l'ordre, de la meilleure naissance, et d'un libertinage assez important pour exiger d'être ensevelis dans ce repaire obscur, dont le secret ne sortait plus, ainsi que vous le verrez par la suite des explications qui me restent à faire. Revenons aux portraits.

Les huit filles qui se trouvaient pour lors au souper

étaient si distantes par l'âge qu'il me serait impossible de vous les esquisser en masse ; je suis nécessairement contrainte à quelques détails. Cette singularité m'étonna. Commençons par la plus jeune, je peindrai dans cet ordre.

A peine cette plus jeune des filles avait-elle dix ans : un minois chiffonné, de jolis traits, l'air humiliée de son sort, chagrine et tremblante.

La seconde avait quinze ans : même embarras dans la contenance, l'air de la pudeur avilie, mais une figure enchanteresse, beaucoup d'intérêt dans l'ensemble.

La troisième avait vingt ans : faite à peindre, blonde, les plus beaux cheveux, des traits fins, réguliers et doux ; paraissant plus apprivoisée.

La quatrième avait trente ans : c'était une des plus belles femmes qu'il fût possible de voir ; de la candeur, de l'honnêteté, de la décence dans le maintien, et toutes les vertus d'une âme douce.

La cinquième était une fille de trente-six ans, enceinte de trois mois ; brune, fort vive, de beaux yeux, mais ayant, à ce qu'il me semble, perdu tout remords, toute décence, toute retenue.

La sixième était du même âge : grosse comme une tour, grande à proportion, de beaux traits, un vrai colosse dont les formes étaient dégradées par l'embonpoint ; elle était nue quand je la vis, et je distinguai facilement qu'il n'y avait pas une partie de son gros corps qui ne portât l'empreinte de la brutalité des scélérats dont sa mauvaise étoile lui faisait servir les plaisirs.

La septième et la huitième étaient deux très belles femmes d'environ quarante ans.

Poursuivons maintenant l'histoire de mon arrivée dans ce lieu impur.

Je vous l'ai dit, à peine fus-je entrée que chacun

s'avança vers moi ; Clément fut le plus hardi, sa bouche infecte fut bientôt collée sur la mienne ; je me détourne avec horreur, mais on me fait entendre que toutes ces résistances ne sont que des simagrées qui deviennent inutiles, et que ce qui me reste de mieux à faire est d'imiter mes compagnes.

— Vous imaginez aisément, me dit dom Severino, qu'il ne servirait à rien d'essayer des résistances dans la retraite inabordable où vous voilà. Vous avez, dites-vous, éprouvé bien des malheurs ; le plus grand de tous pour une fille vertueuse, manquait pourtant encore à la liste de vos infortunes. N'était-il pas temps que cette fière vertu fît naufrage, et peut-on être encore presque vierge à vingt-deux ans ? Vous voyez des compagnes qui, comme vous, en entrant, ont voulu résister et qui, comme vous allez prudemment faire, ont fini par se soumettre, quand elles ont vu que leur défense ne pouvait les conduire qu'à de mauvais traitements. Car il est bon de vous le déclarer, Thérèse, continua le supérieur, en me montrant des disciplines, des verges, des férules, des gaules, des cordes et mille autres sortes d'instruments de supplice... Oui, il est bon que vous le sachiez : voilà ce dont nous nous servons avec les filles rebelles ; voyez si vous avez envie d'en être convaincue. Au reste, que réclameriez-vous ici ? l'équité ? nous ne la connaissons pas ; l'humanité ? notre seul plaisir est d'en violer les lois ; la religion ? elle est nulle pour nous, notre mépris pour elle s'accroît en raison de ce que nous la connaissons davantage ; des parents... des amis... des juges ? Il n'y a rien de tout cela dans ces lieux, chère fille ; vous n'y trouverez que de l'égoïsme, de la cruauté, de la débauche, et l'impiété la mieux soutenue. La soumission la plus entière est donc votre seul lot ; jetez vos regards sur l'asile impénétrable où vous êtes ; jamais aucun mortel ne parut dans ces lieux; le couvent serait pris, fouillé, brûlé, que cette retraite ne s'en découvrirait pas davantage : c'est un pavillon isolé, enterré, que six murs d'une incroyable épaisseur environnent de toutes parts, et vous y êtes, ma fille, au milieu de quatre libertins, qui n'ont sûrement pas envie de vous épargner et que vos instances, vos larmes, vos propos, vos génuflexions ou vos cris n'enflammeront que davantage. A qui donc aurez-vous recours ? Sera-ce à ce Dieu que vous veniez implorer avec tant de zèle, et qui, pour vous récompenser de cette ferveur, ne vous précipite qu'un peu plus sûrement dans le piège ? à ce Dieu chimérique que nous outrageons nous-mêmes ici chaque jour en insultant à ses vaines lois ?... Vous le concevez donc, Thérèse, il n'est aucun pouvoir, de quelque nature que vous puissiez le supposer, qui puisse parvenir à vous arracher de nos mains, et il n'y a ni dans la classe des choses possibles, ni dans celle des miracles, aucune sorte de moyen qui puisse réussir à vous faire conserver plus longtemps cette vertu dont vous êtes si fière; qui puisse enfin vous empêcher de devenir dans tous les sens, et de toutes les manières, la proie des excès libidineux auxquels nous allons nous abandonner tous les quatre avec vous... Déshabille-toi donc, catin, offre ton corps à nos luxures, qu'il en soit souillé dans l'instant, ou les traitements les plus cruels vont te prouver les risques qu'une misérable comme toi court à nous désobéir.

Ce discours... cet ordre terrible ne me laissait plus de ressources, je le sentais; mais n'eussé-je pas été coupable de ne pas employer celle que m'indiquait mon cœur, et que me laissait encore ma situation ? Je me jette donc aux pieds de dom Severino, j'emploie toute l'éloquence d'une âme au désespoir, pour le supplier de ne pas abuser de mon état; les pleurs les plus amers viennent inonder ses genoux, et tout ce que j'imagine de plus fort, tout ce que je crois de plus pathétique, j'ose l'essayer avec cet homme... A quoi tout cela servait-il, grand Dieu ! devais-je ignorer que les larmes ont un attrait de plus aux yeux du libertin ? devais-je douter que tout ce que j'entreprenais pour fléchir ces barbares ne devait réussir qu'à les enflammer [37] ?...

— Prenez cette g..., dit Severino en fureur, saisissez-la, Clément, qu'elle soit nue dans une minute, et qu'elle apprenne que ce n'est pas chez des gens comme nous que la compassion étouffe la nature.

Clément écumait ; mes résistances l'avaient animé ; il me saisit d'un bras sec et nerveux ; entremêlant ses propos et ses actions de blasphèmes effroyables, en une minute il fait sauter mes vêtements.

— Voilà une belle créature, dit le supérieur en promenant ses doigts sur mes reins ; que Dieu m'écrase si j'en vis jamais une mieux faite ! Amis, poursuit ce moine, mettons de l'ordre à nos procédés ; vous connaissez nos formules de réception, qu'elle les subisse toutes, sans en excepter une seule ; que pendant ce temps les huit autres femmes se tiennent autour de nous, pour prévenir les besoins, ou pour les exciter.

Aussitôt un cercle se forme, on me place au milieu, et là, pendant plus de deux heures, je suis examinée, considérée, touchée par ces quatre moines, éprouvant tour à tour de chacun ou des éloges, ou des critiques.

— Vous me permettrez, madame, dit notre belle prisonnière en rougissant, de vous déguiser une partie des détails obscènes de cette odieuse cérémonie ; que votre imagination se représente tout ce que la débauche peut en tel cas dicter à des scélérats ; qu'elle les voie successivement passer de mes compagnes à moi,

194

comparer, rapprocher, confronter, discourir, et elle n'aura vraisemblablement encore qu'une faible idée de ce qui s'exécuta, dans ces premières orgies, bien légères sans doute, en comparaison de toutes les horreurs que j'allais bientôt éprouver.

— Allons, dit Severino dont les désirs prodigieusement exaltés ne peuvent plus se contenir, et qui dans cet affreux état donne l'idée d'un tigre prêt à dévorer sa victime, que chacun de nous lui fasse éprouver sa jouissance favorite.

Et l'infâme, me plaçant sur un canapé dans l'attitude propice à ses exécrables projets, me faisant tenir par deux de ses moines, essaie de se satisfaire avec moi de cette façon criminelle et perverse qui ne nous fait ressembler au sexe que nous ne possédons pas, qu'en dégradant celui que nous avons. Mais, ou cet impudique est trop fortement proportionné, ou la nature se révolte en moi au seul soupçon de ces plaisirs : il ne veut vaincre les obstacles ; à peine se présente-t-il, qu'il est aussitôt repoussé... Il écarte, il presse, il déchire, tous ses efforts sont superflus ; la fureur de ce monstre se porte sur l'autel où ne peuvent atteindre ses vœux ; il le frappe, il le pince, il le mord ; de nouvelles épreuves naissent du sein de ces brutalités ; les chairs ramollies se prêtent, le sentier s'entrouvre, le bélier pénètre ; je pousse des cris épouvantables ; bientôt la masse entière est engloutie, et la couleuvre, lançant aussitôt un venin qui lui ravit ses forces, cède enfin, en pleurant de rage, aux mouvements que je fais pour m'en dégager. Je n'avais de ma vie tant souffert.

Clément s'avance ; il est armé de verges ; ses perfides desseins éclatent dans ses yeux :

— C'est moi, dit-il à Severino, c'est moi qui vais vous venger, mon père ; c'est moi qui vais corriger cette pécore de ses résistances à vos plaisirs.

Il n'a pas besoin que personne me tienne ; un de ses bras m'enlace et me comprime sur un de ses genoux qui, repoussant mon ventre, lui expose plus à découvert ce qui va servir ses caprices. D'abord il essaie ses coups, il semble qu'il n'ait dessein que de préluder ; bientôt, enflammé de luxure, le cruel frappe autant qu'il a de forces : rien n'est exempt de sa férocité ; depuis le milieu des reins jusqu'au gras des jambes, tout est parcouru par ce traître ; osant mêler l'amour à ces moments cruels, sa bouche se colle sur la mienne et veut respirer les soupirs que les douleurs m'arrachent... Mes larmes coulent, il les dévore, tour à tour il baise, menace, mais il continue de frapper ; pendant qu'il opère, une des femmes l'excite ; à genoux devant lui, de chacune de ses mains elle y travaille diversement ; mieux elle y réussit, plus les coups qui m'atteignent ont de violence ; je suis prête à être déchirée que rien n'annonce encore la fin de mes maux ; on a beau s'épuiser de toutes parts, il est nul ; cette fin que j'attends ne sera l'ouvrage que de son délire ; une nouvelle cruauté le décide : ma gorge est à la merci de ce brutal, elle l'irrite, il y porte les dents, l'anthropophage la mord : cet excès détermine la crise, l'encens s'échappe. Des cris affreux, d'effroyables blasphèmes en ont caractérisé les élans, et le moine énervé m'abandonne à Jérôme.

— Je ne serai pas pour votre vertu plus dangereux que Clément, me dit ce libertin en caressant l'autel ensanglanté où vient de sacrifier ce moine, mais je veux baiser ces sillons ; je suis si digne de les entrouvrir aussi, que je leur dois un peu d'honneur ; je veux bien plus, continua ce vieux satyre en introduisant un de ses doigts où Severino s'est placé, je veux que la poule ponde, et je veux dévorer son œuf... existe-t-il ?... Oui, parbleu !... Oh ! mon enfant, qu'il est douillet !...

Sa bouche remplace les doigts... On me dit ce qu'il faut faire, j'exécute avec dégoût. Dans la situation où je suis, hélas ! m'est-il permis de refuser ! l'indigne est content... il avale, puis, me faisant mettre à genoux devant lui, il se colle à moi dans cette posture ; son ignominieuse passion s'assouvit dans un lieu qui m'interdit toute plainte. Pendant qu'il agit ainsi, la grosse femme le fouette, une autre, placée à hauteur de sa bouche, y remplit le même devoir auquel je viens d'être soumise.

— Ce n'est pas assez, dit l'infâme, il faut que dans chacune de mes mains... On ne saurait trop multiplier ces choses-là...

Les deux plus jolies filles s'approchent ; elles obéissent : voilà les excès où la satiété a conduit Jérôme. Quoi qu'il en soit, à force d'impuretés il est heureux, et ma bouche, au bout d'une demi-heure, reçoit enfin, avec une répugnance qu'il vous est facile de deviner, le dégoûtant hommage de ce vilain homme.

Antonin paraît.

— Voyons donc, dit-il, cette vertu si pure ; endommagée par un seul assaut, à peine y doit-il paraître.

Ses armes sont braquées, il se servirait volontiers des épisodes de Clément. Je vous l'ai dit, la fustigation active lui plaît bien autant qu'à ce moine, mais comme il est pressé, l'état où son confrère m'a mise lui devient suffisant ; il examine cet état, il en jouit, et me laissant dans la posture si favorite d'eux tous, il pelote un instant sur les deux demi-lunes qui défendent l'entrée ; il ébranle en fureur les portiques du temple, il est bientôt au sanctuaire, l'assaut, quoique aussi violent que celui de Severino, fait dans un sentier moins étroit, n'est pourtant pas si rude à soutenir ; le vigoureux athlète saisit mes deux hanches, et suppléant aux mouvements que je ne puis faire, il me secoue sur lui avec vivacité ; on dirait, aux efforts redoublés de cet Hercule, que non content d'être maître de la place, il veut la réduire en poudre. D'aussi terribles attaques, aussi nouvelles pour moi, me font succomber ; mais, sans inquiétude pour mes peines, le cruel vainqueur ne songe qu'à doubler ses plaisirs ; tout l'environne, tout l'excite, tout concourt à ses voluptés ; en face de lui, exhaussée sur mes reins, la fille de quinze ans, les jambes ouvertes, offre à sa bouche l'autel sur lequel il sacrifie chez moi ; il y pompe à loisir ce suc précieux de la nature dont l'émission est à peine accordée par elle à ce jeune enfant ; une des vieilles, à genoux devant les reins de mon vainqueur, les agite, et de sa langue impure animant ses désirs, elle en détermine l'extase, pendant que pour s'enflammer encore mieux, le débauché excite une femme de chacune de ses mains ; il n'est pas un de ses sens qui ne soit chatouillé, pas un qui ne concoure à la perfection de son délire ; il y touche, mais ma constante horreur pour toutes ces infamies m'empêche de le partager... Il y arrive seul, ses élans, ses cris, tout l'annonce, et je suis inondée, malgré moi, des preuves d'une flamme que je n'allume qu'en sixième ; je retombe enfin sur le trône où je viens d'être immolée, n'éprouvant plus mon existence que par ma douleur et mes larmes... mon désespoir et mes remords.

Cependant dom Severino ordonne aux femmes de me faire manger, mais bien éloignée de me prêter à ces attentions, un accès de chagrin furieux vient assaillir mon âme. Moi qui mettais toute ma gloire, toute ma félicité dans ma vertu, moi qui me consolais de tous les maux de la fortune, pourvu que je fusse toujours sage, je ne puis tenir à l'horrible idée de me voir aussi cruellement flétrie par ceux de qui je devais attendre le plus de secours et de consolation : mes larmes coulent en abondance, mes cris font retentir la voûte ; je me roule à terre, je meurtris mon sein, je m'arrache les cheveux, j'invoque mes bourreaux, et les supplie de me donner la mort... Le croirez-vous, madame, ce spectacle affreux les irrite encore plus.

— Ah ! dit Severino, je ne jouis jamais d'une plus belle scène : voyez, mes amis, l'état où elle me met ; il est inouï ce qu'obtiennent de moi les douleurs féminines.

— Reprenons-la, dit Clément, et pour lui apprendre à hurler de la sorte, que la coquine dans ce second assaut soit traitée plus cruellement.

A peine ce projet est-il conçu qu'il s'exécute ; Severino s'avance, mais quoi qu'il en eût dit, ses désirs ayant besoin d'un degré d'irritation de plus, ce n'est qu'après avoir mis en usage les cruels moyens de Clément qu'il réussit à trouver les forces nécessaires à l'accomplissement de son nouveau crime. Quel excès de férocité, grand Dieu ! Se pouvait-il que ces monstres la portassent au point de choisir l'instant d'une crise de douleur morale de la violence de celle que j'éprouvais, pour m'en faire subir une physique aussi barbare !

— Il serait injuste que je n'employasse pas, au principal, avec cette novice, ce qui nous sert si bien comme épisode, dit Clément en commençant d'agir, et je vous réponds que je ne la traiterai pas mieux que vous.

— Un instant, dit Antonin au supérieur qu'il voyait prêt à me ressaisir ; pendant que votre zèle va s'exhaler dans les parties postérieures de cette belle fille, je peux, ce me semble, encenser le dieu contraire ; nous la mettrons entre nous deux.

La posture s'arrange tellement, que je puis encore offrir ma bouche à Jérôme ; on l'exige ; Clément se place dans mes mains ; je suis contrainte à l'exciter ;

toutes les prêtresses entourent ce groupe affreux ; chacune prête aux acteurs ce qu'elle sait devoir l'exciter davantage ; cependant, je supporte tout ; le poids entier est sur moi seule ; Severino donne le signal, les trois autres le suivent de près, et me voilà, pour la seconde fois, indignement souillée des preuves de la dégoûtante luxure de ces indignes coquins.

— En voilà suffisamment pour un premier jour, dit le supérieur, il faut maintenant lui faire voir que ses compagnes ne sont pas mieux traitées qu'elle.

On me place dans un fauteuil élevé, et là, je suis contrainte à considérer les nouvelles horreurs qui vont terminer les orgies.

Les moines sont en haie ; toutes les sœurs défilent devant eux, et reçoivent le fouet de chacun ; elles sont ensuite obligées d'exciter leurs bourreaux avec la bouche pendant que ceux-ci les tourmentent et les invectivent.

La plus jeune, celle de dix ans, se place sur le canapé, et chaque religieux vient lui faire subir un supplice de son choix ; près d'elle est la fille de quinze, dont celui qui vient de faire endurer la punition doit jouir aussitôt à sa guise ; c'est le plastron : la plus vieille doit suivre le moine qui agit, afin de le servir, ou dans cette opération, ou dans l'acte qui doit terminer. Severino n'emploie que sa main pour molester celle qui s'offre à lui, et vole s'engloutir au sanctuaire qui le délecte et que lui présente celle qu'on a placée près de là ; armée d'une poignée d'orties, la vieille lui rend ce qu'il vient de faire ; c'est du sein de ces douloureuses titillations que naît l'ivresse de ce libertin... Consultez-le, s'avouera-t-il cruel ? Il n'a rien fait qu'il n'endure lui-même.

Clément pince légèrement les chairs de la petite fille : la jouissance offerte à côté lui devient interdite, mais on le traite comme il a traité, et il laisse aux pieds de l'idole l'encens qu'il n'a plus la force de lancer jusqu'au sanctuaire.

Antonin s'amuse à pétrir fortement les parties charnues du corps de sa victime ; embrasé des bonds qu'elle fait, il se précipite dans la partie offerte à ses plaisirs de choix. Il est, à son tour, pétri, battu, et son ivresse est le fruit des tourments.

Le vieux Jérôme ne se sert que de ses dents, mais chaque morsure laisse une trace dont le sang jaillit aussitôt ; après une douzaine, le plastron lui présente la bouche ; il y apaise sa fureur, pendant qu'il est mordu lui-même aussi fortement qu'il l'a fait.

Les moines boivent et reprennent des forces[38].

La femme de trente-six ans, grosse de trois mois, ainsi que je vous l'ai dit, est huchée par eux sur un piédestal de huit pieds de haut ; ne pouvant y poser qu'une jambe, elle est obligée d'avoir l'autre en l'air ; autour d'elle sont des matelas garnis de ronces, de houx, d'épines, à trois pieds d'épaisseur ; une gaule flexible lui est donnée pour la soutenir : il est aisé de voir, d'un côté l'intérêt qu'elle a de ne point choir, de l'autre l'impossibilité de garder l'équilibre ; c'est cette alternative qui divertit les moines. Rangés tous les quatre autour d'elle, ils ont chacun une ou deux femmes qui les excitent diversement pendant ce spectacle ; toute grosse qu'elle est, la malheureuse reste en attitude près d'un quart d'heure ; les forces lui manquent enfin, elle tombe sur les épines, et nos scélérats, enivrés de luxure, vont offrir pour la dernière fois sur son corps l'abominable hommage de leur férocité... On se retire.

Le supérieur me mit entre les mains de celle de ces filles, âgée de trente ans, dont je vous ai parlé ; on la nommait Omphale ; elle fut chargée de m'instruire, de m'installer dans mon nouveau domicile ; mais je ne vis ni n'entendis rien ce premier soir ; anéantie, désespérée, je ne pensais qu'à prendre un peu de repos. J'aperçus dans la chambre où l'on me plaçait de nouvelles femmes qui n'étaient point au souper ; je remis au jour d'ensuite l'examen de tous ces nouveaux projets, et ne m'occupai qu'à chercher un peu de repos. Omphale me laissa tranquille ; elle alla se mettre au lit, de son côté ; à peine suis-je dans le mien, que toute l'horreur de mon sort se présente encore plus vivement à moi : je ne pouvais revenir, ni des exécrations que j'avais souffertes, ni de celles dont on m'avait rendue témoin. Hélas ! si quelquefois mon imagination s'était égarée sur ces plaisirs, je les croyais chastes comme le Dieu qui les inspirait, donnés par la nature pour servir de consolation aux humains, je les supposais nés de l'amour et de la délicatesse. J'étais bien loin de croire que l'homme, à l'exemple des bêtes féroces, ne pût jouir, qu'en faisant frémir sa compagne... Puis revenant sur la fatalité de mon sort... « O juste Ciel ! me disais-je, il est donc bien certain maintenant qu'aucun acte de vertu n'émanera de mon cœur sans qu'il ne soit aussitôt suivi d'une peine ! Et quel mal faisais-je, grand Dieu ! en désirant de venir accomplir dans ce couvent quelques devoirs de religion ? Offensé-je le Ciel en voulant le prier ? Incompréhensibles décrets de la Providence, daignez donc, continuai-je, vous ouvrir à mes yeux, si vous ne voulez pas que je me révolte contre vous ! » Des larmes amères suivirent ces réflexions, et j'en étais encore inondée, quand le jour parut ; Omphale alors s'approcha de mon lit.

— Chère compagne, me dit-elle, je viens t'exhorter à prendre du courage ; j'ai pleuré comme toi dans les premiers jours, et maintenant l'habitude est prise ; tu t'y accoutumeras comme j'ai fait ; les commencements sont terribles ; ce n'est pas seulement la nécessité d'assouvir les passions de ces débauchés qui fait le supplice de notre vie, c'est la perte de notre liberté, c'est la manière cruelle dont on nous conduit dans cette affreuse maison.

Les malheureux se consolent en en voyant d'autres auprès d'eux. Quelque cuisantes que fussent mes douleurs, je les apaisai un instant, pour prier ma compagne de me mettre au fait des maux auxquels je devais m'attendre.

— Un moment, me dit mon institutrice, lève-toi, parcourons d'abord notre retraite, observe les nouvelles compagnes ; nous discourrons ensuite.

En souscrivant aux conseils d'Omphale, je vis que j'étais dans une fort grande chambre où se trouvaient huit petits lits d'indienne assez propres ; près de chaque lit était un cabinet ; mais toutes les fenêtres qui éclairaient ou ces cabinets ou la chambre étaient élevées à cinq pieds de terre et garnies de barreaux en dedans et en dehors. Dans la principale chambre était, au milieu, une grande table fixée en terre, pour manger ou pour travailler ; trois autres portes revêtues de fer closaient cette chambre ; point de ferrures de notre côté : d'énormes verrous de l'autre.

— Voilà donc notre prison ? dis-je à Omphale.

— Hélas ! oui, ma chère, me répondit-elle ; telle est notre unique habitation ; les huit autres filles ont près d'ici une semblable chambre, et nous ne nous communiquons jamais que quand il plaît aux moines de nous réunir.

J'entrai dans le cabinet qui m'était destiné ; il avait environ huit pieds carrés ; le jour y venait, comme dans l'autre pièce, par une fenêtre très haute et toute garnie de fer. Les seuls meubles étaient un bidet, une toilette et une chaise percée. Je revins ; mes compagnes, empressées de me voir, m'entourèrent ; elles étaient sept : je faisais la huitième. Omphale, demeurant dans l'autre chambre, n'était dans celle-ci que pour m'instruire ; elle y resterait si je le voulais, et l'une de celles que je voyais la remplacerait dans sa chambre ; j'exigeai cet arrangement, il eut lieu. Mais avant d'en venir au récit d'Omphale, il me paraît essentiel de vous peindre les sept nouvelles compagnes que me donnait le sort ; j'y procéderai par ordre d'âge, comme je l'ai fait pour les autres.

La plus jeune avait douze ans, une physionomie très vive et très spirituelle, les plus beaux cheveux et la plus jolie bouche.

La seconde avait seize ans ; c'était une des plus belles blondes qu'il fût possible de voir, des traits vraiment délicieux, et toutes les grâces, toute la gentillesse de son âge, mêlées à une sorte d'intérêt, fruit de sa tristesse, qui la rendait mille fois plus belle encore.

La troisième avait vingt-trois ans ; très jolie, mais trop d'effronterie, trop d'impudence dégradait, selon moi, dans elle, les charmes dont l'avait douée la nature.

La quatrième avait vingt-six ans ; elle était faite comme Vénus ; des formes cependant un peu trop prononcées ; une blancheur éblouissante ; la physionomie douce, ouverte et riante, de beaux yeux, la bouche un peu grande, mais admirablement meublée, et de superbes cheveux blonds.

La cinquième avait trente-deux ans ; elle était grosse de quatre mois, une figure ovale, un peu triste, de grands yeux remplis d'intérêt, très pâle, une santé délicate, une voix tendre, et peu de fraîcheur ; naturellement libertine : elle s'épuisait, me dit-on, elle-même.

La sixième avait trente-trois ans ; une femme grande, bien découplée, le plus beau visage du monde, de belles chairs.

La septième avait trente-huit ans ; un vrai modèle de taille et de beauté ; c'était la doyenne de ma chambre ; Omphale me prévint de sa méchanceté, et principalement du goût qu'elle avait pour les femmes.

— Lui céder est la vraie façon de lui plaire, me dit ma compagne ; lui résister est assembler sur sa tête tous les maux qui peuvent nous affliger dans cette maison. Tu y réfléchiras.

Omphale demanda à Ursule (c'était le nom de la doyenne) la permission de m'instruire ; Ursule y consentit sous condition que j'irais la baiser. Je m'approchai d'elle : sa langue impure voulut se réunir à la mienne, pendant que ses doigts travaillaient à déterminer des sensations qu'elle était bien loin d'obtenir. Il fallut pourtant malgré moi me prêter à tout, et quand elle crut avoir triomphé, elle me renvoya dans mon cabinet, où Omphale me parla de la manière suivante.

— Toutes les femmes que tu as vues hier, ma chère Thérèse, et celles que tu viens de voir, se divisent en quatre classes de quatre filles chacune. La première est appelée la classe de l'enfance : elle contient les filles depuis l'âge le plus tendre jusqu'à celui de seize ans ; un habillement blanc les distingue.

La seconde classe, dont la couleur est le vert, s'appelle la classe de la jeunesse ; elle contient les filles de seize jusqu'à vingt ans.

La troisième classe est celle de l'âge raisonnable ; elle est vêtue de bleu ; on y est depuis vingt et un jusqu'à trente ; c'est celle où nous sommes l'une et l'autre.

La quatrième classe, vêtue de mordoré, est destinée pour l'âge mûr ; elle est composée de tout ce qui passe trente ans.

Ou ces filles se mêlent indifféremment aux soupers des Révérends Pères, ou elles y paraissent par classe : tout dépend du caprice des moines ; mais hors des soupers, elles sont mêlées dans les deux chambres, comme tu peux en juger par celles qui habitent la nôtre.

L'instruction que j'ai à te donner[39], me dit Omphale, doit se renfermer sous quatre articles principaux : nous traiterons dans le premier de ce qui concerne la maison ; dans le second, nous placerons ce qui regarde la tenue des filles, leur punition, leur nourriture, etc., etc., etc., ; le troisième article t'instruira de l'arrangement des plaisirs de ces moines, de la manière dont les filles y servent ; le quatrième te développera l'histoire des réformes et des changements.

Je ne te peindrai point, Thérèse, les abords de cette affreuse maison, tu les connais aussi bien que moi ; je ne te parlerai que de *l'intérieur ;* on me l'a fait voir afin que je puisse en donner l'image aux nouvelles venues, de l'éducation desquelles on me charge, et leur ôter par ce tableau toute envie de s'évader. Hier, Severino t'en expliqua une partie, il ne te trompa point, ma chère. L'église et le pavillon qui y tient forment ce qu'on appelle proprement le couvent ; mais tu ignores comment est situé le corps de logis que nous habitons, comment on y parvient ; le voici. Au fond de la sacristie, derrière l'autel, est une porte masquée dans la boiserie qu'un ressort ouvre ; cette porte est l'entrée d'un boyau, aussi obscur que long, des sinuosités duquel ta frayeur en entrant t'empêcha, sans doute, de t'apercevoir ; d'abord ce boyau descend, parce qu'il faut qu'il passe sous un fossé de trente pieds de profondeur, ensuite il remonte après la largeur de ce fossé, et ne règne plus qu'à six pieds sous le sol ; c'est ainsi qu'il arrive aux souterrains de notre pavillon, éloigné de l'autre d'environ un quart de lieue. Six enceintes épaisses s'opposent à ce qu'il soit possible d'apercevoir ce logement-ci, fût-on même monté sur le clocher de l'église ; la raison de cela est simple : le pavillon est très bas, il n'a pas vingt-cinq pieds, et les enceintes composées, les unes de murailles, les autres de haies vives très serrées les unes sur les autres, en ont chacune plus de cinquante de haut : de quelque part qu'on observe cette partie, elle ne peut donc être prise que pour un taillis de la forêt, mais jamais pour une habitation ; c'est donc, ainsi que je viens de le dire, par une trappe donnant dans les souterrains que se trouve la sortie du corridor obscur dont je t'ai donné l'idée, et duquel il est impossible que tu te souviennes d'après l'état où tu devais être en le traversant. Ce pavillon-ci, ma chère, n'a en tout que des souterrains, un plain-pied, un entresol et un premier étage ; le dessus est une voûte très épaisse, garnie d'une cuvette de plomb pleine de terre, dans laquelle sont plantés des arbustes toujours verts qui, se mariant avec les haies qui nous environnent, donnent au total un air de massif encore plus réel. Les souterrains forment une grande salle au milieu et huit cabinets autour, dont deux servent de cachots aux filles qui ont mérité cette punition, et les six autres de caves ; au-dessus, se trouvent la salle des soupers, les cuisines, les offices, et deux cabinets où les moines passent quand ils veulent isoler leurs plaisirs et les goûter avec nous, hors des yeux de leurs confrères. Les entresols composent huit chambres, dont quatre ont un cabinet ; ce sont les cellules où les moines couchent, et nous introduisent, quand leur lubricité nous destine à partager leurs lits ; les quatre autres chambres sont celles des frères servants, dont l'un est notre geôlier, le second le valet des moines, le troisième le chirurgien, ayant dans sa cellule tout ce qu'il faut pour des besoins pressants, et le quatrième le cuisinier ; ces quatre frères sont sourds et muets ; difficilement on attendrait donc d'eux, comme tu vois, quelques consolations ou quelques secours ; ils ne s'arrêtent jamais d'ailleurs avec nous, et il nous est très défendu de leur parler. Le dessus de ces entresols forme les deux sérails ; ils se ressemblent parfaitement l'un et l'autre ; c'est, comme tu vois, une grande chambre où tiennent huit cabinets. Ainsi, tu conçois, chère fille, qu'à supposer que l'on rompît les barreaux de nos croisées, et que l'on descendît par la fenêtre, on serait encore loin de pouvoir s'évader, puisqu'il resterait à franchir cinq haies vives, une forte muraille et un large fossé : ces obstacles fussent-ils même vaincus, où retomberait-on, d'ailleurs ? Dans la cour du couvent qui, soigneusement fermée elle-même, n'offrirait pas encore dès le premier moment une sortie bien sûre. Un moyen d'évasion, moins périlleux peut-être, serait, je l'avoue, de trouver dans nos souterrains la bouche du boyau qui y rend ; mais comment parvenir dans ces souterrains, perpétuellement enfermées comme nous le sommes ? Y fût-on même, cette ouverture ne se trouverait pas encore, elle rend dans un coin perdu, ignoré de nous et barricadé lui-même de grilles dont eux seuls ont la clef. Cependant, tous ces inconvénients se trouvassent-ils vaincus, fût-on dans le boyau, la route n'en serait pas encore plus sûre pour nous ; elle est garnie de pièges qu'eux seuls connaissent, et où se prendraient inévitablement les personnes qui voudraient la parcourir sans eux. Il faut donc renoncer à l'évasion, elle est impossible, Thérèse ; crois que si elle était praticable, il y a longtemps que j'aurais fui ce détestable séjour, mais cela ne se peut. Ceux qui y sont n'en sortent jamais qu'à la mort ; et de là naît cette impudence, cette cruauté, cette tyrannie dont ces scélérats usent avec nous ; rien ne les embrase, rien ne leur monte l'imagination comme l'impunité que leur promet cette inabordable retraite ; certains de n'avoir jamais pour témoins de leurs excès que les victimes mêmes qui les assouvissent, bien sûrs que jamais leurs écarts ne seront révélés, ils les portent aux plus odieuses extrémités ; délivrés du frein des lois, ayant brisé ceux de la religion, méconnaissant ceux des remords, il n'est aucune atrocité qu'ils ne se permettent, et dans cette apathie criminelle, leurs abominables passions se trouvent d'autant plus voluptueusement chatouillées que rien, disent-ils, ne les enflamme comme la solitude et le silence, comme la faiblesse d'une part et l'impunité de l'autre. Les moines couchent régulièrement toutes les nuits dans ce pavillon, ils s'y rendent à cinq heures du soir, et retournent au couvent le lendemain matin sur les neuf heures, excepté un qui, tour à tour, passe ici la journée : on l'appelle le régent de garde. Nous verrons bientôt son emploi. Pour les quatre frères, ils ne bougent jamais ; nous avons dans chaque chambre une sonnette qui communique dans la cellule du geôlier ; la doyenne seule a le droit de la sonner, mais lorsqu'elle le fait en raison de ses besoins, ou des nôtres, on accourt à l'instant. Les pères apportent en revenant, chaque jour, eux-mêmes les provisions nécessaires, et les remettent au cuisinier qui les emploie d'après leurs ordres ; il y a une fontaine dans les souterrains, et des vins de toute espèce et en abondance dans les caves.

Passons au second article, ce qui tient à la tenue des filles, à leur nourriture, à leur punition, etc.

Notre nombre est toujours égal ; les arrangements sont pris de manière que nous soyons toujours seize : huit dans chaque chambre ; et, comme tu vois, toujours dans l'uniforme de nos classes ; la journée ne se passera pas sans qu'on te donne les habits de celle où tu entres ; nous sommes tous les jours en déshabillé de la couleur qui nous appartient ; le soir, en lévite de cette même couleur, coiffées du mieux que nous pouvons ; la doyenne de la chambre a sur nous tout pouvoir, lui désobéir est un crime ; elle est chargée du soin de nous inspecter avant que nous ne nous rendions aux orgies, et si les choses ne sont pas dans l'état désiré, elle est punie ainsi que nous. Les fautes que nous pouvons commettre sont de plusieurs sortes. Chacune a sa punition particulière dont le tarif est affiché dans les deux chambres ; le régent de jour, celui qui vient, comme je te l'expliquerai tout à l'heure, nous signifier les ordres, nommer les filles du souper, visiter nos habitations, et recevoir les plaintes de la doyenne, ce moine, dis-je, est celui qui distribue le soir la punition que chacune a méritée. Voici l'état de ces punitions à côté des crimes qui nous les valent.

Ne pas être levée le matin à l'heure prescrite : trente coups de fouet (car c'est presque toujours par ce supplice que nous sommes punies ; il était assez simple qu'un épisode des plaisirs de ces libertins devînt leur correction de choix) ; présenter ou par malentendu, ou par quelque cause que ce puisse être, une partie du corps, dans l'acte des plaisirs, au lieu de celle qui est désirée : cinquante coups ; être mal vêtue, ou mal coiffée : vingt coups ; n'avoir pas averti lorsqu'on a ses règles : soixante coups ; le jour où le chirurgien a constaté votre grossesse : cent coups ; négligence, impossibilité, ou refus dans les propositions luxurieuses : deux cents coups. Et combien de fois leur infernale méchanceté nous prend-elle en défaut sur cela, sans que nous ayons le plus léger tort ! Combien de fois l'un d'eux demande-t-il subitement ce qu'il sait bien que l'on vient d'accorder à l'autre, et ce qui ne peut se refaire tout de suite ! Il n'en faut pas moins subir la correction ; jamais nos remontrances, jamais nos plaintes ne sont écoutées ; il faut obéir ou être corrigées. Défauts de conduite dans la chambre ou désobéissance à la doyenne : soixante coups ; l'apparence des pleurs, du chagrin, des remords, l'air même du plus petit retour à la religion : deux cents coups. Si un moine vous choisit pour goûter avec vous la dernière crise du plaisir et qu'il n'y puisse parvenir, soit qu'il y ait de sa faute, ce qui est très commun, soit qu'il y ait de la vôtre : sur-le-champ, trois cents coups. Le plus petit air de répugnance aux propositions des moines, de quelque nature que puissent être ces propositions : deux cents coups ; une entreprise d'évasion, une révolte : neuf jours de cachot, toute nue, et trois cents coups de fouet chaque jour ; cabales, mauvais conseils, mauvais propos entre soi, dès que cela est découvert : trois cents coups ; projets de suicide, refus de se nourrir comme il convient : deux cents coups ; manquer de respect aux moines : cent quatre-vingts coups. Voilà nos seuls délits, nous pouvons d'ailleurs faire tout ce qui nous plaît, coucher ensemble, nous quereller, nous battre, nous porter aux derniers excès de l'ivrognerie et de la gourmandise, jurer, blasphémer : tout cela est égal, on ne nous dit mot pour ces fautes-là [40], nous ne sommes tancées que pour celles que je viens de te dire, mais les doyennes peuvent nous épargner beaucoup de ces désagréments, si elles le veulent. Malheureusement, cette protection ne s'achète que par des complaisances souvent plus fâcheuses que les peines garanties par elles ; elles sont du même goût dans l'une et l'autre salle, et ce n'est qu'en leur accordant des faveurs qu'on parvient à les enchaîner. Si on les refuse, elles multiplient sans raison la somme de vos torts, et les moines qu'on sert, en en doublant l'état, bien loin de les gronder de leur injustice, les y encourageant sans cesse ; elles sont elles-mêmes soumises à toutes ces règles, et de plus très sévèrement punies, si on les soupçonne indulgentes. Ce n'est pas que ces libertins aient besoin de tout cela pour sévir contre nous, mais ils sont bien aises d'avoir des prétextes ; cet air de nature prête des charmes à leur volupté, elle s'en accroît. Nous avons chacune une petite provision de linge en entrant ici ; on nous donne tout par demi-douzaine, et l'on renouvelle chaque année, mais il faut rendre ce que nous apportons ; il ne nous est pas permis d'en garder la moindre chose ; les plaintes des quatre frères dont je t'ai parlé sont écoutées comme celles de la doyenne ; nous sommes punies sur leur simple délation ; mais ils ne nous demandent rien au moins, et il n'y a pas tant à craindre qu'avec les doyennes, très exigeantes et très dangereuses quand le caprice ou la vengeance dirige leurs procédés. Notre nourriture est fort bonne et toujours en très grande abondance ; s'ils ne recueillaient de là des branches de volupté, peut-être cet article n'irait-il pas aussi bien, mais comme leurs sales débauches y gagnent, ils ne négligent rien pour nous gorger de nourriture : ceux qui aiment à nous fouetter, nous ont plus dodues, plus grasses, et ceux qui, comme te disait Jérôme hier, aiment à voir pondre la poule, sont sûrs, au moyen d'une abondante nourriture, d'une plus grande quantité d'œufs. En conséquence, nous sommes servies quatre fois le jour ; on nous donne à déjeuner, entre neuf et dix heures, toujours une volaille au riz, des fruits crus ou des compotes, du thé, du café, ou du chocolat ; à une heure on sert le dîner ; chaque table de huit est servie de même : un très bon potage, quatre entrées, un plat de rôti et quatre entremets ; du dessert en toute saison. A cinq heures et demie, on sert le goûter : des pâtisseries ou des fruits ; le souper est excellent sans doute, si c'est celui des moines ; si nous n'y assistons pas, comme nous ne sommes alors que quatre par chambre, on nous sert à la fois trois plats de rôti et quatre entremets ; nous avons chacune par jour une bouteille de vin blanc, une de rouge, et une demi-bouteille de liqueur ; celles qui ne boivent pas autant sont libres de donner aux autres ; il y en a parmi nous de très gourmandes qui boivent étonnamment, qui s'enivrent, et tout cela sans qu'elles en soient réprimandées ; il en est également à qui ces quatre repas ne suffisent pas encore ; elles n'ont qu'à sonner, on leur apporte aussitôt ce qu'elles demandent [41].

Les doyennes obligent à manger aux repas, et si l'on persistait à ne le vouloir point faire, par quelque motif que ce pût être, à la troisième fois, on serait sévèrement punie. Le souper des moines est composé de trois plats de rôti, de six entrées relevées par une pièce froide et huit entremets, du fruit, trois sortes de vin, du café et des liqueurs. Quelquefois, nous sommes à table toutes les huit avec eux ; quelquefois ils obligent quatre de nous à les servir, et elles soupent après ; il arrive aussi de temps en temps qu'ils ne prennent que quatre filles à souper ; communément alors, ce sont des classes entières ; quand nous y sommes huit, il y en a toujours deux de chaque classe. Il est inutile de te dire que jamais personne au monde ne nous visite ; aucun étranger, sous quelque prétexte que ce puisse être, n'est introduit dans ce pavillon. Si nous tombons malades, le seul frère chirurgien nous soigne, et si nous mourons, c'est sans aucun secours religieux ; on nous jette dans un des intervalles formés par les haies, et tout est dit ; mais par une insigne cruauté, si la maladie devient trop grave, ou qu'on en craigne la contagion, on n'attend pas que nous soyons mortes pour nous enterrer ; on nous enlève et nous place où je t'ai dit, encore toute vivante ; depuis dix-huit ans que je suis ici, j'ai vu plus de dix exemples de cette insigne férocité ; ils disent à cela qu'il vaut mieux en perdre une que d'en risquer seize ; que c'est d'ailleurs une perte si légère qu'une fille, si aisément réparée, qu'on y doit avoir peu de regrets.

Passons à l'arrangement des plaisirs des moines et à tout ce qui tient à cette partie.

Nous nous levons ici à neuf heures précises du matin, en toute saison ; nous nous couchons plus ou moins tard, en raison du souper des moines. Aussitôt que nous sommes levées, le régent de jour vient faire sa visite, il s'assoit dans un grand fauteuil, et là, chacune de nous est obligée d'aller se placer devant lui les jupes relevées du côté qu'il aime ; il touche, il baise, il examine, et quand toutes ont rempli ce devoir, il nomme celles qui doivent être du souper ; il leur prescrit l'état dans lequel il faut qu'elles soient, il prend les plaintes des mains de la doyenne, et les punitions s'imposent. Rarement ils sortent sans une scène de luxure à laquelle nous sommes communément employées toutes les huit. La doyenne dirige ces actes libidineux, et la plus entière soumission de notre part y règne. Avant le déjeuner, il arrive souvent qu'un des Révérends Pères fait demander dans son lit une de nous ; le frère geôlier apporte une carte où est le nom de celle que l'on veut ; le régent du jour l'occupât-il alors, il n'a pas même le droit de la retenir, elle passe, et revient quand on la renvoie. Cette première cérémonie finie, nous déjeunons ; de ce moment jusqu'au soir, nous n'avons plus rien à faire ; mais à sept heures en été, à six en hiver, on vient chercher celles qui ont été nommées ; le frère geôlier les conduit lui-même, et, après le souper, celles qui ne sont pas retenues pour la nuit reviennent au sérail. Souvent aucune ne reste, ce sont de nouvelles que l'on envoie prendre pour la nuit ;

et on les prévient également, plusieurs heures à l'avance, du costume où il faut qu'elles se rendent ; quelquefois il n'y a que la fille de garde qui couche.

— La fille de garde, interrompis-je, quel est donc ce nouvel emploi ?

— Le voici, me répondit mon historienne. Tous les premiers des mois, chaque moine adopte une fille qui doit pendant cet intervalle lui tenir lieu de servante et de plastron à ses indignes désirs ; les doyennes seules sont exceptées, en raison du devoir de leur chambre. Ils ne peuvent ni les changer dans le cours du mois, ni leur faire faire deux mois de suite ; rien n'est cruel, rien n'est dur comme les corvées de ce service, et je ne sais comment tu t'y feras. Aussitôt que cinq heures du soir sonnent, la fille de garde descend près du moine qu'elle sert, et elle ne le quitte plus jusqu'au lendemain, à l'heure où il repasse au couvent. Elle le reprend dès qu'il revient ; ce peu d'heures s'emploie par elle à manger et à se reposer, car il faut qu'elle veille pendant les nuits qu'elle passe auprès de son maître ; je te le répète, cette malheureuse est là pour servir de plastron à tous les caprices qui peuvent passer par la tête de ce libertin : soufflets, fustigations, mauvais propos, jouissances, il faut qu'elle endure tout ; elle doit être debout toute la nuit dans la chambre de son patron et toujours prête à s'offrir aux passions qui peuvent agiter ce tyran ; mais la plus cruelle, la plus ignominieuse de ces servitudes, est la terrible obligation où elle est de présenter sa bouche ou sa gorge à l'un ou l'autre besoin de ce monstre ; il ne se sert jamais d'aucun autre vase : il faut qu'elle reçoive tout, et la plus légère répugnance est aussitôt punie des tourments les plus barbares. Dans toutes les scènes de luxure, ce sont ces filles qui aident aux plaisirs, qui les soignent, et qui approprient tout ce qui a pu être souillé : un moine l'est-il en venant de jouir d'une femme ? c'est à la bouche de la suivante à réparer ce désordre ; veut-il être excité ? c'est le soin de cette malheureuse ; elle l'accompagne en tout lieu, l'habille, le déshabille, le sert, en un mot, dans tous les instants, a toujours tort, et est toujours battue ; aux soupers, sa place est, ou derrière la chaise de son maître, ou, comme un chien, à ses pieds, sous la table, ou à genoux, entre ses cuisses, l'excitant de sa bouche ; quelquefois elle lui sert de siège ou de flambeau ; d'autres fois elles seront toutes quatre autour de la table, dans les attitudes les plus luxurieuses, mais en même temps les plus gênantes. Si elles perdent l'équilibre, elles risquent ou de tomber sur des épines qui sont placées près de là, ou de se casser un membre, ou même de se tuer, ce qui n'est pas sans exemple ; et pendant ce temps les scélérats se réjouissent, font débauche, s'enivrent à loisir de mets, de vins, de luxure et de cruauté.

— O ciel ! dis-je à ma compagne en frémissant d'horreur, peut-on se porter à de tels excès ! Quel enfer !

— Ecoute, Thérèse, écoute, mon enfant, tu es loin de savoir encore tout, dit Omphale. L'état de grossesse, révéré dans le monde, est une certitude de réprobation parmi ces infâmes, il ne dispense ni des punitions, ni des gardes ; il est au contraire un véhicule aux peines, aux humiliations, aux chagrins. Combien de fois est-ce à force de coups qu'ils font avorter celles dont ils se décident à ne pas recueillir le fruit ! et s'ils le recueillent, c'est pour en jouir : ce que je te dis ici doit te suffire pour t'engager à te préserver de cet état le plus longtemps possible.

— Mais le peut-on ?

— Sans doute, il est de certaines éponges... Mais si Antonin s'en aperçoit, on n'échappe point à son courroux; le plus sûr, est d'étouffer l'impression de la nature en démontant l'imagination, et avec de pareils scélérats, cela n'est pas difficile.

Au reste, poursuivit mon institutrice, il y a ici des attenances et des parentés dont tu ne te doutes pas, et qu'il est bon de t'expliquer, mais ceci rentrant dans le quatrième article, c'est-à-dire dans celui de nos recrues, de nos réformes et de nos changements, je vais l'entamer pour y renfermer ce petit détail.

Tu n'ignores pas, Thérèse, que les quatre [42] moines qui composent ce couvent sont à la tête de l'Ordre, sont tous quatre de familles distinguées, et tous quatre fort riches par eux-mêmes. Indépendamment des fonds considérables faits par l'Ordre des bénédictins [43] pour l'entretien de cette voluptueuse retraite, où tous ont espoir de passer tour à tour, ceux qui y sont ajoutent encore à ces fonds une partie considérable de leurs biens; ces deux objets réunis montent à plus de cent mille écus par an, qui ne servent qu'aux recrues ou aux dépenses de la maison; ils ont douze femmes sûres et de confiance, uniquement chargées du soin de leur amener un sujet chaque mois, entre l'âge de douze ans et celui de trente, ni au-dessous, ni au-dessus. Le sujet doit être exempt de tout défaut et doué du plus de qualités possible, mais principalement d'une naissance distinguée. Ces enlèvements, bien payés, et toujours faits très loin d'ici, n'entraînent aucun inconvénient; je n'en ai jamais vu résulter de plaintes. Leurs extrêmes soins les mettent à couvert de tout; ils ne tiennent pas absolument aux prémices; une fille déjà séduite, ou une femme mariée, leur plaît également; mais il faut que le rapt ait lieu, il faut qu'il soit constaté; cette circonstance les irrite; ils veulent être certains que leurs crimes coûtent des pleurs; ils renverraient une fille qui se rendrait à eux volontairement; si tu ne t'étais prodigieusement défendue, s'ils n'eussent pas reconnu un fond réel de vertu dans toi, et par conséquent la certitude d'un crime, ils ne t'eussent pas gardée vingt-quatre heures. Tout ce qui est ici, Thérèse, est donc de la meilleure naissance; telle que tu me vois, chère amie, je suis la fille unique du comte de ***, enlevée à Paris à l'âge de douze ans, et destinée à avoir cent mille écus de dot un jour; je fus ravie dans les bras de ma gouvernante qui me ramenait seule dans une voiture, d'une campagne de mon père à l'abbaye de Panthémont, où j'étais élevée; ma gouvernante disparut; elle était vraisemblablement gagnée; je fus amenée ici en poste. Toutes les autres sont dans le même cas. La fille de vingt ans appartient à l'une des familles les plus distinguées du Poitou. Celle de seize est fille du baron de ***, l'un des plus grands seigneurs de Lorraine; des comtes, des ducs et des marquis sont les pères de celle de vingt-trois, de celle de douze, de celle de trente-deux; pas une enfin qui ne puisse réclamer les plus beaux titres, et pas une qui ne soit traitée avec la dernière ignominie. Mais ces malhonnêtes gens ne se sont pas contentés de ces horreurs; ils ont voulu déshonorer le sein même de leur propre famille. La jeune personne de vingt-six, l'une de nos plus belles sans doute, est la fille de Clément, celle de trente-six est la nièce de Jérôme.

Dès qu'une nouvelle fille est arrivée dans ce cloaque impur, dès qu'elle y est à jamais soustraite à l'univers, on en réforme aussitôt une, et voilà chère fille, voilà le complément de nos douleurs; le plus cruel de nos maux est d'ignorer ce qui nous arrive, dans ces terribles et inquiétantes réformes. Il est absolument impossible de dire ce qu'on devient en quittant ces lieux. Nous avons autant de preuves que notre solitude nous permet d'en acquérir, que les filles réformées par les moines ne reparaissent jamais ; eux-mêmes nous en préviennent, ils ne nous cachent pas que cette retraite est notre tombeau ; mais nous assassinent-ils ? Juste Ciel ! le meurtre, le plus exécrable des crimes, serait-il donc pour eux, comme pour ce célèbre maréchal de Retz*, une sorte de jouissance dont la cruauté, exaltant leur perfide imagination, pût plonger leurs sens dans une ivresse plus vive ? Accoutumés à ne jouir que par la douleur, à ne se délecter que par des tourments et par des supplices, serait-il possible qu'ils s'égarassent au point de croire qu'en redoublant, qu'en améliorant la première cause du délire, on dût inévitablement le rendre plus parfait, et qu'alors, sans principes, comme sans foi, sans mœurs, comme sans vertus, les coquins, abusant des malheurs où leurs premiers forfaits nous plongèrent, se satisfissent par des seconds qui nous arrachassent la vie ? Je ne sais... Si on les interroge sur cela, ils balbutient, tantôt répondent négativement, et tantôt à l'affirmative ; ce qu'il y a de sûr, c'est qu'aucune de celles qui sont sorties, quelques promesses qu'elles nous aient faites de porter des plaintes contre ces gens-ci et de travailler à notre élargissement, aucune, dis-je, ne nous a jamais tenu parole... Encore une fois, apaisent-ils nos plaintes, ou nous mettent-ils hors d'état d'en faire ? Lorsque nous demandons à celles qui arrivent des nouvelles de celles qui nous ont quittées, elles n'en savent jamais. Que deviennent donc ces malheureuses ? Voilà ce qui nous tourmente, Thérèse, voilà la fatale incertitude qui fait le malheur de nos jours. Il y a dix-huit ans que je suis dans cette maison, voilà plus de deux cents filles que j'en vois sortir... Où sont-elles ? Pourquoi toutes ayant juré de nous servir, aucune n'a-t-elle tenu parole ?

* Voyez l'*Histoire de Bretagne,* par dom Lobineau.

Rien au surplus ne légitime notre retraite ; l'âge, le changement des traits, rien n'y fait ; le caprice est leur seule règle. Ils réformeront aujourd'hui celle qu'ils ont le plus caressée hier ; et ils garderont dix ans celles dont ils sont le plus rassasiés ; telle est l'histoire de la doyenne de cette salle ; il y a douze ans qu'elle est dans la maison, on l'y fête encore, et j'ai vu, pour la conserver, réformer des enfants de quinze ans dont la beauté eût rendu les Grâces jalouses. Celle qui partit, il y a huit jours, n'avait pas seize ans : belle comme Vénus même, il n'y avait qu'un an qu'ils en jouissaient, mais elle devint grosse, et je te l'ai dit, Thérèse, c'est un grand tort dans cette maison. Le mois passé, ils en réformèrent une de dix-sept ans. Il y a un an, une de vingt, grosse de huit mois ; et dernièrement une à l'instant où elle sentait les premières douleurs de l'enfantement. Ne t'imagine pas que la conduite y fasse quelque chose : j'en ai vu qui volaient au-devant de leurs désirs, et qui partaient au bout de six mois ; d'autres, maussades et fantasques, qu'ils gardaient un grand nombre d'années. Il est donc inutile de prescrire à nos arrivantes un genre quelconque de conduite ; la fantaisie de ces monstres brise tous les freins et devient l'unique loi de leurs actions.

Lorsque l'on doit être réformée, on en est prévenue le matin, jamais plus tôt, le régent du jour paraît à neuf heures comme à l'ordinaire, et il dit, je le suppose : « Omphale, le couvent vous réforme, je viendrai vous prendre ce soir. » Puis il continue sa besogne. Mais à l'examen vous ne vous offrez plus à lui, ensuite il sort ; la réformée embrasse ses compagnes, elle leur promet mille et mille fois de les servir, de porter des plaintes, d'ébruiter ce qui se passe ; l'heure sonne, le moine paraît, la fille part, et l'on n'entend plus parler d'elle. Cependant le souper a lieu comme à l'ordinaire, les seules remarques que nous ayons faites ces jours-là, c'est que les moines arrivent rarement aux derniers épisodes du plaisir, on dirait qu'ils se ménagent, cependant ils boivent beaucoup plus, quelquefois même jusqu'à l'ivresse ; ils nous renvoient de bien meilleure heure, il ne reste aucune femme à coucher, et les filles de garde se retirent au sérail.

— Bon, bon, dis-je à ma compagne, si personne ne vous a servies, c'est que vous n'avez eu affaire qu'à des créatures faibles, intimidées, ou à des enfants qui n'ont rien osé pour vous. Je ne crains point qu'on nous tue, au moins je ne le crois pas ; il est impossible que des êtres raisonnables puissent porter le crime à ce point... Je sais bien que... Après ce que j'ai vu, peut-être ne devrais-je pas justifier les hommes comme je le fais, mais il est impossible, ma chère, qu'ils puissent exécuter des horreurs dont l'idée même n'est pas concevable. Oh ! chère compagne, poursuivis-je avec chaleur, veux-tu la faire avec moi, cette promesse à laquelle je jure de ne pas manquer ?... Le veux-tu ?

— Oui.

— Eh bien ! je te jure sur tout ce que j'ai de plus sacré, sur le Dieu qui m'anime et que j'adore uniquement... je te proteste ou de mourir à la peine, ou de détruire ces infamies ; m'en promets-tu autant ?

— En doutes-tu ? me répondit Omphale, mais sois certaine de l'inutilité de ces promesses ; de plus irritées que toi, de plus fermes, de mieux étayées, de parfaites amies, en un mot, qui auraient donné leur sang pour nous, ont manqué aux mêmes serments ; permets donc, chère Thérèse, permets à ma cruelle expérience de regarder les nôtres comme vains, et de n'y pas compter davantage.

— Et les moines, dis-je à ma compagne, varient-ils aussi, en vient-il souvent de nouveaux ?

— Non, me répondit-elle, il y a dix ans qu'Antonin est ici ; dix-huit que Clément y demeure ; Jérôme y est depuis trente ans, et Severino depuis vingt-cinq. Ce supérieur, né en Italie, est proche parent du pape, avec lequel il est fort bien [44], ce n'est que depuis lui que les prétendus miracles de la Vierge assurent la réputation du couvent et empêchent les médisants d'observer de trop près ce qui se passe ici ; mais la maison était montée comme tu la vois, quand il y arriva ; il y a plus de cent ans qu'elle subsiste sur le même pied et que tous les supérieurs qui y sont venus y ont conservé un ordre si avantageux pour leurs plaisirs. Severino, l'homme le plus libertin de son siècle, ne s'y est fait placer que pour mener une vie analogue à ses goûts. Son intention est de maintenir les privilèges secrets de cette abbaye aussi longtemps qu'il le pourra. Nous sommes du diocèse d'Auxerre, mais que l'évêque soit instruit ou non, jamais nous ne le voyons paraître, jamais il ne met les pieds au couvent. En général, il vient très peu de monde ici, excepté vers le temps de la fête, qui est celle de la Notre-Dame d'août ; il ne paraît pas, à ce que nous disent les moines, dix personnes par an dans cette maison ; cependant il est vraisemblable que, lorsque quelques étrangers s'y présentent, le supérieur a soin de les bien recevoir ; il en impose par des apparences de religion et d'austérité, on s'en retourne content, on fait l'éloge du monastère, et l'impunité de ces scélérats s'établit ainsi sur la bonne foi du peuple et sur la crédulité des dévots [45].

Omphale finissait à peine son instruction, que neuf heures sonnèrent ; la doyenne nous appela bien vite, le régent de jour parut en effet. C'était Antonin, nous nous rangeâmes en haie suivant l'usage. Il jeta un léger coup d'œil sur l'ensemble, nous compta, puis s'assit ; alors nous allâmes l'une après l'autre relever nos jupes devant lui, d'un côté jusqu'au-dessus du nombril, de l'autre jusqu'au milieu des reins. Antonin reçut cet hommage avec l'indifférence de la satiété, il ne s'en émut pas ; puis, en me regardant, il me demanda comment je me trouvais de l'aventure ! Ne me voyant répondre que par des larmes :

— Elle s'y fera, dit-il en riant ; il n'y a pas maison en France où l'on forme mieux les filles que dans celle-ci.

Il prit la liste des coupables des mains de la doyenne, puis s'adressant encore à moi, il me fit frémir ; chaque geste, chaque mouvement qui paraissait devoir me soumettre à ces libertins, était pour moi comme l'arrêt de la mort. Antonin m'ordonne de m'asseoir sur le bord d'un lit, et dans cette attitude, il dit à la doyenne de venir découvrir ma gorge et relever mes jupes jusqu'au bas de mon sein ; lui-même place mes jambes dans le plus grand écartement possible, il s'assoit en face de cette perspective, une de mes compagnes vient se poser sur moi dans la même attitude, en sorte que c'est l'autel de la génération qui s'offre à Antonin au lieu de mon visage, et que s'il jouit, il aura ces attraits à hauteur de sa bouche. Une troisième fille, à genoux devant lui, vient l'exciter de la main, et une quatrième, entièrement nue, lui montre avec les doigts, sur mon corps, où il doit frapper. Insensiblement cette fille-ci m'excite moi-même, et ce qu'elle me fait, Antonin, de chacune de ses mains, le fait également à droite et à gauche à deux autres filles. On n'imagine pas les mauvais propos, les discours obscènes par lesquels ce débauché s'excite ; il est enfin dans l'état qu'il désire, on le conduit à moi. Mais tout le suit, tout cherche à l'enflammer pendant qu'il va jouir, découvrant bien à nu toutes ses parties postérieures. Omphale, qui s'en empare, n'omet rien pour les irriter : frottements, baisers, pollutions, elle emploie tout ; Antonin en feu se précipite sur moi...

— Je veux qu'elle soit grosse de cette fois-ci, dit-il en fureur.

Ces égarements déterminent le physique. Antonin, dont l'usage était de faire des cris terribles dans ce dernier instant de son ivresse, en pousse d'épouvantables ; tout l'entoure, tout le sert, tout travaille à doubler son extase, et le libertin y arrive au milieu des épisodes les plus bizarres de la luxure et de la dépravation.

Ces sortes de groupes s'exécutaient souvent ; il était de règle que quand un moine jouissait de telle façon que ce pût être, toutes les filles l'entourassent alors, afin d'embraser ses sens de toutes parts, et que la volupté pût, s'il est permis de s'exprimer ainsi, pénétrer plus sûrement en lui par chacun de ses pores.

Antonin sortit, on apporta le déjeuner ; mes compagnes me forcèrent à manger, je le fis pour leur plaire. A peine avions-nous fini que le supérieur entra : nous voyant encore à table, il nous dispensa des cérémonies qui devaient être pour lui les mêmes que celles que nous venions d'exécuter pour Antonin.

— Il faut bien penser à la vêtir, dit-il en me regardant.

En même temps, il ouvre une armoire et jette sur mon lit plusieurs vêtements de la couleur annexée à ma classe et quelques paquets de linges[46].

— Essayez tout cela, me dit-il, et rendez-moi ce qui vous appartient.

J'exécute, mais, me doutant du fait, j'avais prudemment ôté mon argent pendant la nuit et l'avais caché dans mes cheveux. A chaque vêtement que j'enlève, les yeux ardents de Severino se portent sur l'attrait découvert, ses mains s'y promènent aussitôt. Enfin, à moitié nue, le moine me saisit, il me met dans l'attitude utile à ses plaisirs, c'est-à-dire dans la position absolument contraire à celle où vient de me mettre Antonin ; je veux lui demander grâce, mais voyant déjà la fureur dans ses yeux, je crois que le plus sûr est l'obéissance ; je me place, on l'environne, il ne voit plus autour de lui que cet autel obscène qui le délecte ; ses mains le pressent, sa bouche s'y colle, ses regards le dévorent... il est au comble du plaisir.

— Si vous le trouvez bon, madame, dit la belle Thérèse, je vais me borner à vous expliquer ici l'histoire abrégée du premier mois que je passai dans ce couvent, c'est-à-dire les principales anecdotes de cet intervalle ; le reste serait une répétition ; la monotonie de ce séjour en jetterait sur mes récits, et je dois, immédiatement après, passer, ce me semble, à l'événement qui me sortit enfin de ce cloaque impur.

Je n'étais pas du souper ce premier jour, on m'avait simplement nommée pour aller passer la nuit avec dom Clément ; je me rendis, suivant l'usage, dans sa cellule quelques instants avant qu'il n'y dût rentrer, le frère geôlier m'y conduisit et m'y enferma.

Il arrive, aussi échauffé de vin que de luxure, suivi de la fille de vingt-six ans qui se trouvait pour lors de garde auprès de lui ; instruite de ce que j'avais à faire, je me mets à genoux dès que je l'entends. Il vient à moi, me considère dans cette humiliation, puis m'ordonne de me relever et de le baiser sur la bouche ; il savoure ce baiser plusieurs minutes et lui donne toute l'expression... toute l'étendue qu'il est possible d'y concevoir. Pendant ce temps, Armande (c'était le nom de celle qui le servait) me déshabillait en détail ; quand la partie des reins, en bas, par laquelle elle avait commencé, est à découvert, elle se presse de me retourner et d'exposer à son oncle le côté chéri de ses goûts. Clément l'examine, il le touche, puis, s'asseyant dans un fauteuil, il m'ordonne de venir le lui faire baiser ; Armande est à ses genoux, elle l'excite avec sa bouche. Clément place la sienne au sanctuaire du temple que je lui offre, et sa langue s'égare dans le sentier qu'on trouve au centre ; ses mains pressaient les mêmes autels chez Armande, mais comme les vêtements que cette fille avait encore l'embarrassaient, il lui ordonne de les quitter, ce qui fut bientôt fait, et cette docile créature vint reprendre près de son oncle une attitude par laquelle, ne l'excitant plus qu'avec la main, elle se trouvait plus à la portée de celle de Clément. Le moine impur, toujours occupé de même avec moi, m'ordonne alors de donner dans sa bouche le cours le plus libre aux vents dont pouvaient être affectées mes entrailles ; cette fantaisie me parut révoltante, mais j'étais encore loin de connaître toutes les irrégularités de la débauche : j'obéis et me ressens bientôt de l'effet de cette intempérance. Le moine, mieux excité, devient plus ardent, il mord subitement en six endroits les globes de chair que je lui présente ; je fais un cri et saute en avant, il se lève, s'avance à moi, la colère dans les yeux, et me demande si je sais ce que j'ai risqué en le dérangeant : je lui fais mille excuses, il me saisit par mon corset encore sur ma poitrine, et l'arrache ainsi que ma chemise en moins de temps que je n'en mets à vous le dire... Il empoigne ma gorge avec férocité, et l'invective en la comprimant ; Armande le déshabille, et nous voilà tous les trois nus. Un instant, Armande l'occupe ; il lui applique de sa main des claques furieuses ; il la baise à la bouche, il lui mordille la langue et les lèvres, elle crie ; quelquefois la douleur arrache des yeux de cette fille des larmes involontaires ; il la fait monter sur une chaise et exige d'elle ce même épisode qu'il a désiré avec moi.

226

Armande y satisfait, je l'excite d'une main ; pendant cette luxure, je le fouette légèrement de l'autre, il mord également Armande, mais elle se contient et n'ose bouger. Les dents de ce monstre se sont pourtant imprimées dans les chairs de cette belle fille. On les y voit en plusieurs endroits ; se retournant ensuite brusquement :

— Thérèse, me dit-il, vous allez cruellement souffrir (il n'avait pas besoin de le dire, ses yeux ne l'annonçaient que trop) ; vous serez fustigée partout, me dit-il, je n'excepte rien.

Et en disant cela, il avait repris ma gorge qu'il maniait avec brutalité ; il en froissait les extrémités du bout de ses doigts et m'occasionnait des douleurs très vives ; je n'osais rien dire de peur de l'irriter encore plus, mais la sueur couvrait mon front, et mes yeux malgré moi se remplissaient de pleurs. Il me retourne, me fait agenouiller sur le bord d'une chaise, dont mes mains doivent tenir le dossier, sans se déranger une minute, sous les peines les plus graves ; me voyant enfin là, bien à sa portée, il ordonne à Armande de lui apporter des verges, elle lui en présente une poignée mince et longue ; Clément les saisit, et me recommandant de ne pas bouger, il débute par une vingtaine de coups sur mes épaules et sur le haut de mes reins ; il me quitte un instant, revient prendre Armande et la place à six pieds de moi, également à genoux, sur le bord d'une chaise. Il nous déclare qu'il va nous fouetter toutes deux ensemble, et que la première des deux qui lâchera la chaise, poussera un cri, ou versera une larme sera sur-le-champ soumise par lui à tel supplice que bon lui semblera. Il donne à Armande le même nombre de coups qu'il vient de m'appliquer, et positivement sur les mêmes endroits ; il me reprend, il baise tout ce qu'il vient de molester, et levant ses verges :

— Tiens-toi bien, coquine, me dit-il, tu vas être traitée comme la dernière des misérables.

Je reçois à ces mots cinquante coups, mais qui ne prennent que depuis le milieu des épaules jusqu'à la chute des reins exclusivement. Il vole à ma camarade et la traite de même ; nous ne prononcions pas une parole ; on n'entendait que quelques gémissements sourds et contenus, et nous avions assez de force pour retenir nos larmes. A quelque point que fussent enflammées les passions du moine, on n'en apercevait pourtant aucun signe encore ; par intervalles, il s'excitait fortement sans que rien se levât. En se rapprochant de moi, il considère quelques minutes ces deux globes de chair encore intacte et qui allaient à leur tour endurer le supplice ; il les manie, il ne peut s'empêcher de les entrouvrir, de les chatouiller, de les baiser mille fois encore.

— Allons, dit-il, du courage...

Une grêle de coups tombe à l'instant sur ces masses et les meurtrit jusqu'aux cuisses. Extrêmement animé des bonds, des haut-le-corps, des grincements, des contorsions que la douleur m'arrache, les examinant, les saisissant avec délices, il vient en exprimer, sur ma bouche qu'il baise avec ardeur, les sensations dont il est agité...

— Cette fille me plaît, s'écrie-t-il, je n'en ai jamais fustigée qui m'ait autant donné de plaisir !

Et il retourne à sa nièce, qu'il traite avec la même barbarie. Il restait la partie inférieure, depuis le haut des cuisses jusqu'aux mollets, et sur l'une et l'autre il frappe avec la même ardeur.

— Allons ! dit-il encore, en me retournant, changeons de main et visitons ceci.

Il me donne une vingtaine de coups, depuis le milieu du ventre jusqu'au bas des cuisses, puis, me les faisant écarter, il frappa rudement dans l'intérieur de l'antre que je lui ouvrais par mon attitude.

— Voilà, dit-il, l'oiseau que je veux plumer.

Quelques cinglons ayant, par les précautions qu'il prenait, pénétré fort avant, je ne pus retenir mes cris.

— Ah! ah! dit le scélérat, j'ai trouvé l'endroit sensible; bientôt, bientôt, nous le visiterons un peu mieux.

Cependant sa nièce est mise dans la même posture et traitée de la même manière; il l'atteint également sur les endroits les plus délicats du corps d'une femme; mais soit habitude, soit courage, soit la crainte d'encourir de plus rudes traitements, elle a la force de se contenir, et l'on n'aperçoit d'elle que des frémissements et quelques contorsions involontaires. Il y avait pourtant un peu de changement dans l'état physique de ce libertin, et quoique les choses eussent encore bien peu de consistance, à force de secousses elles en annonçaient incessamment.

— Mettez-vous à genoux, me dit le moine, je vais vous fouetter sur la gorge.

— Sur la gorge, mon père!

— Oui, sur ces deux masses lubriques qui ne m'excitèrent jamais que pour cet usage.

Et il les serrait, il les comprimait violemment en disant cela.

— Oh! mon père! cette partie est si délicate, vous me ferez mourir.

— Que m'importe, pourvu que je me satisfasse?

Et il m'applique cinq ou six coups qu'heureusement je pare de mes mains. Voyant cela, il les lie derrière mon dos; je n'ai plus que les mouvements de ma physionomie et mes larmes pour implorer sa grâce, car il m'avait durement ordonné de me taire. Je tâche donc de l'attendrir... mais en vain. Il appuie fortement une douzaine de coups sur mes deux seins que rien ne garantit plus ; d'affreux cinglons s'impriment aussitôt en traits de sang ; la douleur m'arrachait des larmes qui retombaient sur les vestiges de la rage de ce monstre, et les rendaient, disait-il, mille fois plus intéressants encore... Il les baisait, il les dévorait, et revenait de temps en temps à ma bouche, à mes yeux inondés de pleurs, qu'il suçait de même avec lubricité.

Armande se place, ses mains se lient, elle offre un sein d'albâtre et de la plus belle rondeur ; Clément fait semblant de le baiser, mais c'est pour le mordre... Il frappe enfin, et ces belles chairs si blanches, si potelées, ne présentent bientôt plus aux yeux de leur bourreau que des meurtrissures et des traces de sang.

— Un instant, dit le moine avec fureur, je veux fustiger à la fois le plus beau des derrières et le plus doux des seins.

Il me laisse à genoux, et plaçant Armande sur moi, il lui fait écarter les jambes, en telle sorte que ma bouche se trouve à hauteur de son bas-ventre, et ma gorge entre ses cuisses, au bas de son derrière. Par ce moyen, le moine a ce qu'il veut à sa portée, il a sous le même point de vue les fesses d'Armande et mes tétons ; il frappe l'un et l'autre avec acharnement, mais ma compagne, pour m'épargner des coups qui deviennent bien plus dangereux pour moi que pour elle, a la complaisance de se baisser et de me garantir ainsi, en recevant elle-même des cinglons qui m'eussent inévitablement blessée. Clément s'aperçoit de la ruse, il dérange l'attitude.

— Elle n'y gagnera rien, dit-il en colère, et si je veux bien épargner cette partie-là aujourd'hui, ce ne sera que pour en molester une autre pour le moins aussi délicate.

En me relevant, je vis alors que tant d'infamies

n'étaient pas faites en vain : le débauché se trouvait dans le plus brillant état ; il n'en est que plus furieux ; il change d'arme, il ouvre une armoire où se trouvent plusieurs martinets, il en sort un à pointes de fer, qui me fait frémir.

— Tiens, Thérèse, me dit-il en me le montrant, vois comme il est délicieux de fouetter avec cela... Tu le sentiras... tu le sentiras, friponne, mais pour l'instant je veux bien n'employer que celui-ci...

Il était de cordelettes nouées à douze branches ; au bas de chaque, était un nœud plus fort que les autres et de la grosseur d'un noyau de prune.

— Allons, la cavalcade !... la cavalcade ! dit-il à sa nièce.

Celle-ci, qui savait de quoi il était question, se met tout de suite à quatre pattes, les reins élevés le plus possible, en me disant de l'imiter ; je le fais. Clément se met à cheval sur mes reins, sa tête du côté de ma croupe ; Armande, la sienne présentée, se trouve en face de lui : le scélérat, nous voyant alors toutes les deux bien à sa portée, nous lance des coups furieux sur les charmes que nous lui offrons ; mais comme, par cette posture, nous ouvrons dans le plus grand écart possible cette délicate partie qui distingue notre sexe de celui des hommes, le barbare y dirige ses coups, les branches longues et flexibles du fouet dont il se sert, pénétrant dans l'intérieur avec bien plus de facilité que les brins de verges, y laissent des traces profondes de sa rage ; tantôt il frappe sur l'une, tantôt ses coups se lancent sur l'autre : aussi bon cavalier que fustigateur intrépide, il change plusieurs fois de monture ; nous sommes excédées, et les titillations de la douleur sont d'une telle violence qu'il n'est presque plus possible de les supporter.

— Levez-vous ! nous dit-il alors en reprenant des verges, oui, levez-vous et craignez-moi.

Ses yeux étincellent, il écume. Egalement menacées sur tout le corps, nous l'évitons... nous courons comme des égarées dans toutes les parties de la chambre, il nous suit, frappant indifféremment et sur l'une et sur l'autre ; le scélérat nous met en sang ; il nous rencogne à la fin toutes deux dans la ruelle du lit. Les coups redoublent : la malheureuse Armande en reçoit un sur le sein qui la fait chanceler ; cette dernière horreur détermine l'extase, et pendant que mon dos en reçoit les effets cruels, mes reins s'inondent des preuves d'un délire dont les résultats sont si dangereux.

— Couchons-nous, me dit enfin Clément ; en voilà peut-être trop pour toi, Thérèse, et certainement pas assez pour moi ; on ne se lasse point de cette manie, quoiqu'elle ne soit qu'une très imparfaite image de ce qu'on voudrait réellement faire. Ah ! chère fille, tu ne sais pas jusqu'où nous entraîne cette dépravation, l'ivresse où elle nous jette, la commotion violente qui résulte, dans le fluide électrique, de l'irritation produite par la douleur sur l'objet qui sert nos passions ; comme on est chatouillé de ses maux ! Le désir de les accroître... voilà l'écueil de cette fantaisie, je le sais, mais cet écueil est-il à craindre pour qui se moque de tout ?

Quoique l'esprit de Clément fût encore dans l'enthousiasme, voyant néanmoins ses sens plus calmes, j'osai, répondant à ce qu'il venait de dire, lui reprocher la dépravation de ses goûts ; et la manière dont ce libertin les justifia mérite, ce me semble, de trouver place dans les aveux que vous exigez de moi [47].

— La chose du monde la plus ridicule sans doute, ma chère Thérèse, me dit Clément, est de vouloir disputer sur les goûts de l'homme, les contrarier, les blâmer ou les punir, s'ils ne sont pas conformes soit aux lois du pays qu'on habite, soit aux conventions sociales. Eh quoi ! les hommes ne comprendront jamais qu'il n'est aucune sorte de goûts, quelque bizarres, quelque criminels même qu'on puisse les supposer, qui ne dépende de la sorte d'organisation que nous avons reçue de la nature ! Cela posé, je le demande, de quel droit un homme osera-t-il exiger d'un autre ou de réformer ses goûts, ou de les modeler sur l'ordre social ? De quel droit même les lois, qui ne sont faites que pour le bonheur de l'homme, oseront-elles sévir contre celui qui ne peut se corriger, ou qui n'y parviendrait qu'aux dépens de ce bonheur que doivent lui conserver les lois ? Mais désirât-on même de changer de goûts, le peut-on ? Est-il en nous de nous refaire ? Pouvons-nous devenir autres que nous sommes ? L'exigeriez-vous d'un homme contrefait, et cette inconformité de nos goûts est-elle autre chose au moral que ne l'est au physique l'imperfection de l'homme contrefait ?

Entrons dans quelques détails, j'y consens ; l'esprit que je te reconnais, Thérèse, te met à portée de les entendre. Deux irrégularités, je le vois, t'ont déjà frappée parmi nous : tu t'étonnes de la sensation piquante éprouvée par quelques-uns de nos confrères pour des choses vulgairement reconnues pour fétides ou impures, et tu te surprends de même que nos facultés voluptueuses puissent être ébranlées par des actions qui, selon toi, ne portent que l'emblème de la férocité. Analysons l'un et l'autre de ces goûts, et tâchons s'il se peut, de te convaincre qu'il n'est rien au monde de plus simple que les plaisirs qui en résultent.

Il est, prétends-tu, singulier que des choses sales et crapuleuses puissent produire dans nos sens l'irritation essentielle au complément de leur délire ; mais avant que de s'étonner de cela, il faudrait sentir, chère Thérèse, que les objets n'ont de prix à nos yeux que celui qu'y met notre imagination ; il est donc très possible, d'après cette vérité constante, que non seulement les choses les plus bizarres, mais même les plus viles et les plus affreuses, puissent nous affecter très sensiblement. L'imagination de l'homme est une faculté de son esprit où vont, par l'organe des sens, se peindre, se modifier les objets, et se former ensuite ses pensées, en raison du premier aperçu de ces objets. Mais cette imagination, résultative elle-même de l'espèce d'organisation dont est doué l'homme, n'adopte les objets reçus que de telle ou telle manière, et ne crée ensuite les pensées que d'après les effets produits par le choc des objets aperçus : qu'une comparaison facilite à tes yeux ce que j'expose. N'as-tu pas vu, Thérèse, des miroirs de formes différentes ? Quelques-uns qui diminuent les objets, d'autres qui les grossissent ; ceux-ci qui les rendent affreux, ceux-là qui leur prêtent des charmes ? T'imagines-tu maintenant que si chacune de ces glaces unissait la faculté créatrice à la faculté objective, elle ne donnerait pas, du même homme qui se serait regardé dans elle, un portrait tout à fait différent ? et ce portrait ne serait-il pas en raison de la manière dont elle aurait perçu l'objet ? Si aux deux facultés que nous venons de prêter à cette glace, elle joignait maintenant celle de la sensibilité, n'aurait-elle pas pour cet homme, vu par elle de telle ou telle manière, l'espèce de sentiment qu'il lui serait possible de concevoir pour la sorte d'être qu'elle aurait aperçu ? La glace qui l'aurait vu beau, l'aimerait ; celle qui l'aurait vu affreux, le haïrait ; et ce serait pourtant toujours le même individu [48].

Telle est l'imagination de l'homme, Thérèse ; le

même objet s'y représente sous autant de formes qu'elle a de différents modes, et d'après l'effet reçu de cette imagination par l'objet, quel qu'il soit, elle se détermine à l'aimer ou à le haïr. Si le choc de l'objet aperçu la frappe d'une manière agréable, elle l'aime, elle le préfère, bien que cet objet n'ait en lui aucun agrément réel ; et si cet objet, quoique d'un prix certain aux yeux d'un autre, n'a frappé l'imagination dont il s'agit que d'une manière désagréable, elle s'en éloignera, parce qu'aucun de nos sentiments ne se forme, ne se réalise qu'en raison du produit des différents objets sur l'imagination. Rien d'étonnant, d'après cela, que ce qui plaît vivement aux uns puisse déplaire aux autres, et, réversiblement, que la chose la plus extraordinaire trouve pourtant des sectateurs... L'homme contrefait trouve aussi des miroirs qui le rendent beau.

Or, si nous avouons que la jouissance des sens soit toujours dépendante de l'imagination, toujours réglée par l'imagination, il ne faudra plus s'étonner des variations nombreuses que l'imagination suggérera dans ces jouissances, de la multitude infinie de goûts et de passions différentes qu'enfanteront les différents écarts de cette imagination. Ces goûts, quoique luxurieux, ne devront pas frapper davantage que ceux d'un genre simple ; il n'y a aucune raison pour trouver une fantaisie de table moins extraordinaire qu'une fantaisie de lit ; et dans l'un ou l'autre genre, il n'est pas plus étonnant d'idolâtrer une chose que le commun des hommes trouve détestable, qu'il ne l'est d'en aimer une généralement reconnue pour bonne. L'unanimité prouve de la conformité dans les organes, mais rien en faveur de la chose aimée. Les trois quarts de l'univers peuvent trouver délicieuse l'odeur d'une rose, sans que cela puisse servir de preuve, ni pour condamner le quart qui pourrait la trouver mauvaise, ni pour démontrer que cette odeur soit véritablement agréable.

Si donc il existe des êtres dans le monde dont les goûts choquent tous les préjugés admis, non seulement il ne faut point s'étonner d'eux, non seulement il ne faut ni les sermonner, ni les punir ; mais il faut les servir, les contenter, anéantir tous les freins qui les gênent, et leur donner, si vous voulez être juste, tous les moyens de se satisfaire sans risque ; parce qu'il n'a pas plus dépendu d'eux d'avoir ce goût bizarre, qu'il n'a dépendu de vous d'être spirituel ou bête, d'être bien fait ou d'être bossu. C'est dans le sein de la mère que se fabriquent les organes qui doivent nous rendre susceptibles de telle ou telle fantaisie ; les premiers objets présentés, les premiers discours entendus achèvent de déterminer le ressort ; les goût se forment, et rien au monde ne peut plus les détruire. L'éducation a beau faire, elle ne change plus rien, et celui qui doit être un scélérat le devient tout aussi sûrement, quelque bonne que soit l'éducation qui lui a été donnée, que vole sûrement à la vertu celui dont les organes se trouvent disposés au bien, quoique l'instituteur l'ait manqué. Tous deux ont agi d'après leur organisation, d'après les impressions qu'ils avaient reçues de la nature, et l'un n'est pas plus digne de punition que l'autre ne l'est de récompense [49].

Ce qu'il y a de bien singulier, c'est que tant qu'il n'est question que de choses futiles, nous ne nous étonnons pas de la différence des goûts ; mais sitôt qu'il s'agit de la luxure, voilà tout en rumeur ; les femmes toujours surveillantes à leurs droits, les femmes que leur faiblesse et leur peu de valeur engagent à ne rien perdre, frémissent à chaque instant qu'on ne leur enlève quelque chose, et si malheureusement on met en usage dans la jouissance des procédés qui choquent leur culte, voilà des crimes dignes de l'échafaud. Et cependant quelle injustice ! Le plaisir des sens doit-il donc rendre un homme meilleur que les autres plaisirs de la vie ? Le temple de la génération, en un mot, doit-il mieux fixer nos penchants, plus sûrement éveiller nos désirs, que la partie du corps ou la plus contraire, ou la plus éloignée de lui, que l'émanation de ce corps ou la plus fétide, ou la plus dégoûtante ? Il ne doit pas, ce me semble, paraître plus étonnant de voir un homme porter la singularité dans les plaisirs du libertinage, qu'il ne doit l'être de la lui voir employer dans les autres fonctions de la vie ! Encore une fois, dans l'un et l'autre cas, sa singularité est le résultat de ses organes : est-ce sa faute si ce qui vous affecte est nul pour lui, ou s'il n'est ému que de ce qui vous répugne ? Quel est l'homme qui ne réformerait pas à l'instant ses goûts, ses affections, ses penchants sur le plan général, et qui n'aimerait pas mieux être comme tout le monde, que de se singulariser, s'il en était le maître ? Il y a l'intolérance la plus stupide et la plus barbare à vouloir sévir contre un tel homme ; il n'est pas plus coupable envers la société, quels que soient ses égarements, que ne l'est, comme je viens de le dire, celui qui serait venu au monde borgne ou boiteux. Et il est aussi injuste de punir ou de se moquer de celui-ci qu'il le serait d'affliger l'autre ou de le persifler. L'homme doué de goûts singuliers est un malade ; c'est, si vous le voulez, une femme à vapeurs hystériques. Nous est-il jamais venu dans l'idée de punir ou de contrarier l'un ou l'autre ? Soyons également justes pour l'homme dont les caprices nous surprennent ; parfaitement semblable au malade ou à la vaporeuse, il est comme eux à plaindre et non pas à blâmer. Telle est au moral l'excuse des' gens dont il s'agit ; on la trouverait au physique avec la même facilité sans doute,

237

et quand l'anatomie sera perfectionnée, on démontrera facilement, par elle, le rapport de l'organisation de l'homme aux goûts qui l'auront affecté. Pédants, bourreaux, guichetiers, législateurs, racaille tonsurée, que ferez-vous quand nous en serons là ? Que deviendront vos lois, votre morale, votre religion, vos potences, votre paradis, vos dieux, votre enfer, quand il sera démontré que tel ou tel cours de liqueurs, telle sorte de fibres, tel degré d'âcreté dans le sang ou dans les esprits animaux suffisent à faire d'un homme l'objet de vos peines ou de vos récompenses ? Poursuivons : les goûts cruels t'étonnent ?

Quel est l'objet de l'homme qui jouit ? N'est-il pas de donner à ses sens toute l'irritation dont ils sont. susceptibles, afin d'arriver mieux et plus chaudement, au moyen de cela, à la dernière crise... crise précieuse qui caractérise la jouissance de bonne ou mauvaise, en raison du plus ou du moins d'activité dont s'est trouvée cette crise ? Or, n'est-ce pas un sophisme insoutenable que d'oser dire qu'il est nécessaire pour l'améliorer qu'elle soit partagée de la femme ? N'est-il donc pas visible que la femme ne peut rien partager avec nous sans nous prendre, et que tout ce qu'elle dérobe doit nécessairement être à nos dépens ? Et de quelle nécessité est-il donc, je le demande, qu'une femme jouisse quand nous jouissons ? Y a-t-il dans ce procédé un autre sentiment que l'orgueil qui puisse être flatté ? et ne retrouvez-vous pas d'une manière bien plus piquante la sensation de ce sentiment orgueilleux, en contraignant au contraire avec dureté cette femme à cesser de jouir, afin de vous faire jouir seul, afin que rien ne l'empêche de s'occuper de votre jouissance ? La tyrannie ne flatte-t-elle pas l'orgueil d'une manière bien plus vive que la bienfaisance ? celui qui impose, en un mot, n'est-il pas le maître bien plus sûrement que celui qui partage ? Mais comment put-il venir dans la tête d'un homme raisonnable que la délicatesse eût quelque prix en jouissance ? Il est absurde de vouloir soutenir qu'elle y soit nécessaire ; elle n'ajoute jamais rien au plaisir des sens : je dis plus, elle y nuit ; c'est une chose très différente que d'aimer ou que de jouir ; la preuve en est qu'on aime tous les jours sans jouir, et qu'on jouit encore plus souvent sans aimer. Tout ce qu'on mêle de délicatesse dans les voluptés dont il s'agit ne peut être donné à la jouissance de la femme qu'aux dépens de celle de l'homme, et tant que celui-ci s'occupe de faire jouir, assurément il ne jouit pas, ou sa jouissance n'est plus qu'intellectuelle, c'est-à-dire chimérique et bien inférieure à celle des sens. Non, Thérèse, non, je ne cesserai de le répéter, il est parfaitement inutile qu'une jouissance soit partagée pour être vive ; et pour rendre cette sorte de plaisir aussi piquant qu'il est susceptible de l'être, il est au contraire très essentiel que l'homme ne jouisse qu'aux dépens de la femme, qu'il prenne d'elle (quelque sensation qu'elle en éprouve) tout ce qui peut donner de l'accroissement à la volupté dont il veut jouir, sans le plus léger égard aux effets qui peuvent en résulter pour la femme, car ces égards le troubleront : ou il voudra que la femme partage, alors il ne jouit plus, ou il craindra qu'elle ne souffre, et le voilà dérangé. Si l'égoïsme est la première loi de la nature, c'est bien sûrement plus qu'ailleurs dans les plaisirs de la lubricité que cette céleste mère désire qu'il soit notre seul mobile. C'est un très petit malheur que, pour l'accroissemement de la volupté de l'homme, il lui faille ou négliger ou troubler celle de la femme ; car si ce trouble lui fait gagner quelque chose, ce que perd l'objet qui le sert ne le touche en rien ; il doit lui être indifférent que cet objet soit heureux ou malheureux, pourvu que lui soit délecté ; il n'y a véritablement aucune sorte de rapports entre cet objet et lui. Il serait donc fou de s'occuper des sensations de cet objet aux dépens des siennes ; absolument imbécile si, pour modifier ces sensations étrangères, il renonce à l'amélioration des siennes. Cela posé, si l'individu dont il est question est malheureusement organisé de manière à n'être ému qu'en produisant, dans l'objet qui lui sert, de douloureuses sensations, vous avouerez qu'il doit s'y livrer sans remords, puisqu'il est là pour jouir, abstraction faite de tout ce qui peut en résulter pour cet objet... Nous y reviendrons : continuons de marcher par ordre.

Les jouissances isolées ont donc des charmes, elles peuvent donc en avoir plus que toutes autres ; eh ! s'il n'en était pas ainsi, comment jouiraient tant de vieillards, tant de gens ou contrefaits ou pleins de défauts ? Ils sont bien sûrs qu'on ne les aime pas ; bien certains qu'il est impossible qu'on partage ce qu'ils éprouvent : en ont-ils moins de volupté ? Désirent-ils seulement l'illusion ? Entièrement égoïstes dans leurs plaisirs, vous ne les voyez occupés que d'en prendre, tout sacrifier pour en recevoir, et ne soupçonner jamais, dans l'objet qui leur sert, d'autres propriétés que des propriétés paasives. Il n'est donc nullement nécessaire de donner des plaisirs pour en recevoir ; la situation heureuse ou malheureuse de la victime de notre débauche est donc absolument égale à la satisfaction de nos sens ; il n'est nullement question de l'état où peut être son cœur et son esprit ; cet objet peut indifféremment se plaire ou souffrir à ce que vous lui faites, vous aimer ou vous détester : toutes ces considérations sont nulles dès qu'il ne s'agit que des sens. Les femmes, j'en conviens, peuvent établir des maximes contraires ; mais les femmes, qui ne sont que les machines de la volupté, qui ne doivent en être que les plastrons, sont récusables toutes les fois qu'il faut établir un système réel sur cette sorte de plaisir. Y a-t-il un seul homme raisonnable qui soit envieux de faire partager sa jouissance à des filles de joie? Et n'y a-t-il pas des millions d'hommes qui prennent pourtant de grands plaisirs avec ces créatures? Ce sont donc autant d'individus persuadés de ce que j'établis, qui le mettent en pratique, sans s'en douter, et qui blâment ridiculement ceux qui légitiment leurs actions par de bons principes, et cela, parce que l'univers est plein de statues organisées qui vont, qui viennent, qui agissent, qui mangent, qui digèrent, sans jamais se rendre compte de rien.

Les plaisirs isolés, démontrés aussi délicieux que les autres, et beaucoup plus assurément, il devient donc tout simple, alors, que cette jouissance, prise indépendamment de l'objet qui nous sert, soit non seulement très éloignée de ce qui peut lui plaire, mais même se trouve contraire à ses plaisirs : je vais plus loin, elle peut devenir une douleur imposée, une vexation, un supplice, sans qu'il y ait rien d'extraordinaire, sans qu'il en résulte autre chose qu'un accroissement de plaisir bien plus sûr pour le despote qui tourmente ou qui vexe. Essayons de le démontrer.

L'émotion de la volupté n'est autre sur notre âme qu'une espèce de vibration produite, au moyen des secousses que l'imagination enflammée par le souvenir d'un objet lubrique fait éprouver à nos sens, ou au moyen de la présence de cet objet, ou mieux encore par l'irritation que ressent cet objet dans le genre qui nous émeut le plus fortement. Ainsi notre volupté, ce chatouillement inexprimable qui nous égare, qui nous transporte au plus haut point de bonheur où puisse arriver l'homme, ne s'allumera jamais que par deux causes : ou qu'en apercevant réellement ou fictivement dans l'objet qui nous sert l'espèce de beauté qui nous flatte le plus, ou qu'en voyant éprouver à cet objet la plus forte sensation possible. Or, il n'est aucune sorte de sensation qui soit plus vive que celle de la douleur ; ses impressions sont sûres, elles ne trompent point comme celles du plaisir, perpétuellement jouées par les femmes et presque jamais ressenties par elles ; que d'amour-propre d'ailleurs, que de jeunesse, de force, de santé ne faut-il pas pour être sûr de produire dans une femme cette douteuse et peu satisfaisante impression du plaisir ! Celle de la douleur, au contraire, n'exige pas la moindre chose : plus un homme a de défauts, plus il est vieux, moins il est aimable, mieux il réussira. A l'égard du but, il sera bien plus sûrement atteint, puisque nous établissons qu'on ne le touche, je veux dire qu'on n'irrite jamais mieux ses sens, que lorsqu'on a produit dans l'objet qui nous sert la plus grande impression possible, n'importe par quelle voie. Celui qui fera donc naître dans une femme l'impression la plus tumultueuse, celui qui bouleversera le mieux toute l'organisation de cette femme, aura décidément réussi à se procurer la plus grande dose de volupté possible, parce que le choc résultatif des impressions des autres sur nous, devant être en raison de l'impression produite, sera nécessairement plus actif, si cette impression des autres a été pénible, que si elle n'a été que douce ou moelleuse ; et d'après cela, le voluptueux égoïste qui est persuadé que ses plaisirs ne seront vifs qu'autant qu'ils seront entiers, imposera donc, quand il en sera le maître, la plus forte dose possible de douleur à l'objet qui lui sert, bien certain que ce qu'il retirera de volupté ne sera qu'en raison de la plus vive impression qu'il aura produite.

— Ces systèmes sont épouvantables, mon père, dis-je à Clément, ils conduisent à des goûts cruels, à des goûts horribles.

— Et qu'importe ? répondit le barbare ; encore une fois, sommes-nous les maîtres de nos goûts ? Ne devons-nous pas céder à l'empire de ceux que nous avons reçus de la nature, comme la tête orgueilleuse du chêne plie sous l'orage qui le ballotte ? Si la nature était offensée de ces goûts, elle ne nous les inspirerait pas ; il est impossible que nous puissions recevoir d'elle un sentiment fait pour l'outrager, et, dans cette extrême certitude, nous pouvons nous livrer à nos passions, de quelque genre, de quelque violence qu'elles puissent être, bien certains que tous les inconvénients qu'entraîne leur choc ne sont que des desseins de la nature dont nous sommes les organes involontaires. Et que nous font les suites de ces passions ? Lorsque l'on veut se délecter par une action quelconque, il ne s'agit nullement des suites.

— Je ne vous parle pas des suites, interrompis-je brusquement, il est question de la chose même ; assurément si vous êtes le plus fort, et que par d'atroces principes de cruauté vous n'aimiez à jouir que par la douleur, dans la vue d'augmenter vos sensations, vous arriverez insensiblement à les produire sur l'objet qui vous sert, au degré de violence capable de lui ravir le jour.

— Soit ; c'est-à-dire que par des goûts donnés par la nature, j'aurai servi les desseins de la nature qui, n'opérant ses créations que par des destructions, ne m'inspire jamais l'idée de celle-ci que quand elle a besoin des autres ; c'est-à-dire que d'une portion de matière oblongue j'en aurai formé trois ou quatre mille rondes ou carrées. Oh ! Thérèse, sont-ce là des crimes ? Peut-on nommer ainsi ce qui sert la nature ? L'homme a-t-il le pouvoir de commettre des crimes ? Et lorsque, préférant son bonheur à celui des autres, il renverse ou détruit tout ce qu'il trouve dans son passage, a-t-il fait autre chose que servir la nature dont les premières et les plus sûres inspirations lui dictent de se rendre heureux, n'importe aux dépens de qui ? Le système de l'amour du prochain est une chimère que nous devons au christianisme et non pas à la nature ; le sectateur du Nazaréen, tourmenté, malheureux et par conséquent dans l'état de faiblesse qui devait faire crier à la tolérance, à l'humanité, dut nécessairement établir ce rapport fabuleux d'un être à un autre ; il préservait sa vie en le faisant réussir. Mais le philosophe n'admet pas ces rapports gigantesques ; ne voyant, ne considérant que lui seul dans l'univers, c'est à lui seul qu'il rapporte tout. S'il ménage ou caresse un instant les autres, ce n'est jamais que relativement au profit qu'il croit en tirer. N'a-t-il plus besoin d'eux, prédomine-t-il par sa force ? il abjure alors à jamais tous ces beaux systèmes d'humanité et de bienfaisance auxquels il ne se soumettait que par politique ; il ne craint plus de rendre tout à lui, d'y ramener tout ce qui l'entoure, et quelque chose que puissent coûter ses jouissances aux autres, il les assouvit sans examen comme sans remords.

— Mais l'homme dont vous parlez est un monstre !
— L'homme dont je parle est celui de la nature.
— C'est une bête féroce !
— Eh bien, le tigre, le léopard dont cet homme est, si tu veux, l'image, n'est-il pas comme lui créé par la nature et créé pour remplir les intentions de la nature ? Le loup qui dévore l'agneau accomplit les vues de cette mère commune, comme le malfaiteur qui détruit l'objet de sa vengeance ou de sa lubricité.

— Oh ! vous aurez beau dire, mon père, je n'admettrai jamais cette lubricité destructive.

— Parce que tu crains d'en devenir l'objet : voilà l'égoïsme ; changeons de rôle et tu la concevras ; interroge l'agneau, il n'entendra pas non plus que le loup puisse le dévorer ; demande au loup à quoi sert l'agneau : « A me nourrir », répondra-t-il. Des loups qui mangent des agneaux, des agneaux dévorés par les loups, le fort qui sacrifie le faible, le faible la victime du fort, voilà la nature, voilà ses vues, voilà ses plans ; une action et une réaction perpétuelles, une foule de vices et de vertus, un parfait équilibre, en un mot, résultant de l'égalité du bien et du mal sur la terre ; équilibre essentiel au maintien des astres, à la végéta-tion, et sans lequel tout serait à l'instant détruit. O Thérèse, elle serait bien étonnée, cette nature, si elle pouvait un instant raisonner avec nous, et que nous lui disions que ces crimes qui la servent, que ces forfaits qu'elle exige et qu'elle nous inspire, sont punis par des lois qu'on nous assure être l'image des siennes. Imbé-cile, nous répondrait-elle, dors, bois, mange et com-mets sans peur de tels crimes quand bon te semblera : toutes ces prétendues infamies me plaisent, et je les veux, puisque je te les inspire. Il t'appartient bien de régler ce qui m'irrite, ou ce qui me délecte ! Apprends que tu n'as rien dans toi qui ne m'appartienne, rien que je n'y aie placé par des raisons qu'il ne te convient pas de connaître ; que la plus abominable de tes actions n'est, comme la plus vertueuse d'un autre qu'une des manières de me servir. Ne te contiens donc point, nargue tes lois, tes conventions sociales et tes dieux ; n'écoute que moi seule, et crois que s'il existe un crime à mes regards, c'est l'opposition que tu mettrais à ce que je t'inspire par ta résistance ou par tes sophismes.

— Oh ! juste Ciel, m'écriai-je, vous me faites fré-mir. S'il n'y avait pas des crimes contre la nature, d'où nous viendrait donc cette répugnance invincible que nous éprouvons pour certains délits ?

— Cette répugnance n'est pas dictée par la nature, répondit vivement ce scélérat ; elle n'a sa source que dans le défaut d'habitude ; n'en est-il pas de même pour certains mets ? Quoique excellents, n'y répugnons-nous pas seulement par défaut d'habitude ? oserait-on dire d'après cela que ces mets ne sont pas bons ? Tâchons de nous vaincre, et nous conviendrons bientôt de leur saveur ; nous répugnons aux médicaments, quoiqu'ils nous soient pourtant salutaires ; accoutumons-nous de même au mal, nous n'y trouverons bientôt plus que des charmes ; cette répugnance momentanée est bien plutôt une adresse, une coquetterie de la nature, qu'un avertissement que la chose l'outrage : elle nous prépare ainsi les plaisirs du triomphe ; elle en augmente ceux de l'action même : il y a mieux, Thérèse, il y a mieux ; c'est que, plus l'action nous semble épouvantable, plus elle contrarie nos usages et nos mœurs, plus elle brise de freins, plus elle choque toutes nos conventions sociales, plus elle blesse ce que nous croyons être les lois de la nature, et plus, au contraire, elle est utile à cette même nature. Ce n'est jamais que par les crimes qu'elle rentre dans les droits que la vertu lui ravit sans cesse. Si le crime est léger, en différant moins de la vertu, il établira plus lentement l'équilibre indispensable à la nature ; mais plus il est capital, plus il égalise les poids, plus il balance l'empire de la vertu, qui détruirait tout sans cela. Qu'il cesse donc de s'effrayer, celui qui médite un forfait, ou celui qui vient de le commettre : plus son crime aura d'étendue, mieux il aura servi la nature.

Ces épouvantables systèmes ramenèrent bientôt mes idées aux sentiments d'Omphale sur la manière dont nous sortirions de cette affreuse maison. Ce fut donc dès lors que j'adoptai les projets que vous me verrez exécuter dans la suite. Néanmoins, pour achever de m'éclaircir, je ne pus m'empêcher de faire encore quelques questions au Père Clément.

— Au moins, lui dis-je, vous ne gardez pas éternellement les malheureuses victimes de vos passions ? vous les renvoyez sans doute quand vous en êtes las ?

— Assurément, Thérèse, me répondit le moine, tu n'es entrée dans cette maison que pour en sortir, quand nous serons convenus tous les quatre de t'accorder ta retraite. Tu l'auras très certainement.

— Mais ne craignez-vous pas, continuai-je, que des filles plus jeunes et moins discrètes n'aillent quelquefois révéler ce qui s'est fait chez vous ?

— C'est impossible.

— Impossible ?

— Absolument.

— Pourriez-vous m'expliquer ?...

— Non, c'est là notre secret ; mais tout ce dont je puis t'assurer, c'est que, discrète ou non, il te sera parfaitement impossible de jamais dire, quand tu seras hors d'ici, un seul mot de ce qui s'y fait. Aussi tu le vois, Thérèse, je ne te recommande aucune discrétion ; une politique contrainte n'enchaîne nullement mes désirs...

Et le moine s'endormit à ces mots. Dès cet instant il ne me fut plus possible de ne pas voir que les partis les plus violents se prenaient contre les malheureuses réformées et que cette terrible sécurité dont on se vantait n'était le fruit que de leur mort. Je ne m'affermis que mieux dans ma résolution ; nous en verrons bientôt l'effet.

Dès que Clément fut endormi, Armande s'approcha de moi.

— Il va se réveiller bientôt comme un furieux, me

dit-elle ; la nature n'endort ses sens que pour leur prêter, après un peu de repos, une bien plus grande énergie ; encore une scène, et nous serons tranquilles jusqu'à demain.

— Mais toi, dis-je à ma compagne, que ne dors-tu quelques instants ?

— Le puis-je ? me répondit Armande, si je ne veillais pas debout autour de son lit, et que ma négligence fût aperçue, il serait homme à me poignarder.

— Oh, ciel ! dis-je, eh quoi ! même en dormant, ce scélérat veut que ce qui l'environne soit dans un état de souffrance ?

— Oui, me répondit ma compagne, c'est la barbarie de cette idée qui lui procure ce réveil furieux que tu vas lui voir ; il est sur cela comme ces écrivains pervers, dont la corruption est si dangereuse, si active, qu'ils n'ont pour but, en imprimant leurs affreux systèmes, que d'étendre au-delà de leur vie la somme de leurs crimes ; ils n'en peuvent plus faire, mais leurs maudits écrits en feront commettre, et cette douce idée qu'ils emportent au tombeau les console de l'obligation où les met la mort de renoncer au mal.

— Les monstres ! m'écriai-je.

Armande, qui était une créature fort douce, me baisa en versant quelques larmes, puis se remit à battre l'estrade autour du lit de ce roué.

Au bout de deux heures, le moine se réveilla effectivement, dans une prodigieuse agitation, et me prit avec tant de force que je crus qu'il allait m'étouffer ; sa respiration était vive et pressée ; ses yeux étincelaient, il prononçait des paroles sans suite qui n'étaient autres que des blasphèmes ou des mots de libertinage. Il appelle Armande, il lui demande des verges, et recommence à nous fustiger toutes deux,

248

mais d'une manière encore plus vigoureuse qu'il ne l'avait fait avant de s'endormir. C'est par moi qu'il a l'air de vouloir terminer ; je jette les hauts cris ; pour abréger mes peines, Armande l'excite violemment, il s'égare, et le monstre, à la fin décidé par les plus violentes sensations, perd avec les flots embrasés de sa semence et son ardeur et ses désirs.

Tout fut calme le reste de la nuit. En se levant, le moine se contenta de nous toucher et de nous examiner toutes les deux ; et comme il allait dire sa messe, nous rentrâmes au sérail. La doyenne ne put s'empêcher de me désirer dans l'état d'inflammation où elle prétendait que je devais être ; anéantie comme je l'étais, pouvais-je me défendre ? Elle fit ce qu'elle voulut, assez pour me convaincre qu'une femme même, à pareille école, perdant bientôt toute la délicatesse et toute la retenue de son sexe, ne pouvait, à l'exemple de ses tyrans, devenir qu'obscène ou cruelle.

Deux nuits après, je couchai chez Jérome ; je ne vous peindrai point ses horreurs, elles furent plus effrayantes encore. Quelle école, grand Dieu ! Enfin, au bout d'une semaine, toutes mes tournées furent faites. Alors Omphale me demanda s'il n'était pas vrai que, de tous, Clément fût celui dont j'eusse le plus à me plaindre.

— Hélas ! répondis-je, au milieu d'une foule d'horreurs et de saletés qui tantôt dégoûtent et tantôt révoltent, il est bien difficile que je prononce sur le plus odieux de ces scélérats ; je suis excédée de tous, et je voudrais déjà me voir dehors, quel que soit le destin qui m'attende.

— Il serait possible que tu fusses bientôt satisfaite, me répondit ma compagne ; nous touchons à l'époque de la fête : rarement cette circonstance a lieu sans leur rapporter des victimes ; ou ils séduisent des jeunes filles par le moyen de la confession, ou ils en escamotent, s'ils le peuvent autant de nouvelles recrues qui supposent toujours des réformes...

Elle arriva, cette fameuse fête... Pourrez-vous croire, madame, à quelle impiété monstrueuse se portèrent les moines à cet événement ? Ils imaginèrent qu'un miracle visible doublerait l'éclat de leur réputation ; en conséquence ils revêtirent Florette, la plus jeune des filles, de tous les ornements de la Vierge ; par des cordons qui ne se voyaient pas, ils la lièrent au mur de la niche, et lui ordonnèrent de lever tout à coup les bras avec componction vers le ciel, quand on y élèverait l'hostie. Comme cette petite créature était menacée des plus cruels châtiments si elle venait à dire un seul mot, ou à manquer son rôle, elle s'en tira à merveille, et la fraude eut tout le succès qu'on pouvait en attendre. Le peuple cria au miracle, laissa de riches offrandes à la Vierge, et s'en retourna plus convaincu que jamais de l'efficacité des grâces de cette mère céleste. Nos libertins voulurent, pour doubler leurs impiétés, que Florette parût aux orgies du soir dans les mêmes vêtements qui lui avaient attiré tant d'hommages, et chacun d'eux enflamma ses odieux désirs à la soumettre, sous ce costume, à l'irrégularité de ses caprices. Irrités de ce premier crime, les sacrilèges ne s'en tiennent point là : ils font mettre nue cette enfant, ils la couchent à plat ventre sur une grande table, ils allument des cierges, ils placent l'image de notre Sauveur au milieu des reins de la jeune fille et osent consommer sur ses fesses le plus redoutable de nos mystères. Je m'évanouis à ce spectacle horrible, il me fut impossible de le soutenir. Severino, me voyant en cet état, dit que pour m'y apprivoiser il fallait que je servisse d'autel à mon tour. On me saisit ; on me place au même lieu que Florette ; le sacrifice se consomme, et l'hostie... ce symbole sacré de notre auguste religion... Severino s'en saisit, il l'enfonce au local obscène de ses sodomites jouissances... la foule avec injure... la presse avec ignominie sous les coups redoublés de son dard monstrueux, et lance, en blasphémant, sur le corps même de son Sauveur, les flots impurs du torrent de sa lubricité !

On me retira sans mouvement de ses mains ; il fallut me porter dans ma chambre où je pleurai huit jours de suite le crime horrible auquel j'avais servi malgré moi. Ce souvenir brise encore mon âme, je n'y pense pas sans frémir... La religion est en moi l'effet du sentiment ; tout ce qui l'offense, ou l'outrage, fait jaillir le sang de mon cœur [50].

L'époque du renouvellement du mois allait arriver, lorsque Severino entre un matin, vers les neuf heures, dans notre chambre. Il paraissait très enflammé ; une sorte d'égarement se peignait dans ses yeux ; il nous examine, nous place tour à tour dans son attitude chérie, et s'arrête particulièrement à Omphale. Il reste plusieurs minutes à la contempler dans cette posture, il s'excite sourdement, il baise ce qu'on lui présente, fait voir qu'il est en état de consommer, et ne consomme rien. La faisant ensuite relever, il lance sur elle des regards où se peignent la rage et la méchanceté ; puis, lui appliquant à tour de reins un vigoureux coup de pied dans le bas-ventre, il l'envoie tomber à vingt pas de là.

— La société te réforme, catin, lui dit-il ; elle est lasse de toi ; sois prête à l'entrée de la nuit, je viendrai te chercher moi-même.

Et il sort. Dès qu'il est parti, Omphale se relève ; elle se jette en pleurs dans mes bras.

— Eh bien ! me dit-elle, à l'infamie, à la cruauté des préliminaires, peux-tu t'aveugler encore sur les suites ? Que vais-je devenir, grand Dieu !

— Tranquillise-toi, dis-je à cette malheureuse, je suis maintenant décidée à tout ; je n'attends que l'occasion ; peut-être se présentera-t-elle plus tôt que tu ne penses ; je divulguerai ces horreurs ; s'il est vrai que leurs procédés soient aussi cruels que nous avons lieu de le croire, tâche d'obtenir quelques délais, et je t'arracherai de leurs mains.

Dans le cas où Omphale serait relâchée, elle jura de même de me servir, et nous pleurâmes toutes deux. La journée se passa sans événements ; vers les cinq heures, Severino remonta lui-même.

— Allons, dit-il brusquement à Omphale, es-tu prête ?

— Oui, mon père, répondit-elle en sanglotant ; permettez que j'embrasse mes compagnes.

— Cela est inutile, dit le moine ; nous n'avons pas le temps de faire une scène de pleurs ; on nous attend, partons.

Alors elle demanda s'il fallait qu'elle emportât ses hardes.

— Non, dit le supérieur, tout n'est-il pas de la maison ? Vous n'avez plus besoin de cela.

Puis se reprenant, comme quelqu'un qui en a trop dit :

— Ces hardes vous deviennent inutiles, vous en ferez faire sur votre taille qui vous iront mieux ; contentez-vous donc d'emporter seulement ce que vous avez sur vous.

Je demandai au moine s'il voulait me permettre d'accompagner Omphale seulement jusqu'à la porte de la maison... Il me répondit par un regard qui me fit reculer d'effroi... Omphale sort, elle jette sur nous des yeux remplis d'inquiétude et de larmes, et dès qu'elle est dehors, je me précipite sur mon lit, au désespoir.

Accoutumées à ces événements, ou s'aveuglant sur

252

leurs suites, mes compagnes y prirent moins de part que moi, et le supérieur rentra au bout d'une heure ; il venait prendre celles du souper. J'en étais ; il ne devait y avoir que quatre femmes, la fille de douze ans, celle de seize, celle de vingt-trois et moi. Tout se passa à peu près comme les autres jours ; je remarquai seulement que les filles de garde ne s'y trouvèrent pas, que les moines se parlèrent souvent à l'oreille, qu'ils burent beaucoup, qu'ils s'en tinrent à exciter violemment leurs désirs, sans jamais se permettre de les consommer, et qu'ils nous renvoyèrent de beaucoup meilleure heure, sans en garder aucune à coucher... Quelles inductions tirer de ces remarques ? Je les fis parce qu'on prend garde à tout dans de semblables circonstances, mais qu'augurer de là ? Ah ! ma perplexité était telle, qu'aucune idée ne se présentait à mon esprit qu'elle ne fût aussitôt combattue par une autre ; en me rappelant les propos de Clément je devais tout craindre sans doute ; et puis, l'espoir... ce trompeur espoir qui nous console, qui nous aveugle et nous fait ainsi presque autant de bien que de mal, l'espoir enfin venait me rassurer... Tant d'horreurs étaient si loin de moi, qu'il m'était impossible de les supposer ! Je me couchai dans ce terrible état ; tantôt persuadée qu'Omphale ne manquerait pas au serment ; convaincue l'instant d'après que les cruels moyens qu'on prendrait vis-à-vis d'elle lui ôteraient tout pouvoir de nous être utile. Et telle fut ma dernière opinion quand je vis finir le troisième jour sans avoir encore entendu parler de rien.

Le quatrième je me trouvais encore du souper ; il était nombreux et choisi. Ce jour-là, les huit plus belles femmes s'y trouvaient ; on m'avait fait la grâce de m'y comprendre ; les filles de garde y étaient aussi. Dès en entrant nous vîmes notre nouvelle compagne.

— Voilà celle que la société destine à remplacer Omphale, mesdemoiselles, nous dit Severino.

Et en disant cela, il arracha du buste de cette fille les mantelets, les gazes dont elle était couverte, et nous vîmes une jeune personne de quinze ans, de la figure la plus agréable et la plus délicate : elle leva ses beaux yeux avec grâce sur chacune de nous ; ils étaient encore humides de larmes, mais de l'intérêt le plus vif ; sa taille était souple et légère, sa peau d'une blancheur éblouissante, les plus beaux cheveux du monde, et quelque chose de si séduisant dans l'ensemble, qu'il était impossible de la voir sans se sentir involontairement entraîné vers elle. On la nommait Octavie ; nous sûmes bientôt qu'elle était fille de la première qualité, née à Paris et sortant du couvent pour venir épouser le comte de *** : elle avait été enlevée dans sa voiture avec deux gouvernantes et trois laquais ; elle ignorait ce qu'était devenue sa suite ; on l'avait prise seule vers l'entrée de la nuit, et, après avoir bandé les yeux, on l'avait conduite où nous la voyions sans qu'il lui fût devenu possible d'en savoir davantage.

Personne ne lui avait encore dit un mot. Nos quatre libertins, un instant en extase devant autant de charmes, n'eurent la force que de les admirer. L'empire de la beauté contraint au respect ; le scélérat le plus corrompu lui rend malgré son cœur une espèce de culte qu'il n'enfreint jamais sans remords ; mais des monstres tels que ceux auxquels nous avions affaire languissent peu sous de tels freins.

— Allons, belle enfant, dit le supérieur en l'attirant avec impudence vers le fauteuil sur lequel il était assis, allons, faites-nous voir si le reste de vos charmes répond à ceux que la nature a placés avec tant de profusion sur votre physionomie.

Et comme cette belle fille se troublait, comme elle

rougissait, et qu'elle cherchait à s'éloigner, Severino, la saisissant brusquement au travers du corps :

— Comprenez, lui dit-il, petite Agnès, comprenez donc que ce qu'on veut vous dire est de vous mettre à l'instant toute nue.

Et le libertin, à ces mots, lui glisse une main sous les jupes en la contenant de l'autre ; Clément s'approche, il relève jusqu'au-dessus des reins les vêtements d'Octavie, et expose, au moyen de cette manœuvre, les attraits les plus doux, les plus appétissants qu'il soit possible de voir ; Severino, qui touche, mais qui n'aperçoit pas, se courbe pour regarder, et les voilà tous quatre à convenir qu'ils n'ont jamais rien vu d'aussi beau. Cependant la modeste Octavie, peu faite à de pareils outrages, répand des larmes et se défend.

— Déshabillons, déshabillons, dit Antonin, on ne peut rien voir comme cela.

Il aide à Severino, et dans l'instant les attraits de la jeune fille paraissent à nos yeux, sans voile. Il n'y eut jamais sans doute une peau plus blanche, jamais des formes plus heureuses... Dieu, quel crime !... Tant de beautés, tant de fraîcheur, tant d'innocence et de délicatesse devaient-elles devenir la proie de ces barbares ! Octavie, honteuse, ne sait où fuir pour dérober ses charmes, partout elle ne trouve que des yeux qui les dévorent, que des mains brutales qui les fouillent ; le cercle se forme autour d'elle, et, ainsi que je l'avais fait, elle le parcourt en tous les sens. Le brutal Antonin n'a pas la force de résister ; un cruel attentat détermine l'hommage, et l'encens fume aux pieds du dieu. Jérôme la compare à notre jeune camarade de seize ans, la plus jolie du sérail sans doute ; il place auprès l'un de l'autre les deux autels de son culte.

— Ah ! que de blancheur et de grâces ! dit-il, en touchant Octavie, mais que de gentillesse et de fraîcheur se trouvent également dans celle-ci ! En vérité, poursuit le moine en feu, je suis incertain.

Puis, imprimant sa bouche sur les attraits que ses yeux confrontent :

— Octavie, s'écria-t-il, tu auras la pomme ; il ne tient qu'à toi, donne-moi le fruit précieux de cet arbre adoré de mon cœur... Oh ! oui, oui, donne-m'en l'une ou l'autre, et j'assure à jamais le prix de la beauté à qui m'aura servi plus tôt.

Severino voit qu'il est temps de songer à des choses plus sérieuses : absolument hors d'état d'attendre, il s'empare de cette infortunée, il la place suivant ses désirs ; ne s'en rapportant pas encore assez à ses soins, il appelle Clément à son aide. Octavie pleure et n'est pas entendue ; le feu brille dans les regards du moine impudique, maître de la place, on dirait qu'il n'en considère les avenues que pour l'attaquer plus sûrement ; aucune ruse, aucun préparatif ne s'emploient ; cueillerait-il les roses avec tant de charmes, s'il en écartait les épines ? Quelque énorme disproportion qui se trouve entre la conquête et l'assaillant, celui-ci n'entreprend pas moins le combat ; un cri perçant annonce la victoire, mais rien n'attendrit l'ennemi ; plus la captive implore sa grâce, plus on la presse avec vigueur, et la malheureuse a beau se débattre, elle est bientôt sacrifiée.

— Jamais laurier ne fut plus difficile, dit Severino en se retirant ; j'ai cru que pour la première fois de ma vie j'échouerais près du port... Ah ! que d'étroit et que de chaleur ! c'est le Ganymède des dieux.

— Il faut que je la ramène au sexe que tu viens de souiller, dit Antonin, la saisissant de là, et sans vouloir la laisser relever : il est plus d'une brèche au rempart, dit-il.

Et s'approchant avec fierté, en un instant il est au sanctuaire. De nouveaux cris se font entendre.

— Dieu soit loué ! dit·le malhonnête homme, j'aurais douté de mes succès sans les gémissements de la victime, mais mon triomphe est assuré, car voilà du sang et des pleurs.

— En vérité, dit Clément, s'avançant les verges en main, je ne dérangerai pas non plus cette douce attitude, elle favorise trop mes désirs.

La fille de garde de Jérôme et celle de trente ans contenaient Octavie : Clément considère, il touche ; la jeune fille effrayée l'implore et ne l'attendrit pas.

— Oh ! mes amis, dit le moine exalté, comment ne pas fustiger l'écolière qui nous montre un aussi beau cul ?

L'air retentit aussitôt du sifflement des verges et du bruit sourd de leurs cinglons sur ces belles chairs ; les cris d'Octavie s'y mêlent, les blasphèmes du moine y répondent : quelle scène pour ces libertins livrés, au milieu de nous toutes, à mille obscénités ! Ils l'applaudissent, ils l'encouragent : cependant la peau d'Octavie change de couleur, les teintes de l'incarnat le plus vif se joignent à l'éclat des lis ; mais ce qui divertirait peut-être un instant l'Amour, si la modération dirigeait le sacrifice, devient à force de rigueur un crime affreux envers ses lois ; rien n'arrête le perfide moine ; plus la jeune élève se plaint, plus éclate la sévérité du régent ; depuis le milieu des reins jusqu'au bas des cuisses, tout est traité de la même manière, et c'est enfin sur les vestiges sanglants de ses plaisirs que le perfide apaise ses feux.

— Je serai moins sauvage que tout cela, dit Jérôme en prenant la belle, et s'adaptant à ses lèvres de corail : voilà le temple où je vais sacrifier... et dans cette bouche enchanteresse...

Je me tais... C'est le reptile impur flétrissant une rose, ma comparaison vous dit tout.

Le reste de la soirée devint semblable à tout ce que vous savez, si ce n'est que la beauté, l'âge touchant de cette jeune fille, enflammant encore mieux ces scélérats, toutes leurs infamies redoublèrent, et la satiété bien plus que la commisération, en renvoyant cette malheureuse dans sa chambre, lui rendit au moins pour quelques heures le calme dont elle avait besoin.

J'aurais bien désiré pouvoir la consoler cette première nuit, mais obligée de la passer avec Severino, c'eût été moi-même au contraire qui me fusse trouvée dans le cas d'avoir grand besoin de secours. J'avais eu le malheur, non pas de plaire, le mot ne serait pas convenable, mais d'exciter plus vivement qu'une autre les infâmes désirs de ce sodomite; il me désirait maintenant presque toutes les nuits; épuisé de celle-ci, il eut besoin de recherches; craignant sans doute de ne pas me faire encore assez de mal avec le glaive affreux dont il était doué, il imagina cette fois de me perforer avec un de ces meubles de religieuses que la décence ne permet pas de nommer et qui était d'une grosseur démesurée; il fallut se prêter à tout. Lui-même faisait pénétrer l'arme en son temple chéri; à force de secousses elle entra fort avant; je jette des cris : le moine s'en amuse; après quelques allées et venues, tout à coup il retire l'instrument avec violence et s'engloutit lui-même au gouffre qu'il vient d'entrouvrir... Quel caprice! N'est-ce pas là positivement le contraire de tout ce que les hommes peuvent désirer? Mais qui peut définir l'âme d'un libertin? Il y a longtemps que l'on sait que c'est là l'énigme de la nature : elle ne nous en a pas encore donné le mot.

Le matin, se trouvant un peu rafraîchi, il voulut essayer d'un autre supplice, il me fit voir une machine encore bien plus grosse : celle-ci était creuse et garnie d'un piston lançant l'eau avec une incroyable roideur par une ouverture qui donnait au jet plus de trois pouces de circonférence ; cet énorme instrument en avait lui-même neuf de tour sur douze de long. Severino le fit remplir d'eau très chaude et voulut me l'enfoncer par-devant ; effrayée d'un pareil projet, je me jette à ses genoux pour lui demander grâce, mais il est dans une de ces maudites situations où la pitié ne s'entend plus, où les passions, bien plus éloquentes, mettent à sa place, en l'étouffant, une cruauté souvent bien dangereuse. Le moine me menace de toute sa colère si je ne me prête pas ; il faut obéir. La perfide machine pénétra des deux tiers, et le déchirement qu'elle m'occasionne joint à l'extrême chaleur dont elle est, sont prêts à m'ôter l'usage de mes sens ; pendant ce temps, le supérieur, ne cessant d'invectiver les parties qu'il moleste, se fait exciter par sa suivante ; après un quart d'heure de ce frottement qui me lacère, il lâche le piston qui fait jaillir l'eau brûlante au plus profond de la matrice... Je m'évanouis. Severino s'extasiait... Il était dans un délire au moins égal à ma douleur.

— Ce n'est rien que cela, dit le traître, quand j'eus repris mes sens, nous traitons ces attraits-là bien plus durement quelquefois ici... Une salade d'épines, morbleu ! bien poivrée, bien vinaigrée, enfoncée dedans avec la pointe d'un couteau, voilà ce qui leur convient pour les ragaillardir ; à la première faute que tu feras, je t'y condamne, dit le scélérat en maniant encore l'objet unique de son culte.

Mais deux ou trois hommages, après les débauches de la veille, l'avaient mis sur les dents : je fus congédiée.

Je retrouvai, en rentrant, ma nouvelle compagne

dans les pleurs ; je fis ce que je pus pour la calmer, mais il n'est pas aisé de prendre facilement son parti sur un changement de situation aussi affreux ; cette jeune fille avait d'ailleurs un grand fond de religion, de vertu et de sensibilité ; son état ne lui en parut que plus terrible. Omphale avait eu raison de me dire que l'ancienneté n'influait en rien sur les réformes ; que simplement dictées par la fantaisie des moines, ou par leur crainte de quelques recherches ultérieures, on pouvait la subir au bout de huit jours comme au bout de vingt ans. Il n'y avait pas quatre mois qu'Octavie était avec nous, quand Jérôme vint lui annoncer son départ ; quoique ce fût lui qui eût le plus joui d'elle pendant son séjour au couvent, qui eût pu la chérir et la rechercher davantage, la pauvre enfant partit, nous faisant les mêmes promesses qu'Omphale ; elle les tint tout aussi peu.

Je ne m'occupai plus, dès lors, que du projet que j'avais conçu depuis le départ d'Omphale ; décidée à tout pour fuir ce repaire sauvage, rien ne m'effraya pour y réussir. Que pouvais-je appréhender en exécutant ce dessein ? La mort. Et de quoi étais-je sûre en restant ? De la mort. Et en réussissant, je me sauvais. Il n'y avait donc point à balancer, mais il fallait, avant cette entreprise, que les funestes exemples du vice récompensé se reproduisissent encore sous mes yeux ; il était écrit sur le grand livre des destins, sur ce livre obscur dont nul mortel n'a l'intelligence, il y était gravé, dis-je, que tous ceux qui m'avaient tourmentée, humiliée, tenue dans les fers, recevraient sans cesse à mes regards le prix de leurs forfaits, comme si la providence eût pris à tâche de me montrer l'inutilité de la vertu... Funestes leçons qui ne me corrigèrent pourtant point, et qui, dussé-je échapper encore au glaive suspendu sur ma tête, ne m'empêcheront pas d'être toujours l'esclave de cette divinité de mon cœur.

Un matin, sans que nous nous y attendissions, Antonin parut dans notre chambre et nous annonça que le Révérend Père Severino, parent et protégé du pape, venait d'être nommé par Sa Sainteté général de l'Ordre des bénédictins. Dès le jour suivant, ce religieux partit effectivement sans nous voir : on en attendait, nous dit-on, un autre bien supérieur pour la débauche à tous ceux qui restaient ; nouveaux motifs de presser mes démarches.

Le lendemain du départ de Severino, les moines s'étaient décidés à réformer encore une de mes compagnes ; je choisis pour mon évasion le jour même où l'on vint annoncer l'arrêt de cette misérable, afin que les moines plus occupés prissent à moi moins d'attention[51].

Nous étions au commencement du printemps ; la longueur des nuits favorisait encore un peu mes démarches. Depuis deux mois je les préparais sans qu'on s'en fût douté ; je sciais peu à peu, avec un mauvais ciseau que j'avais trouvé, les grilles de mon cabinet ; déjà ma tête y passait aisément, et, des linges qui me servaient, j'avais composé une corde plus que suffisante à franchir les vingt ou vingt-cinq pieds d'élévation qu'Omphale m'avait dit qu'avait le bâtiment. Lorsqu'on avait pris mes hardes, j'avais eu soin, comme je vous l'ai dit, d'en retirer ma petite fortune se montant à près de six louis, je l'avais toujours soigneusement cachée ; en partant je la remis dans mes cheveux, et presque toute notre chambre se trouvant du souper ce soir-là, seule avec une de mes compagnes qui se coucha dès que les autres furent descendues, je passai dans mon cabinet ; là, dégageant le trou que j'avais soin de boucher tous les jours, je liai ma corde à l'un des barreaux qui n'était point endommagé, puis me laissant glisser par ce moyen, j'eus bientôt touché terre. Ce n'était pas ce qui m'avait embarrassée : les six enceintes de murs ou de haies vives, dont m'avait parlé ma compagne, m'intriguaient bien différemment.

Une fois là, je reconnus que chaque espace ou allée circulaire laissé d'une haie à l'autre n'avait pas plus de huit pieds de large, et c'est cette proximité qui faisait imaginer au coup d'œil que tout ce qui se trouvait dans cette partie n'était qu'un massif de bois. La nuit était fort sombre ; en tournant cette première allée circulaire pour reconnaître si je ne trouverais pas d'ouverture à la haie, je passai au-dessous de la salle des soupers. On n'y était plus ; mon inquiétude en redoubla ; je continuai pourtant mes recherches : je parvins ainsi à la hauteur de la fenêtre de la grande salle souterraine qui se trouvait au-dessous de celle des orgies ordinaires. J'y aperçus beaucoup de lumière, je fus assez hardie pour m'en approcher ; par ma position je plongeais. Ma malheureuse compagne était étendue sur un chevalet, les cheveux épars et destinée sans doute à quelque effrayant supplice où elle allait trouver, pour liberté, l'éternelle fin de ses malheurs... Je frémis, mais ce que mes regards achevèrent de surprendre m'étonna bientôt davantage : Omphale, ou n'avait pas tout su, ou n'avait pas tout dit ; j'aperçus quatre filles nues dans ce souterrain, qui me parurent fort belles et fort jeunes, et qui certainement n'étaient pas des nôtres ; il y avait donc dans cet affreux asile d'autres victimes de la lubricité de ces monstres... d'autres malheureuses inconnues de nous... Je me hâtai de fuir, et continuai de tourner jusqu'à ce que je fusse à l'opposé du souterrain : n'ayant pas encore trouvé de brèche, je résolus d'en faire une ; je m'étais, sans qu'on s'en fût aperçu, munie d'un long couteau ; je travaillai ; malgré mes gants, mes mains furent bientôt déchirées ; rien ne m'arrêta ; la haie avait plus de deux pieds d'épaisseur, je l'entrouvris et me voilà dans la seconde allée ; là, je fus étonnée de ne sentir à mes pieds qu'une terre molle et flexible dans laquelle j'enfonçais jusqu'à la cheville : plus j'avançais dans ces taillis fourrés, plus l'obscurité devenait profonde. Curieuse de savoir d'où provenait le changement du sol, je tâte avec mes mains... O juste ciel ! Je saisis la tête d'un cadavre ! Grand Dieu ! pensai-je épouvantée, tel est ici sans doute, on me l'avait bien dit, le cimetière où ces bourreaux jettent leurs victimes ; à peine prennent-ils le soin de les couvrir de terre !... Ce crâne est peut-être celui de ma chère Omphale, ou celui de cette malheureuse Octavie, si belle, si douce, si bonne, et qui n'a paru sur la terre que comme les roses dont ses attraits étaient l'image ! Moi-même, hélas ! c'eût été là ma place, pourquoi ne pas subir mon sort ! Que gagnerai-je à aller chercher de nouveaux revers ? N'y ai-je pas commis assez de mal ? n'y suis-je pas devenue le motif d'un assez grand nombre de crimes ? Ah ! remplissons ma destinée ! O terre, entrouvre-toi pour m'engloutir ! C'est bien quand on est aussi délaissée, aussi pauvre, aussi abandonnée que moi, qu'il faut se donner tant de peines pour végéter quelques instants de plus parmi des monstres !... Mais non, je dois venger la Vertu dans les fers... Elle l'attend de mon courage... Ne nous laissons point abattre... avançons : il est essentiel que l'univers soit débarrassé de scélérats aussi dangereux que ceux-ci. Dois-je craindre de perdre trois ou quatre hommes pour sauver des millions d'individus que leur politique ou leur férocité sacrifie ?

Je perce donc la haie où je me trouve ; celle-ci était plus épaisse que l'autre : plus j'avançais, plus je les trouvais fortes. Le trou se fait pourtant, mais un sol ferme au-delà... plus rien qui m'annonçât les mêmes horreurs que je venais de rencontrer ; je parviens ainsi au bord du fossé sans avoir trouvé la muraille que m'avait annoncée Omphale ; il n'y en avait sûrement point, et il est vraisemblable que les moines ne le disaient que pour nous effrayer davantage. Moins enfermée au-delà de cette sextuple enceinte, je distinguai mieux les objets ; l'église et le corps de logis qui s'y trouvait adossé se présentèrent aussitôt à mes regards ; le fossé bordait l'un et l'autre ; je me gardai bien de chercher à le franchir de ce côté ; je longeai les bords, et me voyant enfin en face d'une des routes de la forêt, je résolus de le traverser là et de me jeter dans cette route quand j'aurais remonté l'autre bord. Ce fossé était très profond, mais sec, pour mon bonheur ; comme le revêtissement était de brique, il n'y avait nul moyen d'y glisser, je me précipitai donc : un peu étourdie de ma chute, je fus quelques instants avant de me relever... Je poursuis, j'atteins l'autre bord sans obstacle, mais comment le gravir ? A force de chercher un endroit commode, j'en trouve un à la fin où quelques briques démolies me donnaient à la fois et la facilité de me servir des autres comme d'échelons, et celle d'enfoncer, pour me soutenir, la pointe de mon pied dans la terre ; j'étais déjà presque sur la crête, lorsque tout s'éboulant par mon poids, je retombai dans le fossé sous les débris que j'avais entraînés ; je me crus morte ; cette chute-ci, faite involontairement, avait été plus rude que l'autre ; j'étais d'ailleurs entièrement couverte des matériaux qui m'avaient suivie ; quelques-uns m'ayant frappé la tête, je me trouvais toute fracassée... « O Dieu ! me dis-je au désespoir, n'allons pas plus avant, restons là, c'est un avertissement du Ciel ; il ne veut pas que je poursuive :

mes idées me trompent sans doute ; le mal est peut-être utile sur la terre, et quand la main de Dieu le désire, peut-être est-ce un tort de s'y opposer ! » Mais, bientôt révoltée d'un système trop malheureux fruit de la corruption qui m'avait entourée, je me débarrasse des débris dont je suis couverte, et trouvant plus d'aisance à remonter par la brèche que je viens de faire, à cause des nouveaux trous qui s'y sont formés, j'essaie encore, je m'encourage, je me trouve en un instant sur la crête. Tout cela m'avait écartée du sentier que j'avais aperçu, mais l'ayant bien remarqué, je le regagne et me mets à fuir à grands pas. Avant la fin du jour, je me trouvai hors de la forêt, et bientôt sur ce monticule duquel, il y avait six mois, j'avais, pour mon malheur, aperçu cet affreux couvent. Je m'y repose quelques minutes, j'étais en nage ; mon premier soin est de me précipiter à genoux et de demander à Dieu de nouveaux pardons des fautes involontaires que j'avais commises dans ce réceptacle odieux du crime et de l'impureté ; des larmes de regrets coulèrent bientôt de mes yeux. « Hélas ! me dis-je, j'étais bien moins criminelle, quand je quittai, l'année dernière, ce même sentier, guidée par un principe de dévotion si funestement trompé ! O Dieu ! dans quel état puis-je me contempler maintenant ! » Ces funestes réflexions un peu calmées par le plaisir de me voir libre, je poursuivis ma route vers Dijon, m'imaginant que ce ne pouvait être que dans cette capitale où mes plaintes devaient être légitimement reçues...

Ici Mme de Lorsange voulut engager Thérèse à reprendre haleine, au moins quelques minutes ; elle en avait besoin ; la chaleur qu'elle mettait à sa narration, les plaies que ces funestes récits rouvraient dans son âme, tout enfin l'obligeait à quelques moments de trêve. M. de Corville fit apporter des rafraîchissements, et après un peu de repos, notre héroïne poursuivit, comme on va le voir, le détail de ses déplorables aventures.

DEUXIÈME PARTIE

J'étais à ma seconde journée, parfaitement calme sur les craintes que j'avais eues d'abord d'être poursuivie ; il faisait une extrême chaleur, et suivant ma coutume économique, je m'étais écartée du chemin pour trouver un abri où je pusse faire un léger repas qui me mît en état d'attendre le soir. Un petit bouquet de bois sur la droite du chemin, au milieu duquel serpentait un ruisseau limpide, me parut propre à me rafraîchir. Désaltérée de cette eau pure et fraîche, nourrie d'un peu de pain, le dos appuyé contre un arbre, je laissais circuler dans mes veines un air pur et serein qui me délassait, qui calmait mes sens. Là, je réfléchissais à cette fatalité presque sans exemple qui, malgré les épines dont j'étais entourée dans la carrière de la vertu, me ramenait toujours, quoi qu'il en pût être, au culte de cette divinité, et à des actes d'amour et de résignation envers l'Etre suprême dont elle émane, et dont elle est l'image. Une sorte d'enthousiasme venait de s'emparer de moi : « Hélas ! me disais-je, il ne m'abandonne pas, ce Dieu bon que j'adore, puisque je viens même dans cet instant de trouver les moyens de réparer mes forces. N'est-ce pas à lui que je dois cette faveur ? Et n'y a-t-il pas sur la terre des êtres à qui elle

267

est refusée ? Je ne suis donc pas tout à fait malheureuse, puisqu'il en est encore de plus à plaindre que moi... Ah ! ne le suis-je pas bien moins que les infortunées que je laisse dans ce repaire du vice dont la bonté de Dieu m'a fait sortir comme par une espèce de miracle ?... » Et pleine de reconnaissance, je m'étais jetée à genoux ; fixant le soleil comme le plus bel ouvrage de la divinité, comme celui qui manifeste le mieux sa grandeur, je tirais de la sublimité de cet astre de nouveaux motifs de prières et d'actions de grâces, lorsque tout à coup je me sens saisie par deux hommes qui, m'ayant enveloppé la tête pour m'empêcher de voir et de crier, me garrottent comme une criminelle et m'entraînent sans prononcer une parole [52].

Nous marchons ainsi près de deux heures sans qu'il me soit possible de voir quelle route nous tenons, lorsqu'un de mes conducteurs, m'entendant respirer avec peine, propose à son camarade de me débarrasser du voile qui gêne ma tête ; il y consent, je respire et j'aperçois enfin que nous sommes au milieu d'une forêt dont nous suivons une route assez large, quoique peu fréquentée. Mille funestes idées se présentent alors à mon esprit, je crains d'être reprise par les agents de ces indignes moines... je crains d'être ramenée à leur odieux couvent.

— Ah ! dis-je à l'un de mes guides, monsieur, ne puis-je vous supplier de me dire où je suis conduite ? ne puis-je vous demander ce qu'on prétend faire de moi ?

— Tranquillisez-vous, mon enfant, me dit cet homme, et que les précautions que nous sommes obligés de prendre ne vous causent aucune frayeur ; nous vous menons vers un bon maître ; de fortes considérations l'engagent à ne prendre de femmes de chambre pour son épouse qu'avec cet appareil de mystère, mais vous y serez bien.

— Hélas ! messieurs, répondis-je, si c'est mon bonheur que vous faites, il est inutile de me contraindre : je suis une pauvre orpheline, bien à plaindre sans doute ; je ne demande qu'une place : sitôt que vous me la donnez, pourquoi craignez-vous que je vous échappe ?

— Elle a raison, dit l'un des guides, mettons-la plus à l'aise, ne contenons simplement que ses mains.

Ils le font, et notre marche se continue. Me voyant tranquille, ils répondent même à mes demandes, et j'apprends enfin d'eux que le maître auquel on me destine se nomme le comte de Gernande, né à Paris, mais possédant des biens considérables dans cette contrée, et riche en tout de plus de cinq cent mille livres de rente, qu'il mange seul, me dit un de mes guides.

— Seul ?

— Oui, c'est un homme solitaire, un philosophe : jamais il ne voit personne ; en revanche, c'est un des plus grands gourmands de l'Europe ; il n'y a pas un mangeur dans le monde qui soit en état de lui tenir tête. Je ne vous en dis rien, vous le verrez.

— Mais, ces précautions, que signifient-elles, monsieur ?

— Le voici. Notre maître a le malheur d'avoir une femme à qui la tête a tourné ; il faut la garder à vue, elle ne sort pas de sa chambre, personne ne veut la servir ; nous aurions eu beau vous le proposer : si vous aviez été prévenue, vous n'auriez jamais accepté. Nous sommes obligés d'enlever des filles de force pour exercer ce funeste emploi.

— Comment ! je serai captive auprès de cette dame ?

— Vraiment oui, voilà pourquoi nous vous tenons de cette manière : vous y serez bien... tranquillisez-vous, parfaitement bien ; à cette gêne près, rien ne vous manquera.

— Ah ! juste ciel ! quelle contrainte !

— Allons, allons, mon enfant, courage, vous en sortirez un jour, et votre fortune sera faite.

Mon conducteur n'avait pas fini ces paroles, que nous aperçûmes le château. C'était un superbe et vaste bâtiment isolé au milieu de la forêt, mais il s'en fallait de beaucoup que ce grand édifice fût aussi peuplé qu'il paraissait fait pour l'être. Je ne vis un peu de train, un peu d'affluence que vers les cuisines situées dans des voûtes, sous le milieu du corps de logis. Tout le reste était aussi solitaire que la position du château : personne ne prit garde à nous quand nous entrâmes ; un de mes guides alla dans les cuisines, l'autre me présenta au comte. Il était au fond d'un vaste et superbe appartement, enveloppé dans une robe de chambre de satin des Indes, couché sur une ottomane, et ayant près de lui deux jeunes gens si indécemment, ou plutôt si ridiculement vêtus, coiffés avec tant d'élégance et tant d'art, que je les pris d'abord pour des filles ; un peu plus d'examen me les fit enfin reconnaître pour deux garçons, dont l'un pouvait avoir quinze ans, et l'autre seize. Ils me parurent d'une figure charmante, mais dans un tel état de mollesse et d'abattement, que je crus d'abord qu'ils étaient malades.

— Voilà une fille, monseigneur, dit mon guide ; elle nous paraît être ce qui vous convient : elle est douce, elle est honnête, et ne demande qu'à se placer ; nous espérons que vous en serez content.

— C'est bon, dit le comte en me regardant à peine : vous fermerez les portes en vous retirant, Saint-Louis, et vous direz que personne n'entre que je ne sonne.

Ensuite, le comte se leva et vint m'examiner.

Pendant qu'il me détaille, je puis vous le peindre : la singularité du portrait mérite un instant vos regards. M. de Gernande était alors un homme de cinquante ans, ayant près de six pieds de haut, et d'une monstrueuse grosseur. Rien n'est effrayant comme sa figure, la longueur de son nez, l'épaisse obscurité de ses sourcils, ses yeux noirs et méchants, sa grande bouche mal meublée, son front ténébreux et chauve, le son de sa voix effrayant et rauque, ses bras et ses mains énormes ; tout contribue à en faire un individu gigantesque, dont l'abord inspire beaucoup plus de peur que d'assurance. Nous verrons bientôt si le moral et les actions de cette espèce de centaure répondaient à son effrayante caricature. Après un examen des plus brusques et des plus cavaliers, le comte me demanda mon âge.

— Vingt-trois ans, monsieur, répondis-je.

Et il joignit à cette première demande quelques questions sur mon personnel. Je le mis au fait de tout ce qui me concernait. Je n'oubliai même pas la flétrissure que j'avais reçue de Rodin ; et quand je lui eus peint ma misère, quand je lui eus prouvé que le malheur m'avait constamment poursuivie :

— Tant mieux ! me dit durement le vilain homme, tant mieux ! vous en serez plus souple chez moi ; c'est un très petit inconvénient que le malheur poursuive cette race abjecte du peuple que la nature condamne à ramper près de nous sur le même sol : elle en est plus active et moins insolente, elle en remplit bien mieux ses devoirs envers nous.

— Mais, monsieur, je vous ai dit ma naissance, elle n'est point abjecte.

— Oui, oui, je connais tout cela, on se fait toujours passer pour tout plein de choses quand on n'est rien, ou dans la misère. Il faut bien que les illusions de l'orgueil viennent consoler des torts de la fortune ; c'est ensuite à nous de croire ce qui nous plaît de ces naissances abattues par les coups du sort. Tout cela m'est égal, au reste : je vous trouve sous l'air, et à peu près sous le costume d'une servante ; je vous prendrai donc sur ce pied, si vous le trouvez bon. Cependant, continua cet homme dur, il ne tient qu'à vous d'être heureuse ; de la patience, de la discrétion, et dans quelques années je vous renverrai d'ici en état de vous passer du service.

Alors il prit mes bras l'un après l'autre, et retroussant mes manches jusqu'au coude, il les examina avec attention en me demandant combien de fois j'avais été saignée.

— Deux fois, monsieur, lui dis-je, assez surprise de cette question ; et je lui en citai les époques, en le remettant aux circonstances de ma vie où cela avait eu lieu.

Il appuie ses doigts sur les veines comme lorsqu'on veut les gonfler pour procéder à cette opération, et quand elles sont au point où il les désire, il y applique sa bouche en les suçant. Dès lors, je ne doutai plus que le libertinage ne se mêlât encore aux procédés de ce vilain homme, et les tourments de l'inquiétude se réveillèrent dans mon cœur.

— Il faut que je sache comment vous êtes faite, continua le comte, en me fixant d'un air qui me fit trembler : il ne faut aucun défaut corporel pour la place que vous avez à remplir ; montrez donc tout ce que vous portez.

Je me défendis ; mais le comte, disposant à la colère tous les muscles de son effrayante figure, m'annonce durement qu'il ne me conseille pas de jouer la prude avec lui, parce qu'il a des moyens sûrs de mettre les femmes à la raison.

— Ce que vous m'avez raconté, me dit-il, n'annonce pas une très haute vertu ; ainsi vos résistances seraient aussi déplacées que ridicules.

A ces mots, il fait un signe à ses jeunes garçons, qui, s'approchant aussitôt de moi, travaillent à me déshabiller. Avec des individus aussi faibles, aussi énervés que ceux qui m'entourent, la défense n'est pas assurément difficile ; mais de quoi servirait-elle ? L'anthropophage qui me les lançait m'aurait, s'il eût voulu, pulvérisée d'un coup de poing. Je compris donc qu'il fallait céder : je fus déshabillée en un instant ; à peine cela est-il fait, que je m'aperçois que j'excite encore plus les ris de ces deux Ganymèdes.

— Mon ami, disait le plus jeune à l'autre, la belle chose qu'une fille !... Mais quel dommage que ça soit vide là !

— Oh ! disait l'autre, il n'y a rien de plus infâme que ce vide ; je ne toucherais pas une femme quand il s'agirait de ma fortune.

Et pendant que mon devant était aussi ridiculement le sujet de leurs sarcasmes, le comte, intime partisan du derrière (malheureusement, hélas ! comme tous les libertins), examinait le mien avec la plus grande attention ; il le maniait durement, le pétrissait avec force ; et, prenant des pincées de chair dans ses cinq doigts, il les amollissait jusqu'à les meurtrir. Ensuite il me fit faire quelques pas en avant, et venir vers lui à reculons, afin de ne pas perdre de vue la perspective qu'il s'était offerte. Quand j'étais de retour vers lui, il me faisait courber, tenir droite, serrer, écarter. Souvent il s'agenouillait devant cette partie qui l'occupait seule. Il y appliquait des baisers en plusieurs endroits différents, plusieurs même sur l'orifice le plus secret ; mais tous ces baisers étaient l'image de la succion, il n'en faisait pas un qui n'eût cette action pour but : il avait l'air de téter chacune des parties où se portaient ses lèvres. Ce fut pendant cet examen qu'il me demanda beaucoup de détails sur ce qui m'avait été fait au couvent de Sainte-Marie-des-Bois, et sans prendre garde que je l'échauffais doublement par ces récits, j'eus la candeur de les lui faire tous avec naïveté. Il fit approcher un de ses jeunes gens, et le plaçant à côté de moi, il lâcha le nœud coulant d'un gros flot de ruban rose, qui retenait une culotte de gaze blanche, et mit à découvert tous les attraits voilés par ce vêtement. Après quelques légères caresses sur le même autel où le comte sacrifiait avec moi, il changea tout à coup d'objet et se mit à sucer cet enfant à la partie qui caractérisait son sexe. Il continuait de me toucher : soit habitude chez le jeune homme, soit adresse de la part de ce satyre, en très peu de minutes, la nature vaincue fit couler dans la bouche de l'un ce qu'elle lançait du membre de l'autre. Voilà comme ce libertin épuisait ces malheureux enfants qu'il avait chez lui, dont nous verrons bientôt le nombre ; c'est ainsi qu'il les énervait, et voilà la raison de l'état de langueur où je les avais trouvés. Voyons maintenant comme il s'y prenait pour mettre les femmes dans le même état, et quelle était la véritable raison de la retraite où il tenait la sienne.

L'hommage que m'avait rendu le comte avait été long, mais pas la moindre infidélité au temple qu'il s'était choisi : ni ses mains, ni ses regards, ni ses baisers, ni ses désirs ne s'en écartèrent un instant. Après avoir également sucé l'autre jeune homme, en avoir recueilli, dévoré de même la semence :

— Venez, me dit-il, en m'attirant dans un cabinet voisin, sans me laisser reprendre mes vêtements ; venez, je vais vous faire voir de quoi il s'agit.

Je ne pus dissimuler mon trouble, il fut affreux ; mais il n'y avait pas moyen de faire prendre une autre face à mon sort, il fallait avaler jusqu'à la lie le calice qui m'était présenté.

Deux autres jeunes gens de seize ans, tout aussi beaux, tout aussi énervés que les deux premiers que nous avions laissés dans le salon, travaillaient à de la tapisserie dans ce cabinet. Ils se levèrent quand nous entrâmes.

— Narcisse, dit le comte à l'un d'eux, voilà la nouvelle femme de chambre de la comtesse, il faut que je l'éprouve ; donne-moi mes lancettes.

Narcisse ouvre une armoire, et en sort aussitôt tout ce qu'il faut pour saigner. Je vous laisse à penser ce que je devins ; mon bourreau vit mon embarras, il n'en fit que rire.

— Place-la, Zéphire, dit M. de Gernande à l'autre jeune homme.

Et cet enfant, s'approchant de moi, me dit en souriant :

— N'ayez pas peur, mademoiselle, ça ne peut que vous faire le plus grand bien. Placez-vous ainsi.

Il s'agissait d'être légèrement appuyée sur les genoux, au bord d'un tabouret mis au milieu de la chambre, les bras soutenus par deux rubans noirs attachés au plafond.

A peine suis-je en posture, que le comte s'approche de moi, la lancette à la main ; il respirait à peine, ses yeux étaient étincelants, sa figure faisait peur ; il bande mes deux bras, et en moins d'un clin d'œil il les pique tous deux. Il fait un cri accompagné de deux ou trois blasphèmes, dès qu'il voit le sang ; il va s'asseoir à six pieds, vis-à-vis de moi. Le léger vêtement dont il est couvert se déploie bientôt : Zéphire se met à genoux entre ses jambes, il le suce ; et Narcisse, les deux pieds sur le fauteuil de son maître, lui présente à téter le même objet qu'il offre lui-même à pomper à l'autre.

Gernande empoignait les reins de Zéphire, il le serrait, il le comprimait contre lui, mais le quittait néanmoins pour jeter ses yeux enflammés sur moi. Cependant mon sang s'échappait à grands flots et retombait dans deux jattes blanches placées au-dessous de mes bras. Je me sentis bientôt affaiblir.

— Monsieur! monsieur! m'écriai-je, ayez pitié de moi, je m'évanouis...

Et je chancelai : arrêtée par les rubans, je ne pus tomber ; mais mes bras variant, et ma tête flottant sur mes épaules, mon visage fut inondé de sang. Le comte était dans l'ivresse... Je ne vis pourtant pas la fin de son opération, je m'évanouis avant qu'il ne touchât au but ; peut-être ne devait-il l'atteindre qu'en me voyant dans cet état, peut-être son extase suprême dépendait-elle de ce tableau de mort ? Quoi qu'il en fût, quand je repris mes sens, je me trouvai dans un excellent lit et deux vieilles femmes auprès de moi. Dès qu'elles me virent les yeux ouverts, elles me présentèrent un bouillon, et de trois heures en trois heures d'excellents potages jusqu'au surlendemain. A cette époque, M. de Gernande me fit dire de me lever et de venir lui parler dans le même salon où il m'avait reçue en arrivant. On m'y conduisit : j'étais un peu faible encore, mais d'ailleurs assez bien portante : j'arrivai.

— Thérèse, me dit le comte en me faisant asseoir, je renouvellerai peu souvent avec vous de semblables épreuves, votre personne m'est utile pour d'autres objets ; mais il était essentiel que je vous fisse connaître mes goûts et la manière dont vous finirez un jour dans cette maison, si vous me trahissez, si malheureusement vous vous laissez suborner par la femme auprès de laquelle vous allez être mise.

Cette femme est la mienne, Thérèse, et ce titre est sans doute le plus funeste qu'elle puisse avoir, puisqu'il l'oblige à se prêter à la passion bizarre dont vous venez d'être la victime. N'imaginez pas que je la traite ainsi par vengeance, par mépris, par aucun sentiment de haine : c'est la seule histoire des passions. Rien n'égale le plaisir que j'éprouve à répandre son sang... je suis dans l'ivresse quand il coule ; je n'ai jamais joui de cette femme d'une autre manière. Il y a trois ans que je l'ai épousée et qu'elle subit exactement tous les quatre jours le traitement que vous avez éprouvé. Sa grande jeunesse (elle n'a pas vingt ans), les soins particuliers qu'on en a, tout cela la soutient ; et comme on répare en elle en raison de ce qu'on la contraint à perdre, elle s'est assez bien portée depuis cette époque. Avec une sujétion semblable, vous sentez bien que je ne puis ni la laisser sortir, ni la laisser voir à personne. Je la fais donc passer pour folle, et sa mère, seule parente qui lui reste, demeurant dans son château à six lieues d'ici, en est tellement convaincue, qu'elle n'ose pas même la venir voir. La comtesse implore bien souvent sa grâce, il n'est rien qu'elle ne fasse pour m'attendrir ; mais elle n'y réussira jamais. Ma luxure a dicté son arrêt, il est invariable, elle ira de cette manière tant qu'elle pourra : rien ne lui manquera pendant sa vie, et comme j'aime à l'épuiser, je la soutiendrai le plus longtemps possible ; quand elle n'y pourra plus tenir, à la bonne heure ! C'est ma quatrième ; j'en aurai bientôt une cinquième, rien ne m'inquiète aussi peu que le sort d'une femme ; il y en a tant dans le monde, et il est si doux d'en changer !

Quoi qu'il en soit, Thérèse, votre emploi est de la soigner : elle perd régulièrement deux *palettes* de sang tous les quatre jours, elle ne s'évanouit plus maintenant ; l'habitude lui prête des forces, son épuisement dure vingt-quatre heures, elle est bien les trois autres jours. Mais vous comprenez facilement que cette vie lui déplaît ; il n'y a rien qu'elle ne fasse pour s'en délivrer, rien qu'elle n'entreprenne pour faire savoir son véritable état à sa mère. Elle a déjà séduit deux de ses femmes, dont les manœuvres ont été découvertes assez à temps pour en rompre le succès : elle a été la cause de la perte de ces deux malheureuses, elle s'en repent aujourd'hui, et reconnaissant l'invariabilité de son sort, elle prend son parti, et promet de ne plus chercher à séduire les gens dont je l'entourerai. Mais ce secret, ce que l'on devient si l'on me trahit, tout cela, Thérèse, m'engage à ne placer près d'elle que des personnes enlevées comme vous l'avez été, afin d'éviter par là les poursuites. Ne vous ayant prise chez personne, n'ayant à répondre de vous à qui que ce soit, je suis plus à même de vous punir, si vous le méritez, d'une manière qui, quoiqu'elle vous ravisse le jour, ne puisse néanmoins m'attirer à moi ni recherches, ni aucune sorte de mauvaises affaires. De ce moment, vous n'êtes donc plus de ce monde, puisque vous en pouvez disparaître au plus léger acte de ma volonté : tel est votre sort, mon enfant, vous le voyez ; heureuse si vous vous conduisez bien, morte si vous cherchiez à me trahir. Dans tout autre cas, je vous demanderais votre réponse : je n'en ai nul besoin dans la situation où vous voilà ; je vous tiens, il faut m'obéir, Thérèse... Passons chez ma femme.

N'ayant rien à objecter à un discours aussi précis, je suivis mon maître. Nous traversâmes une longue galerie, aussi sombre, aussi solitaire que le reste de ce château ; une porte s'ouvre, nous entrons dans une antichambre où je reconnais les deux vieilles qui m'avaient servie pendant ma défaillance. Elles se levèrent et nous introduisirent dans un appartement superbe où nous trouvâmes la malheureuse comtesse brodant au tambour sur une chaise longue ; elle se leva quand elle aperçut son mari :

— Asseyez-vous, lui dit le comte, je vous permets de m'écouter ainsi. Voilà, enfin, une femme de chambre que je vous ai trouvée, madame, continua-t-il ; j'espère que vous vous souviendrez du sort que vous avez fait éprouver aux autres, et que vous ne chercherez pas à plonger celle-ci dans les mêmes malheurs.

— Cela serait inutile, dis-je alors, pleine d'envie de servir cette infortunée, et voulant déguiser mes desseins ; oui, madame, j'ose le certifier devant vous, cela serait inutile, vous ne me direz pas une parole que je ne le rende aussitôt à monsieur votre époux, et certainement je ne risquerai pas ma vie pour vous servir.

— Je n'entreprendrai rien qui puisse vous mettre dans ce cas-là, mademoiselle, dit cette pauvre femme, qui ne comprenait pas encore les motifs qui me faisaient parler ainsi ; soyez tranquille : je ne vous demande que vos soins.

— Ils seront à vous tout entiers, madame, répondis-je, mais rien au-delà.

Et le comte, enchanté de moi, me serra la main en me disant à l'oreille :

— Bien, Thérèse, ta fortune est faite si tu te conduis comme tu le dis.

Ensuite le comte me montra ma chambre, attenante à celle de la comtesse, et il me fit observer que l'ensemble de cet appartement, fermé par d'excellentes portes et entouré de doubles grilles à toutes ses ouvertures, ne laissait aucun espoir d'évasion.

— Voilà bien une terrasse, poursuivit M. de Gernande, en me menant dans un petit jardin qui se trouvait de plain-pied à cet appartement, mais sa hauteur ne vous donne pas, je pense, envie d'en mesurer les murs ; la comtesse peut y venir respirer le frais tant qu'elle veut, vous lui tiendrez compagnie... Adieu.

Je revins auprès de ma maîtresse, et comme nous nous examinâmes d'abord toutes les deux sans parler, je la saisis assez bien dans ce premier instant pour pouvoir la peindre.

Mme de Gernande, âgée de dix-neuf ans et demi, avait la plus belle taille, la plus noble, la plus majestueuse qu'il fût possible de voir ; pas un de ses gestes, pas un de ses mouvements qui ne fût une grâce, pas un de ses regards qui ne fût un sentiment. Ses yeux étaient du plus beau noir : quoiqu'elle fût blonde, rien n'égalait leur expression ; mais une sorte de langueur, suite de ses infortunes, en en adoucissant l'éclat, les rendait mille fois plus intéressants ; elle avait la peau très blanche, et les plus beaux cheveux, la bouche très petite, trop peut-être, j'eusse été peu surprise qu'on lui eût trouvé ce défaut : c'était une jolie rose pas assez épanouie, mais les dents d'une fraîcheur... les lèvres d'un incarnat... on eût dit que l'Amour l'eût colorée des teintes empruntées à la déesse des fleurs. Son nez était aquilin, étroit, serré du haut, et couronné de deux sourcils d'ébène ; le menton parfaitement joli, un visage, en un mot, du plus bel ovale, dans l'ensemble duquel il régnait une sorte d'agrément, de naïveté, de candeur, qui eussent bien plutôt fait prendre cette figure enchanteresse pour celle d'un ange que pour la physionomie d'une mortelle. Ses bras, sa gorge, sa croupe étaient d'un éclat... d'une rondeur, faits pour servir de modèle aux artistes ; une mousse légère et noire couvrait le temple de Vénus, soutenu par deux cuisses moulées ; et ce qui m'étonna, malgré la légèreté de la taille de la comtesse, malgré ses malheurs, rien n'altérait son embonpoint : ses fesses rondes et potelées étaient aussi charnues, aussi grasses, aussi fermes que si sa taille eût été plus marquée et qu'elle eût toujours vécu au sein du bonheur. Il y avait pourtant sur tout cela d'affreux vestiges du libertinage de son époux, mais, je le répète, rien d'altéré... l'image d'un beau lis où l'abeille a fait quelques taches. A tant de dons, Mme de Gernande joignait un caractère doux, un esprit romanesque et tendre, un cœur d'une sensibilité !... instruite, des talents... un art naturel pour la séduction, contre lequel il ne pouvait y avoir que son infâme époux qui pût résister, un son de voix charmant et beaucoup de piété. Telle était la malheureuse épouse du comte de Gernande, telle était la créature angélique contre laquelle il avait comploté ; il semblait que plus elle inspirait de choses, plus elle enflammait sa férocité, et que l'affluence des dons qu'elle avait reçus de la nature ne devenait que des motifs de plus aux cruautés de ce scélérat.

— Quel jour avez-vous été saignée, madame ? lui dis-je, afin de lui faire voir que j'étais au fait de tout.

— Il y a trois jours, me dit-elle, et c'est demain...

Puis avec un soupir :

— Oui, demain... mademoiselle, demain... vous serez témoin de cette belle scène.

— Et Madame ne s'affaiblit point ?

— Oh ! juste ciel ! je n'ai pas vingt ans, et je suis sûre qu'on n'est pas plus faible à soixante-dix. Mais cela finira, je me flatte ; il est parfaitement impossible que je vive longtemps ainsi : j'irai retrouver mon père. J'irai chercher dans les bras de l'Etre suprême un repos que les hommes m'ont aussi cruellement refusé dans le monde.

Ces mots me fendirent le cœur ; voulant soutenir mon personnage, je déguisai mon trouble, mais je me promis bien intérieurement, dès lors, de perdre plutôt mille fois la vie, s'il le fallait, que de ne pas arracher à l'infortune cette malheureuse victime de la débauche d'un monstre.

C'était l'instant du dîner de la comtesse. Les deux vieilles vinrent m'avertir de la faire passer dans son cabinet ; je l'en prévins ; elle était accoutumée à tout cela, elle sortit aussitôt, et les deux vieilles, aidées des deux valets qui m'avaient arrêtée, servirent un repas somptueux sur une table où mon couvert fut placé en face de celui de ma maîtresse. Les valets se retirèrent, et les deux vieilles me prévinrent qu'elles ne bougeraient pas de l'antichambre afin d'être à portée de recevoir les ordres de Madame sur ce qu'elle pourrait désirer. J'avertis la comtesse, elle se plaça, et m'invita d'en faire de même avec un air d'amitié, d'affabilité, qui acheva de me gagner l'âme. Il y avait au moins vingt plats sur la table.

— Relativement à cette partie-ci, vous voyez qu'on a soin de moi, mademoiselle, me dit-elle.

— Oui, madame, répondis-je, et je sais que la volonté de M. le comte est que rien ne vous manque.

— Oh ! oui, mais comme les motifs de ces attentions ne sont que des cruautés, elles me touchent peu.

Mme de Gernande épuisée, et vivement sollicitée par la nature à des réparations perpétuelles, mangea beaucoup. Elle désira des perdreaux et un caneton de Rouen qui lui furent aussitôt apportés. Après le repas, elle alla prendre l'air sur la terrasse, mais en me donnant la main : il lui eût été impossible de faire dix pas sans ce secours. Ce fut dans ce moment qu'elle me fit voir toutes les parties de son corps que je viens de vous peindre ; elle me montra ses bras, ils étaient pleins de cicatrices.

— Ah ! il n'en reste pas là, me dit-elle, il n'y a pas un endroit de mon malheureux individu dont il ne se plaise à voir couler le sang.

Et elle me fit voir ses pieds, son cou, le bas de son sein et plusieurs autres parties charnues également couvertes de cicatrices. Je m'en tins le premier jour à quelques plaintes légères, et nous nous couchâmes.

Le lendemain était le jour fatal de la comtesse. M. de Gernande, qui ne procédait à cette opération qu'au sortir de son dîner, toujours fait avant celui de sa femme, me fit dire de venir me mettre à table avec lui : ce fut là, madame, que je vis cet ogre opérer d'une manière si effrayante, que j'eus, malgré mes yeux, de la peine à le concevoir. Quatre valets, parmi lesquels les deux qui m'avaient conduite au château, servaient cet étonnant repas. Il mérite d'être détaillé : je vais le faire sans exagération ; on n'avait sûrement rien mis de plus pour moi. Ce que je vis était donc l'histoire de tous les jours.

On servit deux potages, l'un de pâte au safran, l'autre une bisque au coulis de jambon ; au milieu un aloyau de bœuf à l'anglaise, huit hors-d'œuvre, cinq grosses entrées, cinq déguisées et plus légères, une hure de sanglier au milieu de huit plats de rôti, qu'on releva par deux services d'entremets, et seize plats de fruits ; des glaces, six sortes de vins, quatre espèces de liqueurs, et du café. M. de Gernande entama tous les plats, quelques-uns furent entièrement vidés par lui ; il but douze bouteilles de vin, quatre de Bourgogne, en commençant, quatre de Champagne au rôti ; le Tokai, le Mulseau, l'Hermitage et le Madère furent avalés au fruit. Il termina par deux bouteilles de liqueurs des Isles et dix tasses de café.

Aussi frais en sortant de là que s'il fût venu de s'éveiller, M. de Gernande me dit :

— Allons saigner ta maîtresse : tu me diras, je te prie, si je m'y prends aussi bien avec elle qu'avec toi.

Deux jeunes garçons que je n'avais pas encore vus,

du même âge que les précédents, nous attendaient à la porte de l'appartement de la comtesse : ce fut là que le comte m'apprit qu'il en avait douze que l'on lui changeait tous les ans. Ceux-ci me parurent encore plus jolis qu'aucun de ceux que j'eusse vus précédemment : ils étaient moins énervés que les autres : nous entrâmes... Toutes les cérémonies que je vais vous détailler ici, madame, étaient celles exigées par le comte : elles s'observaient régulièrement tous les jours, on n'y changeait au plus que le local des saignées.

La comtesse, simplement entourée d'une robe de mousseline flottante, se mit à genoux dès que le comte entra.

— Etes-vous prête ? lui demanda son époux.

— A tout, monsieur, répondit-elle humblement : vous savez bien que je suis votre victime, et qu'il ne tient qu'à vous d'ordonner.

Alors M. de Gernande me dit de déshabiller sa femme et de la lui conduire. Quelque répugnance que j'éprouvasse à toutes ces horreurs, vous le savez, madame, je n'avais d'autre parti que la plus entière résignation. Ne me regardez jamais, je vous en conjure, que comme une esclave dans tout ce que j'ai raconté et tout ce qui me reste à vous dire : je ne me prêtais que lorsque je ne pouvais faire autrement, mais je n'agissais de bon gré dans quoi que ce pût être.

J'enlevai donc la simarre de ma maîtresse et la conduisis nue auprès de son époux, déjà placé dans un grand fauteuil : au fait du cérémonial, elle s'éleva sur ce fauteuil, et alla d'elle-même lui présenter à baiser cette partie favorite qu'il avait tant fêtée dans moi, et qui me paraissait l'affecter également avec tous les êtres et avec tous les sexes.

— Ecartez donc, madame, lui dit brutalement le comte...

Et il fêta longtemps ce qu'il désirait voir en faisant prendre successivement différentes positions. Il entrouvrait, il resserrait ; du bout du doigt, ou de la langue, il chatouillait l'étroit orifice ; et bientôt, entraîné par la férocité de ses passions, il prenait une pincée de chair, la comprimait et l'égratignait. A mesure que la légère blessure était faite, sa bouche se portait aussitôt sur elle. Pendant ces cruels préliminaires, je contenais sa malheureuse victime, et les deux jeunes garçons tout nus se relayaient auprès de lui ; à genoux tour à tour entre ses jambes, ils se servaient de leur bouche pour l'exciter. Ce fut alors que je vis, non sans une étonnante surprise, que ce géant, cette espèce de monstre, dont le seul aspect effrayait, était cependant à peine un homme : la plus mince, la plus légère excroissance de chair, ou, pour que la comparaison soit plus juste, ce qu'on verrait à un enfant de trois ans, était au plus ce qu'on apercevait chez cet individu si énorme et si corpulé de partout ailleurs ; mais ses sensations n'en étaient pas moins vives, et chaque vibration du plaisir était en lui une attaque de spasme. Après cette première séance, il s'étendit sur le canapé, et voulut que sa femme, à cheval sur lui, continuât d'avoir le derrière posé sur son visage, pendant qu'avec sa bouche elle lui rendrait, par le moyen de la succion, les mêmes services qu'il venait de recevoir des jeunes Ganymèdes, lesquels étaient, avec les mains, excités de droite et de gauche par lui ; les miennes travaillaient pendant ce temps-là sur son derrière : je le chatouillais, je le polluais dans tous les sens. Cette attitude, employée plus d'un quart d'heure, ne produisant encore rien, il fallut la changer ; j'étendis la comtesse, par l'ordre de son mari, sur une chaise longue, couchée sur le dos, ses cuisses dans le plus grand écartement. La vue de ce qu'elle entrouvrait alors mit le comte dans une espèce de rage ; il considère... ses regards lancent des feux, il blasphème ; il se jette comme un furieux sur sa femme, la pique de sa lancette en cinq ou six endroits du corps ; mais toutes ces plaies étaient légères, à peine en sortait-il une ou deux gouttes de sang. Ces premières cruautés cessèrent enfin pour faire place à d'autres. Le comte se rassoit, il laisse un instant respirer sa femme ; et s'occupant de ses deux mignons, il les obligeait à se sucer mutuellement, ou bien il les arrangeait de manière que dans le temps qu'il en suçait un, un autre le suçait, et que celui qu'il suçait revenait de sa bouche rendre le même service à celui dont il était sucé : le comte recevait beaucoup, mais il ne donnait rien. Sa satiété, son impuissance était telle, que les plus grands efforts ne parvenaient même pas à le tirer de son engourdissement : il paraissait ressentir des titillations très violentes, mais rien ne se manifestait ; quelquefois il m'ordonnait de sucer moi-même ses gitons et de venir aussitôt rapporter dans sa bouche l'encens que je recueillerais. Enfin il les lance l'un après l'autre vers la malheureuse comtesse. Ces jeunes gens l'approchent, ils l'insultent, ils poussent l'insolence jusqu'à la battre, jusqu'à la souffleter, et plus ils la molestent, plus ils sont loués, plus ils sont encouragés par le comte.

Gernande alors s'occupait avec moi ; j'étais devant lui, mes reins à hauteur de son visage, et il rendait hommage à son dieu, mais il ne me molesta point ; je ne sais pourquoi il ne tourmenta non plus ses Ganymèdes : il n'en voulait qu'à la seule comtesse. Peut-être l'honneur de lui appartenir devenait-il un titre pour être maltraitée par lui ; peut-être n'était-il vraiment ému de cruauté qu'en raison des liens qui prêtaient de la force aux outrages. On peut tout supposer dans de telles têtes, et parier presque toujours que ce qui aura le plus l'air du crime sera ce qui les enflammera davantage. Il nous place enfin, ses jeunes gens et moi, aux côtés de sa femme, entremêlés les uns avec les autres : ici un homme, là une femme, et tous les quatre lui présentant le derrière ; il examine d'abord en face, un peu l'éloignement, puis il se rapproche, il touche, il compare, il caresse ; les jeunes gens et moi n'avions rien à souffrir, mais chaque fois qu'il arrivait à sa femme, il la tracassait, la vexait d'une ou d'autre manière. La scène change encore : il fait mettre à plat ventre la comtesse sur un canapé, et prenant chacun des jeunes gens l'un après l'autre, il les introduit lui-même dans la route étroite offerte par l'attitude de Mme de Gernande : il leur permet de s'y échauffer, mais ce n'est que dans sa bouche que le sacrifice doit se consommer ; il les suce également à mesure qu'ils sortent. Pendant que l'un agit, il se fait sucer par l'autre, et sa langue s'égare au trône de volupté que lui présente l'agent. Cet acte est long, le comte s'en irrite, il se relève, et veut que je remplace la comtesse ; je le supplie instamment de ne point l'exiger, il n'y a pas moyen. Il place sa femme sur le dos le long du canapé, me fait coller sur elle, les reins tournés vers lui, et là, il ordonne à ses mignons de me sonder par la route défendue : il me les présente, ils ne s'introduisent que guidés par ses mains ; il faut qu'alors j'excite la comtesse de mes doigts, et que je la baise sur la bouche. Pour lui, son offrande est la même ; comme chacun de ses mignons ne peut agir qu'en lui montrant un des plus doux objets de son culte, il en profite de son mieux, et ainsi qu'avec la comtesse, il faut que celui qui me perfore, après quelques allées et venues, aille faire couler dans sa bouche l'encens allumé pour moi. Quand les jeunes gens ont fini, il se colle sur mes reins et semble vouloir les remplacer.

— Efforts superflus ! s'écrie-t-il... ce n'est pas là ce qu'il me faut !... au fait !... au fait !... quelque piteux que paraisse mon état... je n'y tiens plus... Allons, comtesse, vos bras !

Il la 'saisit alors avec férocité, il la place comme il avait fait de moi, les bras soutenus au plancher par deux rubans noirs : je suis chargée du soin de poser les bandes ; il visite les ligatures : ne les trouvant pas assez comprimées, il les resserre, afin dit-il, que le sang sorte avec plus de force ; il tâte les veines, et les pique toutes deux presque en même temps. Le sang jaillit très loin : il s'extasie ; et retournant se placer en face, pendant que ces deux fontaines coulent, il me fait mettre à genoux entre ses jambes, afin que je le suce ; il en fait autant à chacun de ses gitons, tour à tour, sans cesser de porter ses yeux sur ces jets de sang qui l'enflamment. Pour moi, sûre que l'instant où la crise qu'il espère aura lieu, sera l'époque de la cessation des tourments de la comtesse, je mets tous mes soins à déterminer cette crise, et je deviens, ainsi que vous le voyez, madame, catin par bienfaisance et libertine par vertu. Il arrive enfin, ce dénouement si attendu, je n'en connaissais ni les dangers ni la violence ; la dernière fois qu'il avait eu lieu, j'étais évanouie... Oh ! madame, quel égarement ! Gernande était près de dix minutes dans le délire, en se débattant comme un homme qui tombe d'épilepsie, et poussant des cris qui se seraient entendus d'une lieue ; ses juremens étaient excessifs, et frappant tout ce qui l'entourait, il faisait des efforts effrayants. Les deux mignons sont culbutés ; il veut se précipiter sur sa femme, je le contiens ; j'achève de le pomper : le besoin qu'il a de moi fait qu'il me respecte ; je le mets enfin à la raison, en le dégageant de ce fluide embrasé, dont la chaleur, dont l'épaisseur, et surtout l'abondance, le mettent en un tel état de frénésie, que je croyais qu'il allait expirer ; sept ou huit cuillers eussent à peine contenu la dose, et la plus épaisse bouillie en peindrait mal la consistance ; avec cela point d'érection, l'apparence même de l'épuisement : voilà de ces contrariétés qu'expliqueront mieux que moi les gens de l'art. Le comte mangeait excessivement, et ne dissipait ainsi que chaque fois qu'il saignait sa femme, c'est-à-dire tous les quatre jours. Etait-ce là la cause de ce phénomène ? Je l'ignore, et n'osant pas rendre raison de ce que je n'entends pas, je me contenterai de dire ce que j'ai vu.

Cependant je vole à la comtesse, j'étanche son sang, je la délie et la pose sur un canapé dans un grand état de faiblesse ; mais le comte, sans s'en inquiéter, sans daigner jeter même un regard sur cette malheureuse victime de sa rage, sort brusquement avec ses mignons, me laissant mettre ordre à tout comme je le voudrai. Telle est la fatale indifférence qui caractérise, mieux que tout, l'âme d'un véritable libertin : n'est-il emporté que par la fougue des passions ? le remords sera peint sur son visage, quand il verra dans l'état du calme les funestes effets du délire ; son âme est-elle entièrement corrompue ? de telles suites ne l'effrayeront point : il les observera sans peine comme sans regret, peut-être même encore avec quelque émotion des voluptés infâmes qui les produisent.

Je fis coucher Mme de Gernande. Elle avait à ce qu'elle me dit, perdu beaucoup plus cette fois-ci qu'à l'ordinaire ; mais tant de soins, tant de restaurants lui furent prodigués, qu'il n'y paraissait plus le surlendemain. Le même soir, dès que je n'eus plus rien à faire auprès de la comtesse, Gernande me fit dire de venir lui parler. Il soupait ; à ce repas fait par lui avec bien plus d'intempérance encore que le dîner, il fallait que je le servisse ; quatre de ses mignons se mettaient à table avec lui, et là, régulièrement tous les soirs, le libertin buvait jusqu'à l'ivresse : mais vingt bouteilles des plus excellents vins suffisaient à peine pour y réussir, et je lui en ai souvent vu vider trente. Soutenu par ses mignons, le débauché allait ensuite se mettre au lit chaque soir avec deux d'entre eux. Mais il n'y mettait rien du sien, et tout cela n'était plus que des véhicules qui le disposaient à la grande scène.

Cependant j'avais trouvé le secret de me mettre on ne saurait mieux dans l'esprit de cet homme : il avouait naturellement que peu de femmes lui avaient autant plu. J'acquis de là des droits à sa confiance, dont je ne profitai que pour servir ma maîtresse.

Un matin que Gernande m'avait fait venir dans son cabinet pour me faire part de quelques nouveaux projets de libertinage, après l'avoir bien écouté, bien applaudi, je voulus, le voyant assez calme, essayer de l'attendrir sur le sort de sa malheureuse épouse :

— Est-il possible, monsieur, lui disais-je, qu'on puisse traiter une femme de cette manière, indépendamment de tous ses liens avec vous ? Daignez donc réfléchir aux grâces touchantes de son sexe.

— Oh ! Thérèse ! avec de l'esprit, me répondit le comte, est-il possible de m'apporter pour raisons de calme, celles qui positivement m'irritent le mieux ? Ecoute-moi, chère fille, poursuivit-il en me faisant placer auprès de lui, et quelles que soient les invectives que tu vas m'entendre proférer contre ton sexe, point d'emportement ; des raisons, je m'y rendrai, si elles sont bonnes.

[53] De quel droit, je te prie, prétends-tu, Thérèse, qu'un mari soit obligé de faire le bonheur de sa femme ? et quels titres ose alléguer cette femme pour

l'exiger de son mari ? La nécessité de se rendre mutuellement tels ne peut légalement exister qu'entre deux êtres également pourvus de la faculté de se nuire, et par conséquent entre deux êtres d'une même force. Une telle association ne saurait avoir lieu, qu'il se forme aussitôt un pacte entre ces deux êtres de ne faire chacun vis-à-vis l'un de l'autre que la sorte d'usage de leur force qui ne peut nuire à aucun des deux ; mais cette ridicule convention ne saurait assurément exister entre l'être fort et l'être faible. De quel droit ce dernier exigera-t-il que l'autre le ménage ? et par quelle imbécillité le premier s'y engagerait-il ? Je puis consentir à ne pas faire usage de mes forces avec celui qui peut se faire redouter par les siennes ; mais par quel motif en amoindrirais-je les effets avec l'être que m'asservit la nature ? Me répondrez-vous : par pitié ? Ce sentiment n'est compatible qu'avec l'être qui me ressemble, et comme il est égoïste, son effet n'a lieu qu'aux conditions tacites que l'individu qui m'inspirera de la commisération en aura de même à mon égard : mais si je l'emporte constamment sur lui par ma supériorité, sa commisération me devenant inutile, je ne dois jamais, pour l'avoir, consentir à aucun sacrifice. Ne serais-je pas une dupe d'avoir pitié du poulet qu'on égorge pour mon dîner ? Cet individu trop au-dessous de moi, privé d'aucune relation avec moi, ne put jamais m'inspirer aucun sentiment. Or, les rapports de l'épouse avec le mari ne sont pas d'une conséquence différente que celle du poulet avec moi ; l'un et l'autre sont des bêtes de ménage dont il faut se servir, qu'il faut employer à l'usage indiqué par la nature, sans les différencier en quoi que ce puisse être. Mais, je le demande, si l'intention de la nature était que votre sexe fût créé pour le bonheur du nôtre, et *vice versa*, aurait-elle fait, cette nature aveugle, tant d'inepties dans la construction de l'un et l'autre de ces sexes? leur eût-elle mutuellement prêté des torts si graves, que l'éloignement et l'antipathie mutuelle en dussent infailliblement résulter? Sans aller chercher plus loin des exemples, avec l'organisation que tu me connais, dis-moi, je te prie, Thérèse, quelle est la femme que je pourrais rendre heureuse, et réversiblement, quel homme pourra trouver douce la jouissance d'une femme, quand il ne sera pas pourvu des gigantesques proportions nécessaires à la contenter? Seront-ce, à ton avis, les qualités morales qui le dédommageront des défauts physiques? Et quel être raisonnable, en connaissant une femme à fond, ne s'écriera pas avec Euripide : *Celui des dieux qui a mis la femme au monde, peut se vanter d'avoir produit la plus mauvaise de toutes les créatures, et la plus fâcheuse pour l'homme?* S'il est donc prouvé que les deux sexes ne se conviennent point du tout mutuellement, et qu'il n'est pas une plainte fondée, faite par l'un, qui ne convienne aussitôt à l'autre, il est donc faux, de ce moment-là, que la nature les ait créés pour leur réciproque bonheur. Elle peut leur avoir permis le désir de se rapprocher pour concourir au but de la propagation, mais nullement celui de se lier à dessein de trouver leur félicité l'un dans l'autre. Le plus faible n'ayant donc aucun titre à réclamer pour obtenir la pitié du plus fort, ne pouvant plus lui opposer qu'il peut trouver son bonheur en lui, n'a plus d'autre parti que la soumission; et comme, malgré la difficulté de ce bonheur mutuel, il est dans les individus de l'un et de l'autre sexe de ne travailler qu'à se la procurer, le plus faible doit réunir sur lui, par cette soumission, la seule dose de félicité qu'il lui soit possible de recueillir, et le plus fort doit travailler à la sienne, par telle voie d'oppression qu'il lui plaira d'employer, puisqu'il est prouvé que le seul bonheur de la force est dans l'exercice des facultés du fort, c'est-à-dire dans la plus complète oppression. Ainsi, ce bonheur que les deux sexes ne peuvent trouver l'un avec l'autre, ils le trouveront, l'un par son obéissance aveugle, l'autre par la plus entière énergie de sa domination. Eh! si ce n'était pas l'intention de la nature que l'un des sexes tyrannisât l'autre, ne les aurait-elle pas créés de force égale? En rendant l'un inférieur à l'autre en tout point, n'a-t-elle pas suffisamment indiqué que sa volonté était que le plus fort usât des droits qu'elle lui donnait? Plus celui-ci étend son autorité, plus il rend malheureuse, au moyen de cela, la femme liée à son sort, et mieux il remplit les vues de la nature[54]. Ce n'est pas sur les plaintes de l'être faible qu'il faut juger le procédé; les jugements ainsi ne pourraient être que vicieux, puisque vous n'emprunteriez, en les faisant, que les idées du faible : il faut juger l'action sur la puissance du fort, sur l'étendue qu'il a donnée à sa puissance, et quand les effets de cette force se sont répandus sur une femme, examiner alors ce qu'est une femme, la manière dont ce sexe méprisable a été vu, soit dans l'Antiquité, soit de nos jours, par les trois quarts des peuples de la terre.

Or, que vois-je en procédant de sang-froid à cet examen? Une créature chétive, toujours inférieure à l'homme, infiniment moins belle que lui, moins ingénieuse, moins sage, constituée d'une manière dégoûtante, entièrement opposée à ce qui peut plaire à l'homme, à ce qui doit le délecter... un être malsain les trois quarts de sa vie, hors d'état de satisfaire son époux tout le temps où la nature le contraint à l'enfantement, d'une humeur aigre, acariâtre, impérieuse; tyran, si on lui laisse des droits, bas et rampant si on le captive; mais toujours faux, toujours méchant, toujours dangereux; une créature si perverse enfin, qu'il fut très sérieusement agité dans le concile de Mâcon, pendant plusieurs séances, si cet individu bizarre, aussi distinct de l'homme que l'est de l'homme le singe des bois, pouvait prétendre au titre de créature humaine, et si l'on pouvait raisonnablement le lui accorder[55]. Mais ceci serait-il une erreur du siècle, et la femme est-elle mieux vue chez ceux qui précédèrent ? Les Perses, les Mèdes, les Babyloniens, les Grecs, les Romains honoraient-ils ce sexe odieux dont nous osons aujourd'hui faire notre idole ? Hélas ! je le vois opprimé partout, partout rigoureusement éloigné des affaires, partout méprisé, avili, enfermé ; les femmes, en un mot, partout traitées comme des bêtes dont on se sert à l'instant du besoin, et qu'on recèle aussitôt dans le bercail. M'arrêté-je un moment à Rome, j'entends Caton le Sage me crier du sein de l'ancienne capitale du monde : *Si les hommes étaient sans femmes, ils converseraient encore avec les dieux.* J'entends un censeur romain commencer sa harangue par ces mots : *Messieurs, s'il nous était possible de vivre sans femme, nous connaîtrions dès lors le vrai bonheur.* J'entends les poètes chanter sur les théâtres de la Grèce : *O Jupiter ! quelle raison put t'obliger de créer les femmes ? Ne pouvais-tu donner l'être aux humains par des voies meilleures et plus sages, par des moyens, en un mot, qui nous eussent évité le fléau des femmes ?* Je vois ces mêmes peuples, les Grecs, tenir ce sexe dans un tel mépris qu'il faut des lois pour obliger un Spartiate à la propagation, et qu'une des peines de ces sages républiques est de contraindre un malfaiteur à s'habiller en femme, c'est-à-dire à se revêtir comme l'être le plus vil et le plus méprisé qu'elles connaissent.

Mais sans aller chercher des exemples dans des siècles si loin de nous, de quel œil ce malheureux sexe est-il vu même encore sur la surface du globe ?

comment y est-il traité ? Je le vois, enfermé dans toute l'Asie, y servir en esclave aux caprices barbares d'un despote qui le moleste, qui le tourmente, et qui se fait un jeu de ses douleurs. En Amérique, je vois des peuples naturellement humains, les Esquimaux, pratiquer entre hommes tous les actes possibles de bienfaisance, et traiter les femmes avec toute la dureté imaginable ; je les vois humiliées, prostituées aux étrangers dans une partie de l'univers, servir de monnaie dans une autre. En Afrique, bien plus avilies sans doute, je les vois exerçant le métier de bêtes de somme, labourer la terre, l'ensemencer et ne servir leurs maris qu'à genoux. Suivrai-je le capitaine Cook dans ses nouvelles découvertes ? L'île charmante d'Otaïti, où la grossesse est un crime qui vaut quelquefois la mort à la mère, et presque toujours à l'enfant, m'offrira-t-elle des femmes plus heureuses ? Dans d'autres îles découvertes par ce même marin, je les vois battues, vexées par leurs propres enfants, et le mari lui-même se joindre à sa famille pour les tourmenter avec plus de rigueur.

Oh, Thérèse ! ne t'étonne point de tout cela, ne te surprends pas davantage du droit général qu'eurent, de tous les temps, les époux sur leurs femmes : plus les peuples sont rapprochés de la nature, mieux ils en suivent les lois ; la femme ne peut avoir avec son mari d'autres rapports que celui de l'esclave avec son maître ; elle n'a décidément aucun droit pour prétendre à des titres plus chers. Il ne faut pas confondre avec des droits, de ridicules abus qui, dégradant notre sexe, élevèrent un instant le vôtre : il faut rechercher la cause de ces abus, la dire, et n'en revenir que plus constamment après aux sages conseils de la raison. Or la voici, Thérèse, cette cause du respect momentané qu'obtint autrefois votre sexe, et qui abuse encore aujourd'hui, sans qu'ils s'en doutent, ceux qui prolongent ce respect.

Dans les Gaules jadis, c'est-à-dire dans cette seule partie du monde qui ne traitait pas totalement les femmes en esclaves, elles étaient dans l'usage de prophétiser, de dire la bonne aventure : le peuple s'imagina qu'elles ne réussissaient à ce métier qu'en raison du commerce intime qu'elles avaient sans doute avec les dieux ; de là elles furent, pour ainsi dire, associées au sacerdoce, et jouirent d'une partie de la considération attachée aux prêtres. La chevalerie s'établit en France sur ces préjugés, et les trouvant favorables à son esprit, elle les adopta ; mais il en fut de cela comme de tout : les causes s'éteignirent et les effets se conservèrent ; la chevalerie disparut, et les préjugés qu'elle avait nourris s'accrurent. Cet ancien respect accordé à des titres chimériques ne put pas même s'anéantir, quand se dissipa ce qui fondait ces titres : on ne respecta plus des sorcières, mais on vénéra des catins, et ce qu'il y eut de pis, on continua de s'égorger pour elles. Que de telles platitudes cessent d'influer sur l'esprit des philosophes, et, remettant les femmes à leur véritable place, qu'ils ne voient en elles, ainsi que l'indique la nature, ainsi que l'admettent les peuples les plus sages, que des individus créés pour leurs plaisirs, soumis à leurs caprices, dont la faiblesse et la méchanceté ne doivent mériter d'eux que des mépris.

Mais non seulement, Thérèse, tous les peuples de la terre jouirent des droits les plus étendus sur leurs femmes, il s'en trouva même qui les condamnaient à la mort dès qu'elles venaient au monde, ne conservant absolument que le petit nombre nécessaire à la reproduction de l'espèce. Les Arabes, connus sous le nom de Koreihs, enterraient leurs filles dès l'âge de sept ans, sur une montagne auprès de La Mecque, parce qu'un sexe aussi vil leur paraissait, disaient-ils, indigne de voir le jour. Dans le sérail du roi d'Achem, pour le seul soupçon d'infidélité, pour la plus légère désobéissance dans le service des voluptés du prince, ou sitôt qu'elles inspirent le dégoût, les plus affreux supplices leur servent à l'instant de punition. Aux bords du Gange, elles sont obligées de s'immoler elles-mêmes sur les cendres de leurs époux, comme inutiles au monde, dès que leurs maîtres n'en peuvent plus jouir. Ailleurs on les chasse comme des bêtes fauves, c'est un honneur que d'en tuer beaucoup ; en Egypte, on les immole aux dieux ; à Formose, on les foule aux pieds si elles deviennent enceintes. Les lois germaines ne condamnaient qu'à dix écus d'amende celui qui tuait une femme étrangère, rien si c'était la sienne, ou une courtisane. Partout, en un mot, je le répète, partout je vois les femmes humiliées, molestées, partout sacrifiées à la superstition des prêtres, à la barbarie des époux ou aux caprices des libertins. Et parce que j'ai le malheur de vivre chez un peuple encore assez grossier pour n'oser abolir le plus ridicule des préjugés, je me priverais des droits que la nature m'accorde sur ce sexe ! je renoncerais à tous les plaisirs qui naissent de ces droits !... Non, non, Thérèse, cela n'est pas juste : je voilerai ma conduite, puisqu'il le faut, mais je me dédommagerai en silence, dans la retraite où je m'exile, des chaînes absurdes où la législation me condamne, et là, je traiterai ma femme comme j'en trouve le droit dans tous les codes de l'univers, dans mon cœur et dans la nature.

— Oh ! monsieur, lui dis-je, votre conversion est impossible.

— Aussi ne te conseillé-je pas de l'entreprendre, Thérèse, me répondit Gernande : l'arbre est trop vieux pour être plié ; on peut faire à mon âge quelques pas de plus dans la carrière du mal, mais pas un seul dans celle du bien. Mes principes et mes goûts firent mon bonheur depuis mon enfance, ils furent toujours l'unique base de ma conduite et de mes actions : peut-être irai-je plus loin, je sens que c'est possible, mais pour revenir, non ; j'ai trop d'horreur pour les préjugés des hommes, je hais trop sincèrement leur civilisation, leurs vertus et leurs dieux, pour y jamais sacrifier mes penchants.

De ce moment je vis bien que je n'avais plus d'autre parti à prendre, soit pour me tirer de cette maison, soit pour délivrer la comtesse, que d'user de ruse et de me concerter avec elle.

Depuis un an que j'étais dans sa maison, je lui avais trop laissé lire dans mon cœur pour qu'elle ne se convainquît pas du désir que j'avais de la servir, et pour qu'elle ne devinât pas ce qui m'avait fait d'abord agir différemment. Je m'ouvris davantage, elle se livra : nous convînmes de nos plans [56]. Il s'agissait d'instruire sa mère, de lui dessiller les yeux sur les infamies du comte. Mme de Gernande ne doutait pas que cette dame infortunée n'accourût aussitôt briser les chaînes de sa fille ; mais comment réussir, nous étions si bien renfermées, tellement gardées à vue ! Accoutumée à franchir des remparts, je mesurai des yeux ceux de la terrasse : à peine avaient-ils trente pieds ; aucune clôture ne parut à mes yeux ; je crois qu'une fois en bas de ces murailles, on se trouvait dans les routes du bois ; mais la comtesse arrivée de nuit dans cet appartement, et n'en étant jamais sortie, ne put rectifier mes idées. Je consentis à essayer l'escalade. Mme de Gernande écrivit à sa mère la lettre du monde la plus faite pour l'attendrir et la déterminer à venir au secours d'une fille aussi malheureuse ; je mis la lettre dans mon sein, j'embrassai cette chère et intéressante femme, puis aidée de nos draps, dès qu'il fut nuit, je me laissai glisser au bas de cette forteresse. Que devins-je, ô ciel ! quand je reconnus qu'il s'en fallait bien que je fusse dehors de l'enceinte ! Je n'étais que dans le parc, et dans un parc environné de murs dont la vue m'avait été dérobée par l'épaisseur des arbres et par leur quantité : ces murs avaient plus de quarante pieds de haut, tout garnis de verre sur la crête, et d'une prodigieuse épaisseur... Qu'allais-je devenir ? Le jour était prêt à paraître : que penserait-on de moi en me voyant dans un lieu où je ne pouvais me trouver qu'avec le projet sûr d'une évasion ? Pouvais-je me soustraire à la fureur du comte ? Quelle apparence y avait-il que cet ogre ne s'abreuvât pas de mon sang pour me punir d'une telle faute ? Revenir était impossible, la comtesse avait retiré les draps ; frapper aux portes, c'était se trahir encore plus sûrement : peu s'en fallut alors que la tête ne me tournât totalement et que je ne cédasse avec violence aux effets de mon désespoir. Si j'avais reconnu quelque pitié dans l'âme du comte, l'espérance peut-être m'eût-elle un instant abusée, mais un tyran, un barbare, un homme qui détestait les femmes, et qui, disait-il, cherchait depuis longtemps l'occasion d'en immoler une, en lui faisant perdre son sang, goutte à goutte, pour voir combien d'heures elle pourrait vivre ainsi... J'allais incontestablement servir à l'épreuve. Ne sachant donc que devenir, trouvant des dangers partout, je me jetai au pied d'un arbre, décidée à attendre mon sort, et me résignant en silence aux volontés de l'Eternel... Le jour paraît enfin : juste ciel ! le premier objet qui se présente à moi... c'est le comte lui-même : il avait fait une chaleur affreuse pendant la nuit ; il était sorti pour prendre l'air. Il croit se tromper, il croit voir un spectre, il recule : rarement le courage est la vertu des traîtres. Je me lève tremblante, je me précipite à ses genoux.

— Que faites-vous là, Thérèse ? me dit-il.

— Oh ! monsieur, punissez-moi, répondis-je, je suis coupable, et n'ai rien à répondre.

Malheureusement j'avais dans mon effroi oublié de déchirer la lettre de la comtesse : il la soupçonne, il me la demande, je veux nier ; mais Gernande, voyant cette fatale lettre dépasser le mouchoir de mon sein, la saisit, la dévore, et m'ordonne de le suivre.

Nous rentrons dans le château par un escalier dérobé donnant sous les voûtes ; le plus grand silence y régnait encore ; après quelques détours, le comte ouvre un cachot et m'y jette.

— Fille imprudente, me dit-il alors, je vous avais prévenue que le crime que vous venez de commettre se punissait ici de mort : préparez-vous donc à subir le châtiment qu'il vous a plu d'encourir. En sortant de table, demain, je viendrai vous expédier.

Je me précipite de nouveau à ses genoux, mais me saisissant par les cheveux, il me traîne à terre, me fait faire ainsi deux ou trois fois le tour de ma prison, et finit par me précipiter contre les murs de manière à m'y écraser.

— Tu mériterais que je t'ouvrisse à l'instant les quatre veines, dit-il en fermant la porte, et si je retarde ton supplice, sois bien sûre que ce n'est que pour le rendre plus horrible.

Il est dehors, et moi dans la plus violente agitation. Je ne vous peins point la nuit que je passai ; les tourments de l'imagination joints aux maux physiques que les premières cruautés de ce monstre venaient de me faire éprouver, la rendirent une des plus affreuses de ma vie. On ne se figure point les angoisses d'un malheureux qui attend son supplice à toute heure, à qui l'espoir est enlevé, et qui ne sait pas si la minute où il respire ne sera pas la dernière de ses jours. Incertain de son supplice, il se le représente sous mille formes plus horribles les unes que les autres ; le moindre bruit qu'il entend lui paraît être celui de ses bourreaux ; son sang s'arrête, son cœur s'éteint, et le glaive qui va terminer ses jours est moins cruel que ces funestes instants où la mort le menace.

Il est vraisemblable que le comte commença par se venger de sa femme ; l'événement qui me sauva va vous en convaincre comme moi : il y avait trente-six heures que j'étais dans la crise que je viens de vous peindre sans qu'on m'eût apporté aucun secours, lorsque ma porte s'ouvrit et que le comte parut ; il était seul, la fureur étincelait dans ses yeux.

— Vous devez bien vous douter, me dit-il, du genre de mort que vous allez subir : il faut que ce sang pervers s'écoule en détail ; vous serez saignée trois fois par jour, je veux voir combien de temps vous pourrez vivre de cette façon. C'est une expérience que je brûlais de faire, vous le savez, je vous remercie de m'en fournir les moyens.

Et le monstre, sans s'occuper pour lors d'autres passions que de sa vengeance, me fait tendre un bras, me pique, et bande la plaie après deux *palettes* de sang. Il avait à peine fini, que des cris se font entendre.

— Monsieur !... monsieur ! lui dit en accourant une des vieilles qui nous servaient... venez au plus vite. Madame se meurt, elle veut vous parler avant de rendre l'âme.

Et la vieille revole auprès de sa maîtresse.

Quelque accoutumé que l'on soit au crime, il est rare que la nouvelle de son accomplissement n'effraye celui qui vient de le commettre. Cette terreur venge la vertu : tel est l'instant où ses droits se reprennent.

Gernande sort égaré, il oublie de fermer les portes. Je profite de la circonstance, quelque affaiblie que je sois par une diète de plus de quarante heures et par une saignée : je m'élance hors de mon cachot, tout est ouvert, je traverse les cours, et me voilà dans la forêt sans qu'on m'ait aperçue. « Marchons, me dis-je, marchons avec courage ; si le fort méprise le faible, il est un Dieu puissant qui protège celui-ci et qui ne l'abandonne jamais. » Pleine de ces idées, j'avance avec ardeur, et avant que la nuit ne soit close, je me trouve dans une chaumière à quatre lieues du château. Il m'était resté quelque argent, je me fis soigner de mon mieux : quelques heures me rétablirent. Je partis dès le point du jour, et m'étant fait montrer la route, renonçant à tous projets de plaintes, soit anciennes, soit nouvelles, je me fis diriger vers Lyon où j'arrivai le huitième jour, bien faible, bien souffrante, mais heureusement sans être poursuivie. Là je ne songeai qu'à me rétablir avant de gagner Grenoble, où j'avais toujours dans l'idée que le bonheur m'attendait.

Un jour que je jetais par hasard les yeux sur une gazette étrangère, quelle fut ma surprise d'y reconnaître encore le crime couronné, et d'y voir au pinacle un des principaux auteurs de mes maux ! Rodin, ce chirurgien de Saint-Marcel, cet infâme qui m'avait si cruellement punie d'avoir voulu lui épargner le meurtre de sa fille, venait, disait ce journal, d'être nommé premier chirurgien de l'impératrice de Russie, avec des appointements considérables. « Qu'il soit fortuné, le scélérat, me dis-je, qu'il le soit, dès que la Providence le veut ! et toi, souffre, malheureuse créature, souffre sans te plaindre, puisqu'il est dit que les tribulations et les peines doivent être l'affreux partage de la vertu : n'importe, je ne m'en dégoûterai jamais. »

Je n'étais point au bout de ces exemples frappants du

triomphe des vices, exemples si décourageants pour la vertu, et la prospérité du personnage que j'allais retrouver devait me dépiter et me surprendre plus qu'aucune autre, sans doute, puisque c'était celle d'un des hommes dont j'avais reçu les plus sanglants outrages. Je ne m'occupais que de mon départ, lorsque je reçus un soir un billet qui me fut rendu par un laquais vêtu de gris, absolument inconnu de moi; en me le remettant, il me dit qu'il était chargé de la part de son maître d'obtenir sans faute une réponse de moi. Tels étaient les mots de ce billet :

Un homme qui a quelques torts avec vous, qui croit vous avoir reconnue dans la place de Bellecour, brûle de vous voir et de réparer sa conduite : hâtez-vous de le venir trouver ; il a des choses à vous apprendre, qui peut-être l'acquitteront de tout ce qu'il vous doit.

Ce billet n'était point signé, et le laquais ne s'expliquait pas. Lui ayant déclaré que j'étais décidée à ne point répondre que je ne susse quel était son maître :

— C'est·M. de Saint-Florent, mademoiselle, me dit-il ; il a eu l'honneur de vous connaître autrefois aux environs de Paris ; vous lui avez, prétend-il, rendu des services dont il brûle de s'acquitter. Maintenant à la tête du commerce de cette ville, il y jouit à la fois d'une considération et d'un bien qui le mettent à même de vous prouver sa reconnaissance. Il vous attend.

Mes réflexions furent bientôt faites. Si cet homme n'avait pas pour moi de bonnes intentions, me disais-je, serait-il vraisemblable qu'il m'écrivît, qu'il me fît parler de cette manière ? Il a des remords de ses infamies passées, il se rappelle avec effroi de m'avoir arraché ce que j'avais de plus cher, et de m'avoir réduite, par l'enchaînement de ses horreurs, au plus cruel état où puisse être une femme... Oui, oui, n'en doutons pas, ce sont des remords, je serais coupable envers l'Etre suprême si je ne me prêtais à les apaiser. Suis-je en situation d'ailleurs de rejeter l'appui qui se présente ? Ne dois-je pas bien plutôt saisir avec empressement tout ce qui s'offre pour me soulager ? C'est dans son hôtel que cet homme veut me voir : sa fortune doit l'entourer de gens devant lesquels il se respectera trop pour oser me manquer encore, et dans l'état où je suis, grand Dieu ! puis-je inspirer autre chose que de la commisération ? J'assurai donc le laquais de Saint-Florent que le lendemain, sur les onze heures, j'aurais l'avantage d'aller saluer son maître, que je le félicitais des faveurs qu'il avait reçues de la Fortune, et qu'il s'en fallait bien qu'elle m'eût traitée comme lui.

Je rentrai chez moi, mais si occupée de ce que voulait me dire cet homme, que je ne fermai pas l'œil de la nuit. J'arrive enfin à l'adresse indiquée : un hôtel superbe, une foule de valets, les regards humiliants de cette riche canaille sur l'infortune qu'elle méprise, tout m'en impose, et je suis au moment de me retirer, lorsque le même laquais qui m'avait parlé la veille m'aborde et me conduit, en me rassurant, dans un cabinet somptueux où je reconnais fort bien mon bourreau, quoique âgé pour lors de quarante-cinq ans, et qu'il y eût près de neuf que je ne l'eusse vu. Il ne se lève point, mais il ordonne qu'on nous laisse seuls, et me fait signe d'un geste de venir me placer sur une chaise à côté du vaste fauteuil qui le contient.

— J'ai voulu vous revoir, mon enfant, dit-il, avec le ton humiliant de la supériorité, non que je croie avoir de grands torts avec vous, non qu'une fâcheuse réminiscence me contraigne à des réparations au-dessus desquelles je me crois ; mais je me souviens que dans le peu de temps que nous nous sommes connus, vous m'avez montré de l'esprit : il en faut pour ce que j'ai à vous proposer, et si vous l'acceptez, le besoin que j'aurai alors de vous vous fera trouver dans ma fortune les ressources qui vous sont nécessaires, et sur lesquelles vous compteriez en vain sans cela.

Je voulus répondre par quelques reproches à la légèreté de ce début ; Saint-Florent m'imposa silence.

— Laissons ce qui s'est passé, me dit-il, c'est l'histoire des passions, et mes principes me portent à croire qu'aucun frein n'en doit arrêter la fougue ; quand elles parlent, il faut les servir, c'est ma loi. Lorsque je fus pris par les voleurs avec qui vous étiez, me vîtes-vous me plaindre de mon sort ? Se consoler et agir d'industrie, si l'on est le plus faible, jouir de tous ses droits, si l'on est le plus fort, voilà mon système. Vous étiez jeune et jolie, Thérèse, nous nous trouvions au fond d'une forêt, il n'est point de volupté dans le monde qui allume mes sens comme le viol d'une fille vierge : vous l'étiez, je vous ai violée ; peut-être vous eussé-je fait pis, si ce que je hasardais n'eût pas eu de succès, et que vous m'eussiez opposé des résistances. Mais je vous volai, je vous laissai sans ressources au milieu de la nuit, dans une route dangereuse ; deux motifs occasionnèrent ce nouveau délit : il me fallait de l'argent, je n'en avais pas ; quant à l'autre raison qui put me porter à ce procédé, je vous l'expliquerais vainement, Thérèse, vous ne l'entendriez point. Les seuls êtres qui connaissent le cœur de l'homme, qui en ont étudié les replis, qui ont démêlé les coins les plus impénétrables de ce dédale obscur, pourraient vous expliquer cette sorte d'égarement.

— Quoi ! monsieur, de l'argent que je vous avais offert... le service que je venais de vous rendre... être payée de ce que j'avais fait pour vous par une aussi noire trahison... cela peut, dites-vous, se comprendre, cela peut se légitimer ?

— Eh ! oui, Thérèse, eh ! oui ; la preuve que cela peut s'expliquer, c'est qu'en venant de vous piller, de vous molester... (car je vous battis, Thérèse), eh bien ! à vingt pas de là, songeant à l'état où je vous laissais, je retrouvai sur-le-champ dans ces idées des forces pour de nouveaux outrages, que je ne vous eusse peut-être jamais faits sans cela. Vous n'aviez perdu qu'une de vos prémices... je m'en allais, je revins sur mes pas, et je vous fis perdre l'autre... Il est donc vrai que dans de certaines âmes la volupté peut naître au sein du crime ! Que dis-je ? Il est donc vrai que le crime seul l'éveille et le décide, et qu'il n'est pas une seule volupté dans le monde qu'il n'enflamme et qu'il n'améliore...

— Oh ! monsieur, quelle horreur !

— N'en pouvais-je pas commettre une plus grande ?... Peu s'en fallut, je vous l'avoue ; mais je me doutais bien que vous alliez être réduite aux dernières extrémités : cette idée me satisfit, je vous quittai. Laissons cela, Thérèse, et venons à l'objet qui m'a fait désirer de vous voir.

Cet incroyable goût que j'ai pour l'un et l'autre pucelage d'une petite fille ne m'a point quitté, Thérèse, poursuivit Saint-Florent ; il en est de celui-là comme de tous les autres écarts du libertinage : plus on vieillit, et plus ils prennent de forces ; des anciens délits naissent de nouveaux désirs, et de nouveaux crimes de ces désirs. Tout cela ne serait rien, ma chère, si ce qu'on emploie pour réussir n'était pas soi-même très coupable. Mais comme le besoin du mal est le premier mobile de nos caprices, plus ce qui nous conduit est criminel, et mieux nous sommes irrités. Arrivé là, on ne se plaint plus que de la médiocrité des moyens : plus leur atrocité s'étend, plus notre volupté devient piquante, et l'on s'enfonce ainsi dans le bourbier sans la plus légère envie d'en sortir.

C'est mon histoire, Thérèse ; chaque jour, deux jeunes enfants sont nécessaires à mes sacrifices. Ai-je joui ? non seulement je n'en revois plus les objets, mais il devient même essentiel à l'entière satisfaction de mes fantaisies que ces objets sortent aussitôt de la ville : je goûterais mal les plaisirs du lendemain si j'imaginais que les victimes de la veille respirassent encore le même air que moi. Le moyen de m'en débarrasser est facile. Le croirais-tu, Thérèse ? Ce sont mes débauches qui peuplent le Languedoc et la Provence de la multitude d'objets de libertinage que renferme leur sein * : une heure après que ces petites filles m'ont servi, des émissaires sûrs les embarquent et les vendent aux appareilleuses de Nîmes, de Montpellier, de Toulouse, d'Aix et de Marseille. Ce commerce, dont j'ai deux tiers de bénéfice, me dédommage amplement de ce que les sujets me coûtent, et je satisfais ainsi deux de mes plus chères passions, et ma luxure, et ma cupidité. Mais les découvertes, les séductions me donnent de la peine ; d'ailleurs l'espèce de sujets importe infiniment à ma lubricité : je veux qu'ils soient tous pris dans ces asiles de la misère où le besoin de vivre et l'impossibilité d'y réussir, absorbant le courage, la fierté, la délicatesse, énervant l'âme enfin, décide, dans l'espoir d'une subsistance indispensable, à tout ce qui paraît devoir l'assurer. Je fais impitoya-

* Qu'on ne prenne pas ceci pour une fable : ce malheureux personnage a existé dans Lyon même. Ce que l'on dit ici de ses manœuvres est exact : il a coûté l'honneur à quinze ou vingt mille petites malheureuses : son opération faite, on les embarquait sur le Rhône, et les villes dont il s'agit n'ont été trente ans peuplées d'objets de débauches que par les victimes de ce scélérat. Dans cet épisode-ci, il n'y a de romanesque que le nom.

blement fouiller tous ces réduits : on n'imagine pas ce qu'ils me rendent. Je vais plus loin, Thérèse : l'activité, l'industrie, un peu d'aisance, en luttant contre mes subordinations, me raviraient une grande partie des sujets ; j'oppose à ces écueils le crédit dont je jouis dans cette ville, j'excite des *oscillations* dans le commerce, ou des chertés dans les vivres, qui, multipliant les classes du pauvre, lui enlevant d'un côté les moyens du travail, et lui rendant difficiles de l'autre ceux de la vie, augmentent en raison égale la somme des sujets que la misère me livre. La ruse est connue, Thérèse : ces disettes de bois, de blé et d'autres comestibles, dont Paris a frémi tant d'années, n'avaient d'autres objets que ceux qui m'animent ; l'avarice, le libertinage, voilà les passions qui, du sein des lambris dorés, tendent une multitude de filets jusque sur l'humble toit du pauvre. Mais, quelque habileté que je mette en usage pour presser d'un côté, si des mains adroites n'enlèvent pas lestement de l'autre, j'en suis pour mes peines, et la machine va tout aussi mal que si je n'épuisais pas mon imagination en ressources et mon crédit en opérations. J'ai donc besoin d'une femme leste, jeune, intelligente, qui, ayant elle-même passé par les épineux sentiers de la misère, connaisse mieux que qui que ce soit les moyens de débaucher celles qui y sont ; une femme dont les yeux pénétrants devinent l'adversité dans ses greniers les plus ténébreux, et dont l'esprit suborneur en détermine les victimes à se tirer de l'oppression par les moyens que je présente ; une femme spirituelle enfin, sans scrupule comme sans pitié, qui ne néglige rien pour réussir, jusqu'à couper même le peu de ressources qui, soutenant encore l'espoir de ces infortunées, les empêche de se résoudre. J'en avais une excellente, et sûre : elle vient de mourir. On n'imagine pas jusqu'où cette intelligente créature portait l'effronterie ; non seulement elle isolait ces misérables au point de les contraindre à venir l'implorer à genoux, mais si ces moyens ne lui succédaient pas assez tôt pour accélérer leur chute, la scélérate allait jusqu'à les voler. C'était un trésor : il ne me faut que deux sujets par jour, elle m'en eût donné dix, si je les eusse voulus. Il résultait de là que je faisais des choix meilleurs, et que la surabondance de la matière première de mes opérations me dédommageait de la main-d'œuvre. C'est cette femme qu'il faut remplacer, ma chère ; tu en auras quatre à tes ordres, et deux mille écus d'appointements : j'ai dit, réponds, Thérèse, et surtout que des chimères ne t'empêchent pas d'accepter ton bonheur quand le hasard et ma main te l'offrent.

— Oh ! monsieur, dis-je à ce malhonnête homme, en frémissant de ses discours, est-il possible, et que vous puissiez concevoir de telles voluptés, et que vous osiez me proposer de les servir ! Que d'horreurs vous venez de me faire entendre ! Homme cruel, si vous étiez malheureux seulement deux jours, vous verriez comme ces systèmes d'inhumanité s'anéantiraient bientôt dans votre cœur : c'est la prospérité qui vous aveugle et qui vous endurcit ; vous vous blasez sur le spectacle de maux dont vous vous croyez à l'abri, et parce que vous espérez ne les jamais sentir, vous vous supposez en droit de les infliger ; puisse le bonheur ne jamais approcher de moi, dès qu'il peut corrompre à tel point ! O juste ciel ! ne se pas contenter d'abuser de l'infortune ! pousser l'audace et la férocité jusqu'à l'accroître, jusqu'à la prolonger, pour l'unique satisfaction de ses désirs ! Quelle cruauté, monsieur ! les bêtes les plus féroces ne nous donnent pas d'exemples d'une barbarie semblable.

— Tu te trompes, Thérèse, il n'y a pas de fourberies

que le loup n'invente pour attirer l'agneau dans ses pièges : ces ruses sont dans la nature, et la bienfaisance n'y est pas ; elle n'est qu'un caractère de la faiblesse préconisée par l'esclave pour attendrir son maître et le disposer à plus de douceur ; elle ne s'annonce jamais chez l'homme que dans deux cas : ou s'il est le plus faible, ou s'il craint de le devenir. La preuve que cette prétendue vertu n'est pas dans la nature, c'est qu'elle est ignorée de l'homme le plus rapproché d'elle. Le sauvage, en la méprisant, tue sans pitié son semblable, ou par vengeance ou par avidité... Ne la respecterait-il pas, cette vertu, si elle était écrite dans son cœur ? Mais elle n'y parut jamais, jamais elle ne se trouvera partout où les hommes seront égaux. La civilisation, en épurant les individus, en distinguant des rangs, en offrant un pauvre aux yeux du riche, en faisant craindre à celui-ci une variation d'état qui pouvait le précipiter dans le néant de l'autre, mit aussitôt dans son esprit le désir de soulager l'infortuné pour être soulagé à son tour, s'il perdait ses richesses. Alors naquit la bienfaisance, fruit de la civilisation et de la crainte : elle n'est donc qu'une vertu de circonstances, mais nullement un sentiment de la nature qui ne plaça jamais dans nous d'autre désir que celui de nous satisfaire, à quelque prix que ce pût être. C'est en confondant ainsi tous les sentiments, c'est en n'analysant jamais rien, qu'on s'aveugle sur tout et qu'on se prive de toutes les jouissances [57].

— Ah ! monsieur, interrompis-je avec chaleur, peut-il en être une plus douce que celle de soulager l'infortune ? Laissons à part la frayeur de souffrir soi-même : y a-t-il une satisfaction plus vraie que celle d'obliger ?... Jouir des larmes de la reconnaissance, partager le bien-être qu'on vient de répandre chez des malheureux qui, semblables à vous, manquaient néanmoins des choses dont vous formez vos premiers besoins, les entendre chanter vos louanges et vous appeler leur père, replacer la sérénité sur des fronts obscurcis par la défaillance, par l'abandon et le désespoir, non, monsieur, nulle volupté dans le monde ne peut égaler celle-là : c'est celle de la divinité même, et le bonheur qu'elle promet à ceux qui l'auront servie sur la terre ne sera que la possibilité de voir ou de faire des heureux dans le ciel. Toutes les vertus naissent de celle-là, monsieur ; on est meilleur père, meilleur fils, meilleur époux, quand on connaît le charme d'adoucir l'infortune. Ainsi que les rayons du soleil, on dirait que la présence de l'homme charitable répand, sur tout ce qui l'entoure, la fertilité, la douceur et la joie ; et le miracle de la nature, après ce foyer de la lumière céleste, est l'âme honnête, délicate et sensible dont la fécilicité suprême est de travailler à celle des autres.

— *Phœbus* que tout cela, Thérèse ! les jouissances de l'homme sont en raison de la sorte d'organes qu'il a reçus de la nature ; celles de l'individu faible, et par conséquent de toutes les femmes, doivent porter à des voluptés morales, plus piquantes, pour de tels êtres, que celles qui n'influeraient que sur un physique entièrement dénué d'énergie : le contraire est l'histoire des âmes fortes, qui, bien mieux délectées des chocs vigoureux imprimés sur ce qui les entoure, qu'elles ne le seraient des impressions délicates ressenties par ces mêmes êtres existant auprès d'eux, préfèrent inévitablement, d'après cette constitution, ce qui affecte les autres en sens douloureux, à ce qui ne toucherait que d'une manière plus douce. Telle est l'unique différence des gens cruels aux gens débonnaires ; les uns et les autres sont doués de sensibilité, mais ils le sont chacun à leur manière. Je ne nie pas qu'il n'y ait des jouissances dans l'une et l'autre classe, mais je soutiens avec beaucoup de philosophes, sans doute, que celles de l'individu organisé de la manière la plus vigoureuse seront incontestablement plus vives que toutes celles de son adversaire; et ces systèmes établis, il peut et il doit se trouver une sorte d'hommes qui trouve autant de plaisir dans tout ce qu'inspire la cruauté, que les autres en goûtent dans la bienfaisance. Mais ceux-ci seront des plaisirs doux, et les autres des plaisirs fort vifs : les uns seront les plus sûrs, les plus vrais sans doute, puisqu'ils caractérisent les penchants de tous les hommes encore au berceau de la nature, et des enfants mêmes, avant qu'ils n'aient connu l'empire de la civilisation; les autres ne seront que l'effet de cette civilisation, et par conséquent des voluptés trompeuses et sans aucun sel[58]. Au reste, mon enfant, comme nous sommes moins ici pour philosopher que pour consolider une détermination, ayez pour agréable de me donner votre dernier mot... Acceptez-vous, ou non, le parti que je vous propose ?

— Assurément, je le refuse, monsieur, répondis-je en me levant... Je suis bien pauvre... oh! oui, bien pauvre, monsieur; mais, plus riche des sentiments de mon cœur que de tous les dons de la Fortune, jamais je ne sacrifierai les uns pour posséder les autres : je saurai mourir dans l'indigence, mais je ne trahirai pas la vertu.

— Sortez, me dit froidement cet homme détestable, et que je n'aie pas surtout à craindre de vous des indiscrétions : vous seriez bientôt mise en un lieu d'où je n'aurai plus à les redouter.

Rien n'encourage la vertu comme les craintes du vice : bien moins timide que je ne l'aurais cru, j'osai, en lui promettant qu'il n'aurait rien à redouter de moi, lui rappeler le vol qu'il m'avait fait dans la forêt de Bondy, et lui faire sentir que, dans la circonstance où j'étais, cet argent me devenait indispensable. Le monstre me répondit durement alors qu'il ne tenait qu'à moi d'en gagner, et que je m'y refusais.

— Non, monsieur, répondis-je avec fermeté, non, je vous le répète, je périrais mille fois, plutôt que de sauver mes jours à ce prix.

— Et moi, dit Saint-Florent, il n'y a de même rien que je ne préférasse au chagrin de donner mon argent sans qu'on le gagne : malgré le refus que vous avez l'insolence de me faire, je veux bien encore passer un quart d'heure avec vous ; allons donc dans ce boudoir, et quelques instants d'obéissance mettront vos fonds dans un meilleur ordre.

— Je n'ai pas plus d'envie de servir vos débauches dans un sens que dans un autre, monsieur, répondis-je fièrement : ce n'est pas la charité que je demande, homme cruel ; non, je ne vous procure pas cette jouissance ; ce que je réclame n'est que ce qui m'est dû ; c'est ce que vous m'avez volé de la plus indigne manière... Garde-le, cruel, garde-le, si bon te semble : vois sans pitié mes larmes ; entends si tu peux, sans t'émouvoir, les tristes accents du besoin, mais souviens-toi que si tu commets cette nouvelle infamie, j'aurai, au prix de ce qu'elle me coûte, acheté le droit de te mépriser à jamais [59].

Saint-Florent furieux m'ordonna de sortir, et je pus lire sur son affreux visage que, sans les confidences qu'il m'avait faites, et dont il redoutait l'éclat, j'eusse peut-être payé par quelques brutalités de sa part la hardiesse de lui avoir parlé trop vrai... Je sortis. On amenait au même instant à ce débauché une de ces malheureuses victimes de sa sordide crapule. Une des femmes, dont il me proposait de partager l'horrible état, conduisait chez lui une pauvre petite fille d'environ neuf ans, dans tous les attributs de l'infortune et de la langueur : elle paraissait avoir à peine la force de se soutenir... Oh, ciel ! pensai-je en voyant cela, se peut-il que de tels objets puissent inspirer d'autres sentiments que ceux de la pitié ! Malheur à l'être dépravé qui pourra soupçonner des plaisirs sur un sein que le besoin consume ; qui voudra cueillir des baisers sur une bouche que la faim dessèche, et qui ne s'ouvre que pour le maudire !

Mes larmes coulèrent : j'aurais voulu ravir cette victime au tigre qui l'attendait, je ne l'osai pas. L'aurais-je pu ? Je regagnais promptement mon auberge, aussi humiliée d'une infortune qui m'attirait de telles propositions, que révoltée contre l'opulence qui se hasardait à les faire.

Je partis de Lyon le lendemain pour prendre la route du Dauphiné, toujours remplie du fol espoir qu'un peu de bonheur m'attendait dans cette province. A peine fus-je à deux lieues de Lyon, à pied comme à mon ordinaire, avec une couple de chemises et quelques mouchoirs dans mes poches, que je rencontrai une vieille femme qui m'aborda avec l'air de la douleur et qui me conjura de lui faire l'aumône. Loin de la dureté dont je venais de recevoir d'aussi cruels exemples, ne connaissant de bonheur au monde que celui d'obliger un malheureux, je sors à l'instant ma bourse à dessein d'en tirer un écu et de le donner à cette femme ; mais l'indigne créature, bien plus prompte que moi, quoique je l'eusse d'abord jugée vieille et cassée, saute lestement sur ma bourse, la saisit, me renverse d'un vigoureux coup de poing dans l'estomac, et ne reparaît plus à mes yeux qu'à cent pas de là, entourée de quatre coquins qui me menacent si j'ose avancer[60].

Grand Dieu ! m'écriai-je avec amertume, il est donc impossible que mon âme s'ouvre à aucun mouvement vertueux sans que j'en sois à l'instant punie par les châtiments les plus sévères! En ce moment fatal tout mon courage m'abandonna : j'en demande aujourd'hui bien sincèrement pardon au Ciel ; mais je fus aveuglée par le désespoir. Je me sentis prête à quitter la carrière où s'offraient tant d'épines : deux partis se présentaient, celui de m'aller joindre aux fripons qui venaient de me voler, ou celui de retourner à Lyon pour y accepter la proposition de Saint-Florent. Dieu me fit grâce de ne pas succomber, et quoique l'espoir qu'il alluma à nouveau dans moi fût trompeur, puisque tant d'adversités m'attendaient encore, je le remercie pourtant de m'avoir soutenue : la fatale étoile qui me conduit, quoique innocente, à l'échafaud, ne me vaudra jamais que la mort ; d'autres partis m'eussent valu l'infamie, et l'un est bien moins cruel que le reste [61].

Je continue de diriger mes pas vers la ville de Vienne, décidée à y vendre ce qui me restait pour arriver à Grenoble. Je marchais tristement, lorsque, à un quart de lieue de cette ville, j'aperçois dans la plaine, à droite du chemin, deux cavaliers qui foulaient un homme aux pieds de leurs chevaux, et qui, après l'avoir laissé comme mort, se sauvèrent à bride abattue ; ce spectacle affreux m'attendrit jusqu'aux larmes. Hélas ! me dis-je, voilà un homme plus à plaindre que moi ; il me reste au moins la santé et la force, je puis gagner ma vie, et si ce malheureux n'est pas riche, que va-t-il devenir ?

A quelque point que j'eusse dû me défendre des mouvements de la commisération, quelque funeste qu'il fût pour moi de m'y livrer, je ne pus vaincre l'extrême désir [62] que j'éprouvais de me rapprocher de cet homme et de lui prodiguer mes secours. Je vole à lui, il respire par mes soins un peu d'eau spiritueuse que je conservais sur moi : il ouvre enfin les yeux, et ses premiers accents sont ceux de la reconnaissance ; encore plus empressée de lui être utile, je mets en pièces une de mes chemises pour panser ses blessures, pour étancher son sang : un des seuls effets qui me restent, je le sacrifie pour ce malheureux. Ces premiers soins remplis, je lui donne à boire un peu de vin ; cet infortuné a tout à fait repris ses sens ; je l'observe et je le distingue mieux. Quoique à pied, et dans un équipage assez leste, il ne paraissait pourtant pas dans la médiocrité, il avait quelques effets de prix, des bagues, une montre, des boîtes, mais tout cela fort endommagé de son aventure. Il me demande, dès qu'il peut parler, quel est l'ange bienfaisant qui lui apporte ce secours, et ce qu'il peut faire pour lui en témoigner sa gratitude. Ayant encore la simplicité de croire qu'une âme enchaînée par la reconnaissance devait être à moi sans retour, je crois pouvoir jouir en sûreté du doux plaisir de faire partager mes pleurs à celui qui vient d'en verser dans mes bras : je l'instruis de mes revers, il les écoute avec intérêt, et quand j'ai fini par la dernière catastrophe qui vient de m'arriver, dont le récit lui fait voir l'état de misère où je me trouve :

— Que je suis heureux, s'écrie-t-il, de pouvoir au moins reconnaître tout ce que vous venez de faire pour moi ! Je m'appelle Roland, continue cet aventurier, je possède un fort beau château dans la montagne, à quinze lieues d'ici, je vous invite à m'y suivre ; et pour que cette proposition n'alarme point votre délicatesse, je vais vous expliquer tout de suite à quoi vous me serez utile. Je suis garçon, mais j'ai une sœur que j'aime passionnément, qui s'est vouée à ma solitude, et qui la partage avec moi : j'ai besoin d'un sujet pour la servir ; nous venons de perdre celle qui remplissait cet emploi, je vous offre sa place.

Je remerciai mon protecteur, et pris la liberté de lui

demander par quel hasard un homme comme lui s'exposait à voyager sans suite, et, ainsi que cela venait de lui arriver, à être molesté par des fripons.

— Un peu replet, jeune et vigoureux, je suis depuis plusieurs années, me dit Roland, dans l'habitude de venir de chez moi à Vienne de cette manière. Ma santé et ma bourse y gagnent : ce n'est pas que je sois dans le cas de prendre garde à la dépense, car je suis riche ; vous en verrez bientôt la preuve, si vous me faites l'amitié de venir chez moi ; mais l'économie ne gâte jamais rien. Quant aux deux hommes qui viennent de m'insulter, ce sont deux gentillâtres du canton, à qui je gagnai cent louis la semaine passée, dans une maison, à Vienne ; je me contentai de leur parole, je les rencontre aujourd'hui, je leur demande mon dû, et voilà comme ils me traitent.

Je déplorais avec cet homme le double malheur dont il était victime, lorsqu'il me proposa de nous remettre en route :

— Je me sens un peu mieux, grâce à vos soins, me dit Roland ; la nuit s'approche, gagnons une maison qui doit être à deux lieues d'ici ; moyennant les chevaux que nous y prendrons demain, nous pourrons arriver chez moi le même soir.

Absolument décidée à profiter des secours que le Ciel semblait m'envoyer, j'aide Roland à se mettre en marche, je le soutiens pendant la route, et nous trouvons effectivement à deux lieues de là l'auberge qu'il avait indiquée. Nous y soupons honnêtement ensemble ; après le repas, Roland me recommande à la maîtresse du logis, et le lendemain, sur deux mules de louage qu'escortait un valet de l'auberge, nous gagnons la frontière du Dauphiné, nous dirigeant toujours vers les montagnes. La traite étant trop longue pour la faire en un jour, nous nous arrêtâmes à Virieu, où j'éprouvai les mêmes soins, les mêmes égards de mon patron, et le jour d'ensuite nous continuâmes notre marche toujours dans la même direction. Sur les quatre heures du soir, nous arrivâmes au pied des montagnes : là, le chemin devenant presque impraticable, Roland recommanda au muletier de ne pas me quitter de peur d'accident, et nous pénétrâmes dans les gorges. Nous ne fîmes que tourner, monter et descendre pendant plus de quatre lieues, et nous avions alors tellement quitté toute habitation et tout chemin frayé, que je me crus au bout de l'univers. Un peu d'inquiétude vint me saisir malgré moi ; Roland ne put s'empêcher de le voir, mais il ne disait mot, et son silence m'effrayait encore plus. Enfin nous vîmes un château perché sur la crête d'une montagne, au bord d'un précipice affreux, dans lequel il semblait prêt à s'abîmer[63], aucune route ne paraissait y tenir ; celle que nous suivions, seulement pratiquée par des chèvres, remplie de cailloux de tous côtés, arrivait cependant à cet effrayant repaire, ressemblant bien plutôt à un asile de voleurs qu'à l'habitation de gens vertueux.

— Voilà ma maison, me dit Roland, dès qu'il crut que le château avait frappé mes regards.

Et sur ce que je lui témoignais mon étonnement de le voir habiter une telle solitude :

— C'est ce qui me convient, me répondit-il avec brusquerie.

Cette réponse redoubla mes craintes : rien n'échappe dans le malheur ; un mot, une inflexion plus ou moins prononcée chez ceux de qui nous dépendons, étouffe ou ranime l'espoir ; mais n'étant plus à même de prendre un parti différent, je me contins. A force de tourner, cette antique masure se trouva tout à coup en face de nous : un quart de lieue tout au plus nous en séparait encore ; Roland descendit de sa mule, et m'ayant dit d'en faire autant, il les rendit toutes deux au valet, le paya et lui ordonna de s'en retourner. Ce nouveau procédé me déplut encore ; Roland s'en aperçut.

— Qu'avez-vous, Thérèse ? me dit-il, en nous acheminant vers son habitation ; vous n'êtes point hors de France ; ce château est sur les frontières du Dauphiné, il dépend de Grenoble.

— Soit, monsieur, répondis-je ; mais comment vous est-il venu dans l'esprit de vous fixer dans un tel coupe-gorge ?

— C'est que ceux qui l'habitent ne sont pas des gens très honnêtes, dit Roland ; il serait fort possible que tu ne fusses pas édifiée de leur conduite.

— Ah ! monsieur, lui dis-je en tremblant, vous me faites frémir, où me menez-vous donc ?

— Je te mène servir des faux-monnayeurs dont je suis le chef, me dit Roland, en me saisissant par le bras et me faisant traverser de force un petit pont qui s'abaissa à notre arrivée et se releva tout de suite après. Vois-tu ce puits ? continua-t-il, dès que nous fûmes entrés, en me montrant une grande et profonde grotte située au fond de la cour, où quatre femmes nues et enchaînées faisaient mouvoir une roue ; voilà tes compagnes, et voilà ta besogne, moyennant que tu travailleras journellement dix heures à tourner cette roue, et que tu satisferas comme ces femmes tous les caprices auxquels il me plaira de te soumettre, il te sera accordé six onces de pain noir et un plat de fèves par jour ; pour ta liberté, renonces-y ; tu ne l'auras jamais. Quand tu seras morte à la peine, on te jettera dans ce trou que tu vois à côté du puits, avec soixante ou quatre-vingts autres coquines de ton espèce qui t'y attendent, et l'on te remplacera par une nouvelle.

— Oh ! grand Dieu, m'écriai-je en me jetant aux

pieds de Roland, daignez vous rappeler, monsieur, que je vous ai sauvé la vie ; qu'un instant ému par la reconnaissance, vous semblâtes m'offrir le bonheur, et que c'est en me précipitant dans un abîme éternel de maux que vous acquittez mes services. Ce que vous faites est-il juste, et le remords ne vient-il pas déjà me venger au fond de votre cœur ?

— Qu'entends-tu, je te prie, par ce sentiment de reconnaissance dont tu t'imagines m'avoir captivé ? dit Roland. Raisonne mieux, chétive créature ; que faisais-tu quand tu vins à mon secours ? Entre la possibilité de suivre ton chemin et celle de venir avec moi, n'as-tu pas choisi le dernier comme un mouvement inspiré par ton cœur ? Tu te livrais donc à une jouissance ? Par où diable prétends-tu que je sois obligé de te récompenser des plaisirs que tu te donnes ? Et comment te vint-il jamais dans l'esprit qu'un homme qui, comme moi, nage dans l'or et l'opulence, daigne s'abaisser à devoir quelque chose à une misérable de ton espèce ? M'eusses-tu rendu la vie, je ne te devrais rien, dès que tu n'as agi que pour toi : au travail, esclave, au travail ! apprends que la civilisation, en bouleversant les principes de la nature, ne lui enlève pourtant point ses droits ; elle créa dans l'origine des êtres forts et des êtres faibles, avec l'intention que ceux-ci fussent toujours subordonnés aux autres ; l'adresse, l'intelligence de l'homme varièrent la position des individus, ce ne fut plus la force physique qui détermina les rangs, ce fut celle de l'or ; l'homme le plus riche devint le plus fort, le plus pauvre devint le plus faible ; à cela près des motifs qui fondaient la puissance, la priorité du fort fut toujours dans les lois de la nature, à qui il devenait égal que la chaîne qui captivait le faible fût tenue par le plus riche ou par le plus vigoureux, et qu'elle écrasât le plus faible ou bien le plus pauvre.

Mais ces mouvements de reconnaissance dont tu veux me composer des liens, elle les méconnaît, Thérèse ; il ne fut jamais dans ses lois que le plaisir où l'un se livrait en obligeant devînt un motif pour celui qui recevait de se relâcher de ses droits sur l'autre. Vois-tu chez les animaux, qui nous servent d'exemples, ces sentiments que tu réclames ? Lorsque je te domine par mes richesses ou par ma force, est-il naturel que je t'abandonne mes droits, ou parce que tu as joui en m'obligeant, ou parce qu'étant malheureuse tu t'es imaginé de gagner quelque chose par ton procédé ? Le service fût-il même rendu d'égal à égal, jamais l'orgueil d'une âme élevée ne se laissera courber par la reconnaissance ; n'est-il pas toujours humilié, celui qui reçoit ? et cette humiliation qu'il éprouve ne paye-t-elle pas suffisamment le bienfaiteur qui, par cela seul, se trouve au-dessus de l'autre ? N'est-ce pas une jouissance pour l'orgueil que de s'élever au-dessus de son semblable ? en faut-il d'autre à celui qui oblige ? Et si l'obligation, en humiliant celui qui reçoit, devient un fardeau pour lui, de quel droit le contraindre à le garder ? pourquoi faut-il que je consente à me laisser humilier chaque fois que me frappent les regards de celui qui m'a obligé ? L'ingratitude, au lieu d'être un vice, est donc la vertu des âmes fières, aussi certainement que la reconnaissance n'est que celle des âmes faibles : qu'on m'oblige tant qu'on voudra, si l'on y trouve une jouissance, mais qu'on n'exige rien de moi.

A ces mots, auxquels Roland ne me donna pas le temps de répondre, deux valets me saisissent par ses ordres, me dépouillent, et m'enchaînent avec mes compagnes, que je suis obligée d'aider tout de suite, sans qu'on me permette seulement de me reposer de la marche fatigante que je viens de faire. Roland m'approche alors, il me manie brutalement sur toutes les parties que la pudeur défend de nommer, m'accable de sarcasmes et d'impertinences relativement à la marque flétrissante et peu méritée que Rodin avait empreinte sur moi, puis s'armant d'un nerf de bœuf toujours là, il m'en applique vingt coups sur le derrière.

— Voilà comme tu seras traitée, coquine, me dit-il, lorsque tu manqueras à ton devoir ; je ne te fais pas ceci pour aucune faute déjà commise par toi, mais seulement pour te montrer comme j'agis avec celles qui en font.

Je jette les hauts cris en me débattant sous mes fers ; mes contorsions, mes hurlements, mes larmes, les cruelles expressions de ma douleur ne servent que d'amusement à mon bourreau...

— Ah ! je t'en ferai voir d'autres, catin, dit Roland, tu n'es pas au bout de tes peines, et je veux que tu connaisses jusques aux plus barbares raffinements du malheur.

Il me laisse. — Six réduits obscurs, situés sous une grotte autour de ce vaste puits, et qui se fermaient comme des cachots, nous servaient de retraite pendant la nuit. Comme elle arriva peu après que je fus à cette funeste chaîne, on vint me détacher ainsi que mes compagnes, et l'on nous enferma après nous avoir donné la portion d'eau, de fèves et de pain dont Roland m'avait parlé.

A peine fus-je seule, que je m'abandonnai tout à l'aise à l'horreur de ma situation. Est-il possible, me disais-je, qu'il y ait des hommes assez durs pour étouffer en eux le sentiment de la reconnaissance ?... Cette vertu où je me livrerais avec tant de charmes, si jamais une âme honnête me mettait dans le cas de la sentir, peut-elle donc être méconnue de certains êtres, et ceux qui l'étouffent avec autant d'inhumanité doivent-ils être autre chose que des monstres ?

J'étais plongée dans ces réflexions, lorsque tout à coup j'entends ouvrir la porte de mon cachot : c'est Roland ; le scélérat vient achever de m'outrager en me faisant servir à ses odieux caprices ; vous supposez, madame, qu'ils devaient être aussi féroces que ses procédés, et que les plaisirs de l'amour pour un tel homme portaient nécessairement les teintes de son odieux caractère. Mais comment abuser de votre patience pour vous raconter ces nouvelles horreurs ? N'ai-je pas déjà trop souillé votre imagination par d'infâmes récits ? dois-je en hasarder de nouveaux ?

— Oui, Thérèse, dit M. de Corville, oui, nous exigeons de vous ces détails, vous les gazez avec une décence qui en émousse toute l'horreur, il n'en reste que ce qui est utile à qui veut connaître l'homme. On n'imagine point combien ces tableaux sont utiles au développement de son âme ; peut-être ne sommes-nous encore aussi ignorants dans cette science que par la stupide retenue de ceux qui voulurent écrire sur ces matières. Enchaînés par d'absurdes craintes, ils ne nous parlent que de ces puérilités connues de tous les sots, et n'osent, portant une main hardie dans le cœur humain, en offrir à nos yeux les gigantesques égarements.

— Eh bien, monsieur, je vais vous obéir, reprit Thérèse émue, et me comportant comme je l'ai déjà fait, je tâcherai d'offrir mes esquisses sous les couleurs les moins révoltantes.

Roland, qu'il faut d'abord vous peindre, était un homme petit, replet, âgé de trente-cinq ans, d'une vigueur incompréhensible, velu comme un ours, la mine sombre, le regard féroce, fort brun, des traits mâles, un nez long, la barbe jusqu'aux yeux, des sourcils noirs et épais, et cette partie, qui différencie les hommes de notre sexe, d'une telle longueur et d'une grosseur si démesurée, que non seulement jamais rien de pareil ne s'était offert à mes yeux, mais qu'il était même absolument certain que jamais la nature n'avait rien fait d'aussi prodigieux : mes deux mains l'enlaçaient à peine, et sa longueur était celle de mon avant-bras. A ce physique, Roland joignait tous les vices qui peuvent être les fruits d'un tempérament de feu, de beaucoup d'imagination, et d'une aisance toujours trop considérable pour ne l'avoir pas plongé dans de grands travers. Roland achevait sa fortune ; son père, qui l'avait commencée, l'avait laissé fort riche, moyennant quoi ce jeune homme avait déjà beaucoup vécu : blasé sur les plaisirs ordinaires, il n'avait plus recours qu'à des horreurs ; elles seules parvenaient à lui rendre des désirs épuisés par trop de jouissances ; les femmes qui le servaient étaient toutes employées à ses débauches secrètes, et pour satisfaire à des plaisirs un peu moins malhonnêtes dans lesquels ce libertin pût trouver le sel du crime qui le délectait mieux que tout, Roland avait sa propre sœur pour maîtresse, et c'était avec elle qu'il achevait d'éteindre les passions qu'il venait allumer près de nous.

Il était presque nu quand il entra ; son visage, très enflammé, portait à la fois des preuves de l'intempérance de table où il venait de se livrer, et de l'abominable luxure qui le dévorait. Il me considère un instant avec des yeux qui me font frémir.

— Quitte ces vêtements, me dit-il, en arrachant lui-même ceux que j'avais repris pour me couvrir pendant la nuit... oui, quitte tout cela et suis-moi ; je t'ai fait sentir tantôt ce que tu risquais en te livrant à la paresse ; mais s'il te prenait envie de nous trahir, comme le crime serait bien plus grand, il faudrait que la punition s'y proportionnât ; viens donc voir de quelle espèce elle serait.

J'étais dans un état difficile à peindre, mais Roland ne donnant point à mon âme le temps d'éclater, me saisit aussitôt par le bras et m'entraîne ; il me conduisait de la main droite : de la gauche, il tenait une petite lanterne dont nous étions faiblement éclairés ; après plusieurs détours nous nous trouvons à la porte d'une cave ; il l'ouvre, et me faisant passer la première, il me dit de descendre pendant qu'il referme cette première clôture ; j'obéis. A cent marches nous en trouvons une seconde, qui s'ouvre et se referme de la même manière ; mais après celle-ci, il n'y avait plus d'escalier, c'était un petit chemin taillé dans le roc, rempli de sinuosités, et dont la pente était extrêmement raide. Roland ne disait mot, ce silence m'effrayait encore plus ; il nous éclairait de sa lanterne ; nous voyageâmes ainsi près d'un quart d'heure ; l'état dans lequel j'étais me faisait ressentir encore plus vivement l'horrible humidité de ces souterrains. Nous étions enfin si fort descendus, que je ne crains pas d'exagérer en assurant que l'endroit où nous arrivâmes devait être à plus de huit cents pieds dans les entrailles de la terre ; de droite et de gauche du sentier que nous parcourions étaient plusieurs niches, où je vis des coffres qui renfermaient les richesses de ces malfaiteurs. Une dernière porte de bronze se présente enfin, Roland l'ouvre, et je pensai tomber à la renverse en apercevant l'affreux local où me conduisait ce malhonnête homme ; me voyant fléchir, il me pousse rudement, et je me trouve ainsi, sans le vouloir, au milieu de cet affreux sépulcre[64]. Représentez-vous, madame, un caveau rond, de vingt-cinq pieds de diamètre, dont les murs tapissés de noir n'étaient décorés que des plus lugubres objets, des squelettes de toutes sortes de tailles, des ossements en sautoir, des têtes de morts, des faisceaux de verges et de fouets, des sabres, des poignards, des pistolets :

telles étaient les horreurs qu'on voyait sur les murs qu'éclairait une lampe à trois mèches, suspendue à l'un des coins de la voûte ; du cintre partait une longue corde qui tombait à huit ou dix pieds de terre au milieu de ce cachot, et qui, comme vous allez bientôt le voir, n'était là que pour servir à d'affreuses expéditions ; à droite était un cercueil qu'entrouvrait le spectre de la Mort armé d'une faux menaçante ; un prie-Dieu était à côté ; on voyait un crucifix au-dessus, placé entre deux cierges noirs ; à gauche, l'effigie en cire d'une femme nue, si naturelle que j'en fus longtemps la dupe : elle était attachée à une croix, elle y était posée sur la poitrine, de façon qu'on voyait amplement toutes ses parties postérieures, mais cruellement molestées ; le sang paraissait sortir de plusieurs plaies et couler le long de ses cuisses ; elle avait les plus beaux cheveux du monde, sa belle tête était tournée vers nous et semblait implorer sa grâce : on distinguait toutes les contorsions de la douleur imprimées sur son beau visage, et jusqu'aux larmes qui l'inondaient. A l'aspect de cette terrible image, je pensai perdre une seconde fois mes forces ; le fond du caveau était occupé par un vaste canapé noir, duquel se développaient aux regards toutes les atrocités de ce lugubre lieu.

— Voilà où vous périrez, Thérèse, me dit Roland, si vous concevez jamais la fatale idée de quitter ma maison ; oui, c'est ici que je viendrai moi-même vous donner la mort, que je vous en ferai sentir les angoisses par tout ce qu'il me sera possible d'inventer de plus dur.

En prononçant cette menace, Roland s'enflamma ; son agitation, son désordre le rendaient semblable au tigre prêt à dévorer sa proie : ce fut alors qu'il mit au jour le redoutable membre dont il était pourvu ; il me le fit toucher, me demanda si j'en avais vu de semblable.

— Tel que le voilà, catin, me dit-il en fureur, il faudra pourtant bien qu'il s'introduise dans la partie la plus étroite de ton corps, dussé-je te fendre en deux ; ma sœur, bien plus jeune que toi, le soutient dans cette même partie ; jamais je ne jouis différemment des femmes : il faudra donc qu'il te pourfende aussi.

Et pour ne pas me laisser le doute sur le local qu'il voulait dire, il y introduisait trois doigts armés d'ongles fort longs, en me disant :

— Oui, c'est là, Thérèse, c'est là que j'enfoncerai tout à l'heure ce membre qui t'effraie ; il y entrera de toute sa longueur, il te déchirera, il te mettra en sang, et je serai dans l'ivresse.

Il écumait en disant ces mots, entremêlés de jurements et de blasphèmes odieux. La main dont il effleurait le temple qu'il paraissait vouloir attaquer s'égara alors sur toutes les parties adjacentes, il les égratignait ; il en fit autant à ma gorge, il me la meurtrit tellement que j'en souffris quinze jours des douleurs horribles. Ensuite il me plaça sur le bord du canapé, frotta d'esprit-de-vin cette mousse dont la nature orna l'autel où notre espèce se régénère ; il y mit le feu et la brûla. Ses doigts saisirent l'excroissance de chair qui couronne ce même autel, il le froissa rudement ; il introduisit de là ses doigts dans l'intérieur, et ses ongles molestaient la membrane qui le tapisse. Ne se contenant plus, il me dit que puisqu'il me tenait dans son repaire, il valait tout autant que je n'en sortisse plus, que cela lui éviterait la peine de m'y redescendre. Je me précipitai à ses genoux, j'osai lui rappeler encore les services que je lui avais rendus... Je m'aperçus que je l'irritais davantage en reparlant des droits que je supposais à sa pitié ; il me dit de me taire, en me renversant sur le carreau d'un coup de genou appuyé de toutes ses forces dans le creux de mon estomac.

— Allons! me dit-il, en me relevant par les cheveux, allons! prépare-toi; il est certain que je vais t'immoler...

— Oh, monsieur!

— Non, non, il faut que tu périsses; je ne veux plus m'entendre reprocher tes petits bienfaits; j'aime à ne rien devoir à personne, c'est aux autres à tenir tout de moi... Tu vas mourir, te dis-je, place-toi dans ce cercueil, que je voie si tu pourras y tenir.

Il m'y porte, il m'y enferme, puis sort du caveau, et fait semblant de me laisser là. Je ne m'étais jamais crue si près de la mort; hélas! elle allait pourtant s'offrir à moi sous un aspect encore plus réel. Roland revient, il me sort du cercueil.

— Tu seras au mieux là-dedans, me dit-il; on dirait qu'il est fait pour toi; mais t'y laisser finir tranquillement, ce serait une trop belle mort; je vais t'en faire sentir une d'un genre différent et qui ne laisse pas que d'avoir aussi ses douceurs. Allons! implore ton Dieu, catin, prie-le d'accourir te venger, s'il en a vraiment la puissance...

Je me jette sur le prie-Dieu et pendant que j'ouvre à haute voix mon cœur à l'Eternel, Roland redouble sur les parties postérieures que je lui expose ses vexations et ses supplices d'une manière plus cruelle encore; il flagellait ces parties de toute sa force avec un martinet armé de pointes d'acier, dont chaque coup faisait jaillir mon sang jusqu'à la voûte.

— Eh bien! continuait-il en blasphémant, il ne te secourt pas, ton Dieu; il laisse ainsi souffrir la vertu malheureuse, il l'abandonne aux mains de la scélératesse; ah! quel Dieu, Thérèse, quel Dieu que ce Dieu-là ! Viens, me dit-il ensuite, viens, catin, ta prière doit être faite (et en même temps il me place sur l'estomac, au bord du canapé qui faisait le fond de ce cabinet) ; je te l'ai dit, Thérèse, il faut que tu meures !

Il se saisit de mes bras, il les lie sur mes reins, puis il passe autour de mon cou un cordon de soie noire dont les deux extrémités, toujours tenues par lui, peuvent, en serrant à sa volonté, comprimer ma respiration et m'envoyer en l'autre monde, dans le plus ou le moins de temps qu'il lui plaira.

— Ce tourment est plus doux que tu ne penses, Thérèse, me dit Roland ; tu ne sentiras la mort que par d'inexprimables sensations de plaisir ; la compression que cette corde opérera sur la masse de tes nerfs va mettre en feu les organes de la volupté ; c'est un effet certain. Si tous les gens condamnés à ce supplice savaient dans quelle ivresse il fait mourir, moins effrayés de cette punition de leurs crimes, ils les commettraient plus souvent et avec bien plus d'assurance ; cette délicieuse opération, Thérèse, comprimant de même le local où je vais me placer, ajoute-t-il en se présentant à une route criminelle, si digne d'un tel scélérat, va doubler aussi mes plaisirs.

Mais c'est en vain qu'il cherche à la frayer ; il a beau préparer les voies, trop monstrueusement proportionné pour réussir, ses entreprises sont toujours repoussées. C'est alors que sa fureur n'a plus de bornes ; ses ongles, ses mains, ses pieds servent à le venger des résistances que lui oppose la nature. Il se présente de nouveau, le glaive en feu glisse aux bords du canal voisin, et de la vigueur de la secousse y pénètre de près de moitié ; je jette un cri ; Roland, furieux de l'erreur, se retire avec rage, et pour cette fois frappe l'autre porte avec tant de vigueur, que le dard humecté s'y plonge en me déchirant. Roland profite des succès de cette première secousse ; ses efforts deviennent plus violents ; il gagne du terrain ; à mesure qu'il avance, le fatal cordon qu'il m'a passé autour du cou se resserre, je pousse des hurlements épouvantables ; le féroce Roland, qu'ils amusent, m'engage à les redoubler, trop sûr de leur insuffisance, trop maître de les arrêter quand il voudra ; il s'enflamme à leurs sons aigus. Cependant l'ivresse est prête à s'emparer de lui, les compressions du cordon se modulent sur les degrés de son plaisir ; peu à peu mon organe s'éteint ; les serrements alors deviennent si vifs que mes sens s'affaiblissent sans perdre néanmoins la sensibilité ; rudement secouée par le membre énorme dont Roland déchire mes entrailles, malgré l'affreux état dans lequel je suis, je me sens inondée des jets de sa luxure ; j'entends encore les cris qu'il pousse en les versant. Un instant de stupidité succéda, je ne sais ce que je devins, mais bientôt mes yeux se rouvrent à la lumière, je me retrouve libre, dégagée, et mes organes semblent renaître.

— Eh bien ! Thérèse, me dit mon bourreau, je gage que si tu veux être vraie, tu n'as senti que du plaisir ?

— Que de l'horreur, monsieur, que des dégoûts, que des angoisses et du désespoir !

— Tu me trompes, je connais les effets que tu viens d'éprouver ; mais quels qu'ils aient été, que m'importe ! tu dois, je l'imagine, me connaître assez pour être bien sûre que ta volupté m'inquiète infiniment moins que la mienne dans ce que j'entreprends avec toi, et cette volupté que je cherche a été si vive, que je vais m'en procurer encore les instants. C'est de toi, maintenant, Thérèse, me dit cet insigne libertin, c'est de toi seule que tes jours vont dépendre.

Il passe alors autour de mon cou cette corde qui pendait au plafond ; dès qu'elle y est fortement arrêtée, il lie au tabouret sur lequel je posais les pieds et qui m'avait élevée jusque-là, une ficelle dont il tient le bout, et va se placer sur un fauteuil en face de moi : dans mes mains est une serpe tranchante dont je dois me servir pour couper la corde au moment où, par le moyen de la ficelle qu'il tient, il fera trébucher le tabouret sous mes pieds.

— Tu le vois, Thérèse, me dit-il alors, si tu manques ton coup, je ne manquerai pas le mien ; je n'ai donc pas tort de te dire que tes jours dépendent de toi.

Il s'excite ; c'est au moment de son ivresse qu'il doit tirer le tabouret dont la fuite me laisse pendue au plafond ; il fait tout ce qu'il peut pour feindre cet instant ; il serait aux nues si je manquais d'adresse ; mais il a beau faire, je le devine, la violence de son extase le trahit, je lui vois faire le fatal mouvement, le tabouret s'échappe, je coupe la corde et tombe à terre, entièrement dégagée ; là, quoique à plus de douze pieds de lui, le croiriez-vous, madame ? je sens mon corps inondé des preuves de son délire et de sa frénésie.

Une autre que moi, profitant de l'arme qu'elle se trouvait entre les mains, se fût sans doute jetée sur ce monstre ; mais à quoi m'eût servi ce trait de courage ? N'ayant pas les clefs de ces souterrains, en ignorant les détours, je serais morte avant que d'en avoir pu sortir ; d'ailleurs Roland était armé ; je me relevai donc, laissant l'arme à terre, afin qu'il ne conçût même pas sur moi le plus léger soupçon ; il n'en eut point ; il avait savouré le plaisir dans toute son étendue, et content de ma douceur, de ma résignation, bien plus peut-être que de mon adresse, il me fit signe de sortir, et nous remontâmes.

Le lendemain, j'examinai mieux mes compagnes. Ces quatre filles étaient de vingt-cinq à trente ans ;

quoique abruties par la misère et déformées par l'excès des travaux, elles avaient encore des restes de beauté ; leur taille était belle, et la plus jeune, appelée Suzanne, avec des yeux charmants, avait encore de très beaux cheveux ; Roland l'avait prise à Lyon, il avait eu ses prémices, et après l'avoir enlevée à sa famille, sous les serments de l'épouser, il l'avait conduite dans cet affreux château ; elle y était depuis trois ans, et, plus particulièrement encore que ses compagnes, l'objet des férocités de ce monstre : à force de coups de nerf de bœuf, ses fesses étaient devenues calleuses et dures comme le serait une peau de vache desséchée au soleil ; elle avait un cancer au sein gauche et un abcès dans la matrice qui lui causait des douleurs inouïes. Tout cela était l'ouvrage du perfide Roland ; chacune de ces horreurs était le fruit de ses lubricités.

Ce fut elle qui m'apprit que Roland était à la veille de se rendre à Venise, si les sommes considérables qu'il venait de faire dernièrement passer en Espagne lui rapportaient les lettres de change qu'il attendait pour l'Italie, parce qu'il ne voulait point porter son or au-delà des monts ; il n'y en envoyait jamais : c'était dans un pays différent de celui où il se proposait d'habiter qu'il faisait passer ses fausses espèces ; par ce moyen, ne se trouvant riche dans le lieu où il voulait se fixer que des papiers d'un autre royaume, ses friponneries ne pouvaient jamais se découvrir. Mais tout pouvait manquer dans un instant, et la retraite qu'il méditait dépendait absolument de cette dernière négociation, où la plus grande partie de ses trésors était compromise. Si Cadix acceptait ses piastres, ses sequins, ses louis faux, et lui envoyait sur cela des lettres sur Venise, Roland était heureux le reste de sa vie ; si la fraude était découverte, un seul jour suffisait à culbuter le frêle édifice de sa fortune.

— Hélas! dis-je en apprenant ces particularités, la providence sera juste une fois, elle ne permettra pas les succès d'un tel monstre, et nous serons toutes vengées...

Grand Dieu! après l'expérience que j'avais acquise, était-ce à moi de raisonner ainsi!

Vers midi, on nous donnait deux heures de repos dont nous profitions pour aller toujours séparément respirer et dîner dans nos chambres; à deux heures, on nous rattachait et l'on nous faisait travailler jusqu'à la nuit, sans qu'il nous fût jamais permis d'entrer dans le château. Si nous étions nues, c'était non seulement à cause de la chaleur, mais plus encore afin d'être mieux à même de recevoir les coups de nerf de bœuf que venait de temps en temps nous appliquer notre farouche maître. L'hiver, on nous donnait un pantalon et un gilet tellement serrés sur la peau, que nos corps n'en étaient pas moins exposés aux coups d'un scélérat dont l'unique plaisir était de nous rouer.

Huit jours se passèrent sans que je visse Roland; le neuvième, il parut à notre travail, et prétendant que Suzanne et moi tournions la roue avec trop de mollesse, il nous distribua trente coups de nerf de bœuf à chacune, depuis le milieu des reins jusqu'au gras des jambes.

A minuit de ce même jour, le vilain homme vint me trouver dans mon cachot, et s'enflammant du spectacle de ses cruautés, il introduisit encore sa terrible massue dans l'antre ténébreux que je lui exposais par la posture où il me tenait en considérant les vestiges de sa rage. Quand ses passions furent assouvies, je voulus profiter de l'instant de calme pour le supplier d'adoucir mon sort. Hélas! j'ignorais que si dans de telles âmes le moment du délire rend plus actif le penchant qu'elles ont à la cruauté, le calme ne les en ramène pas davantage pour cela aux douces vertus de l'honnête homme; c'est un feu plus ou moins embrasé par les aliments dont on le nourrit, mais qui ne brûle pas moins quoique sous la cendre.

— Et de quel droit, me répondit Roland, prétends-tu que j'allège tes chaînes? Est-ce en raison des fantaisies que je veux bien me passer avec toi? Mais vais-je à tes pieds demander des faveurs de l'accord desquelles tu puisses implorer quelques dédommagements? Je ne te demande rien, je prends, et je ne vois pas que, de ce que j'use d'un droit sur toi, il doive en résulter qu'il me faille abstenir d'en exiger un second. Il n'y a point d'amour dans mon fait: l'amour est un sentiment chevaleresque souverainement méprisé par moi, et dont mon cœur ne sentit jamais les atteintes; je me sers d'une femme par nécessité, comme on se sert d'un vase rond et creux dans un besoin différent, mais n'accordant jamais à cet individu, que mon argent et mon autorité soumettent à mes désirs, ni estime ni tendresse; ne devant ce que j'enlève qu'à moi-même, et n'exigeant jamais de lui que de la soumission, je ne puis être tenu d'après cela à lui accorder aucune gratitude. Je demande à ceux qui voudraient m'y contraindre si un voleur qui arrache la bourse d'un homme dans un bois, parce qu'il se trouve plus fort que lui, doit quelque reconnaissance à cet homme du tort qu'il vient de lui causer? Il en est de même de l'outrage fait à une femme: ce peut être un titre pour lui en faire un second, mais jamais une raison suffisante pour lui accorder des dédommagements.

— Oh! monsieur, lui dis-je, à quel point vous portez la scélératesse!

— Au dernier période, me répondit Roland: il n'est pas un seul écart dans le monde où je ne me sois livré, pas un crime que je n'aie commis, et pas un que mes principes n'excusent ou ne légitiment. J'ai ressenti sans cesse au mal une sorte d'attrait qui tournait toujours au profit de ma volupté ; le crime allume ma luxure ; plus il est affreux, plus il m'irrite ; je jouis en le commettant de la même sorte de plaisir que les gens ordinaires ne goûtent que dans la lubricité, et je me suis trouvé cent fois, pensant au crime, m'y livrant, ou venant de le commettre, absolument dans le même état qu'on est auprès d'une belle femme nue ; il irritait mes sens dans le même genre, et je le commettais pour m'enflammer, comme on s'approche d'un bel objet dans les intentions de l'impudicité.

— Oh ! monsieur, ce que vous dites est affreux, mais j'en ai vu des exemples.

— Il en est mille, Thérèse. Il ne faut pas s'imaginer que ce soit la beauté d'une femme qui irrite le mieux l'esprit d'un libertin : c'est bien plutôt l'espèce de crime qu'ont attaché les lois à sa possession. La preuve en est que, plus cette possession est criminelle, et plus on en est enflammé ; l'homme qui jouit d'une femme qu'il dérobe à son mari, d'une fille qu'il enlève à ses parents, est bien plus délecté sans doute que le mari qui ne jouit que de sa femme ; et plus les liens qu'on brise paraissent respectables, plus la volupté s'agrandit. Si c'est sa mère, si c'est sa sœur, si c'est sa fille, nouveaux attraits aux plaisirs éprouvés ; a-t-on goûté tout cela ? on voudrait que les digues s'accrussent encore pour donner plus de peines et plus de charmes à les franchir. Or, si le crime assaisonne une jouissance, détaché de cette jouissance, il peut donc en être une lui-même ; il y aura donc alors une jouissance certaine dans le crime seul. Car il est impossible que ce qui prête du sel n'en soit pas très pourvu soi-même. Ainsi, je le suppose, le rapt d'une fille pour son propre compte donnera un plaisir très vif, mais le rapt pour le compte d'un autre donnera tout le plaisir dont la jouissance de cette fille se trouvait améliorée par le rapt ; le rapt d'une montre, d'une bourse en donneront également, et si j'ai accoutumé mes sens à se trouver émus de quelque volupté au rapt d'une fille, en tant que rapt, ce même plaisir, cette même volupté se retrouvera au rapt de la montre, à celui de la bourse, etc. Et voilà ce qui explique la fantaisie de tant d'honnêtes gens qui volaient sans en avoir besoin. Rien de plus simple, de ce moment-là, et que l'on goûte les plus grands plaisirs à tout ce qui sera criminel, et que l'on rende, par tout ce que l'on pourra imaginer, les jouissances simples aussi criminelles qu'il sera possible de les rendre ; on ne fait, en se conduisant ainsi, que prêter à cette jouissance la dose de sel qui lui manquait et qui devenait indispensable à la perfection du bonheur. Ces systèmes mènent loin, je le sais, peut-être même te le prouverai-je avant peu, Thérèse, mais qu'importe pourvu qu'on jouisse ? Y avait-il, par exemple, chère fille, quelque chose de plus simple et de plus naturel que de me voir jouir de toi ? Mais tu t'y opposes, tu me demandes que cela ne soit pas ; il semblerait par les obligations que je t'ai, que je dusse t'accorder ce que tu exiges. Cependant je ne me rends à rien, je n'écoute rien, je brise tous les nœuds qui captivent les sots, je te soumets à mes désirs, et de la plus simple, de la plus monotone jouissance, j'en fais une vraiment délicieuse. Soumets-toi donc, Thérèse, soumets-toi ; et si jamais tu reviens au monde sous le caractère du plus fort, abuse même de tes droits, et tu connaîtras de tous les plaisirs le plus vif et le plus piquant [65].

Roland sortit en disant ces mots, et me laissa dans des réflexions qui, comme vous croyez bien, n'étaient pas à son avantage.

Il y avait six mois que j'étais dans cette maison, servant de temps en temps aux insignes débauches de ce scélérat, lorsque je le vis entrer un soir dans ma prison avec Suzanne.

— Viens, Thérèse, me dit-il, il y a longtemps, ce me semble, que je ne t'ai fait descendre dans ce caveau qui t'a tant effrayée. Suivez-y-moi toutes les deux, mais ne vous attendez pas à remonter de même, il faut absolument que j'en laisse une, nous verrons sur laquelle tombera le sort.

Je me lève, je jette des yeux alarmés sur ma compagne, je vois des pleurs rouler dans les siens... nous marchons.

Dès que nous fûmes enfermées dans le souterrain, Roland nous examina toutes deux avec des yeux féroces ; il se plaisait à nous redire notre arrêt et à nous bien convaincre l'une et l'autre qu'il en resterait assurément une des deux.

— Allons, dit-il en s'asseyant et nous faisant tenir droites devant lui, travaillez chacune à votre tour au désenchantement de ce perclus, et malheur à celle qui lui rendra son énergie.

— C'est une injustice, dit Suzanne ; celle qui vous irritera le mieux doit être celle qui doit obtenir sa grâce.

— Point du tout, dit Roland ; dès qu'il sera prouvé que c'est elle qui m'enflamme le mieux, il devient constant que c'est elle dont la mort me donnera le plus de plaisir... et je ne vise qu'au plaisir. D'ailleurs, en accordant la grâce à celle qui va m'enflammer le plus tôt, vous y procéderiez l'une et l'autre avec une telle ardeur, que vous plongeriez peut-être mes sens dans l'extase avant que le sacrifice ne fût consommé, et c'est ce qu'il ne faut pas.

— C'est vouloir le mal pour le mal, monsieur, dis-je

à Roland ; le complément de votre extase doit être la seule chose que vous deviez désirer, et si vous y arrivez sans crime, pourquoi voulez-vous en commettre ?

— Parce que je n'y parviendrai délicieusement qu'ainsi, et parce que je ne descends dans ce caveau que pour en commettre un. Je sais parfaitement bien que j'y réussirais sans cela, mais je veux ça pour y réussir.

Et, pendant ce dialogue, m'ayant choisie pour commencer, je l'excite d'une main par-devant, de l'autre par-derrière, tandis qu'il touche à loisir toutes les parties de mon corps qui lui sont offertes au moyen de ma nudité.

— Il s'en faut encore de beaucoup, Thérèse, me dit-il en touchant mes fesses, que ces belles chairs-là soient dans l'état de callosité, de mortification où voilà celles de Suzanne ; on brûlerait celles de cette chère fille, qu'elle ne le sentirait pas ; mais toi, Thérèse, mais toi... ce sont encore des roses qu'entrelacent des lis : nous y viendrons, nous y viendrons.

Vous n'imaginez pas, madame, combien cette menace me tranquillisa : Roland ne se doutait pas sans doute, en la faisant, du calme qu'il répandait dans moi, mais n'était-il pas clair que puisqu'il projetait de me soumettre à de nouvelles cruautés, il n'avait pas envie de m'immoler encore ? Je vous l'ai dit, madame, tout frappe dans le malheur, et dès lors je me rassurai. Autre surcroît de bonheur ! Je n'opérais rien, et cette masse énorme, mollement repliée sous elle-même, résistait à toutes mes secousses ; Suzanne, dans la même attitude, était palpée dans les mêmes endroits ; mais comme les chairs étaient bien autrement endurcies, Roland ménageait beaucoup moins ; Suzanne était pourtant plus jeune.

— Je suis persuadé, disait notre persécuteur, que

338

les fouets les plus effrayants ne parviendraient pas maintenant à tirer une goutte de sang de ce cul-là.

Il nous fit courber l'une et l'autre, et s'offrant par notre inclination les quatre routes du plaisir, sa langue frétilla dans les deux plus étroites ; le vilain cracha dans les autres. Il nous reprit par-devant, nous fit mettre à genoux entre ses cuisses, de façon que nos deux gorges se trouvassent à hauteur de ce que nous excitions en lui.

— Oh ! pour la gorge, dit Roland, il faut que tu le cèdes à Suzanne ; jamais tu n'eus d'aussi beaux tétons ; tiens, vois comme c'est fourni !

Et il pressait, en disant cela, le sein de cette malheureuse jusqu'à le meurtrir dans ses doigts. Ici, ce n'était plus moi qui l'excitait, Suzanne m'avait remplacée ; à peine s'était-il trouvé dans ses mains, que le dard, s'élançant du carquois, menaçait déjà vivement tout ce qui l'entourait.

— Suzanne, dit Roland, voilà d'effrayants succès... C'est ton arrêt, Suzanne, je le crains, continuait cet homme féroce en lui pinçant, en lui égratignant les mamelles.

Quant aux miennes, il les suçait et les mordillait seulement. Il place enfin Suzanne à genoux sur le bord du sofa. Il lui fait courber la tête, et jouit d'elle en cette attitude, de la manière affreuse qui lui est naturelle : réveillée par de nouvelles douleurs, Suzanne se débat, et Roland, qui ne veut qu'escarmoucher, content de quelques courses, vient se réfugier dans moi au même temple où il a sacrifié chez ma compagne, qu'il ne cesse de vexer, de molester pendant ce temps-là.

— Voilà une catin qui m'excite cruellement, me dit-il, je ne sais ce que je voudrais lui faire.

— Oh ! monsieur, dis-je, ayez pitié d'elle ; il est impossible que ses douleurs soient plus vives.

— Oh ! que si ! dit le scélérat. On pourrait... Ah ! si j'avais ici ce fameux empereur Kié, l'un des plus grands scélérats que la Chine ait vus sur son trône *, nous ferions bien autre chose vraiment. Entre sa femme et lui, immolant chaque jour des victimes, tous deux, dit-on, les faisaient vivre vingt-quatre heures dans les plus cruelles angoisses de la mort, et dans un tel état de douleur qu'elles étaient toujours prêtes à rendre l'âme sans pouvoir y réussir, par les soins cruels de ces monstres qui, les faisant flotter de secours en tourments, ne les rappelaient cette minute-ci à la lumière que pour leur offrir la mort celle d'après... Moi, je suis trop doux, Thérèse, je n'entends rien à tout cela, je ne suis qu'un écolier.

Roland se retire sans terminer le sacrifice, et me fait presque autant de mal par cette retraite précipitée qu'il n'en avait fait en s'introduisant. Il se jette dans les bras de Suzanne, et joignant le sarcasme à l'outrage :

— Aimable créature, lui dit-il, comme je me rappelle avec délices les premiers instants de notre union ! Jamais femme ne me donna des plaisirs plus vifs ; jamais je n'en aimai comme toi !... Embrassons-nous, Suzanne, nous allons nous quitter, pour bien long-temps peut-être.

* L'empereur chinois Kié avait une femme aussi cruelle et aussi débauchée que lui ; le sang ne leur coûtait rien à répandre, et pour leur seul plaisir, ils en versaient des flots ; ils avaient, dans l'intérieur de leur palais, un cabinet secret où les victimes s'immolaient sous leurs yeux pendant qu'ils jouissaient. Théo, l'un des successeurs de ce prince, eut comme lui une femme très cruelle ; ils avaient inventé une colonne d'airain que l'on faisait rougir, et sur laquelle on attachait des infortunés sous leurs yeux : « La princesse, dit l'historien dont nous empruntons ces traits, s'amusait infiniment des contorsions et des cris de ces tristes victimes ; elle n'était pas contente si son mari ne lui donnait fréquemment ce spectacle. » (*Hist. des Conj.,* tome vii, page 43).

— Monstre, lui dit ma compagne en le repoussant avec horreur, éloigne-toi ; ne joins pas aux tourments que tu m'infliges le désespoir d'entendre tes horribles propos ; tigre, assouvis ta rage, mais respecte au moins mes malheurs.

Roland la prit, il la coucha sur le canapé, les cuisses très ouvertes, et l'atelier de la génération absolument à sa portée.

— Temple de mes anciens plaisirs, s'écria cet infâme, vous qui m'en procurâtes de si doux quand je cueillis vos premières roses, il faut bien que je vous fasse aussi mes adieux...

Le scélérat ! il y introduisit ses ongles, et farfouillant avec, plusieurs minutes, dans l'intérieur, pendant lesquelles Suzanne jetait les hauts cris, il ne les retira que couverts de sang. Rassasié de ces horreurs, et sentant bien qu'il ne lui était plus possible de se contenir :

— Allons, Thérèse, me dit-il, allons, chère fille, dénouons tout ceci par une petite scène du jeu de coupe-corde *.

---

* Ce jeu, qui a été décrit plus haut, était fort en usage chez les Celtes dont nous descendons (voyez l'*Histoire des Celtes,* par M. Peloutier) ; presque tous ces écarts de débauches, ces passions singulières du libertinage, en partie décrites dans ce livre, et qui éveillent ridiculement aujourd'hui l'attention des lois, étaient jadis ou des jeux de nos ancêtres qui valaient mieux que nous, ou des coutumes légales, ou des cérémonies religieuses : maintenant nous en faisons des crimes. Dans combien de cérémonies pieuses des païens faisait-on usage de la fustigation ! Plusieurs peuples employaient ces mêmes tourments ou passions pour installer leurs guerriers, cela s'appelait *Huscanaver* (voyez les cérémonies religieuses de tous les peuples de la terre). Ces plaisanteries, dont tout l'inconvénient peut être au plus la mort d'une catin, sont des crimes capitaux à présent ! Vivent les progrès de la civilisation ! Comme ils coopèrent au bonheur de l'homme, et comme nous sommes bien plus fortunés que nos aïeux !

Tel était le nom de cette funeste plaisanterie dont je vous ai fait la description, la première fois que je vous parlai du caveau de Roland. Je monte sur le trépied, le vilain homme m'attache la corde au col, il se place en face de moi ; Suzanne, quoique dans un état affreux, l'excite de ses mains ; au bout d'un instant, il tire le tabouret sur lequel mes pieds posent, mais armée de la serpe, la corde est aussitôt coupée et je tombe à terre sans nul mal.

— Bien, bien, dit Roland ; à toi, Suzanne, tout est dit, et je te fais grâce si tu t'en tires avec autant d'adresse.

Suzanne est mise à ma place. Oh ! madame, permettez que je vous déguise les détails de cette affreuse scène [66]... La malheureuse n'en revint pas.

— Sortons, Thérèse, me dit Roland ; tu ne rentreras plus dans ces lieux que ce ne soit ton tour.

— Quand vous voudrez, monsieur, quand vous voudrez, répondis-je ; je préfère la mort à l'affreuse vie que vous me faites mener. Sont-ce des malheureuses comme nous à qui la vie peut encore être chère ?...

Et Roland me renferma dans mon cachot. Mes compagnes me demandèrent le lendemain ce qu'était devenue Suzanne, je le leur appris ; elles ne s'en étonnèrent pas ; toutes s'attendaient au même sort, et toutes, à mon exemple, y voyant le terme de leurs maux, le désiraient avec empressement.

Deux ans se passèrent ainsi, Roland dans ses débauches ordinaires, moi dans l'horrible perspective d'une mort cruelle, lorsque la nouvelle se répandit enfin dans le château que non seulement les désirs de notre maître étaient satisfaits, que non seulement il recevait pour Venise la quantité immense de papier qu'il en avait désiré, mais qu'on lui redemandait même encore six millions de fausses espèces dont on lui ferait passer les

342

fonds à sa volonté pour l'Italie ; il était impossible que ce scélérat fît une plus belle fortune ; il partait avec plus de deux millions de rentes, sans les espérances qu'il pouvait concevoir : tel était le nouvel exemple que la providence me préparait, telle était la nouvelle manière dont elle voulait encore me convaincre que la prospérité n'était que pour le crime et l'infortune pour la vertu.

Les choses étaient dans cet état, lorsque Roland vint me chercher pour descendre une troisième fois dans le caveau. Je frémis en me rappelant les menaces qu'il m'avait faites la dernière fois que nous y étions allés.

— Rassure-toi, me dit-il, tu n'as rien à craindre, il s'agit de quelque chose qui ne concerne que moi... une volupté singulière dont je veux jouir et qui ne te fera courir nul risque.

Je le suis. Dès que toutes les portes sont fermées :

— Thérèse, me dit Roland, il n'y a que toi dans la maison à qui j'ose me confier pour ce dont il s'agit ; il me fallait une très honnête femme... Je n'ai vu que toi, je l'avoue, je te préfère même à ma sœur...

Pleine de surprise, je le conjure de s'expliquer.

— Ecoute-moi, me dit-il ; ma fortune est faite, mais quelques faveurs que j'aie reçues du sort, il peut m'abandonner d'un instant à l'autre ; je puis être guetté, je puis être saisi dans le transport que je vais faire de mes richesses, et, si ce malheur m'arrive, ce qui m'attend, Thérèse, c'est la corde ; c'est le même plaisir que je me plais à faire goûter aux femmes, qui me servira de punition. Je suis convaincu, autant qu'il est possible de l'être, que cette mort est infiniment plus douce qu'elle n'est cruelle ; mais, comme les femmes à qui j'en ai fait éprouver les premières angoisses n'ont jamais voulu être vraies avec moi, c'est sur mon propre individu que j'en veux connaître la sensation. Je veux savoir, par mon expérience même, s'il n'est pas très certain que cette compression détermine, dans celui qui l'éprouve, le nerf érecteur à l'éjaculation ; une fois persuadé que cette mort n'est qu'un jeu, je la braverai bien plus courageusement, car ce n'est pas la cessation de mon existence qui m'effraie : mes principes sont faits sur cela, et bien persuadé que la matière ne peut jamais redevenir que matière, je ne crains pas plus l'enfer que je n'attends le paradis ; mais j'appréhende les tourments d'une mort cruelle ; je ne voudrais pas souffrir en mourant : essayons donc. Tu me feras tout ce que je t'ai fait ; je vais me mettre nu ; je monterai sur le tabouret, tu lieras la corde, je m'exciterai un moment, puis, dès que tu verras les choses prendre une sorte de consistance, tu retireras le tabouret, et je resterai pendu ; tu m'y laisseras jusqu'à ce que tu voies ou l'émission de ma semence ou des symptômes de douleur ; dans ce second cas, tu me détacheras sur-le-champ ; dans l'autre, tu laisseras agir la nature, et tu ne me détacheras qu'après. Tu le vois, Thérèse, je vais mettre ma vie dans tes mains : ta liberté, ta fortune, tel sera le prix de ta bonne conduite.

— Ah ! monsieur, répondis-je, il y a de l'extravagance à cette proposition.

— Non, Thérèse, je l'exige, répondit-il en se déshabillant, mais conduis-toi bien ; vois quelle preuve je te donne de ma confiance et de mon estime !

A quoi m'eût-il servi de balancer ? N'était-il pas maître de moi ? D'ailleurs, il me paraissait que le mal que j'allais faire serait aussitôt réparé par l'extrême soin que je prendrais pour lui conserver la vie : j'en allais être maîtresse, de cette vie, mais quelles que pussent être ses intentions vis-à-vis de moi, ce ne serait assurément que pour la lui rendre.

Nous nous disposons : Roland s'échauffe par quelques-unes de ses caresses ordinaires; il monte sur le tabouret, je l'accroche; il veut que je l'invective pendant ce temps-là, que je lui reproche toutes les horreurs de sa vie : je le fais; bientôt son dard menace le ciel, lui-même me fait signe de retirer le tabouret, j'obéis[67]. Le croirez-vous, madame, rien de si vrai que ce qu'avait cru Roland : ce ne furent que des symptômes de plaisir qui se peignirent sur son visage, et presque au même instant des jets rapides de semence s'élancèrent à la voûte. Quand tout est répandu, sans que j'aie aidé en quoi que ce pût être, je vole le dégager, il tombe évanoui, mais à force de soins, je lui ai bientôt fait reprendre ses sens.

— Oh! Thérèse, me dit-il en rouvrant les yeux, on ne se figure point ces sensations; elles sont au-dessus de tout ce qu'on peut dire : qu'on fasse maintenant de moi ce que l'on voudra, je brave le glaive de Thémis. Tu vas me trouver encore bien coupable envers la reconnaissance. Thérèse, me dit Roland en m'attachant les mains derrière le dos, mais que veux-tu, ma chère, on ne se corrige point à mon âge... Chère créature, tu viens de me rendre à la vie, et je n'ai jamais si fortement conspiré contre la tienne; tu as plaint le sort de Suzanne, eh bien! je vais te réunir à elle; je vais te plonger vive dans le caveau où elle expira.

Je ne vous peindrai point mon état, madame, vous le concevez; j'ai beau pleurer, beau gémir, on ne m'écoute plus. Roland ouvre le caveau fatal, il y descend une lampe, afin que j'en puisse encore mieux discerner la multitude de cadavres dont il est rempli, il passe ensuite une corde sous mes bras, liés, comme je vous l'ai dit, derrière mon dos, et par le moyen de cette corde il me descend à vingt pieds du fond de ce caveau et à environ trente de celui où il était : je souffrais horriblement dans cette position, il semblait que l'on m'arrachât les bras. De quelle frayeur ne devais-je pas être saisie, et quelle perspective s'offrait à moi! Des monceaux de corps morts au milieu desquels j'allais finir mes jours et dont l'odeur m'infectait déjà! Roland arrête la corde à un bâton fixé en travers du trou, puis armé d'un couteau, je l'entends qui s'excite.

— Allons, Thérèse, me dit-il, recommande ton âme à Dieu, l'instant de mon délire sera celui où je te jetterai dans ce sépulcre, où je te plongerai dans l'éternel abîme qui t'attend; ah!... ah!... Thérèse, ah!...

Et je sentis ma tête couverte des preuves de son extase sans qu'il eût heureusement coupé la corde : il me retire.

— Eh bien! me dit-il, as-tu eu peur?

— Ah, monsieur!

— C'est ainsi que tu mourras, Thérèse, sois-en sûre, et j'étais bien aise de t'y accoutumer.

Nous remontâmes... Devais-je me plaindre, devais-je me louer? Quelle récompense de ce que je venais encore de faire pour lui! Mais le monstre n'en pouvait-il pas faire davantage? Ne pouvait-il pas me faire perdre la vie? Oh, quel homme!

Roland enfin prépara son départ. Il vint me voir la veille à minuit; je me jette à ses pieds, je le conjure avec les plus vives instances de me rendre la liberté et d'y joindre le peu qu'il voulait d'argent pour me conduire à Grenoble.

— A Grenoble! Assurément non, Thérèse, tu nous y dénoncerais.

— Eh bien! monsieur, lui dis-je en arrosant ses genoux de mes larmes, je vous fais serment de n'y jamais aller, et pour vous en convaincre, daignez me conduire avec vous jusqu'à Venise; peut-être n'y trouverai-je pas des cœurs aussi durs que dans ma patrie, et une fois que vous aurez bien voulu m'y rendre, je vous jure sur tout ce qu'il y a de plus saint de ne vous y jamais importuner.

— Je ne te donnerai pas un secours, pas un sou, me répondit durement cet insigne coquin ; tout ce qui tient à la pitié, à la commisération, à la reconnaissance, est si loin de mon cœur, que fussé-je trois fois plus riche que je ne le suis, on ne me verrait pas donner un écu à un pauvre : le spectacle de l'infortune m'irrite, il m'amuse, et quand je ne peux pas faire le mal moi-même, je jouis avec délices de celui que fait la main du sort. J'ai des principes sur cela dont je ne m'écarterai point, Thérèse ; le pauvre est dans l'ordre de la nature : en créant les hommes de forces inégales, elle nous a convaincus du désir qu'elle avait que cette inégalité se conservât, même dans les changements que notre civilisation apporterait à ses lois ; soulager l'indigent est anéantir l'ordre établi ; c'est s'opposer à celui de la nature, c'est renverser l'équilibre qui est la base de ses plus sublimes arrangements ; c'est travailler à une inégalité dangereuse pour la société ; c'est encourager l'indolence et la fainéantise ; c'est apprendre au pauvre à voler l'homme riche, quand il plaira à celui-ci de refuser son secours, et cela par l'habitude où ces secours auront mis le pauvre de les obtenir sans travail.

— Oh ! monsieur, que ces principes sont durs ! Parleriez-vous de cette manière si vous n'aviez pas toujours été riche ?

— Cela se peut, Thérèse ; chacun a sa façon de voir, telle est la mienne, et je n'en changerai pas. On se plaint des mendiants en France : si l'on voulait, il n'y en aurait bientôt plus ; on n'en aurait pas pendu sept ou huit mille que cette infâme engeance disparaîtrait bientôt. Le corps politique doit avoir sur cela les mêmes règles que le corps physique. Un homme dévoré de vermine la laisserait-il subsister sur lui par commisération ? Ne déracinons-nous pas dans nos jardins la plante parasite qui nuit au végétal utile ? Pourquoi donc, dans ce cas-ci, vouloir agir différemment ?

— Mais la religion, m'écriai-je, monsieur, la bienfaisance, l'humanité !...

— Sont les pierres d'achoppement de tout ce qui prétend au bonheur, dit Roland ; si j'ai consolidé le mien, ce n'est que sur les débris de tous ces infâmes préjugés de l'homme ; c'est en me moquant des lois divines et humaines ; c'est en sacrifiant toujours le faible quand je le trouvais dans mon chemin ; c'est en abusant de la bonne foi publique ; c'est en ruinant le pauvre et volant le riche, que je suis parvenu au temple escarpé de la divinité que j'encensais ; que ne m'imitais-tu ? La route étroite de ce temple s'offrait à tes yeux comme aux miens ; les vertus chimériques que tu leur as préférées t'ont-elles consolée de tes sacrifices ? Il n'est plus temps, malheureuse, il n'est plus temps, pleure sur tes fautes, souffre et tâche de trouver, si tu peux, dans le sein des fantômes que tu révères, ce que le culte que tu leur as rendu t'a fait perdre.

Le cruel Roland, à ces mots, se précipite sur moi et je suis encore obligée de servir aux indignes voluptés d'un monstre que j'abhorrais avec tant de raison ; je crus cette fois qu'il m'étranglerait. Quand sa passion fut satisfaite, il prit le nerf de bœuf et m'en donna plus de cent coups sur tout le corps, m'assurant que j'étais bien heureuse de ce qu'il n'avait pas le temps d'en faire davantage.

Le lendemain, avant de partir, ce malheureux nous donna une nouvelle scène de cruauté et de barbarie dont les annales des Andronic, des Néron, des Tibère, des Venceslas ne fournissent aucun exemple. Tout le monde croyait au château que la sœur de Roland partirait avec lui[68]. Il l'avait fait habiller en conséquence ; au moment de monter à cheval, il la conduit vers nous.

— Voilà ton poste, vile créature, lui dit-il, en lui ordonnant de se mettre nue ; je veux que mes camarades se souviennent de moi en leur laissant pour gage la femme dont ils me croient le plus épris ; mais comme il n'en faut qu'un certain nombre ici, que je vais faire une route dangereuse dans laquelle mes armes me seront peut-être utiles, il faut que j'essaie mes pistolets sur l'une de ces coquines.

En disant cela, il en arme un, le présente sur la poitrine de chacune de nous, et revenant enfin à sa sœur :

— Va, lui dit-il, catin, en lui brûlant la cervelle, va dire au diable que Roland, le plus riche des scélérats de la terre, est celui qui brave le plus insolemment et la main du Ciel et la sienne !

Cette infortunée, qui n'expira pas tout de suite, se débattit longtemps sous ses fers : spectacle horrible que cet infâme coquin considère de sang-froid et dont il ne s'arrache enfin qu'en s'éloignant pour toujours de nous.

Tout changea dès le lendemain du départ de Roland. Son successeur, homme doux et plein de raison, nous fit à l'instant relâcher.

— Ce n'est point là l'ouvrage d'un sexe faible et délicat, nous dit-il avec bonté ; c'est à des animaux à servir cette machine ; le métier que nous faisons est assez criminel, sans offenser encore l'Etre suprême par des atrocités gratuites.

Il nous établit dans le château, et me mit, sans rien exiger de moi, en possession des soins que remplissait la sœur de Roland ; les autres femmes furent occupées à la taille de pièces de monnaie, métier bien moins fatigant sans doute et dont elles étaient pourtant récompensées, ainsi que moi, par de bonnes chambres et une excellente nourriture.

Au bout de deux mois, Dalville, successeur de Roland, nous apprit l'heureuse arrivée de son confrère à Venise : il y était établi, il y avait réalisé sa fortune, et il jouissait de tout le repos, de tout le bonheur dont il avait pu se flatter. Il s'en fallut bien que le sort de celui qui le remplaçait fût le même. Le malheureux Dalville était honnête dans sa profession : c'en était plus qu'il ne fallait pour être promptement écrasé.

Un jour que tout était tranquille au château, que sous les lois de ce bon maître le travail, quoique criminel, s'y faisait pourtant avec gaieté, les portes furent enfoncées, les fossés escaladés, et la maison, avant que nos gens aient le temps de songer à leur défense, se trouve remplie de plus de soixante cavaliers de la maréchaussée. Il fallut se rendre ; il n'y avait pas moyen de faire autrement. On nous enchaîne comme des bêtes ; on nous attache sur des chevaux et l'on nous conduit à Grenoble. Oh, ciel ! me dis-je en y entrant, c'est donc l'échafaud qui va faire mon sort dans cette ville où j'avais la folie de croire que le bonheur devait naître pour moi... O pressentiments de l'homme, comme vous êtes trompeurs !

Le procès des faux-monnayeurs fut bientôt jugé ; tous furent condamnés à être pendus. Lorsqu'on vit la marque que je portais, on s'évita presque la peine de m'interroger, et j'allais être traitée comme les autres, quand j'essayai d'obtenir enfin quelque pitié du magistrat fameux, honneur de ce tribunal juge intègre, citoyen chéri, philosophe éclairé, dont la sagesse et la bienfaisance graveront à jamais au temple de Thémis le nom célèbre en lettres d'or. Il m'écouta ; convaincu de ma bonne foi et de la vérité de mes malheurs, il daigna mettre à mon procès un peu plus d'attention que ses confrères... O grand homme, je te dois mon hommage, la reconnaissance d'une infortunée ne sera point onéreuse pour toi, et le tribut qu'elle t'offre, en faisant connaître ton cœur, sera toujours la plus douce jouissance du sien.

M. S*** [69] devint mon avocat lui-même ; mes plaintes furent entendues, et sa mâle éloquence éclaira les esprits. Les dépositions générales des faux-monnayeurs qu'on allait exécuter vinrent appuyer le zèle de celui qui voulait bien s'intéresser à moi : je fus déclarée séduite, innocente, pleinement déchargée d'accusation, avec une entière liberté de devenir ce que je voudrais. Mon protecteur joignit à ces services celui de me faire obtenir une quête qui me valut plus de cinquante louis ; enfin je voyais luire à mes yeux l'aurore du bonheur ; enfin mes pressentiments semblaient se réaliser, et je me croyais au terme de mes maux, quand il plut à la Providence de me convaincre que j'en étais encore bien loin.

Au sortir de prison, je m'étais logée dans une auberge en face du pont de l'Isère, du côté des faubourgs, où l'on m'avait assuré que je serais honnêtement. Mon intention, d'après le conseil de M. S ***, était d'y rester quelque temps pour essayer de me placer dans la ville, ou m'en retourner à Lyon, si je ne réussissais pas avec des lettres de recommandation que M. S*** avait la bonté de m'offrir. Je mangeais dans cette auberge à ce qu'on appelle la table d'hôte, lorsque je m'aperçus le second jour que j'étais extrêmement observée par une grosse dame fort bien mise, qui se faisait donner le titre de baronne : à force de l'examiner à mon tour, je crus la reconnaître, nous nous avançâmes simultanément l'une vers l'autre, comme deux personnes qui se sont connues, mais qui ne peuvent se rappeler où.

Enfin la baronne me tirant à l'écart :

— Thérèse, me dit-elle, me trompé-je ? n'êtes-vous pas celle que je sauvai il y a dix ans de la Conciergerie, et ne remettez-vous point la Dubois ?

Peu flattée de cette découverte, j'y réponds pourtant avec politesse, mais j'avais affaire à la femme la plus fine et la plus adroite qu'il y eût en France : il n'y eut pas moyen d'échapper. La Dubois me combla de politesses, elle me dit qu'elle s'était intéressée à mon sort avec toute la ville, mais que si elle avait su que cela m'eût regardée, il n'y eût sorte de démarches qu'elle n'eût faites auprès des magistrats parmi lesquels plusieurs étaient, prétendait-elle, de ses amis. Faible à mon ordinaire, je me laissai conduire dans la chambre de cette femme et lui racontai mes malheurs.

— Ma chère amie, me dit-elle en m'embrassant encore, si j'ai désiré de te voir plus intimement, c'est pour t'apprendre que ma fortune est faite, et que tout ce que j'ai est à ton service ; regarde, me dit-elle en m'ouvrant des cassettes pleines d'or et de diamants, voilà les fruits de mon industrie ; si j'eusse encensé la vertu comme toi, je serais aujourd'hui enfermée ou pendue.

— O madame, lui dis-je, si vous ne devez tout cela qu'à des crimes, la Providence, qui finit toujours par être juste, ne vous en laissera pas jouir longtemps.

— Erreur, me dit la Dubois, ne t'imagine pas que la Providence favorise toujours la vertu ; qu'un court instant de prospérité ne t'aveugle pas à ce point. Il est égal au maintien des lois de la Providence que Paul suive le mal, pendant que Pierre se livre au bien ; il faut à la nature une somme égale de l'un et de l'autre, et l'exercice du crime plutôt que celui de la vertu est la chose au monde qui lui est la plus indifférente. Ecoute, Thérèse, écoute-moi avec un peu d'attention, continua cette corruptrice en s'asseyant et me faisant placer à ses côtés ; tu as de l'esprit, mon enfant, et je voudrais enfin te convaincre.

Ce n'est pas le choix que l'homme fait de la vertu qui lui fait trouver le bonheur, chère fille, car la vertu n'est, comme le vice, qu'une des manières de se conduire dans le monde ; il ne s'agit donc pas de suivre plutôt l'un que l'autre ; il n'est question que de marcher dans la route générale ; celui qui s'en écarte a toujours tort. Dans un monde entièrement vertueux, je te conseillerais la vertu, parce que les récompenses y étant attachées, le bonheur y tiendrait infailliblement : dans un monde totalement corrompu, je ne te conseillerai jamais que le vice. Celui qui ne suit pas la route des autres périt inévitablement ; tout ce qu'il rencontre le heurte, et comme il est le plus faible, il faut nécessairement qu'il soit brisé. C'est en vain que les lois veulent rétablir l'ordre et ramener les hommes à la vertu ; trop prévaricatrices pour l'entreprendre, trop insuffisantes pour y réussir, elles écarteront un instant du chemin battu, mais elles ne le feront jamais quitter. Quand l'intérêt général des hommes les portera à la corruption, celui qui ne voudra pas se corrompre avec eux luttera donc contre l'intérêt général ; or, quel bonheur peut attendre celui qui contrarie perpétuellement l'intérêt des autres ? Me diras-tu que c'est le vice qui contrarie l'intérêt des hommes ? Je te l'accorderais dans un monde composé d'une égale partie de bons et de méchants, parce qu'alors l'intérêt des uns choque visiblement celui des autres ; mais ce n'est plus cela dans une société toute corrompue ; mes vices, alors, n'outrageant que le vicieux, déterminent dans lui d'autres vices qui le dédommagent, et nous nous trouvons tous les deux heureux. La vibration devient générale ; c'est une multitude de chocs et de lésions mutuelles où chacun, regagnant aussitôt ce qu'il vient de perdre, se retrouve sans cesse dans une position heureuse. Le vice n'est dangereux qu'à la vertu qui, faible et timide, n'ose jamais rien entreprendre ; mais quand elle n'existe plus sur la terre, quand son fastidieux règne est fini, le vice alors, n'outrageant plus que le vicieux, fera éclore d'autres vices, mais n'altérera plus de vertus. Comment n'aurais-tu pas échoué mille fois dans ta vie, Thérèse, en prenant sans cesse à contresens la route que suivait tout le monde ? Si tu t'étais livrée au torrent, tu aurais trouvé le port comme moi. Celui qui veut remonter un fleuve parcourra-t-il dans un même jour autant de chemin que celui qui le descend ? Tu me parles toujours de la Providence ; eh ! qui te prouve que cette Providence aime l'ordre, et par conséquent la vertu ? Ne te donne-t-elle pas sans cesse des exemples de ses injustices et de ses irrégularités ? Est-ce en envoyant aux hommes la guerre, la peste et la famine, est-ce en ayant formé un univers vicieux dans toutes ses parties, qu'elle manifeste à tes yeux son amour extrême pour le bien ? Pourquoi veux-tu que les individus vicieux lui déplaisent, puisqu'elle n'agit elle-même que par des vices ; que tout est vice et corruption dans ses œuvres ; que tout est crime et désordre dans ses volontés ? Mais de qui tenons-nous d'ailleurs ces mouvements qui nous entraînent au mal ? n'est-ce pas sa main qui nous les donne ? est-il une seule de nos sensations qui ne vienne d'elle ? un seul de nos désirs qui ne soit son ouvrage ? Est-il donc raisonnable de dire qu'elle nous laisserait ou nous donnerait des penchants pour une chose qui lui nuirait, ou qui lui serait inutile ? Si donc les vices lui servent, pourquoi voudrions-nous y résister ? de quel droit travaillerionsnous à les détruire ? et d'où vient que nous étoufferions leur voix ? Un peu plus de philosophie dans le monde remettrait bientôt tout dans l'ordre, et ferait voir aux magistrats, aux législateurs, que les crimes qu'ils blâment et punissent avec tant de rigueur ont quelquefois un degré d'utilité bien plus grand que ces vertus qu'ils prêchent sans les pratiquer eux-mêmes et sans jamais les récompenser [70].

— Mais quand je serais assez faible, madame, répondis-je, pour embrasser vos affreux systèmes, comment parviendriez-vous à étouffer le remords qu'ils feraient à tout instant naître dans mon cœur ?

— Le remords est une chimère, me dit la Dubois ; il n'est, ma chère Thérèse, que le murmure imbécile de l'âme assez timide pour n'oser pas l'anéantir.

— L'anéantir ! le peut-on ?

— Rien de plus aisé ; on ne se repent que de ce qu'on n'est pas dans l'usage de faire ; renouvelez souvent ce qui vous donne des remords, et vous les éteindrez bientôt ; opposez-leur le flambeau des passions, les lois puissantes de l'intérêt, vous les aurez bientôt dissipés. Le remords ne prouve pas le crime, il dénote seulement une âme facile à subjuguer ; qu'il vienne un ordre absurde de t'empêcher de sortir à l'instant de cette chambre, tu n'en sortiras pas sans remords, quelque certain qu'il soit que tu ne feras pourtant aucun mal à en sortir. Il n'est donc pas vrai qu'il n'y ait que le crime qui donne des remords. En se convainquant du néant des crimes, de la nécessité dont ils sont, eu égard au plan général de la nature, il serait donc possible de vaincre aussi facilement le remords qu'on sentirait après les avoir commis, comme il te le deviendrait d'étouffer celui qui naîtrait de ta sortie de cette chambre après l'ordre illégal que tu aurais reçu d'y rester. Il faut commencer par une analyse exacte de tout ce que les hommes appellent crime; par se convaincre que ce n'est que l'infraction à leurs lois et à leurs mœurs nationales qu'ils caractérisent ainsi; que ce qu'on appelle crime en France, cesse de l'être à deux cents lieues de là; qu'il n'est aucune action qui soit réellement considérée comme crime universellement sur la terre; aucune qui, vicieuse ou criminelle ici, ne soit louable et vertueuse à quelques milles de là; que tout est affaire d'opinion, de géographie, et qu'il est donc absurde de vouloir s'astreindre à pratiquer des vertus qui ne sont que des vices ailleurs, et à fuir des crimes qui sont d'excellentes actions dans un autre climat. Je te demande maintenant si je peux, d'après ces réflexions, conserver encore des remords, pour avoir par plaisir, ou par intérêt, commis en France un crime qui n'est qu'une vertu à la Chine? si je dois me rendre très malheureuse, me gêner prodigieusement, afin de pratiquer en France des actions qui me feraient brûler au Siam? Or, si le remords n'est qu'en raison de la défense, s'il ne naît que des débris du frein et nullement de l'action commise, est-ce un mouvement bien sage à laisser subsister en soi? n'est-il pas stupide de ne pas l'étouffer aussitôt? Qu'on s'accoutume à considérer comme indifférente l'action qui vient de donner des remords; qu'on la juge telle par l'étude réfléchie des mœurs et coutumes de toutes les nations de la terre[71]; en conséquence de ce travail, qu'on renouvelle cette action, telle qu'elle soit, aussi souvent que cela sera possible; ou mieux encore, qu'on en fasse de plus fortes que celle que l'on combine, afin de se mieux accoutumer à celle-là, et l'habitude et la raison détruiront bientôt le remords; ils anéantiront bientôt ce mouvement ténébreux, seul fruit de l'ignorance et de l'éducation. On sentira dès lors que dès qu'il n'est de crime réel à rien, il y a de la stupidité à se repentir, et de la pusillanimité à n'oser faire tout ce qui peut nous être utile ou agréable, quelles que soient les digues qu'il faille culbuter pour y parvenir. J'ai quarante-cinq ans, Thérèse, j'ai commis mon premier crime à quatorze ans. Celui-là m'affranchit de tous les liens qui me gênaient ; je n'ai cessé depuis de courir à la fortune par une carrière qui en fut semée ; il n'en est pas un seul que je n'aie fait, ou fait faire... et je n'ai jamais connu le remords. Quoi qu'il en soit, je touche au but, encore deux ou trois coups heureux et je passe, de l'état de médiocrité où je devais finir mes jours, à plus de cinquante mille livres de rente. Je te le répète, ma chère, jamais dans cette route heureusement parcourue le remords ne m'a fait sentir ses épines ; un revers affreux me plongerait à l'instant du pinacle dans l'abîme, je ne l'éprouverais pas davantage, je me plaindrais des hommes ou de ma maladresse, mais je serais toujours en paix avec ma conscience.

— Soit, répondis-je, madame, mais raisonnons un instant d'après vos principes mêmes ; de quel droit prétendez-vous exiger que ma conscience soit aussi ferme que la vôtre, dès qu'elle n'a pas été accoutumée dès l'enfance à vaincre les mêmes préjugés ? A quel titre, exigez-vous que mon esprit, qui n'est pas organisé comme le vôtre, puisse adopter les mêmes systèmes ? Vous admettez qu'il y a une somme de bien et de mal dans la nature, et qu'il faut en conséquence une certaine quantité d'êtres qui pratiquent le bien, et une autre qui se livrent au mal. Le parti que je prends est donc dans la nature ; et d'où exigeriez-vous d'après cela que je m'écartasse des règles qu'elle me prescrit ? Vous trouvez, dites-vous, le bonheur dans la carrière que vous parcourez : eh bien ! madame, d'où vient que je ne ne le trouverais pas également dans celle que je suis[72] ? N'imaginez pas d'ailleurs que la vigilance des

lois laisse en repos longtemps celui qui les enfreint ;
vous venez d'en voir un exemple frappant ; de quinze
fripons parmi lesquels j'habitais, un se sauve, quatorze
périssent ignominieusement...

— Et voilà donc ce que tu appelles un malheur ?
reprit la Dubois. Mais que fait cette ignominie à celui
qui n'a plus de principes ? Quand on a tout franchi,
quand l'honneur à nos yeux n'est plus qu'un préjugé,
la réputation une chose indifférente, la religion une
chimère, la mort un anéantissement total, n'est-ce
donc pas la même chose alors de périr sur un échafaud
ou dans son lit ? Il y a deux espèces de scélérats dans le
monde, Thérèse : celui qu'une fortune puissante, un
crédit prodigieux, met à l'abri de cette fin tragique, et
celui qui ne l'évitera pas s'il est pris. Ce dernier, né
sans biens, ne doit avoir qu'un seul désir, s'il a de
l'esprit : devenir riche à quelque prix que ce puisse
être ; s'il réussit, il a ce qu'il a voulu, il doit être
content ; s'il est roué, que regrettera-t-il, puisqu'il n'a
rien à perdre ? Les lois sont donc nulles vis-à-vis de
tous les scélérats, dès qu'elles n'atteignent pas celui qui
est puissant, et qu'il est impossible au malheureux de
les craindre, puisque leur glaive est sa seule ressource.

— Et croyez-vous, repris-je, que la justice céleste
n'attende pas dans un autre monde celui que le crime
n'a pas effrayé dans celui-ci ?

— Je crois, reprit cette femme dangereuse, que s'il
y avait un Dieu, il y aurait moins de mal sur la terre ; je
crois que si ce mal y existe, ou ces désordres sont
ordonnés par ce Dieu, et alors voilà un être barbare, ou
il est hors d'état de les empêcher : de ce moment, voilà
un Dieu faible, et dans tous les cas, un être abominable, un être dont je dois braver la foudre et mépriser
les lois. Ah ! Thérèse, l'athéisme ne vaut-il pas mieux
que l'une ou l'autre de ces extrémités ? Voilà mon

système, chère fille, il est en moi depuis l'enfance, et je n'y renoncerai sûrement de la vie.

— Vous me faites frémir, madame, dis-je en me levant, pardonnez-moi de ne pouvoir écouter davantage et vos sophismes et vos blasphèmes.

— Un moment, Thérèse, dit la Dubois en me retenant, si je ne peux vaincre ta raison, que je captive au moins ton cœur. J'ai besoin de toi, ne me refuse pas ton secours ; voilà mille louis, ils t'appartiennent dès que le coup sera fait.

N'écoutant ici que mon penchant à faire le bien, je demandai tout de suite à la Dubois ce dont il s'agissait, afin de prévenir, si je le pouvais, le crime qu'elle s'apprêtait à commettre.

— Le voilà, me dit-elle : as-tu remarqué ce jeune négociant de Lyon qui mange ici depuis quatre ou cinq jours ?

— Qui ? Dubreuil ?

— Précisément.

— Eh bien ?

— Il est amoureux de toi, il m'en a fait la confidence ; ton air modeste et doux lui plaît infiniment, il aime ta candeur, et ta vertu l'enchante. Cet amant romanesque a huit cent mille francs en or ou en papier dans une petite cassette auprès de son lit ; laisse-moi faire croire à cet homme que tu consens à l'écouter : que cela soit ou non, que t'importe ? Je l'engagerai à te proposer une promenade hors de la ville, je lui persuaderai qu'il avancera ses affaires avec toi pendant cette promenade ; tu l'amuseras, tu le tiendras dehors le plus longtemps possible, je le volerai dans cet intervalle, mais je ne fuirai pas ; ses effets seront déjà à Turin, que je serai encore dans Grenoble. Nous emploierons tout l'art possible pour le dissuader de jeter les yeux sur nous, nous aurons l'air de l'aider dans ses recherches ; cependant mon départ sera annoncé, il n'étonnera point ; tu me suivras, et les mille louis te seront comptés en touchant les terres du Piémont.

— J'accepte, madame, dis-je à la Dubois, bien décidée à prévenir Dubreuil du vol que l'on voulait lui faire ; mais réfléchissez-vous, ajoutai-je pour mieux tromper cette scélérate, que si Dubreuil est amoureux de moi, je puis, en le prévenant, ou en me rendant à lui, en tirer bien plus que vous ne m'offrez pour le trahir ?

— Bravo ! me dit la Dubois, voilà ce que j'appelle une bonne écolière ; je commence à croire que le ciel t'a donné plus d'art qu'à moi pour le crime. Eh bien ! continua-t-elle en écrivant, voilà mon billet de vingt mille écus : ose me refuser maintenant.

— Je m'en garderai bien, madame, dis-je en prenant le billet, mais n'attribuez au moins qu'à mon malheureux état, et ma faiblesse et le tort que j'ai de me rendre à vos séductions.

— Je voulais en faire un mérite à ton esprit, me dit la Dubois : tu aimes mieux que j'en accuse ton malheur, ce sera comme tu le voudras ; sers-moi toujours, et tu seras contente.

Tout s'arrangea ; dès le même soir, je commençai à faire un peu plus beau jeu à Dubreuil, et je reconnus effectivement qu'il avait quelque goût pour moi.

Rien de plus embarrassant que ma situation : j'étais bien éloignée sans doute de me prêter au crime proposé, eût-il dû s'agir de dix mille fois plus d'or ; mais dénoncer cette femme était un autre chagrin pour moi ; il me répugnait extrêmement d'exposer à périr une créature à qui j'avais dû ma liberté dix ans auparavant. J'aurais voulu trouver le moyen d'empêcher le crime sans le faire punir, et avec toute autre qu'une scélérate consommée comme la Dubois, j'y serais parvenue. Voilà donc à quoi je me déterminai, ignorant que les manœuvres sourdes de cette femme horrible, non seulement dérangeraient tout l'édifice de mes projets honnêtes, mais me puniraient même de les avoir conçus.

Au jour prescrit pour la promenade projetée, la Dubois nous invite l'un et l'autre à dîner dans sa chambre ; nous acceptons, et le repas fait, Dubreuil et moi descendons pour presser la voiture qu'on nous préparait ; la Dubois ne nous accompagnant point, je me trouvai seule un instant avec Dubreuil avant que de partir.

— Monsieur, lui dis-je fort vite, écoutez-moi avec attention ; point d'éclat, et observez surtout rigoureusement ce que je vais vous prescrire ; avez-vous un ami sûr dans cette auberge ?

— Oui, j'ai un jeune associé sur lequel je puis compter comme sur moi-même

— Eh bien, monsieur, allez promptement lui ordonner de ne pas quitter votre chambre une minute de tout le temps que nous serons à la promenade.

— Mais j'ai la clef de cette chambre ; que signifie ce surplus de précaution ?

— Il est plus essentiel que vous ne croyez, monsieur : usez-en, je vous en conjure, ou je ne sors point avec vous ; la femme chez qui nous avons dîné est une scélérate : elle n'arrange la partie que nous allons faire ensemble que pour vous voler plus à l'aise pendant ce temps-là ; pressez-vous, monsieur, elle nous observe, elle est dangereuse ; remettez votre clef à votre ami ; qu'il aille s'établir dans votre chambre, et qu'il n'en bouge que nous ne soyons revenus. Je vous expliquerai tout le reste dès que nous serons en voiture.

Dubreuil m'entend, il me serre la main pour me remercier, vole donner des ordres relatifs à l'avis qu'il reçoit, et revient. Nous partons ; chemin faisant, je lui dénoue toute l'aventure, je lui raconte les miennes, et l'instruis des malheureuses circonstances de ma vie qui m'ont fait connaître une telle femme. Ce jeune homme honnête et sensible me témoigne la plus vive reconnaissance du service que je veux bien lui rendre ; il s'intéresse à mes malheurs, et me propose de les adoucir par le don de sa main.

— Je suis trop heureux de pouvoir réparer les torts que la Fortune a envers vous, mademoiselle, me dit-il ; je suis mon maître, je ne dépends de personne ; je passe à Genève pour un placement considérable des sommes que vos bons avis me sauvent, vous m'y suivrez ; en y arrivant je deviens votre époux, et vous ne paraissez à Lyon que sous ce titre, ou si vous l'aimez mieux, mademoiselle, si vous avez quelque défiance, ce ne sera que dans ma patrie même que je vous donnerai mon nom.

Une telle offre me flattait trop pour que j'osasse la refuser ; mais il ne me convenait pas non plus de l'accepter sans faire sentir à Dubreuil tout ce qui pourrait l'en faire repentir ; il me sut gré de ma délicatesse, et ne me pressa qu'avec plus d'insistance... Malheureuse créature que j'étais ! fallait-il que le bonheur ne s'offrît à moi que pour me pénétrer plus vivement du chagrin de ne jamais pouvoir le saisir ! fallait-il donc qu'aucune vertu ne pût naître en mon cœur sans me préparer des tourments !

Notre conversation nous avait déjà conduits à deux lieues de la ville, et nous allions descendre pour jouir de la fraîcheur de quelques avenues sur le bord de l'Isère, où nous avions dessein de nous promener, lorsque tout à coup Dubreuil me dit qu'il se trouvait fort mal... Il descend, d'affreux vomissements le surprennent ; je le fais aussitôt remettre dans la voiture, et nous revolons en hâte à la ville. Dubreuil est si mal qu'il faut le porter dans sa chambre ; son état surprend son associé que nous y trouvons, et qui, selon ses ordres, n'en était pas sorti ; un médecin arrive : juste ciel ! Dubreuil est empoisonné ! A peine apprends-je cette fatale nouvelle, que je cours à l'appartement de la Dubois ; l'infâme ! elle était partie ; je passe chez moi, mon armoire est forcée, le peu d'argent et de hardes que je possède est enlevé ; la Dubois, m'assure-t-on, court depuis trois heures du côté de Turin. Il n'était pas douteux qu'elle ne fût l'auteur de cette multitude de crimes ; elle s'était présentée chez Dubreuil ; piquée d'y trouver du monde, elle s'était vengée sur moi, et elle avait empoisonné Dubreuil, en dînant, pour qu'au retour, si elle avait réussi à le voler, ce malheureux jeune homme, plus occupé de sa vie que de poursuivre celle qui dérobait sa fortune, la laissât fuir en sûreté, et pour que l'accident de sa mort arrivant pour ainsi dire dans mes bras, je pusse en être plus vraisemblablement soupçonnée qu'elle ; rien ne nous apprit ses combinaisons, mais était-il possible qu'elles fussent différentes ?

Je revolai chez Dubreuil : on ne me laisse plus approcher de lui ; je me plains de ces refus, on m'en dit la cause. Le malheureux expire, et ne s'occupe plus que de Dieu. Cependant il m'a disculpée ; je suis innocente, assure-t-il ; il défend expressément que l'on me poursuive ; il meurt. A peine a-t-il fermé les yeux, que son associé se hâte de venir me donner des nouvelles, en me conjurant d'être tranquille. Hélas ! pouvais-je l'être ? pouvais-je ne pas pleurer amèrement la perte d'un homme qui s'était si généreusement offert à me tirer de l'infortune ? pouvais-je ne pas déplorer un vol qui me remettait dans la misère, dont je ne faisais que de sortir ? Effroyable créature ! m'écriai-je ; si c'est là que conduisent tes principes, faut-il s'étonner qu'on les abhorre, et que les honnêtes gens les punissent ! Mais je raisonnais en partie lésée, et la Dubois qui ne voyait que son bonheur, son intérêt, dans ce qu'elle avait entrepris, concluait sans doute bien différemment.

Je confiai tout à l'associé de Dubreuil, qui se nommait Valbois, et ce qu'on avait combiné contre celui qu'il perdait, et ce qui m'était arrivé à moi-même. Il me plaignit, regretta bien sincèrement Dubreuil et blâma l'excès de délicatesse qui m'avait empêchée de m'aller plaindre aussitôt que j'avais été instruite des projets de la Dubois. Nous combinâmes que ce monstre, auquel il ne fallait que quatre heures pour se mettre en pays de sûreté, y serait plus tôt que nous n'aurions avisé à la faire poursuivre ; qu'il nous en coûterait beaucoup de frais ; que le maître de l'auberge, vivement compromis dans la plainte que nous ferions, et se défendant avec éclat, finirait peut-être par m'écraser moi-même, moi... qui ne semblais respirer à Grenoble qu'en échappée de la potence. Ces raisons me convainquirent et m'effrayèrent même tellement que je me résolus de partir de cette ville sans prendre congé de M. S***, mon protecteur. L'ami de Dubreuil approuva ce parti ; il ne me cacha point que si toute cette aventure se réveillait, les dépositions qu'il serait obligé de faire me compromettraient, quelles que fussent ses précautions, tant à cause de mon intimité avec la Dubois, qu'en raison de ma dernière promenade avec son ami ; qu'il me conseillait donc, d'après cela, de partir tout de suite sans voir personne, bien sûre que de son côté il n'agirait jamais contre moi qu'il croyait innocente, et qu'il ne pouvait accuser que de faiblesse dans tout ce qui venait d'arriver.

En réfléchissant aux avis de Valbois, je reconnus

qu'ils étaient d'autant meilleurs, qu'il paraissait aussi certain que j'avais l'air coupable, comme il était sûr que je ne l'étais pas ; que la seule chose qui parlât en ma faveur, la recommandation faite à Dubreuil à l'instant de la promenade, mal expliquée, m'avait-on dit, par lui à l'article de la mort, ne deviendrait pas une preuve aussi triomphante que je devais y compter ; moyennant quoi je me décidai promptement. J'en fis part à Valbois.

— Je voudrais, me dit-il, que mon ami m'eût chargé de quelques dispositions favorables pour vous, je les remplirais avec le plus grand plaisir, je voudrais même qu'il m'eût dit que c'était à vous qu'il devait le conseil de garder sa chambre ; mais il n'a rien fait de tout cela ; je suis donc contraint à me borner à la seule exécution de ses ordres. Les malheurs que vous avez éprouvés pour lui me décideraient à faire quelque chose de moi-même, si je le pouvais, mademoiselle, mais je commence le commerce, je suis jeune, ma fortune est bornée, je suis obligé de rendre à l'instant les comptes de Dubreuil à sa famille ; permettez donc que je me restreigne au seul petit service que je vous conjure d'accepter : voilà cinq louis, et voilà une honnête marchande de Chalon-sur-Saône, ma patrie ; elle y retourne après s'être arrêtée vingt-quatre heures à Lyon où l'appellent quelques affaires ; je vous remets entre ses mains. Mme Bertrand, continua Valbois, en me conduisant à cette femme, voici la jeune personne dont je vous ai parlé ; je vous la recommande, elle désire de se placer. Je vous prie avec les mêmes instances que s'il s'agissait de ma propre sœur, de vous donner tous les mouvements possibles pour lui trouver dans notre ville quelque chose qui convienne à son personnel, à sa naissance et à son éducation ; qu'il ne lui en coûte rien jusque-là, je vous tiendrai compte de tout à la première vue. Adieu, mademoiselle, continua Valbois en me demandant la permission de m'embrasser ; Mme Bertrand part demain à la pointe du jour ; suivez-la, et qu'un peu plus de bonheur puisse vous accompagner dans une ville où j'aurai peut-être la satisfaction de vous revoir bientôt.

L'honnêteté de ce jeune homme, qui foncièrement ne me devait rien, me fit verser des larmes. Les bons procédés sont bien doux quand on en éprouve depuis si longtemps d'odieux. J'acceptai ses dons en lui jurant que je n'allais travailler qu'à me mettre en état de pouvoir les lui rendre un jour. Hélas ! pensai-je en me retirant, si l'exercice d'une nouvelle vertu vient de me précipiter dans l'infortune, au moins, pour la première fois de ma vie, l'espérance d'une consolation s'offre-t-elle dans ce gouffre épouvantable de maux, où la vertu me précipite encore.

Il était de bonne heure : le besoin de respirer me fit descendre sur le quai de l'Isère, à dessein de m'y promener quelques instants ; et, comme il arrive presque toujours en pareil cas, mes réflexions me conduisirent fort loin. Me trouvant dans un endroit isolé, je m'y assis pour penser avec plus de loisir. Cependant la nuit vint sans que je pensasse à me retirer, lorsque tout à coup je me sentis saisie par trois hommes[73]. L'un me met une main sur la bouche, et les deux autres me jettent précipitamment dans une voiture, y montent avec moi, et nous fendons les airs pendant trois grandes heures, sans qu'aucun de ces brigands daignât ni me dire une parole ni répondre à aucune de mes questions. Les stores étaient baissés, je ne voyais rien. La voiture arrive près d'une maison, des portes s'ouvrent pour la recevoir, et se referment aussitôt. Mes guides m'emportent, me font traverser ainsi plusieurs appartements très sombres, et me laissent enfin dans un, près duquel est une pièce où j'aperçois de la lumière.

— Reste là, me dit un de mes ravisseurs en se retirant avec ses camarades, tu vas bientôt voir des gens de connaissance.

Et ils disparaissent, refermant avec soin toutes les portes. Presque en même temps, celle de la chambre où j'apercevais de la clarté s'ouvre, et j'en vois sortir, une bougie à la main... oh! madame, devinez qui ce pouvait être... la Dubois!... la Dubois elle-même, ce monstre épouvantable, dévoré sans doute du plus ardent désir de la vengeance.

— Venez, charmante fille, me dit-elle arrogamment, venez recevoir la récompense des vertus où vous vous êtes livrée à mes dépens...

Et me serrant la main avec colère :

— Ah! scélérate, je t'apprendrai à me trahir!

— Non, non, madame, lui dis-je précipitamment, non, je ne vous ai point trahie : informez-vous, je n'ai pas fait la moindre plainte qui puisse vous donner de l'inquiétude, je n'ai pas dit le moindre mot qui puisse vous compromettre.

— Mais ne t'es-tu pas opposée au crime que je méditais? ne l'as-tu pas empêché, indigne créature? Il faut que tu en sois punie...

Et comme nous entrions, elle n'eut pas le temps d'en dire davantage. L'appartement où l'on me faisait passer était aussi somptueux que magnifiquement éclairé; au fond, sur une ottomane, était un homme en robe de chambre de taffetas flottante, d'environ quarante ans, et que je vous peindrai bientôt.

— Monseigneur, dit la Dubois en me présentant à lui, voilà la jeune personne que vous avez voulue, celle à laquelle tout Grenoble s'intéresse... la célèbre Thérèse, en un mot condamnée à être pendue avec des faux-monnayeurs, et depuis délivrée à cause de son innocence et de sa vertu. Reconnaissez mon adresse à vous servir, monseigneur ; vous me témoignâtes, il y a quatre jours, l'extrême désir que vous aviez de l'immoler à vos passions ; et je vous la livre aujourd'hui. Peut-être la préférerez-vous à cette jolie pensionnaire du couvent des bénédictines de Lyon, que vous avez désirée de même, et qui va nous arriver dans l'instant : cette dernière a sa vertu physique et morale, celle-ci n'a que celle des sentiments ; mais elle fait partie de son existence, et vous ne trouverez nulle part une créature plus remplie de candeur et d'honnêteté. Elles sont l'une et l'autre à vous, monseigneur : ou vous les expédierez toutes deux ce soir, ou l'une aujourd'hui, l'autre demain. Pour moi, je vous quitte : les bontés que vous avez pour moi m'ont engagée à vous faire part de mon aventure de Grenoble. Un homme mort, monseigneur, un homme mort ! je me sauve.

— Eh ! non, non, femme charmante, s'écria le maître du lieu, non, reste et ne crains rien quand je te protège : tu es l'âme de mes plaisirs ; toi seule possèdes l'art de les exciter et de les satisfaire, et plus tu redoubles tes crimes, plus ma tête s'échauffe pour toi... Mais elle est jolie, cette Thérèse...

Et s'adressant à moi :

— Quel âge avez-vous, mon enfant ?

— Vingt-six ans, monseigneur, répondis-je, et beaucoup de chagrins.

— Oui, des chagrins, des malheurs ; je sais tout cela, c'est ce qui m'amuse, c'est ce que j'ai voulu ; nous allons y mettre ordre, nous allons terminer tous vos revers ; je vous réponds que dans vingt-quatre heures vous ne serez plus malheureuse...

Et avec d'affreux éclats de rire :

— N'est-il pas vrai, Dubois, que j'ai un moyen sûr pour terminer les malheurs d'une jeune fille ?

— Assurément, dit cette odieuse créature ; et si Thérèse n'était pas de mes amies, je ne vous l'aurais pas amenée ; mais il est juste que je la récompense de ce qu'elle a fait pour moi. Vous n'imagineriez jamais, monseigneur, combien cette chère créature m'a été utile dans ma dernière entreprise de Grenoble ; vous avez bien voulu vous charger de ma reconnaissance, et je vous conjure de m'acquitter amplement.

L'obscurité de ces propos, ceux que la Dubois m'avait tenus en entrant, l'espèce d'homme à qui j'avais affaire, cette jeune fille qu'on annonçait encore, tout remplit à l'instant mon imagination d'un trouble qu'il serait difficile de vous peindre. Une sueur froide s'exhale de mes pores, et je suis prête à tomber en défaillance : tel est l'instant où les procédés de cet homme finissent enfin par m'éclairer. Il m'appelle, il débute par deux ou trois baisers où nos bouches sont forcées de s'unir ; il attire ma langue, il la suce, et la sienne au fond de mon gosier semble y pomper jusqu'à ma respiration. Il me fait pencher la tête sur sa poitrine, et relevant mes cheveux, il observe attentivement la nuque de mon cou.

— Oh ! c'est délicieux, s'écrie-t-il en pressant fortement cette partie ; je n'ai jamais rien vu de si bien attaché : ce sera divin à faire sauter.

Ce dernier propos fixa tous mes doutes : je vis bien que j'étais encore chez un de ces libertins à passions cruelles, dont les plus chères voluptés consistent à jouir des douleurs ou de la mort des malheureuses victimes qu'on leur procure à force d'argent, et que je courais risque d'y perdre la vie.

En cet instant, on frappe à la porte ; la Dubois sort,

et ramène aussitôt la jeune Lyonnaise dont elle venait de parler.

Tâchons de vous esquisser maintenant les deux nouveaux personnages avec lesquels vous allez me voir. Le monseigneur, dont je n'ai jamais su le nom ni l'état, était, comme je vous l'ai dit, un homme de quarante ans, mince, maigre, mais vigoureusement constitué ; des muscles presque toujours gonflés, s'élevant sur ses bras couverts d'un poil rude et noir, annonçaient en lui la force avec la santé ; sa figure était pleine de feu, ses yeux petits, noirs et méchants, ses dents belles, et de l'esprit dans tous ses traits ; sa taille bien prise était au-dessus de la médiocre, et l'aiguillon de l'amour, que je n'eus que trop d'occasions de voir et de sentir, joignait à la longueur d'un pied, plus de huit pouces de circonférence. Cet instrument, sec, nerveux, toujours écumant, et sur lequel se voyaient de grosses veines qui le rendaient encore plus redoutable, fut en l'air pendant les cinq ou six heures que dura cette séance, sans s'abaisser une minute. Je n'avais point encore trouvé d'homme si velu : il ressemblait à ces faunes que la fable nous peint. Ses mains sèches et dures étaient terminées par des doigts dont la force était celle d'un étau ; quant à son caractère, il me parut dur, brusque, cruel, son esprit tourné à une sorte de sarcasmes et de taquinerie faits pour redoubler les maux où l'on voyait bien qu'il fallait s'attendre avec un tel homme.

Eulalie était le nom de la petite Lyonnaise. Il suffisait de la voir pour juger de sa naissance et de sa vertu : elle était fille d'une des meilleures maisons de la ville où les scélératesses de la Dubois l'avaient enlevée, sous le prétexte de la réunir à un amant qu'elle idolâtrait ; elle possédait, avec une candeur et une naïveté enchanteresses, une des plus délicieuses physionomies qu'il soit possible d'imaginer. Eulalie, à peine âgée de seize ans, avait une vraie figure de vierge ; son innocence et sa pudeur embellissaient à l'envi ses traits : elle avait peu de couleur, mais elle n'en était que plus intéressante ; et l'éclat de ses beaux yeux noirs rendait à sa jolie mine tout le feu dont cette pâleur semblait la priver d'abord ; sa bouche un peu grande était garnie des plus belles dents, sa gorge, déjà très formée, semblait encore plus blanche que son teint : elle était faite à peindre, mais rien n'était aux dépens de l'embonpoint ; ses formes étaient rondes et fournies, toutes ses chairs fermes, douces et potelées. La Dubois prétendit qu'il était impossible de voir un plus beau cul : peu connaisseuse en cette partie, vous me permettrez de ne pas décider. Une mousse légère ombrageait le devant ; des cheveux blonds, superbes, flottant sur tous ces charmes, les rendaient plus piquants encore ; et pour compléter son chef-d'œuvre, la nature, qui semblait la former à plaisir, l'avait douée du caractère le plus doux et le plus aimable. Tendre et délicate fleur, ne deviez-vous donc embellir un instant la terre que pour être aussitôt flétrie !

— Oh ! madame, dit-elle à la Dubois en la reconnaissant, est-ce donc ainsi que vous m'avez trompée !... Juste ciel ! où m'avez-vous conduite ?

— Vous l'allez voir, mon enfant, lui dit le maître de la maison en l'attirant brusquement vers lui et commençant déjà ses baisers, pendant qu'une de mes mains l'excitait par son ordre.

Eulalie voulut se défendre, mais la Dubois, la pressant sur ce libertin, lui enlève toute possibilité de se soustraire. La séance fut longue ; plus la fleur était fraîche, plus ce frelon impur aimait à la pomper[74]. A ses suçons multipliés succéda l'examen du cou ; et je sentis qu'en le palpant, le membre que j'excitais prenait encore plus d'énergie.

— Allons, dit monseigneur, voilà deux victimes qui vont me combler d'aise : tu seras bien payée, Dubois, car je suis bien servi. Passons dans mon boudoir : suis-nous, chère femme, suis-nous, continue-t-il en nous emmenant ; tu partiras cette nuit, mais j'ai besoin de toi pour la soirée.

La Dubois se résigne, et nous passons dans le cabinet des plaisirs de ce débauché, où l'on nous fait mettre toutes nues.

— Oh ! madame, je n'entreprendrai pas de vous représenter les infamies dont je fus à la fois et témoin et victime. Les plaisirs de ce monstre étaient ceux d'un bourreau. Ses uniques voluptés consistaient à trancher des têtes[75]. Ma malheureuse compagne[76]... Oh ! non, madame... Oh ! non, n'exigez pas que je finisse... J'allais avoir le même sort ; encouragé par la Dubois, ce monstre se décidait à rendre mon supplice plus horrible encore, lorsqu'un besoin de réparer tous deux leurs forces les engage à se mettre à table... Quelle débauche ! Mais dois-je m'en plaindre, puisqu'elle me sauva la vie ? Excédés de vin et de nourriture, tous deux tombèrent ivres morts avec les débris de leur souper. A peine les vois-je là, que je saute sur un jupon et un mantelet que la Dubois venait de quitter pour être encore plus immodeste aux yeux de son patron, je prends une bougie, je m'élance vers l'escalier : cette maison dégarnie de valets n'offre rien qui s'oppose à mon évasion, un se rencontre, je lui dis avec l'air de l'effroi de voler vers son maître qui se meurt, et je gagne la porte sans plus trouver de résistance. J'ignorais les chemins, on ne me les avait pas laissé voir, je prends le premier qui s'offre à moi... C'est celui de Grenoble ; tout nous sert quand la Fortune daigne nous rire un moment ; on était encore couché dans l'auberge, je m'y introduis secrètement et vole en hâte à la chambre de Valbois. Je frappe, Valbois s'éveille et me reconnaît à peine en l'état où je suis ; il me demande ce qui m'arrive ; je lui raconte les horreurs dont je viens d'être à la fois et la victime et le témoin.

— Vous pouvez faire arrêter la Dubois, lui dis-je, elle n'est pas loin d'ici, peut-être me sera-t-il possible d'indiquer le chemin... La malheureuse ! indépendamment de tous ses crimes, elle m'a pris encore et mes hardes et les cinq louis que vous m'avez donnés.

— Oh ! Thérèse, me dit Valbois, vous êtes assurément la fille la plus infortunée qu'il y ait au monde, mais vous le voyez pourtant, honnête créature, au milieu des maux qui vous accablent, une main céleste vous conserve ; que ce soit pour vous un motif de plus d'être toujours vertueuse, jamais les bonnes actions ne sont sans récompense. Nous ne poursuivrons point la Dubois, mes raisons de la laisser en paix sont les mêmes que celles que je vous exposais hier ; réparons seulement les maux qu'elle vous a faits, voilà d'abord l'argent qu'elle vous a pris.

Une heure après une couturière m'apporta deux vêtements complets et du linge.

— Mais il faut partir, Thérèse, me dit Valbois, il faut partir dans cette journée même ; la Bertrand y compte, je l'ai engagée à retarder de quelques heures pour vous, rejoignez-la.

— O vertueux jeune homme ! m'écriai-je en tombant dans les bras de mon bienfaiteur, puisse le Ciel vous rendre un jour tous les biens que vous me faites !

— Allez, Thérèse, me répondit Valbois en m'embrassant, le bonheur que vous me souhaitez... j'en jouis déjà, puisque le vôtre est mon ouvrage... Adieu.

Voilà comme je quittai Grenoble, madame, et si je ne trouvai pas dans cette ville toute la félicité que j'y avais supposée, au moins ne rencontrai-je dans aucune, comme dans celle-là, tant d'honnêtes gens réunis pour plaindre ou calmer mes maux.

Nous étions, ma conductrice et moi, dans un petit chariot couvert attelé d'un cheval que nous conduisions du fond de cette voiture ; là étaient les marchandises de Mme Bertrand, et une petite fille de quinze mois qu'elle nourrissait encore, et que je ne tardai pas pour mon malheur de prendre bientôt dans une aussi grande amitié que pouvait le faire celle qui lui avait donné le jour.

C'était d'ailleurs une assez vilaine femme que cette Bertrand, soupçonneuse, bavarde, commère ennuyeuse et bornée. Nous descendions régulièrement chaque soir tous ses effets dans l'auberge, et nous couchions dans la même chambre. Jusqu'à Lyon, tout se passa fort bien, mais pendant les trois jours dont cette femme avait besoin pour ses affaires, je fis dans cette ville une rencontre à laquelle j'étais loin de m'attendre.

Je me promenais l'après-midi sur le quai du Rhône avec une des filles de l'auberge que j'avais priée de m'accompagner, lorsque j'aperçus tout à coup le Révérend Père Antonin de Sainte-Marie-des-Bois, maintenant supérieur de la maison de son ordre située en cette ville. Ce moine m'aborde, et après m'avoir tout bas aigrement reproché ma fuite, et m'avoir fait entendre que je courais de grands risques d'être reprise, s'il en donnait avis au couvent de Bourgogne, il m'ajouta, en se radoucissant, qu'il ne parlerait de rien si je voulais à l'instant même le venir voir dans sa nouvelle habitation avec la fille qui m'accompagnait, et qui lui paraissait de bonne prise ; puis faisant haut la même proposition à cette créature :

— Nous vous payerons bien l'une et l'autre, dit le monstre, nous sommes dix dans notre maison, et je vous promets au moins un louis de chaque, si votre complaisance est sans bornes.

Je rougis prodigieusement de ces propos ; un moment, je veux faire croire au moine qu'il se trompe : n'y réussissant pas, j'essaie des signes pour le contenir, mais rien n'en impose à cet insolent, et ses sollicitations n'en deviennent que plus chaudes ; enfin, sur nos refus réitérés de le suivre, il se borne à nous demander instamment notre adresse ; pour me débarrasser de lui, je lui en donne une fausse : il l'écrit dans son portefeuille, et nous quitte en nous assurant qu'il nous reverra bientôt.

En nous en retournant à l'auberge, j'expliquai comme je pus l'histoire de cette malheureuse connaissance à la fille qui m'accompagnait ; mais soit que ce que je lui dis ne la satisfît point, soit qu'elle eût peut-être été très fâchée d'un acte de vertu de ma part qui la privait d'une aventure où elle aurait autant gagné, elle bavarda ; je n'eus que trop lieu de m'en apercevoir aux propos de la Bertrand, lors de la malheureuse catastrophe que je vais bientôt vous raconter. Cependant le moine ne parut point, et nous partîmes.

Sorties tard de Lyon, nous ne pûmes, ce premier jour, coucher qu'à Villefranche, et ce fut là, madame, que m'arriva le malheur affreux qui me fait aujourd'hui paraître devant vous comme une criminelle, sans que je l'aie été davantage dans cette funeste circonstance de ma vie que dans aucune de celles où vous m'avez vue si injustement accablée des coups du sort, et sans qu'autre chose m'ait conduite dans l'abîme que la bonté de mon cœur et la méchanceté des hommes.

Arrivées sur les six heures du soir à Villefranche, nous nous étions pressées de souper et de nous coucher, afin d'entreprendre une plus forte marche le lendemain ; il n'y avait pas deux heures que nous reposions, lorsque nous fûmes réveillées par une fumée affreuse ; persuadées que le feu n'est pas loin, nous nous levons en hâte. Juste ciel ! les progrès de l'incendie n'étaient déjà que trop effrayants, nous ouvrons notre porte à moitié nues et n'entendons autour de nous que le fracas des murs qui s'écroulent, le bruit des charpentes qui se brisent, et les hurlements épouvantables de ceux qui tombent dans les flammes. Entourées de ces flammes dévorantes, nous ne savons déjà plus où fuir ; pour échapper à leur violence, nous nous précipitons dans leur foyer, et nous nous trouvons bientôt confondues avec la foule des malheureux qui cherchent, comme nous, leur salut dans la fuite. Je me souviens alors que ma conductrice, plus occupée d'elle que de sa fille, n'a pas songé à la garantir de la mort ; sans l'en prévenir, je vole dans notre chambre au travers des flammes qui m'atteignent et me brûlent en plusieurs endroits ; je saisis la pauvre petite créature ; je m'élance pour la rapporter à sa mère, m'appuyant sur une poutre à moitié consumée : le pied me manque, mon premier mouvement est de mettre mes mains au-devant de moi ; cette impulsion de la nature me force à lâcher le précieux fardeau que je tiens... Il m'échappe, et la malheureuse enfant tombe dans le feu sous les yeux de sa mère. En cet instant je suis saisie moi-même... on m'entraîne ; trop émue pour rien distinguer, j'ignore si ce sont des secours ou des périls qui m'environnent, mais je ne suis pour mon malheur que trop tôt éclaircie, lorsque, jetée dans une chaise de poste, je m'y trouve à côté de la Dubois qui, me mettant un pistolet sur la tempe, me menace de me brûler la cervelle si je prononce un mot...

— Ah ! scélérate, me dit-elle, je te tiens pour le coup, et cette fois tu ne m'échapperas plus.

— Oh ! madame, vous ici ! m'écriai-je.

— Tout ce qui vient de se passer est mon ouvrage[77], me répondit ce monstre; c'est par un incendie que je t'ai sauvé le jour; c'est pas un incendie que tu vas le perdre; je t'aurais poursuivie jusqu'aux enfers, s'il l'eût fallu, pour te ravoir. Monseigneur devint furieux quand il apprit ton évasion; j'ai deux cents louis par fille que je lui procure, et non seulement il ne voulut pas me payer Eulalie, mais il me menaça de toute sa colère si je ne te ramenais pas. Je t'ai découverte, je t'ai manquée de deux heures à Lyon; hier, j'arrivai à Villefranche une heure après toi, j'ai mis le feu à l'auberge par le moyen des satellites que j'ai toujours à mes gages; je voulais te brûler ou t'avoir; je t'ai, je te reconduis dans une maison que ta fuite a précipitée dans le trouble et dans l'inquiétude, et t'y ramène, Thérèse, pour y être traitée d'une cruelle manière. Monseigneur a juré qu'il n'aurait pas de supplices assez effrayants pour toi, et nous ne descendons pas de la voiture que nous ne soyons chez lui. Eh bien ! Thérèse, que penses-tu maintenant de la vertu ?

— Oh, madame ! qu'elle est bien souvent la proie du crime; qu'elle est heureuse quand elle triomphe; mais qu'elle doit être l'unique objet des récompenses de Dieu dans le ciel, si les forfaits de l'homme parviennent à l'écraser sur la terre.

— Tu ne seras pas longtemps sans savoir, Thérèse, s'il est vraiment un Dieu qui punisse ou qui récompense les actions des hommes... Ah ! si dans le néant éternel où tu vas rentrer tout à l'heure, il t'était permis de penser, combien tu regretterais les sacrifices infructueux que ton entêtement t'a forcée de faire à des fantômes qui ne t'ont jamais payée qu'avec des malheurs !... Thérèse, il en est encore temps, veux-tu être ma complice ? je te sauve, il est plus fort que moi de te voir échouer sans cesse dans les routes dangereuses de la vertu. Quoi ! tu n'es pas encore assez punie de ta sagesse et de tes faux principes ? Quelles infortunes veux-tu donc pour te corriger ? Quels exemples te sont nécessaires pour te convaincre que le parti que tu prends est le plus mauvais de tous, et qu'ainsi que je te l'ai dit cent fois, on ne doit s'attendre qu'à des revers quand, prenant la foule à rebours, on veut être seule vertueuse dans une société tout à fait corrompue ? Tu comptes sur un Dieu vengeur : détrompe-toi, Thérèse, détrompe-toi, le Dieu que tu te forges n'est qu'une chimère dont la sotte existence ne se trouva jamais que dans la tête des fous ; c'est un fantôme inventé par la méchanceté des hommes, qui n'a pour but que de les tromper, ou de les armer les uns contre les autres. Le plus important service qu'on eût pu leur rendre eût été d'égorger sur-le-champ le premier imposteur qui s'avisa de leur parler d'un Dieu. Que de sang un seul meurtre eût épargné dans l'univers ! Va, va, Thérèse, la nature toujours agissante, toujours active n'a nullement besoin d'un maître pour la diriger. Et si ce maître existait effectivement, après tous les défauts dont il a rempli ses œuvres, mériterait-il de nous autre chose que des mépris et des outrages ? Ah ! s'il existe, ton Dieu, que je le hais, Thérèse, que je l'abhorre ! Oui, si cette existence était vraie, je l'avoue, le seul plaisir d'irriter perpétuellement celui qui en serait revêtu deviendrait le plus précieux dédommagement de la nécessité où je me trouverais alors d'ajouter quelque croyance en lui... Encore une fois, Thérèse, veux-tu devenir ma complice ? Un coup superbe se présente, nous l'exécuterons avec du courage ; je te sauve la vie si tu l'entreprends. Le seigneur chez qui nous allons, et que tu connais, s'isole dans la maison de campagne où il fait ses parties ; le genre dont tu vois qu'elles sont l'exige ; un seul valet l'habite avec lui, quand il y va pour ses plaisirs : l'homme qui court devant cette chaise, toi et moi, chère fille, nous voilà trois contre deux. Quand ce libertin sera dans le feu de ses voluptés, je me saisirai du sabre dont il tranche la vie de ses victimes, tu le tiendras, nous le tuerons, et mon homme pendant ce temps-là assommera son valet. Il y a de l'argent caché dans cette maison ; plus de huit cent mille francs, Thérèse, j'en suis sûre, le coup en vaut la peine... Choisis, sage créature, choisis : la mort, ou me servir ; si tu me trahis, si tu lui fais part de mon projet, je t'accuserai seule, et ne doute pas que je ne l'emporte par la confiance qu'il eut toujours en moi... Réfléchis bien avant que de me répondre ; cet homme est un scélérat : donc, en l'assassinant lui-même, nous ne faisons qu'aider aux lois desquelles il a mérité la rigueur. Il n'y a pas de jour, Thérèse, où ce coquin n'assassine une fille : est-ce donc outrager la vertu que de punir le crime ? Et la proposition raisonnable que je te fais alarmera-t-elle encore tes farouches principes ?

— N'en doutez pas, madame, répondis-je, ce n'est pas dans la vue de corriger le crime que vous me proposez cette action, c'est dans le seul motif d'en commettre un vous-même : il ne peut donc y avoir qu'un très grand mal à faire ce que vous dites, et nulle apparence de légitimité. Il y a mieux : n'eussiez-vous même pour dessein que de venger l'humanité des horreurs de cet homme, vous feriez encore mal de l'entreprendre, ce soin ne vous regarde pas : les lois sont faites pour punir les coupables, laissons-les agir, ce n'est pas à nos faibles mains que l'Etre suprême a confié leur glaive ; nous ne nous en servirions pas sans les outrager elles-mêmes.

— Eh bien ! tu mourras, indigne créature, reprit la Dubois en fureur, tu mourras : ne te flatte plus d'échapper à ton sort.

— Que m'importe, répondis-je avec tranquillité, je serai délivrée de tous mes maux, le trépas n'a rien qui m'effraie, c'est le dernier sommeil de la vie, c'est le repos du malheureux...

Et cette bête féroce s'élançant à ces mots sur moi, je crus qu'elle allait m'étrangler ; elle me donna plusieurs coups dans le sein, mais me lâcha pourtant aussitôt que je criai, dans la crainte que le postillon ne m'entendît.

Cependant nous avancions fort vite ; l'homme qui courait devant faisait préparer nos chevaux, et nous n'arrêtions à aucune poste. A l'instant des relais, la Dubois reprenait son arme et me la tenait contre le cœur... Qu'entreprendre ?... En vérité, ma faiblesse et ma situation m'abattaient au point de préférer la mort aux peines de m'en garantir.

Nous étions prêtes d'entrer dans le Dauphiné, lorsque six hommes à cheval, galopant à toute bride derrière notre voiture, l'atteignirent et forcèrent, le sabre à la main, notre postillon à s'arrêter. Il y avait à trente pas du chemin une chaumière où ces cavaliers que nous reconnûmes bientôt pour être de la maréchaussée, ordonnent au postillon d'amener la voiture : quand elle y est, ils nous font descendre, et nous entrons tous chez le paysan. La Dubois, avec une effronterie inimaginable dans une femme couverte de crimes, et qui se trouve arrêtée, demanda avec hauteur à ces cavaliers si elle était connue d'eux, et de quel droit ils en usaient de cette manière avec une femme de son rang ?

— Nous n'avons pas l'honneur de vous connaître, madame, dit l'exempt ; mais nous sommes certains que vous avez dans votre voiture une malheureuse qui mit hier le feu à la principale auberge de Villefranche. Puis, me considérant : Voilà son signalement, madame, nous ne nous trompons pas ; ayez la bonté de nous la remettre et de nous apprendre comment une personne aussi respectable que vous paraissez l'être a pu se charger d'une telle femme.

— Rien que de simple à cet événement, répondit la Dubois plus insolente encore, et je ne prétends ni vous la cacher, ni prendre le parti de cette fille, s'il est certain qu'elle soit coupable du crime affreux dont vous parlez. Je logeais comme elle hier à cette auberge de Villefranche, j'en partis au milieu de ce trouble, et comme je montais dans la voiture, cette fille s'élança vers moi en implorant ma compassion, en me disant qu'elle venait de tout perdre dans cet incendie, qu'elle me suppliait de la prendre avec moi jusqu'à Lyon où elle espérait de se placer. Ecoutant bien moins ma raison que mon cœur, j'acquiesçai à ses demandes ; une fois dans ma chaise, elle s'offrit à me servir ; imprudemment encore, je consentis à tout, et je la menais en Dauphiné où sont mes biens et ma famille. Assurément c'est une leçon, je reconnais bien à présent tous les inconvénients de la pitié ; je m'en corrigerai. La voilà, messieurs, la voilà ; Dieu me garde de m'intéresser à un tel monstre ! je l'abandonne à la sévérité des lois, et vous supplie de cacher avec soin le malheur que j'ai eu de la croire un instant.

Je voulus me défendre, je voulus dénoncer la vraie coupable ; mes discours furent traités de récriminations calomniatrices dont la Dubois ne se défendait qu'avec un sourire méprisant. O funestes effets de la misère et de la prévention, de la richesse et de l'insolence ! Etait-il possible qu'une femme qui se faisait appeler madame la baronne de Fulconis, qui affichait le luxe, qui se donnait des terres, une famille, se pouvait-il qu'une telle femme pût se trouver coupable d'un crime où elle ne paraissait pas avoir le plus mince intérêt ? Tout ne me condamnait-il pas, au contraire ? J'étais sans protection, j'étais pauvre, il était bien certain que j'avais tort[78].

L'exempt me lut les plaintes de la Bertrand. C'était elle qui m'avait accusée ; j'avais mis le feu dans l'auberge pour la voler plus à mon aise, elle l'avait été jusqu'au dernier sou ; j'avais jeté son enfant dans le feu, pour que le désespoir où cet événement allait la plonger, en l'aveuglant sur le reste, ne lui permît pas de voir mes manœuvres : j'étais d'ailleurs, avait ajouté la Bertrand, une fille de mauvaise vie, échappée du gibet à Grenoble, et dont elle ne s'était sottement chargée que par excès de complaisance pour un jeune homme de son pays, mon amant sans doute. J'avais publiquement et en plein jour raccroché des moines à Lyon : en un mot, il n'était rien dont cette indigne créature n'eût profité pour me perdre, rien que la calomnie aigrie par le désespoir n'eût inventé pour m'avilir. A la sollicitation de cette femme, on avait fait un examen juridique sur les lieux mêmes. Le feu avait commencé dans un grenier à foin où plusieurs personnes avaient déposé que j'étais entrée le soir de ce jour funeste, et cela était vrai. Désirant un cabinet d'aisances mal indiqué par la servante à qui je m'adressai, j'étais entrée dans ce galetas, ne trouvant pas l'endroit cherché, et j'y étais restée assez de temps pour faire soupçonner ce dont on m'accusait, ou pour fournir au moins des probabilités ; et on le sait, ce sont des preuves dans ce siècle-ci. J'eus donc beau me défendre, l'exempt ne me répondit qu'en m'apprêtant des fers.

— Mais, monsieur, dis-je encore avant que de me laisser enchaîner, si j'avais volé ma compagne de route à Villefranche, l'argent devrait se trouver sur moi : qu'on me fouille.

Cette défense ingénue n'excita que des rires ; on m'assura que je n'étais pas seule, qu'on était sûr que j'avais des complices auxquels j'avais remis les sommes volées, en me sauvant. Alors la méchante Dubois, qui connaissait la flétrissure que j'avais eu le malheur de recevoir autrefois chez Rodin, contrefit un instant la commisération.

— Monsieur, dit-elle à l'exempt, on commet chaque jour tant d'erreurs sur toutes ces choses-ci, que vous me pardonnerez l'idée qui me vient : si cette fille est coupable de l'action dont on l'accuse, assurément ce n'est pas son premier forfait ; on ne parvient pas en un jour à des délits de cette nature : visitez cette fille, monsieur, je vous en prie... si par hasard vous trouviez sur son malheureux corps... mais si rien ne l'accuse, permettez-moi de la défendre et de la protéger.

L'exempt consentit à la vérification... elle allait se faire...

— Un moment, monsieur, dis-je en m'y opposant, cette recherche est inutile ; Madame sait bien que j'ai cette affreuse marque ; elle sait bien aussi quel malheur en est la cause : ce subterfuge de sa part est un surcroît d'horreurs qui se dévoileront, ainsi que le reste, au temple même de Thémis. Conduisez-y-moi, messieurs : voilà mes mains, couvrez-les de chaînes ; le crime seul rougit de les porter, la vertu malheureusement en gémit, et ne s'en effraie pas.

— En vérité, je n'aurais pas cru, dit la Dubois, que mon idée eût un tel succès ; mais comme cette créature me récompense de mes bontés pour elle par d'insidieuses inculpations, j'offre de retourner avec elle, s'il le faut.

— Cette démarche est parfaitement inutile, madame la baronne, dit l'exempt, nos recherches n'ont que cette fille pour objet : ses aveux, la marque dont elle est flétrie, tout la condamne : nous n'avons besoin que d'elle, et nous vous demandons mille excuses de vous avoir dérangée si longtemps.

Je fus aussitôt enchaînée, jetée en croupe derrière un de ces cavaliers, et la Dubois partit en achevant de m'insulter par le don de quelques écus laissés par commisération à mes gardes pour aider à ma situation dans le triste séjour que j'allais habiter en attendant mon jugement.

— O vertu! m'écriai-je, quand je me vis dans cette affreuse humiliation, pouvais-tu recevoir un plus sensible outrage! Etait-il possible que le crime osât t'affronter et te vaincre avec autant d'insolence et d'impunité!

Nous fûmes bientôt à Lyon; on me précipita dès en arrivant dans le cachot des criminels, et j'y fus écrouée comme incendiaire, fille de mauvaise vie, meurtrière d'enfant et voleuse.

Il y avait eu sept personnes de brûlées dans l'auberge; j'avais pensé l'être moi-même; j'avais voulu sauver un enfant; j'allais périr: mais celle qui était cause de cette horreur échappait à la vigilance des lois, à la justice du ciel; elle triomphait, elle retournait à de nouveaux crimes, tandis qu'innocente et malheureuse, je n'avais pour perspective que le déshonneur, que la flétrissure et la mort.

Accoutumée depuis si longtemps à la calomnie, à l'injustice et au malheur, faite depuis mon enfance à ne me livrer à un sentiment de vertu qu'assurée d'y trouver des épines, ma douleur fut plus stupide que déchirante, et je pleurai moins que je ne l'aurais cru. Cependant, comme il est naturel à la créature souffrante de chercher tous les moyens possibles de se tirer de l'abîme où son infortune l'a plongée, le père Antonin me vint à l'esprit; quelque médiocre secours que j'en espérasse, je ne me refusais point à l'envie de le voir: je le demandai, il parut. On ne lui avait pas dit par quelle personne il était désiré ; il affecta de ne pas me reconnaître ; alors je dis au concierge qu'il était effectivement possible qu'il ne se ressouvînt pas de moi, n'ayant dirigé ma conscience que fort jeune, mais qu'à ce titre je demandais un entretien secret avec lui. On y consentit de part et d'autre. Dès que je fus seule avec ce religieux, je me précipitai à ses genoux, je les arrosai de mes larmes, en le conjurant de me sauver de la cruelle position où j'étais ; je lui prouvai mon innocence ; je ne lui cachai pas que les mauvais propos qu'il m'avait tenus quelques jours auparavant avaient indisposé contre moi la personne à laquelle j'étais recommandée, et qui se trouvait maintenant mon accusatrice. Le moine m'écouta très attentivement.

— Thérèse, me dit-il ensuite, ne t'emporte pas à ton ordinaire, sitôt qu'on enfreint tes maudits préjugés ; tu vois où ils t'ont conduite, et tu peux facilement te convaincre à présent qu'il vaut cent fois mieux être coquine et heureuse que sage et dans l'infortune ; ton affaire est aussi mauvaise qu'elle peut l'être, chère fille, il est inutile de te le déguiser : cette Dubois dont tu me parles, ayant le plus grand intérêt à ta perte, y travaillera sûrement sous main ; la Bertrand poursuivra ; toutes les apparences sont contre toi, et il ne faut que des apparences aujourd'hui pour faire condamner à la mort. Tu es donc une fille perdue, cela est clair. Un seul moyen peut te sauver ; je suis bien avec l'intendant, il peut beaucoup sur les juges de cette ville ; je vais lui dire que tu es ma nièce, et te réclamer à ce titre : il anéantira toute la procédure ; je demanderai à te renvoyer dans ma famille ; je te ferai enlever, mais ce sera pour t'enfermer dans notre couvent d'où tu ne sortiras de ta vie... et là, je ne te le cache pas, Thérèse, esclave asservie de mes caprices, tu les assouviras tous sans réflexion ; tu te livreras de même à ceux de mes confrères : tu seras, en un mot, à moi comme la plus soumise des victimes... Tu m'entends : la besogne est rude ; tu sais quelles sont les passions des libertins de notre espèce : détermine-toi donc, et ne fais pas attendre ta réponse.

— Allez, mon père, répondis-je avec horreur, allez, vous êtes un monstre d'oser abuser aussi cruellement de ma situation pour me placer entre la mort et l'infamie ; je saurai mourir s'il le faut, mais ce sera du moins sans remords.

— A votre volonté ! me dit ce cruel homme en se retirant ; je n'ai jamais su forcer les gens pour les rendre heureux... La vertu vous a si bien réussi jusqu'à présent, Thérèse, que vous avez raison d'encenser ses autels... Adieu : ne vous avisez pas surtout de me redemander davantage.

Il sortait ; un mouvement plus fort que moi me rentraîne à ses genoux.

— Tigre, m'écriai-je en larmes, ouvre ton cœur de roc à mes affreux revers, et ne m'impose pas pour les finir des conditions plus affreuses pour moi que la mort...

La violence de mes mouvements avait fait disparaître les voiles qui couvraient mon sein ; il était nu, mes cheveux y flottaient en désordre, il était inondé de mes larmes ; j'inspire des désirs à ce malhonnête homme... des désirs qu'il veut satisfaire à l'instant ; il ose me montrer à quel point mon état les irrite ; il ose concevoir des plaisirs au milieu des chaînes qui m'entourent, sous le glaive qui m'attend pour me frapper... J'étais à genoux... il me renverse, il se précipite avec moi sur la malheureuse paille qui me sert de lit ; je veux crier, il enfonce de rage un mouchoir dans ma bouche ; il attache mes bras : maître de moi, l'infâme m'examine partout... tout devient la proie de ses regards, de ses attouchements et de ses perfides caresses ; il assouvit enfin ses désirs.

— Ecoutez, me dit-il en me détachant et se rajustant lui-même, vous ne voulez pas que je vous sois utile, à la bonne heure ! je vous laisse ; je ne vous servirai ni ne vous nuirai, mais si vous vous avisez de dire un seul mot de ce qui vient de se passer, en vous chargeant des crimes les plus énormes, je vous ôte à l'instant tout moyen de pouvoir vous défendre : réfléchissez bien avant que de parler. On me croit maître de votre confession... vous m'entendez : il nous est permis de tout révéler quand il s'agit d'un criminel ; saisissez donc bien l'esprit de ce que je vais dire au concierge, ou j'achève à l'instant de vous écraser.

Il frappe, le geôlier paraît :

— Monsieur, lui dit ce traître, cette bonne fille se trompe, elle a voulu parler d'un père Antonin qui est à Bordeaux ; je ne la connais nullement, je ne l'ai même jamais vue : elle m'a prié d'entendre sa confession, je l'ai fait, je vous salue l'un et l'autre, et je serai toujours prêt à me représenter quand on jugera mon ministère important.

Antonin sort en disant ces mots, et me laisse aussi confondue de sa fourberie que révoltée de son insolence et de son libertinage.

Quoi qu'il en fût, mon état était trop horrible pour ne pas faire usage de tout ; je me ressouvins de M. de Saint-Florent. Il m'était impossible de croire que cet homme pût me mésestimer par rapport à la conduite que j'avais observée avec lui ; je lui avais rendu autrefois un service assez important, il m'avait traitée d'une manière assez cruelle pour imaginer qu'il ne refuserait pas et de réparer ses torts envers moi dans une circonstance aussi essentielle, et de reconnaître, en ce qu'il pourrait, au moins ce que j'avais fait de si honnête pour lui ; le feu des passions pouvait l'avoir aveuglé aux deux époques où je l'avais connu, mais dans ce cas-ci, nul sentiment ne devait, selon moi, l'empêcher de me secourir... Me renouvellerait-il ses dernières propositions ? mettrait-il les secours que j'allais exiger de lui au prix des affreux services qu'il m'avait expliqués ? eh bien ! j'accepterais, et une fois libre, je trouverais bien le moyen de me soustraire au genre de vie abominable auquel il aurait eu la bassesse de m'engager. Pleine de ces réflexions, je lui écris, je lui peins mes malheurs, je le supplie de venir me voir ; mais je n'avais pas assez réfléchi sur l'âme de cet homme, quand j'avais soupçonné la bienfaisance capable d'y pénétrer ; je ne m'étais pas assez souvenue de ses maximes horribles, ou, ma malheureuse faiblesse m'engageant toujours à juger les autres d'après mon cœur, j'avais mal à propos supposé que cet homme devait se conduire avec moi comme je l'eusse certainement fait avec lui.

Il arrive ; et comme j'avais demandé à le voir seul, on le laisse en liberté dans ma chambre. Il m'avait été facile de voir, aux marques de respect qu'on lui avait prodiguées, quelle était sa prépondérance dans Lyon.

— Quoi ! c'est vous ? me dit-il en jetant sur moi des yeux de mépris, je m'étais trompé sur la lettre ; je la croyais d'une femme plus honnête que vous, et que j'aurais servie de tout mon cœur ; mais que voulez-vous que je fasse pour une imbécile de votre espèce ? Comment, vous êtes coupable de cent crimes tous plus affreux les uns que les autres, et quand on vous propose un moyen de gagner honnêtement votre vie, vous vous y refusez opiniâtrement ? On ne porta jamais la bêtise plus loin.

— Oh ! monsieur, m'écriai-je, je ne suis point coupable.

— Que faut-il donc faire pour l'être ? reprit aigrement cet homme dur. La première fois de ma vie que je vous vois, c'est au milieu d'une troupe de voleurs qui veulent m'assassiner ; maintenant, c'est dans les prisons de cette ville, accusée de trois ou quatre nouveaux crimes, et portant, dit-on, sur vos épaules la marque assurée des anciens. Si vous appelez cela être honnête, apprenez-moi donc ce qu'il faut pour ne l'être pas ?

— Juste ciel, monsieur, répondis-je, pouvez-vous me reprocher l'époque de ma vie où je vous ai connu, et ne serait-ce pas bien plutôt à moi de vous en faire rougir ? J'étais de force, vous le savez, monsieur, parmi les bandits qui vous arrêtèrent ; ils voulaient vous arracher la vie, je vous la sauvai, en facilitant votre évasion, en nous échappant tous les deux ; que fîtes-vous, homme cruel, pour me rendre grâces de ce service ? est-il possible que vous puissiez vous le rappeler sans horreur ? Vous voulûtes m'assassiner moi-même ; vous m'étourdîtes par des coups affreux, et profitant de l'état où vous m'aviez mise, vous m'arrachâtes ce que j'avais de plus cher ; par un raffinement de cruauté sans exemple, vous me dérobâtes le peu d'argent que je possédais, comme si vous eussiez désiré que l'humiliation et la misère vinssent achever d'écraser votre victime ! Vous avez bien réussi, homme barbare ; assurément vos succès sont entiers ; c'est vous qui m'avez plongée dans le malheur, c'est vous qui avez entrouvert l'abîme où je n'ai cessé de tomber depuis ce malheureux instant. J'oublie tout néanmoins, monsieur, oui, tout s'efface de ma mémoire, je vous demande même pardon d'oser vous en faire des reproches, mais pourriez-vous vous dissimuler qu'il me soit dû quelques dédommagements, quelque reconnaissance de votre part ? Ah ! daignez n'y pas fermer votre cœur quand le voile de la mort s'étend sur mes tristes jours ; ce n'est pas elle que je crains, c'est l'ignominie ; sauvez-moi de l'horreur de mourir comme une criminelle : tout ce que j'exige de vous se borne à cette seule grâce, ne me la refusez pas, et le ciel et mon cœur vous en récompenseront un jour.

J'étais en larmes, j'étais à genoux devant cet homme féroce, et loin de lire sur sa figure l'effet que je devais attendre des secousses dont je me flattais d'ébranler son âme, je n'y distinguais qu'une altération de muscles causée par cette sorte de luxure dont le germe est la cruauté. Saint-Florent était assis devant moi ; ses yeux noirs et méchants me considéraient d'une manière affreuse, et je voyais sa main faire sur lui-même des attouchements qui prouvaient qu'il s'en fallait bien que l'état où je le mettais fût de la pitié ; il se déguisa néanmoins, et se levant :

— Ecoutez, me dit-il, toute votre procédure est ici dans les mains de M. de Cardoville ; je n'ai pas besoin de vous dire la place qu'il occupe ; qu'il vous suffise de savoir que de lui seul dépend votre sort. Il est mon ami intime depuis l'enfance, je vais lui parler ; s'il consent à quelques arrangements, on viendra vous prendre à l'entrée de la nuit, afin qu'il vous voie ou chez lui ou chez moi ; dans le secret d'une pareille interrogation, il lui sera bien plus facile de tourner tout en votre faveur qu'il ne le pourrait faire ici. Si cette grâce s'obtient, justifiez-vous quand vous le verrez, prouvez-lui votre innocence d'une manière qui le persuade ; c'est tout ce que je puis pour vous. Adieu, Thérèse, tenez-vous prête à tout événement, et surtout ne me faites pas faire de fausses démarches.

Saint-Florent sortit. Rien n'égalait ma perplexité ; il y avait si peu d'accord entre les propos de cet homme, le caractère que je lui connaissais, et sa conduite actuelle, que je craignis encore quelque piège ; mais daignez me juger, madame ; m'appartenait-il de balancer dans la cruelle position où j'étais ? et ne devais-je pas saisir avec empressement tout ce qui avait l'apparence du secours ? Je me déterminai donc à suivre ceux qui viendraient me prendre : faudrait-il me prostituer, je me défendrais de mon mieux ; est-ce à la mort qu'on me conduirait ? à la bonne heure ! elle ne serait pas du moins ignominieuse, et je serais débarrassée de tous mes maux. Neuf heures sonnent, le geôlier paraît ; je tremble.

— Suivez-moi, me dit ce cerbère ; c'est de la part de MM. de Saint-Florent et de Cardoville ; songez à profiter, comme il convient, de la faveur que le ciel vous offre ; nous en avons beaucoup ici qui désireraient une telle grâce et qui ne l'obtiendront jamais.

Parée du mieux qu'il m'est possible, je suis le concierge qui me remet entre les mains de deux grands drôles dont le farouche aspect redouble ma frayeur ; ils ne me disent mot : le fiacre avance, et nous descendons dans un vaste hôtel que je reconnais bientôt pour être celui de Saint-Florent. La solitude dans laquelle tout m'y paraît ne sert qu'à redoubler ma crainte. Cependant mes conducteurs me prennent par le bras, et nous montons au quatrième, dans de petits appartements qui me semblèrent aussi décorés que mystérieux. A mesure que nous avancions, toutes les portes se fermaient sur nous, et nous parvînmes ainsi dans un salon où je n'aperçus aucune fenêtre : là se trouvaient Saint-Florent et l'homme qu'on me dit être M. de Cardoville, de qui dépendait mon affaire[79] ; ce personnage gros et replet, d'une figure sombre et farouche, pouvait avoir environ cinquante ans ; quoiqu'il fût en déshabillé, il était facile de voir que c'était un robin[80]. Un grand air de sévérité paraissait répandu sur tout son ensemble ; il m'en imposa. Cruelle injustice de la providence, il est donc possible que le crime effraie la vertu ! Les deux hommes qui m'avaient amenée, et que je distinguais mieux à la lueur des bougies dont cette pièce était éclairée, n'avaient pas plus de vingt-cinq à trente ans. Le premier, qu'on appelait La Rose, était un beau brun, taillé comme Hercule : il me parut l'aîné ; le cadet avait des traits plus efféminés, les plus beaux cheveux châtains et de très grands yeux noirs ; il avait au moins cinq pieds six pouces, fait à peindre, et la plus belle peau du monde : on le nommait Julien. Pour Saint-Florent, vous le connaissez : autant de rudesse dans les traits que dans le caractère, et cependant quelques beautés.

— Tout est-il fermé ? dit Saint-Florent à Julien.

— Oui, monsieur, répondit le jeune homme : vos gens sont en débauche par vos ordres, et le portier, qui veille seul, aura soin de n'ouvrir à qui que ce soit.

Ce peu de mots m'éclaira, je frémis ; mais qu'eussé-je fait avec quatre hommes devant moi ?

— Asseyez-vous là, mes amis, dit Cardoville en baisant ces deux jeunes gens, nous vous emploierons au besoin.

— Thérèse, dit alors Saint-Florent en me montrant Cardoville, voilà votre juge, voilà l'homme dont vous dépendez ; nous avons raisonné de votre affaire ; mais il me semble que vos crimes sont d'une nature à ce que l'accommodement soit bien difficile.

— Elle a quarante-deux témoins contre elle, dit Cardoville assis sur les genoux de Julien, le baisant sur la bouche, et permettant à ses doigts sur ce jeune homme les attouchements les plus immodestes ; nous n'avons condamné personne à mort depuis longtemps dont les crimes soient mieux constatés !

— Moi, des crimes constatés ?

— Constatés ou non, dit Cardoville en se levant et

venant effrontément me parler sous le nez, tu seras brûlée, p.....; si par une entière résignation, par une obéissance aveugle, tu ne te prêtes à l'instant à tout ce que nous allons exiger de toi.

— Encore des horreurs, m'écriai-je ; eh quoi ! ce ne sera donc qu'en cédant à des infamies que l'innocence pourra triompher des pièges que lui tendent les méchants !

— Cela est dans l'ordre, reprit Saint-Florent ; il faut que le plus faible cède aux désirs du plus fort, ou qu'il soit victime de sa méchanceté : c'est votre histoire, Thérèse, obéissez donc.

Et en même temps ce libertin retroussa lestement mes jupes. Je me reculai, je le repoussai avec horreur, mais étant tombée par mon mouvement dans les bras de Cardoville, celui-ci, s'emparant de mes mains, m'exposa dès lors sans défense aux attentats de son confrère... On coupa les rubans de mes jupes, on déchira mon corset, mon mouchoir de cou, ma chemise, et dans l'instant je me trouvai sous les yeux de ces monstres aussi nue qu'en arrivant au monde.

— De la résistance ? disaient-ils l'un et l'autre en procédant à me dépouiller... de la résistance ?... Cette catin imagine pouvoir nous résister ?...

Et pas un vêtement ne s'arrachait qu'il ne fût suivi de quelques coups.

Dès que je fus dans l'état qu'ils voulaient, assis tous deux sur des fauteuils cintrés, et qui s'accrochant l'un à l'autre resserraient, au milieu de leur espace vide, le malheureux individu qu'on y plaçait, ils m'examinèrent à loisir : pendant que l'un observait le devant, l'autre considérait le derrière ; puis ils changeaient, et rechangeaient encore. Je fus ainsi lorgnée, maniée, baisée plus d'une demi-heure, sans qu'aucun épisode lubrique fût négligé dans cet examen, et je crus voir qu'en ce qui s'agissait de préliminaires, tous deux avaient à peu près les mêmes fantaisies.

— Eh bien ! dit Saint-Florent à son ami, ne t'avais-je pas dit qu'elle avait un beau cul !

— Oui, parbleu ! son derrière est sublime, dit le robin qui le baisait pour lors ; j'ai fort peu vu de reins moulés comme ceux-là ; c'est que c'est dur, c'est que c'est frais !... comment cela s'arrange-t-il avec une vie si débordée ?

— Mais c'est qu'elle ne s'est jamais livrée d'elle-même ; je te l'ai dit, rien de plaisant comme les aventures de cette fille ! On ne l'a jamais eue qu'en la violant (et alors il enfonce ses cinq doigts réunis dans le péristyle du temple de l'Amour), mais on l'a eue... malheureusement, car c'est beaucoup trop large pour moi : accoutumé à des prémices, je ne pourrais jamais m'arranger de cela.

Puis, me retournant, il fit la même cérémonie à mon derrière, auquel il trouva le même inconvénient.

— Eh bien ! dit Cardoville, tu sais le secret.

— Aussi m'en servirai-je, répondit Saint-Florent, et toi qui n'as pas besoin de cette même ressource, toi qui te contentes d'une activité factice qui, quelque douloureuse qu'elle soit pour une femme, perfectionne pourtant aussi bien la jouissance, tu ne l'auras qu'après moi, j'espère.

— Cela est juste, dit Cardoville, je m'occuperai, en t'observant, de ces préludes si doux à ma volupté ; je ferai la fille avec Julien et La Rose, pendant que tu *masculiniseras* Thérèse, et l'un vaut bien l'autre, je pense.

— Mille fois mieux sans doute ; je suis si dégoûté des femmes !... t'imagines-tu qu'il me fût possible de jouir de ces catins-là sans les épisodes qui nous aiguillonnent si bien l'un et l'autre ?

A ces mots, ces impudiques m'ayant fait voir que leur état exigeait des plaisirs plus solides, ils se levèrent et me firent placer debout sur un large fauteuil, les coudes appuyés sur le dos de ce siège, les genoux sur les bras, et tout le train de derrière absolument penché vers eux. A peine fus-je placée qu'ils quittèrent leur culotte, retroussèrent leur chemise, et se trouvèrent ainsi, à la chaussure près, parfaitement nus de la ceinture en bas ; ils se montrèrent en cet état à mes yeux, passèrent et repassèrent plusieurs fois devant moi en affectant de me faire voir leur cul, m'assurant que c'était bien autre chose que ce que je pouvais leur offrir. Tous deux étaient effectivement formés comme des femmes dans cette partie : Cardoville surtout en offrait la blancheur et la coupe, l'élégance et le potelé ; ils se polluèrent un instant devant moi, mais sans émission. Rien que de très ordinaire dans Cardoville : pour Saint-Florent, c'était un monstre ; je frémis quand je pensai que tel était le dard qui m'avait immolée. Oh ! juste ciel ! comment un homme de cette taille avait-il besoin de prémices ? Pouvait-ce être autre chose que la férocité qui dirigeât de telles fantaisies ? Mais quelles nouvelles armes allaient, hélas ! se présenter à moi ! Julien et La Rose, qu'échauffait tout cela sans doute, également débarrassés de leur culotte, s'avancent la pique à la main... Oh ! madame, jamais rien de pareil n'avait encore souillé ma vue, et quelles que soient mes descriptions antérieures, ceci surpassait tout ce que j'ai pu peindre, comme l'aigle impérieux l'emporte sur la colombe. Nos deux débauchés s'emparèrent bientôt de ces dards menaçants ; ils les caressent, ils les polluent, ils les approchent de leur bouche, et le combat bientôt devient plus sérieux. Saint-Florent se penche sur le fauteuil où je suis, en telle sorte que mes fesses écartées se trouvent positivement à la hauteur de sa bouche ; il les baise, sa langue s'introduit en l'un et l'autre temple. Cardoville jouit de lui, s'offrant lui-même aux plaisirs de La Rose dont l'affreux membre s'engloutit aussitôt dans le réduit qu'on lui présente, et Julien, placé sous Saint-Florent, l'excite de sa bouche en saisissant ses hanches et les modulant aux secousses de Cardoville qui, traitant son ami de Turc à Maure, ne le quitte pas que l'encens n'ait humecté le sanctuaire. Rien n'égalait les transports de Cardoville quand cette crise s'emparait de ses sens : s'abandonnant avec mollesse à celui qui lui sert d'époux ; mais pressant avec force l'individu dont il fait sa femme, cet insigne libertin, avec des râlements semblables à ceux d'un homme qui expire, prononçait alors des blasphèmes affreux. Pour Saint-Florent, il se contint, et le tableau se dérangea sans qu'il eût encore mis du sien.

— En vérité, dit Cardoville à son ami, tu me donnes toujours autant de plaisir que lorsque tu n'avais que quinze ans... Il est vrai, continua-t-il en se retournant et baisant La Rose, que ce beau garçon sait bien m'exciter... Ne m'as-tu pas trouvé bien large aujourd'hui, cher ange ?... Le croirais-tu, Saint-Florent, c'est la trente-sixième fois que je le suis du jour... il fallait bien que cela partît. A toi, cher ami, continua cet homme abominable en se plaçant dans la bouche de Julien, le nez collé dans mon derrière et le sien offert à Saint-Florent, à toi pour la trente-septième.

Saint-Florent jouit de Cardoville, La Rose jouit de Saint-Florent, et celui-ci, au bout d'une courte carrière, brûle avec son ami le même encens qu'il en avait reçu. Si l'extase de Saint-Florent était plus concentrée, elle n'en était pas moins vive, moins bruyante, moins criminelle que celle de Cardoville ; l'un prononçait en hurlant tout ce qui lui venait à la bouche, l'autre contenait ses transports sans qu'ils en fussent moins actifs; il choisissait ses paroles, mais elles n'en étaient que plus sales et plus impures encore : l'égarement et la rage, en un mot, paraissaient être les caractères du délire de l'un; la méchanceté, la férocité se trouvaient peints dans l'autre.

— Allons, Thérèse, ranime-nous, dit Cardoville; tu vois ces flambeaux éteints, il faut les rallumer de nouveau.

Pendant que Julien allait jouir de Cardoville, et La Rose de Saint-Florent, les deux libertins, penchés sur moi, devaient alternativement placer dans ma bouche leurs dards émoussés; lorque j'en pompais un, il fallait de mes mains secouer et polluer l'autre, puis d'une liqueur spiritueuse que l'on m'avait donnée je devais humecter et le membre même et toutes les parties adjacentes; mais je ne devais pas seulement m'en tenir à sucer, il fallait que ma langue tournât autour des têtes, et que mes dents les mordillassent en même temps que mes lèvres les pressaient. Cependant nos deux patients étaient vigoureusement secoués; Julien et La Rose changeaient, afin de multiplier les sensations produites par la fréquence des entrées et des sorties. Quand deux ou trois hommages eurent enfin coulé dans ces temples impurs, je m'aperçus de quelque consistance : Cardoville, quoique le plus âgé, fut le premier qui l'annonça; une claque de toute la force de sa main sur l'un de mes tétons en fut la récompense. Saint-Florent suivit de près; une de mes oreilles presque arrachée fut le prix de mes peines. On se remit, et peu après on m'avertit de me préparer à être traitée comme je le méritais. Au fait de l'affreux langage de ces libertins, je vis bien que les vexations allaient fondre sur moi. Les implorer dans l'état où ils venaient de se mettre l'un et l'autre n'aurait servi qu'à les enflammer davantage : ils me placèrent donc, nue comme je l'étais, au milieu d'un cercle qu'ils formèrent en s'asseyant tous quatre autour de moi. J'étais obligée de passer tour à tour devant chacun d'eux et de recevoir de lui la pénitence qu'il lui plaisait de m'ordonner ; les jeunes ne furent pas plus compatissants que les vieux, mais Cardoville surtout se distingua par des raffinements de taquineries dont Saint-Florent, tout cruel qu'il était, n'approcha qu'avec peine.

Un peu de repos succéda à ces cruelles orgies ; on me laissa respirer quelques instants ; j'étais moulue, mais ce qui me surprit, ils guérirent mes plaies en moins de temps qu'ils n'en avaient mis à les faire ; il n'en demeura pas la plus légère trace. Les lubricités se reprirent.

Il y avait des instants où tous ces corps semblaient n'en faire qu'un, et où Saint-Florent, amant et maîtresse, recevait avec profusion ce que l'impuissant Cardoville ne prêtait qu'avec économie ; le moment d'après, n'agissant plus, mais se prêtant de toutes les manières, et sa bouche et son cul servaient d'autels à d'affreux hommages. Cardoville ne peut tenir à tant de tableaux libertins. Voyant son ami déjà tout en l'air, il vient s'offrir à sa luxure : Saint-Florent en jouit ; j'aiguise les flèches, je les présente aux lieux où elles doivent s'enfoncer, et mes fesses exposées servent de perspective à la lubricité des uns, de plastron à la cruauté des autres : enfin nos deux libertins, devenus plus sages par la peine qu'ils ont à réparer, sortent de là sans aucune perte, et dans un état propre à m'effrayer plus que jamais.

— Allons, La Rose, dit Saint-Florent, prends cette gueuse et rétrécis-la-moi.

Je n'entendais pas cette expression : une cruelle

expérience m'en découvrit bientôt le sens. La Rose me saisit, il me place les reins sur une sellette qui n'a pas un pied de diamètre ; là, sans autre point d'appui, mes jambes tombent d'un côté, ma tête et mes bras de l'autre ; on fixe mes quatre membres à terre dans le plus grand écart possible ; le bourreau qui va rétrécir les voies s'arme d'une longue aiguille au bout de laquelle est un fil ciré, et sans s'inquiéter ni du sang qu'il va répandre, ni des douleurs qu'il va m'occasionner, le monstre, en face des deux amis que ce spectacle amuse, ferme au moyen d'une couture, l'entrée du temple de l'Amour ; il me retourne dès qu'il a fini, mon ventre porte sur la sellette ; mes membres pendent, on les fixe de même, et l'autel indécent de Sodome se barricade de la même manière : je ne vous parle point de mes douleurs, madame, vous devez vous les peindre ; je fus prête à m'en évanouir.

— Voilà comme il me les faut, dit Saint-Florent, quand on m'eut replacée sur les reins et qu'il vit bien à sa portée la forteresse qu'il voulait envahir. Accoutumé à ne cueillir que des prémices, comment sans cette cérémonie pourrais-je recevoir quelques plaisirs de cette créature ?

Saint-Florent était dans la plus violente érection, on l'étrillait pour la soutenir ; il s'avance, la pique à la main ; sous ses regards, pour l'exciter encore, Julien jouit de Cardoville ; Saint-Florent m'attaque : enflammé par les résistances qu'il trouve, il pousse avec une incroyable vigueur, les fils se rompent, les tourments de l'enfer n'égalent pas les miens ; plus mes douleurs sont vives, plus paraissent piquants les plaisirs de mon persécuteur. Tout cède enfin à ses efforts, ie suis déchirée, le dard étincelant a touché le fond, mais Saint-Florent, qui veut ménager ses forces, ne fait que l'atteindre ; on me retourne, mêmes obstacles ; le cruel les observe en se polluant, et ses mains féroces molestent les environs pour être mieux en état d'attaquer la place. Il s'y présente, la petitesse naturelle du local rend les attaques bien plus vives, mon redoutable vainqueur a bientôt brisé tous les freins ; je suis en sang ; mais qu'importe au triomphateur ? Deux vigoureux coups de reins le placent au sanctuaire, et le scélérat y consomme un sacrifice affreux dont je n'aurais pas supporté un instant de plus les douleurs.

— A moi ! dit Cardoville, en me faisant détacher, je ne la coudrai pas, la chère fille, mais je vais la placer sur un lit de camp qui lui rendra toute la chaleur, toute l'élasticité que son tempérament ou sa vertu nous refuse.

La Rose sort aussitôt d'une grande armoire une croix diagonale d'un bois très épineux. C'est là-dessus que cet insigne débauché veut qu'on me place ; mais par quel épisode va-t-il améliorer sa cruelle jouissance ? Avant de m'attacher, Cardoville fait pénétrer lui-même dans mon derrière une boule argentée de la grosseur d'un œuf ; il l'y enfonce à force de pommade ; elle disparaît. A peine est-elle dans mon corps, que je la sens gonfler, et devenir brûlante ; sans écouter mes plaintes, je suis fortement garrottée sur ce chevalet aigu. Cardoville pénètre en se collant à moi ; il presse mon dos, mes reins et mes fesses sur les pointes qui les supportent. Julien se place également dans lui. Obligée seule à supporter le poids de ces deux corps, et n'ayant d'autre appui que ces maudits nœuds qui me disloquent, vous vous peignez facilement mes douleurs ; plus je repousse ceux qui me pressent, plus ils me rejettent sur les inégalités qui me lacèrent. Pendant ce temps, la terrible boule, remontée jusqu'à mes entrailles, les crispe, les brûle et les déchire ; je jette les hauts cris : il n'est point d'expressions dans le monde qui puissent peindre ce que j'éprouve. Cependant mon bourreau jouit; sa bouche, imprimée sur la mienne, semble respirer ma douleur pour en accroître ses plaisirs; on ne se représente point son ivresse, mais à l'exemple de son ami, sentant ses forces prêtes à se perdre, il veut avoir tout goûté avant qu'elles ne l'abandonnent. On me retourne, la boule que l'on m'avait fait rendre va produire au vagin le même incendie qu'elle alluma dans les lieux qu'elle quitte; elle descend, elle brûle jusqu'au fond de la matrice : on ne m'en attache pas moins sur le ventre à la perfide croix, et des parties bien plus délicates vont se molester sur les nœuds qui les reçoivent. Cardoville pénètre au sentier défendu; il le perfore pendant qu'on jouit également de lui. Le délire s'empare enfin de mon persécuteur, ses cris affreux annoncent le complément de son crime; je suis inondée, l'on me détache.

— Allons, mes amis, dit Cardoville aux deux jeunes gens, emparez-vous de cette catin, et jouissez-en à votre caprice; elle est à vous, nous vous l'abandonnons.

Les deux libertins me saisissent. Pendant que l'un jouit du devant, l'autre s'enfonce dans le derrière; ils changent et rechangent encore; je suis plus déchirée de leur prodigieuse grosseur que je ne l'ai été du brisement des artificieuses barricades de Saint-Florent; et lui et Cardoville s'amusent de ces jeunes gens pendant qu'ils s'occupent de moi. Saint-Florent sodomise La Rose qui me traite de la même manière, et Cardoville en fait autant à Julien qui s'excite chez moi dans un lieu plus décent. Je suis le centre de ces abominables orgies, j'en suis le point fixe et le ressort; déjà quatre fois chacun, La Rose et Julien ont rendu leur culte à mes autels, tandis que Cardoville et Saint-Florent, moins vigoureux ou plus énervés, se contentent d'un sacrifice à ceux de mes amants. C'est le dernier, il était temps, j'étais prête à m'évanouir.

— Mon camarade vous a fait bien du mal, Thérèse, me dit Julien, et moi je vais tout réparer.

Muni d'un flacon d'essence, il m'en frotte à plusieurs reprises. Les traces des atrocités de mes bourreaux s'évanouissent, mais rien n'apaise mes douleurs ; je n'en éprouvai jamais d'aussi vives.

— Avec l'art que nous avons pour faire disparaître les vestiges de nos cruautés, celles qui voudraient se plaindre de nous n'auraient pas beau jeu, n'est-ce pas, Thérèse ? me dit Cardoville. Quelles preuves offriraient-elles de leurs accusations ?

— Oh ! dit Saint-Florent, la charmante Thérèse n'est pas dans le cas des plaintes ; à la veille d'être elle-même immolée, ce sont des prières que nous devons attendre d'elle, et non pas des accusations.

— Qu'elle n'entreprenne ni l'une ni l'autre, répliqua Cardoville ; elle nous inculperait sans être entendue : la considération, la prépondérance que nous avons dans cette ville ne permettraient pas qu'on prît garde à des plaintes qui reviendraient toujours à nous, et dont nous serions en tout temps les maîtres. Son supplice n'en serait que plus cruel et plus long. Thérèse doit sentir que nous nous sommes amusés de son individu par la raison naturelle et simple qui engage la force à abuser de la faiblesse ; elle doit sentir qu'elle ne peut échapper à son jugement ; qu'il doit être subi ; qu'elle le subira ; que ce serait en vain qu'elle divulguerait sa sortie de prison cette nuit : on ne la croirait pas ; le geôlier, tout à nous, la démentirait aussitôt. Il faut donc que cette belle et douce fille, si pénétrée de la grandeur de la providence, lui offre en paix tout ce qu'elle vient de souffrir et tout ce qui l'attend encore ; ce seront comme autant d'expiations aux crimes affreux qui la livrent aux lois. Reprenez vos habits, Thérèse, il n'est pas encore jour, les deux hommes qui vous ont amenée vont vous reconduire dans votre prison.

Je voulus dire un mot, je voulus me jeter aux genoux de ces ogres, ou pour les adoucir, ou pour leur demander la mort. Mais on m'entraîne et l'on me jette dans un fiacre où mes deux conducteurs s'enferment avec moi ; à peine y furent-ils que d'infâmes désirs les enflamment encore.

— Tiens-la-moi, dit Julien à La Rose, que je la sodomise ; je n'ai jamais vu de derrière où je fusse plus voluptueusement comprimé ; je te rendrai le même service.

Le projet s'exécute, j'ai beau vouloir me défendre, Julien triomphe, et ce n'est pas sans d'affreuses douleurs que je subis cette nouvelle attaque : la grosseur excessive de l'assaillant, le déchirement de ces parties, les feux dont cette maudite boule a dévoré mes intestins, tout contribue à me faire éprouver des tourments renouvelés par La Rose dès que son camarade a fini. Avant que d'arriver, je fus donc encore une fois victime du libertinage criminel de ces indignes valets. Nous entrâmes enfin. Le geôlier nous reçut ; il était seul, il faisait encore nuit, personne ne me vit rentrer.

— Couchez-vous, me dit-il, Thérèse, en me remettant dans ma chambre, et si jamais vous vouliez dire à qui que ce fût que vous êtes sortie cette nuit de prison, souvenez-vous que je vous démentirais, et que cette inutile accusation ne vous tirerait pas d'affaire...

Et je regretterais de quitter ce monde ! me dis-je dès que je fus seule. Je craindrais d'abandonner un univers composé de tels monstres ! Ah ! que la main de Dieu m'en arrache dès l'instant même, de telle manière que bon lui semblera : je ne m'en plaindrai plus ; la seule consolation qui puisse rester au malheureux né parmi tant de bêtes féroces est l'espoir de les quitter bientôt.

Le lendemain, je n'entendis parler de rien, et résolue de m'abandonner à la providence, je végétai sans vouloir prendre aucune nourriture. Le jour d'ensuite, Cardoville vint m'interroger ; je ne pus m'empêcher de frémir en voyant avec quel sang-froid ce coquin venait exercer la justice, lui, le plus scélérat des hommes, lui qui, contre tous les droits de cette justice dont il se revêtait, venait d'abuser aussi cruellement de mon innocence et de mon infortune. J'eus beau plaider ma cause, l'art de ce malhonnête homme me composa des crimes de toutes mes défenses. Quand toutes les charges de mon procès furent bien établies selon ce juge inique, il eut l'impudence de me demander si je connaissais dans Lyon un riche particulier nommé M. de Saint-Florent ; je répondis que je le connaissais.

— Bon, dit Cardoville, il ne m'en faut pas davantage : ce M. de Saint-Florent, que vous avouez connaître, vous connaît parfaitement aussi ; il a déposé vous avoir vue dans une troupe de voleurs où vous fûtes la première à lui dérober son argent et son portefeuille. Vos camarades voulaient lui sauver la vie, vous conseillâtes de la lui ôter ; il réussit néanmoins à fuir. Ce même M. de Saint-Florent ajoute que, quelques années après, vous ayant reconnue dans Lyon, il vous avait permis de venir le saluer chez lui sur vos instances, sur votre parole d'une excellente conduite actuelle, et que là, pendant qu'il vous sermonnait, pendant qu'il vous engageait à persister dans la bonne route, vous aviez porté l'insolence et le crime jusqu'à choisir ces instants de sa bienfaisance pour lui dérober une montre et cent louis qu'il avait laissés sur sa cheminée...

Et Cardoville, profitant du dépit et de la colère où me portaient d'aussi atroces calomnies, ordonna au greffier d'écrire que j'avouais ces accusations par mon silence et par les impressions de ma figure.

Je me précipite à terre, je fais retentir la voûte de mes cris, je frappe ma tête contre les carreaux, à desssein d'y trouver une mort plus prompte, et ne rencontrant pas d'expressions à ma rage :

— Scélérat, m'écriai-je, je m'en rapporte au Dieu juste qui me vengera de tes crimes, il démêlera l'innocence, il te fera repentir de l'indigne abus que tu fais de ton autorité !

Cardoville sonne ; il dit au geôlier de me rentrer, attendu que, troublée par mon désespoir et par mes remords, je ne suis pas en état de suivre l'interrogatoire ; mais qu'au surplus, elle est complète puisque j'ai avoué tous mes crimes. Et le scélérat sort en paix ! Et la foudre ne l'écrase point !...

L'affaire alla bon train, conduite par la haine, la vengeance et la luxure ; je fus promptement condamnée et conduite à Paris pour la confirmation de ma sentence. C'est dans cette route fatale, et faite, quoique innocente, comme la dernière des criminelles, que les réflexions les plus amères et les plus douloureuses vinrent achever de déchirer mon cœur ! Sous quel astre fatal faut-il que je sois née, me disais-je, pour qu'il me soit impossible de concevoir un seul sentiment honnête qui ne me plonge aussitôt dans un océan d'infortunes ! Et comment se peut-il que cette providence éclairée dont je me plais d'adorer la justice, en me punissant de mes vertus, m'offre en même temps au pinacle ceux qui m'écrasaient de leurs crimes !

Un usurier, dans mon enfance, veut m'engager à commettre un vol ; je le refuse : il s'enrichit. Je tombe dans une bande de voleurs, je m'en échappe avec un homme à qui je sauve la vie : pour ma récompense, il me viole. J'arrive chez un seigneur débauché qui me fait dévorer par ses chiens, pour n'avoir pas voulu empoisonner sa tante. Je vais, de là, chez un chirurgien incestueux et meurtrier à qui je tâche d'épargner une action horrible : le bourreau me marque comme une criminelle ; ses forfaits se consomment sans doute : il fait fortune, et je suis obligée de mendier mon pain. Je veux m'approcher des sacrements, je veux implorer avec ferveur l'Etre suprême dont je reçois néanmoins tant de maux ; le tribunal auguste où j'espère de me purifier dans l'un de nos plus saints mystères devient le théâtre sanglant de mon ignominie : le monstre qui m'abuse et qui me fouille s'élève aux plus grands honneurs de son Ordre, et je retombe dans l'abîme affreux de la misère. J'essaie de sauver une femme de la fureur de son mari : le cruel veut me faire mourir en perdant mon sang goutte à goutte. Je veux soulager un pauvre : il me vole. Je donne des secours à un homme évanoui : l'ingrat me fait tourner une roue comme une bête, et me pend pour se délecter ; les faveurs du sort l'environnent, et je suis prête à mourir sur un échafaud pour avoir travaillé de force chez lui. Une femme indigne veut me séduire pour un nouveau forfait : je perds une seconde fois le peu de bien que je possède, pour sauver les trésors de sa victime. Un homme sensible veut me dédommager de tous mes maux par l'offre de sa main : il expire dans mes bras avant que de le pouvoir. Je m'expose dans un incendie pour ravir aux flammes un enfant qui ne m'appartient pas : la mère de cet enfant m'accuse et m'intente un procès criminel. Je tombe dans les mains de ma plus mortelle ennemie, qui veut me ramener de force chez un homme dont la passion est de couper les têtes : si j'évite le glaive de ce scélérat, c'est pour retomber sous celui de Thémis. J'implore la protection d'un homme à qui j'ai sauvé la fortune et la vie ; j'ose attendre de lui de la reconnaissance ; il m'attire dans sa maison, il me soumet à des horreurs, il y fait trouver le juge inique de qui mon affaire dépend ; tous deux abusent de moi, tous deux m'outragent, tous deux hâtent ma perte : la fortune les comble de faveurs, et je cours à la mort.

Voilà ce que les hommes m'ont fait éprouver, voilà ce que m'a appris leur dangereux commerce ; est-il étonnant que mon âme aigrie par le malheur, révoltée d'outrages et d'injustices, n'aspire plus qu'à briser ses liens ?

Mille excuses, madame, dit cette fille infortunée en terminant ici ses aventures ; mille pardons d'avoir souillé votre esprit de tant d'obscénités, d'avoir si longtemps, en un mot, abusé de votre patience. J'ai peut-être offensé le ciel par des récits impurs, j'ai renouvelé mes plaies, j'ai troublé votre repos. Adieu, madame, adieu ; l'astre se lève, mes gardes m'appellent, laissez-moi courir à mon sort, je ne le redoute plus, il abrégera mes tourments. Ce dernier instant de l'homme n'est terrible que pour l'être fortuné dont les jours se sont écoulés sans nuages ; mais la malheureuse créature qui n'a respiré que le venin des couleuvres, dont les pas chancelants n'ont pressé que des ronces, qui n'a vu le flambeau du jour que comme le voyageur égaré voit en tremblant les sillons de la foudre ; celle à qui ses cruels revers ont enlevé parents, amis, fortune, protection et secours ; celle qui n'a plus dans le monde que des pleurs pour s'abreuver et des tribulations pour se nourrir ; celle-là, dis-je, voit avancer la mort sans la craindre, elle la souhaite même comme un port assuré où la tranquillité renaîtra, pour elle, dans le sein d'un Dieu trop juste pour permettre que l'innocence, avilie sur la terre, ne trouve pas dans un autre monde le dédommagement de tant de maux.

L'honnête M. de Corville n'avait point entendu cette histoire sans en être profondément ému ; pour Mme de Lorsange en qui, comme nous l'avons dit, les monstrueuses erreurs de sa jeunesse n'avaient point éteint la sensibilité, elle était prête à s'en évanouir.

— Mademoiselle, dit-elle à Justine, il est difficile de vous entendre sans prendre à vous le plus vif intérêt ; mais faut-il l'avouer ? un sentiment inexplicable, bien plus tendre que je ne vous le peins, m'entraîne invinciblement vers vous et fait mes propres maux des vôtres. Vous m'avez déguisé votre nom, vous m'avez caché votre naissance ; je vous conjure de m'avouer votre secret ; ne vous imaginez pas que ce soit une vaine curiosité qui m'engage à vous parler ainsi... Grand Dieu ! ce que je soupçonne serait-il ?... O Thérèse ! si vous étiez Justine ?... si vous étiez ma sœur ?

— Justine ! madame, quel nom !

— Elle aurait aujourd'hui votre âge...

— Juliette ! est-ce toi que j'entends ? dit la malheureuse prisonnière en se jetant dans les bras de Mme de Lorsange... toi... ma sœur !... ah ! je mourrai bien moins malheureuse, puisque j'ai pu t'embrasser encore une fois !...

Et les deux sœurs, étroitement serrées dans les bras l'une de l'autre, ne s'entendaient plus que par leurs sanglots, ne s'exprimaient plus que par leurs larmes.

M. de Corville ne put retenir les siennes ; sentant qu'il lui devient impossible de ne pas prendre à cette affaire le plus grand intérêt, il passe dans une autre chambre, il écrit au chancelier, il peint en traits de feu l'horreur du sort de la pauvre Justine que nous continuerons d'appeler Thérèse ; il se rend garant de

son innocence, il demande que, jusqu'à l'éclaircissement du procès, la prétendue coupable n'ait d'autre
prison que son château, et s'engage à la représenter au
premier ordre de ce chef souverain de la Justice ; il se
fait connaître aux deux conducteurs de Thérèse, les
charge de ses lettres, leur répond de la prisonnière ; il
est obéi, Thérèse lui est confiée ; une voiture s'avance.

— Approchez, créature trop infortunée, dit alors
M. de Corville à l'intéressante sœur de Mme de Lorsange, approchez, tout va changer pour vous ; il ne sera
pas dit que vos vertus restent toujours sans récompense, et que la belle âme que vous avez reçue de la
nature n'en rencontre jamais que de fer : suivez-nous,
ce n'est plus que de moi que vous dépendez...

Et M. de Corville explique en peu de mots ce qu'il
vient de faire.

— Homme respectable et chéri, dit Mme de Lorsange en se précipitant aux genoux de son amant, voilà
le plus beau trait que vous ayez fait de vos jours ; c'est à
celui qui connaît véritablement le cœur de l'homme et
l'esprit de la loi à venger l'innocence opprimée. La
voilà, monsieur, la voilà, votre prisonnière : va, Thérèse, va, cours, vole à l'instant te jeter aux pieds de ce
protecteur équitable qui ne t'abandonnera pas comme
les autres. Oh ! monsieur, si les liens de l'amour
m'étaient chers avec vous, combient vont-ils me le
devenir davantage, resserrés par la plus tendre
estime !...

Et ces deux femmes embrassaient tour à tour les
genoux d'un si généreux ami et les arrosaient de leurs
larmes.

On arriva en peu d'heures au château : là, M. de
Corville et Mme de Lorsange s'occupèrent à l'envi l'un
de l'autre de faire passer Thérèse de l'excès du malheur
au comble de l'aisance. Ils la nourrissaient avec délices

des mets les plus succulents ; ils la couchaient dans les meilleurs lits, ils voulaient qu'elle ordonnât chez eux, ils y mettaient enfin toute la délicatesse qu'il était possible d'attendre de deux âmes sensibles. On lui fit faire des remèdes pendant quelques jours, on la baigna, on la para, on l'embellit ; elle était l'idole des deux amants, c'était à qui des deux lui ferait le plus tôt oublier ses malheurs. Avec quelques soins, un excellent chirurgien se chargea de faire disparaître cette marque ignominieuse, fruit cruel de la scélératesse de Rodin. Tout répondait aux soins des bienfaiteurs de Thérèse : déjà les traces de l'infortune s'effaçaient du front de cette aimable fille ; déjà les Grâces y rétablissaient leur empire. Aux teintes livides de ses joues d'albâtre succédaient les roses de son âge, flétries par autant de chagrins. Le rire, effacé de ses lèvres depuis tant d'années, y reparut enfin sous l'aile des plaisirs. Les meilleures nouvelles venaient d'arriver de la Cour ; M. de Corville avait mis toute la France en mouvement, il avait ranimé le zèle de M. S. *** qui s'était joint à lui pour peindre les malheurs de Thérèse et pour lui rendre une tranquillité qui lui était si bien due. Il arriva enfin des lettres du Roi qui purgeaient Thérèse de tous les procès injustement intentés contre elle, qui lui rendaient le titre d'honnête citoyenne, imposaient à jamais silence à tous les tribunaux du royaume où l'on avait cherché à la diffamer, et lui accordaient mille écus de pension sur l'or saisi dans l'atelier des faux-monnayeurs du Dauphiné. On avait voulu s'emparer de Cardoville et de Saint-Florent ; mais suivant la fatalité de l'étoile attachée à tous les persécuteurs de Thérèse, l'un, Cardoville, venait, avant que ses crimes ne fussent connus, d'être nommé à l'intendance de ***, l'autre à l'intendance générale du commerce des Colonies ; chacun était déjà à sa destination, les ordres ne rencontrèrent que des familles puissantes qui trouvèrent bientôt les moyens d'apaiser l'orage, et tranquilles au sein de la fortune, les forfaits de ces monstres furent bientôt oubliés *.

A l'égard de Thérèse, sitôt qu'elle apprit tant de choses agréables pour elle, peu s'en fallut qu'elle n'expirât de joie ; elle en versa plusieurs jours de suite des larmes bien douces, dans le sein de ses protecteurs lorsque tout à coup son humeur changea, sans qu'il fût possible d'en deviner la cause. Elle devint sombre, inquiète, rêveuse ; quelquefois elle pleurait au milieu de ses amis, sans pouvoir elle-même expliquer le sujet de ses peines.

— Je ne suis pas née pour tant de félicités, disait-elle, à Mme de Lorsange... Oh ! ma chère sœur, il est impossible qu'elles soient longues.

On avait beau l'assurer que toutes ses affaires étant finies, [qu']elle ne devait plus avoir d'inquiétude : rien ne parvenait à la calmer ; on eût dit que cette triste créature, uniquement destinée au malheur, et sentant la main de l'infortune toujours suspendue sur sa tête, prévît déjà les derniers coups dont elle allait être écrasée.

M. de Corville habitait encore la campagne ; on était sur la fin de l'été, on projetait une promenade que l'approche d'un orage épouvantable paraissait devoir déranger ; l'excès de la chaleur avait contraint à laisser tout ouvert. L'éclair brille, la grêle tombe, les vents sifflent, le feu du ciel agite les nues, il les ébranle d'une manière horrible ; il semblait que la nature, ennuyée de ses ouvrages, fût prête à confondre tous les éléments

* Quant aux moines de Sainte-Marie-des-Bois, la supression des ordres religieux découvrira les crimes atroces de cette horrible engeance.

pour les contraindre à des formes nouvelles. Mme de Lorsange, effrayée, supplie sa sœur de fermer tout, le plus promptement possible ; Thérèse, empressée de calmer sa sœur, vole aux fenêtres qui se brisent déjà ; elle veut lutter une minute contre le vent qui la repousse : à l'instant un éclat de foudre la renverse au milieu du salon.

Mme de Lorsange jette un cri épouvantable et s'évanouit ; M. de Corville appelle au secours ; les soins se divisent, on rappelle Mme de Lorsange à la lumière, mais la malheureuse Thérèse est frappée de façon que l'espoir même ne puisse plus subsister pour elle ; la foudre était entrée par le sein droit ; après avoir consumé sa poitrine, son visage, elle était ressortie par le milieu du ventre. Cette misérable créature faisait horreur à regarder : M. de Corville ordonne qu'on l'emporte...

— Non, dit Mme de Lorsange en se levant avec le plus grand calme ; non, laissez-la sous mes regards, monsieur ; j'ai besoin de la contempler pour m'affermir dans les résolutions que je viens de prendre. Ecoutez-moi, Corville, et ne vous opposez pas surtout au parti que j'adopte, à des desseins dont rien au monde ne pourrait me distraire à présent. Les malheurs inouïs qu'éprouve cette infortunée, quoiqu'elle ait toujours respecté ses devoirs, ont quelque chose de trop extraordinaire pour ne pas m'ouvrir les yeux sur moi-même ; ne vous imaginez pas que je m'aveugle par ces fausses lueurs de félicité dont nous avons vu jouir, dans le cours des aventures de Thérèse, les scélérats qui l'ont flétrie. Ces caprices de la main du ciel sont des énigmes qu'il ne nous appartient pas de dévoiler, mais qui ne doivent jamais nous séduire. *O mon ami ! la prospérité du crime n'est qu'une épreuve où la providence veut mettre la vertu ; elle est comme la foudre dont les feux trompeurs n'embellissent un instant l'atmosphère que pour précipiter dans les abîmes de la mort le malheureux qu'ils ont ébloui.* En voilà l'exemple sous nos yeux; les calamités incroyables, les revers effrayants et sans interruption, de cette fille charmante, sont un avertissement que l'Eternel me donne d'écouter la voix de mes remords et de me jeter enfin dans ses bras. Quelle punition dois-je craindre de lui, moi, dont le libertinage, l'irréligion et l'abandon de tous principes ont marqué chaque instant de la vie ? A quoi dois-je m'attendre, puisque c'est ainsi qu'est traitée celle qui n'eut pas de ses jours une seule erreur véritable à se reprocher ? Séparons-nous, Corville, il est temps; aucune chaîne ne nous lie, oubliez-moi, et trouvez bon que j'aille par un repentir éternel abjurer aux pieds de l'Etre suprême les infamies dont je me suis souillée. Ce coup affreux était nécessaire à ma conversion dans cette vie, il l'était au bonheur que j'ose espérer dans l'autre. Adieu, monsieur; la dernière marque que j'attends de votre amitié est de ne faire aucune sorte de perquisitions pour savoir ce que je suis devenue. O Corville! je vous attends dans un monde meilleur, vos vertus doivent vous y conduire; puissent les macérations où je vais, pour expier mes crimes, passer les malheureuses années qui me restent, me permettre de vous y revoir un jour.

Mme de Lorsange quitte aussitôt la maison; elle prend quelque argent avec elle, s'élance dans une voiture, abandonne à M. de Corville le reste de son bien en lui indiquant des legs pieux, et vole à Paris où elle entre aux Carmélites, dont au bout de très peu d'années elle devient l'exemple et l'édification, autant par sa haute piété que par la sagesse de son esprit et la régularité de ses mœurs.

M. de Corville, digne d'obtenir les premiers emplois de sa patrie, y parvint, et n'en fut honoré que pour faire à la fois le bonheur des peuples, la gloire de son maître, qu'il servit bien, *quoique ministre,* et la fortune de ses amis [81].

O vous, qui répandîtes des larmes sur les malheurs [82] de la vertu ; vous, qui plaignîtes l'infortunée Justine ; en pardonnant les crayons, peut-être un peu forts que l'on s'est trouvé contraint d'employer, puissiez-vous tirer au moins de cette histoire le même fruit que Mme de Lorsange ! Puissiez-vous vous convaincre avec elle que le véritable bonheur n'est qu'au sein de la vertu, et que si, dans des vues qu'il ne nous appartient pas d'approfondir, Dieu permet qu'elle soit persécutée sur la terre. C'est pour l'en dédommager dans le ciel par les plus flatteuses récompenses !

NOTES

Avertissement

En établissant ces notes nous avons tenu compte comparativement, des deux autres versions de *Justine* (bien qu'elles puissent être
considérées comme des œuvres à part entière) : *Les Infortunes de la
vertu* (1787), qui servit de canevas à la mise en place du texte ici
présent et *La Nouvelle Justine* (1797), qui en marque le mûrissement.
Ainsi le lecteur sera sensible à l'évolution de la pensée de Sade à
travers cette trilogie dont *Justine ou les malheurs de la vertu* (1791)
représente, en quelque sorte, la période médiane, tant au niveau du
ton que des procédés romanesques et du contenu même du récit.

Page 51.

1. Il s'agit de Marie Constance Quesnet (née Renelle), l'une des
rares et fidèles amies de Sade, celle qu'il appelait « sensible », et avec
laquelle il partagea entre 1790 et 1801 une histoire d'amour digne des
plus belles romances...

Page 53.

2. Dans *Les Infortunes de la vertu,* Sade écrit : « parlant de nos
conventions sociales » et dans *La Nouvelle Justine :* « plein d'un
irrespect vain, ridicule et superstitieux pour nos absurdes conventions sociales ». *Justine* choisit volontairement le ton de la modestie

alors que le dernier texte frappe déjà par son agressivité et un ton provocateur.

Page 54.

3. Sade semble vouloir d'emblée se situer (et situer son lecteur) dans la perspective du conte philosophique à prétention morale de la tradition voltairienne. Le contenu des textes qui vont suivre nous laissent cependant perplexes quant à la sincérité du projet sadien, particulièrement dans la dernière version de *Justine,* qui ne s'embarrasse guère de précautions verbales.

4. De la même manière, la phrase que Sade introduit ici dans *La Nouvelle Justine* donne une idée de sa volonté de ne pas ménager son lecteur et de ne céder à aucune justification morale : « Il est essentiel, écrit-il, que les sots cessent d'encenser cette ridicule idole de la vertu, qui ne les a jusqu'ici payés que d'ingratitude. »

Page 55.

5. « L'indulgence » réclamée par Sade auprès de son lecteur dans les deux premières versions de *Justine,* disparaît dans *La Nouvelle Justine :* il annonce : « Nous allons avec une courageuse audace peindre le crime tel qu'il est. » Là encore, il choisit la voie de l'immoralité systématique et ne déguise point ses intentions belliqueuses et provocatrices.

Page 60.

6. Dans les deux premières versions, Sade utilise ce subterfuge romanesque afin de présenter l'histoire de *Justine* comme un flashback dont elle fait elle-même le récit à sa sœur Juliette. Le subterfuge rend possible également le revirement de Juliette et sa conversion finale, lesquels sont exclus de *La Nouvelle Justine,* roman résolument noir et immoral.

Page 65.

7. Dans les deux premières versions, Sade signale (préparant le coup de théâtre final) l'aspect dérisoire et faux du bonheur criminel. L'image du « ver » disparaît de la dernière version.

416

8. Première attaque de Sade contre la justice des hommes, lieu privilégié de ses sarcasmes. N'oublions pas que c'est à une de ses « bévues » que Sade dut de connaître quelque vingt années de prison : la confusion de la part de ses juges entre de simples faits de libertinage (fort répandus d'ailleurs à l'époque dans les milieux aristocratiques...) et des pulsions meurtrières. « Oui, je suis un libertin, je l'avoue, répétera-t-il inlassablement dans sa correspondance — j'ai conçu tout ce qu'on peut concevoir dans ce genre-là, mais je n'ai sûrement pas fait tout ce que j'ai conçu et ne le ferai sûrement jamais. Je suis un libertin mais je ne suis pas un criminel ni un meurtrier. »

9. Le développement qui va suivre sur les conceptions « eugénis- tes » de monsieur Dubourg n'existe pas dans *Les Infortunes de la vertu* ; il sera repris dans *La Nouvelle Justine*. De même, au niveau du récit romanesque, précisons que ce n'est que dans ces deux dernières versions que Justine se voit contrainte de retourner chez monsieur Dubourg. Dans la première version des *Infortunes de la vertu*, elle y échappe, ce qui permet à Justine (et au lecteur) de souffler quelque peu.

10. Ce passage est développé dans *La Nouvelle Justine*, en particu- lier sur le thème de l'opulence née du libertinage.

11. Dans *La Nouvelle Justine*, la Desroches (logeuse de Justine) organise des orgies avec son amie, la Delmonse, laquelle se rendra chez monsieur Dubourg avec Justine. Plus tard, la Delmonse, jouant les vertueuses, attirera Justine chez elle et fera en sorte que la victime soit accusée de vol et enfermée.

12. Dans les deux premières versions, c'est le passage de Justine chez l'usurier Harpin qui entraînera la prison. *La Nouvelle Justine*

rend plus cruelles encore les conditions de l'emprisonnement (Justine croira un certain temps à la sincérité de la Delmonse).

Page 81.

13. Seconde attaque, plus précise cette fois, contre la justice. Hormis quelques rares périodes où il recouvre la liberté (c'est le cas lorsqu'il conçoit la deuxième version de sa *Justine*) Sade écrit derrière la porte verrouillée d'un cachot. C'est donc, hélas, avec de trop bonnes raisons que Donatien Alphonse François de Sade, l'homme, s'interroge sur le bien-fondé et la légitimité des lois. Mais cela ne l'empêche pas, par ailleurs, de se comporter en théoricien ; aussi développe-t-il fréquemment — et en cela, il est bien un penseur du XVIIIe siècle — les problèmes de l'inutilité des lois, de leur arbitraire, dans tous les textes à prétention philosophique comme *l'Histoire de Juliette, Aline et Valcour, La Philosophie dans le boudoir.* Provisoirement libéré en 1792 et membre révolutionnaire actif de la « Section des Piques », il aura l'occasion de soumettre à ses contemporains quelques-unes de ses idées sur les lois, en rédigeant un rapport : « Idée sur le mode de sanction des lois » particulièrement remarqué puisque envoyé en exemple aux 47 autres sections de Paris.

Page 85.

14. Ce raisonnement de la Dubois, présent dans les trois versions de Justine est très important :
1) par son contenu : la Dubois rend Justine sensible à l'inégalité sociale : le vice n'est qu'un moyen de rétablir l'égalité naturelle dérangée par les lois humaines ; le mal est utile à la Providence ;
2) par sa valeur stratégique : c'est l'unique fois où Justine sera « ébranlée » par la justification du vice et l'inefficacité de la vertu.

Page 92.

15. Cette démonstration de Cœur-de-Fer n'apparaît pas dans *Les Infortunes de la vertu* (Justine est parvenue à s'enfuir à temps) et se trouve être plus détaillée dans *La Nouvelle Justine.*

Page 95.

16. A cet endroit, *La Nouvelle Justine* développe d'autres thèmes

418

concernant l'existence de Dieu, invention due à l'ignorance et construite dans « l'atelier de la frayeur et de la tristesse ».

Page 97.

17. Argument cher à Sade : « Tous les effets moraux, écrit-il encore dans l'*Histoire de Juliette*, tiennent à des causes physiques auxquelles ils sont irrésistiblement enchaînés. » Du fond de sa prison, (qu'elle s'appelle Vincennes, Bastille, Picpus ou Saint-Lazare) Sade a le temps de s'interroger sur lui-même. Il acquiert ainsi la certitude en vrai matérialiste, d'un déterminisme physiologique qui rend fluctuantes les frontières de la responsabilité morale : « Ma façon de penser, note-t-il encore dans sa correspondance, est le fruit de mes réflexions, elle tient à mon existence, à mon organisation. Je ne suis pas le maître de la changer. »

Page 101.

18. Dans *La Nouvelle Justine*, cette précision disparaît : Sade se désolidarise, une fois de plus, de son héroïne.

Page 102.

19. La pensée de Sade se situe très exactement dans le cadre de la pensée matérialiste du XVIIIᵉ siècle. Il se fait ici le porte-parole d'une conception rousseauiste de la Nature, du moins en apparence : la Nature montre aux hommes la voie qu'ils doivent suivre, aveuglément. Cependant à la bonne mère naturelle de Rousseau, Sade oppose une mère-marâtre pervertie et despotique, à qui les hommes se doivent d'obéir, pour les mêmes principes. Sade ne fait donc que pousser simplement le raisonnement de Rousseau jusqu'à des conséquences ultimes et inattendues. Il s'agit en fait d'une sorte d'extrapolation du système rousseauiste.

Page 105.

20. L'athéisme de Cœur-de-Fer intervient dans les trois versions, mais, dans *La Nouvelle Justine* il est plus longuement argumenté, en particulier, au travers d'une mise en question de la soi-disant bonté d'un Dieu qui laisse subsister le mal : « ou ce mal lui plaît, ou il n'a pas le pouvoir de s'y opposer et dans l'un et l'autre cas, je ne dois pas me repentir d'y être enclin. » Dieu est assimilé à « une chimère, une

extravagance pitoyable ». L'athéisme de Sade est développé à partir de la *Pensée sur Dieu* (contemporaine du *Dialogue entre un prêtre et un moribond*) mais aussi dans l'*Histoire de Juliette* (conversation célèbre entre Juliette, madame de Clairvil et monsieur de Saint-Fond), la *Philosophie dans le boudoir*, enfin, texte théorique par excellence.

Page 106.

21. Dans *La Nouvelle Justine*, Cœur-de-Fer tente de profiter immédiatement du marché proposé par Justine.

Page 110.

22. *La Nouvelle Justine* s'attarde, on s'en doute, sur le double viol dont Justine est la victime. Dans *Les Infortunes de la vertu*, Justine traverse sans déshonneur la difficile épreuve des brigands, amis de la Dubois.

Page 113.

23. Anecdote commune aux trois versions et semblablement détaillée.

Page 122.

24. Dans l'univers romanesque de Sade, le sentiment amoureux n'est jamais le fait du libertinage, donc rarement présent ; il semble même incompatible avec le libertinage. L'amour ne se conçoit que dans un monde où Dieu a lui-même sa place. C'est pourquoi, dans *La Nouvelle Justine*, Sade précise : « la pauvre Justine adorait ce scélérat avec la même ardeur qu'elle idolâtrait son Dieu, sa religion, la vertu ». C'est le seul bref moment de son aventure où Justine fait (à ses dépens) la connaissance de l'amour.

Page 124.

25. Par la bouche de Bressac, Sade approfondit sa réflexion sur l'athéisme, ceci en trois temps : dans le texte relativement court des *Infortunes de la vertu*, celui plus étoffé de *Justine* et enfin la très longue argumentation de *La Nouvelle Justine*. Ce crescendo correspond à un renforcement certain de sa volonté d'aller jusqu'au bout de la haine de Dieu et de ses conséquences puisque aussi bien,

420

l'étoffement progressif des *Infortunes* n'est pas seulement dicté par un souci du romanesque mais une exigence théorique.

Page 130.

26. C'est effectivement ce à quoi l'on assiste, avec force détails, dans *La Nouvelle Justine.*

Page 131.

27. L'argumentation qui va suivre, développée selon le même crescendo que la précédente (note 25), est d'une grande importance dans la philosophie sadienne (Sade y reviendra dans *Juliette* et *Les 120 journées de Sodome,* entre autres). Il s'agit du matérialisme extrémiste de Sade qui légitime le meurtre : il n'est pas de destruction réelle mais seulement une modification de la matière. La mort est susceptible de satisfaire les vues de la Nature laquelle ne peut considérer l'homme que comme un élément, sans plus, de la chaîne des créations.

Page 134.

28. Dans *La Nouvelle Justine,* la scélératesse de Bressac est accrue : il s'agit de sa propre mère. Aussi se livre-t-il à la sophistique du matricide, de l'infanticide, etc. Pour rassurer le lecteur suspicieux, précisons que Sade n'a jamais pour sa part fomenté de tels actes sur sa propre famille dont la descendance fut assurée et qu'il fut même pour Marie Constance Renelle (abandonnée par B. Quesnet avec un enfant) un compréhensif et amoureux compagnon. Nous abordons là un problème sur lequel se sont interrogés bien des lecteurs et critiques de Sade, à savoir : jusqu'à quel point Sade s'identifie-t-il à ses personnages et à quel héros plus particulièrement parmi cette variété de personnages ? La question fut posée récemment par Roger G. Lacombe dans son livre *Sade et ses marques* qui souligne les zones d'ombre que l'œuvre du marquis et le marquis lui-même, laissent peser sur le système sadien.

Page 145.

29. Aucune nuance de regret n'est signalée dans *La Nouvelle Justine.*

Page 146.

30. Dans *Les Infortunes de la vertu,* Rodin est médecin. Il se livre sur de jeunes victimes à des expériences médicales épouvantables. Dans les deux autres *Justine,* Rodin tient en plus une pension, lieu privilégié de ses débauches, dont les détails, dans *La Nouvelle Justine,* sont dignes de certaines pages des *120 journées de Sodome.*

Page 148.

31. La mère de Bressac meurt torturée puis poignardée par son fils, dans la troisième version de *Justine.*

Page 163.

32. Cette dissertation de Rodin, décisive pour comprendre le système théorique de Sade, n'apparaît pas dans *Les Infortunes de la vertu.* Elle s'efforce de définir la notion de vertu et insiste sur sa relativité par rapport au vice selon les lieux, les civilisations, les pulsions organiques des individus, etc. La démonstration est fréquemment reprise dans d'autres textes, comme *Aline et Valcour, Juliette, La Philosophie dans le boudoir.* Sade parvient à ce paradoxe final : c'est la vertu qui doit être conçue (notamment aux yeux de la Nature) comme corruptrice du vice.

Page 169.

33. Les textes sont rarissimes dans l'œuvre de Sade où la vertu part en croisade contre le vice, de manière spontanée ; Justine s'est toujours contentée jusque-là de *répondre* aux sophismes d'une manière défensive. Ici elle est exceptionnellement offensive.

Page 177.

34. C'est sa propre fille que Rodin dans *Justine* et *La Nouvelle Justine* se propose de disséquer, mais *La Nouvelle Justine,* exclusivement, en fait le récit (d'ailleurs d'une insoutenable vérité...).

Page 181.

35. *La Nouvelle Justine* offre à Sade l'occasion d'une rencontre entre l'anthropophage Bandole et Justine laquelle sera sauvée au dernier moment par le brigand Cœur-de-Fer.

422

Page 188.

36. L'institution religieuse est le lieu de prédilection où se déploie l'immoralisme de Sade :

1) C'est un lieu clos, organisé, donc propice à la législation des délires orgiaques ;

2) C'est l'endroit idéal où peut se commettre l'acte le plus sacrilège qui soit : l'irréligiosité et le blasphème. Ainsi Justine se voit-elle définitivement privée du seul recours auquel elle aspirait.

Page 194.

37. Dans *La Nouvelle Justine,* l'accueil qui est fait à notre héroïne est autrement plus court et diversifié qu'il n'apparaît dans les deux précédentes. Les moines sont surpris durant leur dîner (entrecoupé de scènes lubriques) où l'on disserte sur le bien-fondé du mal et l'irréligiosité, fort longuement.

Page 201.

38. La nourriture, dans le système sadien, qu'elle soit celle des bourreaux ou celle des victimes assure, dans l'orgie sexuelle, un rôle de complémentarité. Elle excite, réconforte le libertin ; elle engraisse la victime et la prépare à être « condamnée ». Elle se signale donc par l'abondance et l'absence de limites comme sont illimités les désirs lubriques de ceux qui la conçoivent.

Page 206.

39. La description qui est faite par Omphale de l'organisation du couvent est particulièrement savoureuse dans la mesure où elle est la reprise métaphorique et dépravée des lois rigides qui gouvernent ordinairement ces lieux saints. Sade reprend les principes du règlement religieux en variant simplement son contenu et ses motivations. La manie organisationnelle qui préside à ce nouveau règlement monacal, permet d'infinies variations du plaisir des moines et n'est pas sans rappeler l'univers pénitentiaire des *120 journées de Sodome.* Mais Sade n'a-t-il pas, tandis qu'il écrit, autour de lui, le modèle idéal de l'enfermement ?... Lorsqu'il rédige ce passage de *La Nouvelle Justine,* Sade, croyant avoir perdu pour toujours son

423

manuscrit des *120 journées de Sodome* abandonné dans les pierres de la Bastille, tente d'en retranscrire de mémoire quelques passages qu'il glisse notamment dans la description des règles de ce couvent libertin.

Page 211.

40. Le libertin est prêt à accepter comme complice, même provisoirement, la victime qui sait faire preuve de perversité et montre des talents pour le vice. Aussi considère-t-il qu'il ne tient qu'à la victime de prétendre à l'égalité avec son persécuteur. D'une certaine manière, celle-ci peut choisir son camp. Justine sera souvent sollicitée, sans succès, par des libertins désireux de s'en faire une alliée (la Dubois en particulier).

Page 213.

41. C'est toujours le libertin qui finalement doit profiter de la bonne santé de sa victime. « Telles sont les fonctions de la nourriture dans la cité sadienne (écrit Barthes) : restaurer, empoisonner, engraisser, évacuer, toutes se déterminent par rapport à la luxure, toutes sont pourtant d'un détail très varié. »

Page 217.

42. Dans la présentation qu'il fait des notes sur feuillets qui servirent à Sade pour la transformation de *Justine ou les malheurs de la vertu* en *La Nouvelle Justine,* Maurice Heine insiste avec raison sur le développement descriptif du couvent où Thérèse se laisse prendre, lequel ne comprend plus quatre moines mais six ainsi que dix-huit garçons et trente filles : « on devine là, écrit-il, une réminiscence de la prodigieuse affabulation des *120 journées de Sodome,* ce manuscrit de prédilection, à jamais perdu pour celui qui put le croire anéanti avec cette Bastille aux pierres de laquelle il l'avait confié. Sans doute s'efforçait-il d'en reconstituer de mémoire quelques situations ». Tome VII, Œuvres complètes, Cercle du Livre précieux, p. 414.

43. A l'époque où Sade rédige ce texte, l'ordre des bénédictins (traditionnellement respecté pour ses richesses matérielles et spiri- tuelles et sa puissance politique qui en faisaient un Etat dans l'Etat) est menacé, puis il est supprimé par la Révolution. Il sera réhabilité sous Louis-Philippe. Si Sade s'attaque à cet ordre en particulier, c'est

424

peut-être parce que celui-ci jouissait d'une grande réputation ; le dénigrement n'en est que plus fort.

Page 222.

44. La compromission du pape dans de sombres histoires de mœurs est un thème qui revient fréquemment sous la plume de Sade (par exemple, le pape Brashi dans *Juliette*). Elle est la preuve que Sade ne craint pas, en matière de religion, de frapper au plus haut.

45. C'est précisément la bonne foi du peuple et la crédulité des dévots qui, selon Sade, entretiennent fâcheusement la religiosité d'une civilisation, laquelle a tout à perdre de cette situation si elle se targue d'être tant soit peu philosophe. Dans l'esprit de Sade, la raison se doit de détrôner avantageusement la religion (de même que le roi sera détrôné par la République). On retrouve l'exigence philosophique de *La Philosophie dans le boudoir* et notamment du texte : *Français encore un effort si vous voulez être républicains,* consacré à la religion, dont il est fait lecture au milieu de scènes de débauche. Bref, mieux vaut se méfier avant tout de ce que Sade appelle la « racaille tonsurée »...

Page 224.

46. Le vêtement, comme la nourriture, est soumis dans le monde sadien à une codification très stricte. Il est le pivot d'une théâtralisation érotique variant avec les « classes » des victimes (garçon/fille — vierges/dépucelés, etc.), ce qui lui confère une double existence : fonctionnelle et symbolique.

Page 232.

47. La justification du moine Clément qui va suivre, absente des *Infortunes de la vertu* où le séjour passé au couvent est très édulcoré, est repris presque mot à mot dans *La Nouvelle Justine* sous le titre : *Dissertation philosophique.*

Page 234.

48. Nous voudrions attirer l'attention du lecteur sur l'étonnante modernité de ce texte de Sade, lequel préfigure, à sa manière

(remplaçons, par exemple, le mot « imagination » par « fantasme » ou « libido ») la théorie du désir freudienne : le désir non qualifié, sauvage ne se concrétise dans l'objet qu'à partir d'une expérience sensible refoulée dont il ne reste que le symptôme, « si le choc de l'objet aperçu, écrit Sade, frappe l'imagination d'une manière agréable, elle l'aime, bien que cet objet n'ait en lui aucun agrément réel ».

Page 236.

49. Le matérialisme de Sade, bien qu'il s'apparente philosophiquement au matérialisme du XVIIIe siècle, s'enrichit d'un principe fondamentalement différent : le mal est un don naturel et l'éducation n'y pourra rien changer. L'homme ne peut échapper au déterminisme de la Nature qui l'a fait loup plutôt qu'agneau et ce malgré lui. Dès lors la responsabilité de celui qui ne jouit que dans le malheur des autres se voit être totalement dégagée...

Page 251.

50. Ici intervient, dans *La Nouvelle Justine,* l'histoire du moine Jérôme, laquelle introduit, telle une table gigogne, une autre série d'horreurs interrompant l'horreur présente. Ce procédé est fort souvent utilisé par Sade (*Juliette, Les 120 journées de Sodome,* surtout) : il est une manière de « relancer » l'intérêt et de monter d'un nouveau degré dans l'orgie, en donnant de plus au lecteur l'impression qu'elle se poursuit à l'infini.

Page 261.

51. Dans *Les Infortunes de la vertu,* Justine ne s'évade pas : les moines tortionnaires, promus à de nouvelles fonctions, sont remplacés par des moines vertueux qui libèrent les prisonnières. L'épisode de la fuite rend les deux versions ultérieures plus inquiétantes et plus noires :
1) il n'existe pas, semble-t-il, de moine intègre,
2) la disparition de Justine ne nous empêche pas de nous inquiéter du sort qui sera réservé aux autres victimes des moines,
3) Justine, en s'enfuyant, tombe dans un tas d'ossements qui lui confirment la mort de jeunes filles disparues précédemment et dont on n'avait eu aucune nouvelle.

Page 268.

52. Les récits qui vont suivre ne figurent pas dans *Les Infortunes de la vertu.* Le premier est précédé dans *La Nouvelle Justine* par la rencontre avec le couple d'Esterval dont les manies consistent à assassiner les voyageurs (Justine doit servir de rabatteuse). Monsieur de Guernande saigne sa femme avec la complicité des d'Esterval et du comte de Bressac, revenu là de manière inattendue et qui se trouve être le neveu de Guernande : le vice est une grande famille...

Page 290.

53. La justification de Guernande sur ses crimes sanguinaires se retrouve intégralement dans *La Nouvelle Justine.*

Page 293.

54. Monsieur de Guernande fait usage de la sophistique habituelle : la Nature ayant créé des êtres faibles et des êtres forts, est seule responsable de l'utilisation que les hommes font de cette inégalité naturelle.

Page 294.

55. La misogynie de Guernande n'est pas le fait de tous les héros libertins de Sade, lesquels accordent parfois — précisément dans le libertinage — les mêmes droits aux femmes qu'aux hommes. « La société des Amis du crime », dans l'*Histoire de Juliette,* accueille les libertins des deux sexes du moment qu'ils font la preuve de la plus grande perversité possible. (Voir l'Introduction).

Page 298.

56. Dans *La Nouvelle Justine,* le récit des orgies de Monsieur de Guernande sont interrompues par l'arrivée des Verneuil et de leur famille, ce qui donne lieu à d'autres divertissements orgiaques « d'un genre neuf », précise Sade, de la part de tous ces gens ainsi réunis (inceste, coprophagie, etc.) et qui fondent une sorte de « société » criminelle annonçant celle de *Juliette.*

Page 310.

57. Sade reviendra souvent sur la nécessité de définir avec

précaution la notion de vertu et de la distinguer des illusions qu'elle fait naître : la bienfaisance en est une.

Page 312.

58. Sade prend ici, sur des bases matérialistes identiques le contre-pied absolu de J.J. Rousseau.

Page 313.

59. La colère de Justine (dont on connaît la compassion) étonne le lecteur ; elle le soulage également. Dans *La Nouvelle Justine,* roman plus noir, Justine est immédiatement punie de son impudence par Saint-Florent qui la cède à son valet Lafleur.

Page 314.

60. Dans *La Nouvelle Justine,* Justine tombe dans une trappe où des brigands l'attendent (hommes et femmes) ; elle y subit encore de nouvelles attaques.

Page 315.

61. A ce point précis du récit, nous retrouvons la Justine des *Infortunes de la vertu.* L'histoire redevient semblable dans les trois versions successives (dans *Les Infortunes de la vertu,* Monsieur Dalville remplace Roland, Monsieur de Corville).

62. Il semble en effet que Justine se jette dans les sentiers de la vertu avec la même passion que ses bourreaux dans ceux du vice. C'est un mouvement naturel de sa part, comme sont naturelles les pulsions destructrices des libertins. (Voir l'Introduction).

Page 318.

63. Sade choisit volontiers pour lieux de débauche des châteaux ou demeures solitaires, au bout du monde, et renoue ainsi avec la tradition du roman d'épouvante : le théâtre des *120 journées de Sodome* est une forteresse isolée du reste du pays aux antipodes — au sens propre et au sens figuré — de la civilisation. R. Barthes en postface des œuvres complètes de Sade (Cercle du Livre précieux, Tome XVI, Etudes critiques, p. 510-511) souligne l'aspect

« acharné » de la clôture sadienne : « elle a, dit-il, une double fonction ; d'abord isoler, abriter la luxure des entreprises punitives du monde, solitude libertine qui n'est pas seulement une précaution d'ordre pratique mais également une qualité d'existence, une volupté d'être ». Ensuite, cette clôture « fonde une autarcie sociale qui permet le système, c'est-à-dire l'imagination... La cité sadienne ne tient pas seulement par ses plaisirs mais aussi par ses besoins : il est donc possible d'esquisser une ethnographie du village sadien ».

Michel Foucault, dans l'*Histoire de la folie,* interprète d'une manière plus générale le goût de Sade pour les lieux de clôture ou d'enfermement. Il n'est pas seulement pour lui la conséquence immédiate d'une expérience individuelle de l'emprisonnement mais il correspond à « un fait culturel massif qui est apparu précisément à la fin du XVIIIᵉ siècle et qui constitue une des plus grandes conversions de l'imagination occidentale ». Ainsi, il précise : « l'apparition du sadisme se situe au moment où la déraison enfermée depuis plus d'un siècle et réduite au silence, réapparaît non plus comme figure du monde, non plus comme image, mais comme discours et désir... Toute cette brusque conversion de la mémoire occidentale à la fin du XVIIIᵉ siècle, avec la possibilité qui lui a été donnée de retrouver, déformées et douées d'un sens nouveau les figures familières à la fin du Moyen Age, n'a-t-elle pas été autorisée par le maintien et la veille du fantastique dans les lieux mêmes où la déraison avait été réduite au silence ? » La déraison de Sade mais aussi celle de tout un siècle, s'exprime enfin ; la cellule n'est que l'endroit privilégié d'où cette parole doit sortir...

Page 325.

64. Dans *Les Infortunes de la vertu,* Sade nous épargne la scène du caveau mortuaire.

Page 336.

65. La dissertation de Roland, la deuxième descente au caveau et l'expérience qui suit, ne figurent pas dans *Les Infortunes de la vertu.* La dernière phrase confirme l'idée, suggérée plus haut : le criminel du roman sadien est prêt à considérer comme son égale la femme qui, pour des raisons de circonstances, se trouve en son pouvoir.

66. Nous en avons la description dans *La Nouvelle Justine* qui ne se refuse aucun détail...

67. Cette anecdote est importante dans la mesure où elle inverse les rapports de force entre le bourreau et la victime. Elle annonce également l'*Histoire de Juliette* et la « Société des Amis du crime » où l'on ne peut entrer qu'après avoir montré des preuves d'endurance et bravé la mort dans un surplus de jouissance. Il s'agit bien ici de ce qu'on appelle « le libertinage intégral », lequel ne se conçoit que sous la menace permanente de la mort pour celui qui s'y adonne vraiment.

68. Dans *Les Infortunes de la vertu,* il ne s'agit que d'une maîtresse de Roland. Dans *La Nouvelle Justine,* il s'agit également de sa sœur, enceinte de lui, et dont la mort dépasse en horreur toutes les horreurs passées. Justine finira par être enterrée vive sur le corps de la malheureuse et sur celui de sa plus intime compagne, jusqu'à l'arrivée de Dalville.

69. Il s'agit de celui que Sade appelle encore M. Servan. Maurice Heine s'est interrogé, avec bien d'autres, sur ce personnage de la magistrature dont Sade ne cesse de faire l'éloge. Il pourrait correspondre à un personnage réel : l'avocat général Joseph-Michel-Antoine Servan, grenoblois, célèbre par son éloquence et son libéralisme, que Sade eut d'ailleurs à consulter pour ses propres affaires, auteur d'une ironique *Apologie de la Bastille* où notre prisonnier trouva paraît-il bien des consolations...

70. Ce texte de la Dubois, commun aux trois versions, rappelle une idée chère au Sade philosophe : dans un monde corrompu, il est toujours préférable de choisir la voie du vice, toute tracée. Il est difficile une fois encore de ne pas songer ici à la rancœur personnelle d'un homme qui a eu à souffrir et souffre encore de l'imperfection de

son siècle et qui ne cessa, à sa manière, d'en dénoncer les abus et l'injustice.

Par ailleurs, du point de vue de la structure romanesque, la conversation de Justine (provisoirement à l'abri des malheurs) avec la Dubois, permet au lecteur de s'accorder une trêve, de respirer, avant de reprendre une lecture un peu éprouvante. C'est un faux épilogue, un semblant de dénouement, tremplin à de nouveaux tourments pour l'héroïne.

Page 356.

71. Sur le problème de la relativité des lois, Sade emprunte beaucoup à Montesquieu, mais ce n'est qu'un point de départ théorique ; de même que Rousseau est utilisé jusqu'à l'extrême limite de son raisonnement, c'est-à-dire détourné, Montesquieu est ici tout à fait extrapolé au gré de la sophistique sadienne.

Page 357.

72. C'est la première fois que pour s'opposer à son interlocuteur, Justine se place sur le même terrain que lui, à partir des mêmes principes et fort habilement ici. Curieusement, la Dubois élude la question embarrassante de Justine et nous restons, nous-mêmes, sans réponse de Sade à une interrogation pourtant décisive.

Page 366.

73. La vengeance de la Dubois n'apparaît pas dans *Les Infortunes de la vertu*. Dans les deux autres versions, elle rend plus cruelle encore l'injustice subie par Justine pour avoir voulu sauver Dubreuil.

Page 371.

74. Ces métaphores précieuses dont Sade fait parfois usage, sont d'autant plus remarquables qu'elles s'insinuent, paradoxalement, à l'intérieur des descriptions les plus crues, les plus obscènes. Sade ne fait que recourir (sans doute avec un humour un peu provocateur étant donné le contexte) au langage amoureux particulier au roman du XVIIIe siècle, — dans lequel excelle Marivaux notamment — où chaque geste galant, chaque événement érotique sont transposés symboliquement dans des phénomènes naturels (botaniques, culinai-

res, etc.) On peut dire que dans *Justine*, le recours à la métaphore n'est qu'un moment provisoire de l'écriture sadienne puisqu'elle disparaît totalement de *Juliette*, roman de la nudité absolue, exclusivement préoccupé de la crudité et de l'obscénité du langage. R. Barthes n'a pas tort lorsqu'il constate que « les transgressions du langage possèdent un pouvoir aussi fort que les transgressions morales et que la poésie qui est le langage même des transgressions du langage est de la sorte toujours révolutionnaire ».

Page 372.

75. Il semble que l'*Histoire de Justine* donne à Sade l'occasion de nous faire traverser toutes les variétés possibles des déviations sexuelles. Chaque héros libertin a finalement sa spécialité : l'anthropophagie, l'inceste, la sodomie, le vampirisme, le coupage de têtes, etc.

76. Une description détaillée de la guillotine infernale et de l'usage qu'on en fit auprès d'Eulalie s'intercale dans *La Nouvelle Justine* : c'est une merveille d'ingéniosité et cela dépasse en imagination tout ce que nous avons pu lire jusque-là (au dire même de l'auteur !).

Page 377.

77. Dans *Les Infortunes de la vertu*, il n'est pas précisé si l'incendie est d'origine criminelle. Le fait que la Dubois soit à la poursuite de Justine (dans les deux autres versions) ajoute encore au suspens et à l'inquiétude du lecteur.

Page 382.

78. C'est le futur partisan révolutionnaire qui parle ici, le futur citoyen de la *Section des Piques*. L'injustice sociale n'est pas le fruit d'une imagination romanesque mais une réalité contre laquelle tout philosophe se doit de prendre position. L'institution judiciaire fondée sur la richesse, le rang et la réputation, demeure l'un des bastions les plus redoutables de l'Ancien Régime. Contre elle, à sa façon, Sade part en guerre.

Page 391.

79. La visite de Saint-Florent n'a pas place dans *Les Infortunes de*

432

la vertu où le récit de Justine s'achève sur un réquisitoire contre la Justice des riches et un triste bilan des aventures de l'héroïne.

Avec l'épisode de Cardoville, homme de robe, c'est l'ultime épreuve pour Justine et la boucle est bouclée : le vice, la dépravation ont envahi tout ce que l'Institution offre traditionnellement de plus sacré. Après la médecine, la religion, c'est désormais la magistrature qui est en question à nouveau.

80. Magistrat — homme de loi (aujourd'hui terme péjoratif).

Page 414.

81. Le dénouement de *Justine ou les malheurs de la vertu* est repris du texte des *Infortunes de la vertu*. Dans les deux cas, on ne peut s'empêcher d'être sensible aux artifices par lesquels Sade provoque la virevolte de Mme de Lorsange et tente de légitimer aux yeux de son lecteur, un tel ouvrage.

La Nouvelle Justine ne prend pas de telles précautions. Sade ne s'arrête pas en chemin et assume la noirceur jusqu'au bout. Justine rencontre sa sœur, Juliette, qu'une existence dévoyée a conduite au sommet de la gloire et de la richesse. Juliette écoute avec curiosité — mais sans remords d'aucune sorte — le récit de Justine puis s'apprête à raconter à sa sœur ses propres aventures (*Histoire de Juliette*). Nous retrouverons Justine à la fin de ces interminables récits, scandalisée et en larmes. Les amis libertins de Juliette en profiteront pour lui faire subir quelques orgies de leur choix. Juliette et ses acolytes délibèrent maintenant sur le sort de l'infortunée Justine et décident de la livrer à l'orage démesuré qui se forme dans la nuit en pariant qu'elle mourra foudroyée. C'est en effet ce qui se produit : Justine est traversée par un éclat de foudre. Mais jusqu'au bout le libertinage sera donc son destin : « la foudre, entrée par la bouche était sortie par le vagin » : d'affreuses plaisanteries sont faites sur les deux routes parcourues par le feu du ciel.

— « Qu'on a raison de faire l'éloge de Dieu, dit Norceuil ; voyez comme il est décent : il a respecté le cul. »

Justine, morte, subira les derniers outrages qu'une fois encore la Providence aura permis de suggérer dans les âmes noires nées de sa complaisance...

Dans la *Philosophie dans le Pressoir,* texte critique sur Sade, Philippe Roger ne manque pas de commenter la mort foudroyante de

Justine au travers des trois versions successives du roman. Elle semble, à elle seule, symboliser la noirceur mais aussi la vérité transgressive qui régissent les textes dans leur progression scélérate : Dans *Les Infortunes de la vertu* la foudre traverse le sein et remonte vers le visage, pudiquement ; dans *Justine ou les malheurs de la vertu*, elle ressort par le ventre avec, encore, une relative retenue, mais dans *La Nouvelle Justine*, elle traverse le vagin comme pour rappeler l'obsession sexuelle du libertinage et la volonté d'en révéler les plus profonds ancrages. C'est pourquoi P. Roger peut parler d'une « vérité-foudre ».

82. Bien que nous nous refusions à porter sur Sade tout jugement moralisant, il est difficile d'être dupe de la véracité des quelques lignes qui vont suivre, surtout lorsqu'on a entre les mains l'ultime version de Justine, laquelle ne s'embarrasse d'aucune justification. Difficile de croire réellement que Sade n'avait d'intentions, en écrivant ce texte, que pédagogiques et didactiques... Dix lignes de mise au point avec la morale ne parviennent pas à faire oublier trois cents pages de violation systématique de cette même morale. Il s'agit bien là pour Sade d'une acrobatie de dernière minute destinée à désarçonner les censeurs (elle sera efficace d'ailleurs à en croire le succès provisoire que connut le roman dans le monde des lettres à l'époque).

Sade est encore prêt à accorder quelques ménagements à ses lecteurs, prêt à faire quelques concessions. Quelques années plus tard, accablé par l'emprisonnement, victime de l'intransigeance définitive de ses juges et de ses proches, déçu enfin par les excès et les maladresses de la Révolution, il ne fera même plus l'effort de se justifier et s'enfermera pour toujours dans le monde noir de l'immoralité auquel les hommes, d'ores et déjà, l'avaient destiné.

ANNEXES

Rappelons quelle fut la genèse de *Justine*. Nous avons pour nous y aider les infatigables travaux de M. Heine et de son successeur Gilbert Lely qui en retracèrent avec exactitude l'anecdote. Sur la paternité de *Justine*, la lumière a été faite, malgré les efforts de Sade pour s'en démarquer. Ecrivant à son avocat le 12 juin 1791, Sade justifie l'écriture de ce roman par un pressant besoin d'argent et les exigences libertines d'un Editeur avide d'un texte « bien poivré » ; bref il la « renie » sa *Justine*, avec plus de naïveté finalement que de mauvaise foi. Plus tard, en 1798, alors que *La Nouvelle Justine* vient tout juste de paraître, il s'entête, il ne renie plus, il nie tout simplement : « Il est faux, absolument faux que je sois l'auteur du livre ayant pour titre : *Justine ou les malheurs de la vertu* », affirme-t-il. En effet, il se propose même « d'attaquer par toutes les voies qu'offre la Justice contre la calomnie, le premier qui se croira permis de le nommer encore pour l'auteur de ce mauvais livre » (quelle ironie !... comme si Sade, à peine remis de longues années d'emprisonnement arbitraire et sur le point d'y être à nouveau réduit, pouvait espérer en une aide quelconque de la justice !). Bien étrange en tout cas, demeure à nos yeux la manière butée que Sade emploie à se défendre d'une vérité dont personne, y compris parmi ses contemporains, n'est dupe. Sa tactique est d'une inefficacité désolante (tous ont mis un nom sous ce livre paru sans signature) et prêterait à sourire si on ne la savait pas couronnée d'une sanction dont la sévérité abasourdit : enfermé à 37 ans pour vie dissolue (pas plus dissolue d'ailleurs que celle menée par l'aristocratie de l'époque, fort éprise de libertinage), Sade, hormis quelques rares moments de liberté, notamment au moment de la Révolution française, n'aura d'autre horizon, jusqu'à sa mort, que les murs d'une prison ou d'un asile. C'est une œuvre de reclus qu'il nous faut lire ici, ce sont les professions de foi d'un prisonnier qu'il nous faut entendre, constamment, nous qui jouissons avec bonne conscience, d'une entière, d'une luxueuse liberté d'actes et de paroles, nous qui jugeons au nom de la littérature. Allons, Monsieur de Sade, renoncez donc à renier l'œuvre la plus belle, la plus risquée qu'il vous fut donné d'écrire ! Nous savons tout de votre *Justine* : comment elle est née, comment elle survécut, comment elle enfanta d'œuvres plus risquées, plus explosives encore !

Un jour de 1909, fouillant parmi des manuscrits que le hasard avait jetés là, G. Apollinaire découvrit à la Bibliothèque nationale un conte inédit de Sade : *Les Infortunes de la vertu* dont il fit une description détaillée, reprise plus tard par M. Heine : ô surprise, nous nous trouvions en présence d'un texte étonnamment semblable à *Justine ou les malheurs de la vertu*. Des notes autographes, des tableaux récapitulatifs d'une extrême précision et huit pages de brouillon permirent à M. Heine de reconstituer son histoire et d'affirmer avec certitude qu'il s'agissait bien là d'une version primitive de notre *Justine* écrite par Sade en 1787, dans les forteresses de la Bastille, en 15 jours, et malgré une douloureuse affection oculaire due sans doute, partiellement, à l'inconfort du prisonnier.

Ce conte philosophique, d'un style voltairien faisait partie d'un ensemble d'autres contes auxquels semble-t-il Sade renonça, le transformant après une année d'additifs successifs (rendant d'ailleurs le déchiffrage de M. Heine particulièrement délicat) en un roman véritable, dont la lecture est fort instructive pour ceux qu'intéressent la mise en place du système sadien et surtout son ancrage progressif dans le « roman noir ». Par rapport à *Justine*, *Les Infortunes de la vertu* représentent donc un moment de formation : le style y est encore conventionnel, l'héroïne également, le ton supportable, les événements vraisemblables et la morale sauvegardée. Quatre ans plus tard, ce roman-conte va servir à Sade de plan de travail pour la mise en place de la version beaucoup plus violente et agressive qu'est *Justine,* conçue, il faut le préciser, hors prison. Cette fois Sade va s'engager avec plus d'ostentation dans la voie déjà tracée, mais jusque-là édulcorée, de la description du crime. C'est pourquoi il prend tant de précautions à préfacer *Justine*[1], pourquoi il reconnaît bien volontiers que la route suivie par lui, fut, jusque-là bien « peu frayée », certain cependant que le détour en vaut la peine et conscient (qui sait ?) de l'irréductibilité d'un tel choix philosophique et littéraire.

Mais l'aventure de *Justine* est loin d'être finie. Engendrée par *Les Infortunes de la vertu, Justine* à son tour donne, six ans plus tard, naissance à une *Nouvelle Justine* dont on peut dire qu'elle marque le point culminant dans la gradation libertine où s'inscrivent les trois versions successives. Quelque cent onze feuillets rédigés par Sade pour sa composition (retrouvés en 1926 dans une vente publique) apportent la preuve finale de la triple paternité de Sade. Pourtant, je dirai que si des *Infortunes* à *Justine* la différence est de degré (tout y est plus développé quantitativement : la violence des tortionnaires, les humiliations de la victime mais aussi les arguments philosophiques invoqués) de *Justine* à *La Nouvelle Justine,* la différence est de nature. Un pas décisif et définitif a été franchi. Il n'est plus question de ménager le lecteur, de feindre les bonnes intentions et de recourir à l'artifice du « happy-end ». Pour Sade qui l'écrit, pour nous qui le lisons, *La Nouvelle Justine* circonscrit un lieu hyperbolique, un point de rupture, un ailleurs, où le jeu des passions, la sophistique des héros, la douleur s'expriment autrement. Enhardi par l'affaiblissement du régime politique mais surtout exaspéré par la fatalité de l'incarcération, Sade a changé, bien changé depuis *Les Infortunes de la vertu...*

. Personne ne peut imaginer qu'à cette date, il a déjà rédigé *Les 120 journées de Sodome* (plus insoutenables que les plus insoutenables récits de *Justine*), sur un parchemin de fortune, abandonné au creux des pierres de sa prison, manuscrit qu'il croira d'ailleurs perdu à tout jamais et « sur la perte duquel il versera des larmes de sang ».

Si le destin littéraire de Sade est exceptionnel, si les limites extrêmes où l'on conduit sa vie d'homme et de créateur sont sans égal, il serait faux de dire que Sade fut l'inventeur du roman noir. Ce serait méconnaître le courant romanesque gothique qui en Angleterre, de Richardson à Anne Radcliffe, inaugure un nouveau style d'écriture délibérément hostile au roman langoureux traditionnel. On y préfère des passions malheureuses, des châteaux terrifiants, une nature déchaînée contre quelques infortunées créatures : *Les Mystères d'Udolphe* côtoient d'une manière édifiante *La Nouvelle Justine* comme *The romance of the forest*, *Les Infortunes de la vertu*.

Mais il est encore plus difficile d'oublier dans ce « compagnonnage » (même lointain) de Sade, la figure de Choderlos de Laclos. Longtemps d'ailleurs pour la postérité, ils seront identifiés dans leur influence malfaisante. Ainsi le Tribunal d'Apollon (17e chambre correctionnelle) dicte-t-il en 1800 son verdict : « Il est prouvé que le roman des *Liaisons dangereuses* a fait plus de mal aux mœurs depuis quelques années que n'en ont fait dans un siècle entier toutes les productions de ce genre. L'infâme roman de *Justine* est le seul qui lui dispute à peine la criminelle supériorité dans le nombre de ses victimes. » Laclos sera quand même le premier réhabilité puisque Sade — et peut-être est-ce précisément sa grande force que d'échapper pour toujours à la consécration — fait naître, encore et toujours, d'irrépressibles mouvements d'incompréhension ou de refus. Ceci précisé, nous savons bien que dans une œuvre comme celle du Marquis de Sade (il nous reste à peine le quart de ce qu'il écrivit...) l'incidence littéraire ne peut avoir d'intérêt qu'anecdotique et ne suffit pas à expliquer, ni même à approcher, l'aspect profondément subversif de son contenu, le parti pris résolument transgressif de son projet.

CHRONOLOGIE

1740 (2 juin) Naissance à Paris de Louis Alphonse François, Marquis de Sade, Seigneur de La Coste et de Saumane, Co-Seigneur de Mazan (inscrit sur les registres des baptêmes sous les prénoms de Donatien-Alphonse-François).

> 1740-1748 Guerre de Succession d'Autriche

1750 Entrée au Collège Jésuite d'Harcourt à Paris.

1754 Entrée à l'Ecole des Chevau-légers.

1755 Sous-lieutenant d'infanterie au régiment du Roi.

> 1756 Début de la Guerre de 7 ans

1757 Capitaine de cavalerie, Sade participe à la Guerre de 7 ans.

1763 (15 mai) Signature du contrat de mariage entre le Marquis de Sade et Renée-Pélagie de Montreuil.

> Traité de Paris : Défaite de la France

(29 octobre) Première incarcération de Sade au Donjon de Vincennes, pour 15 jours. Motif : « débauches outrées ».
(13 novembre) Sade est assigné à résidence au Château d'Echauffour, propriété des Montreuil.

1767 (24 janvier) Décès du comte de Sade.

1768 (3 avril) Accusé de flagellation sur la personne de Rose Keller, Sade est interné sur ordre du roi au Château de Saumur puis à Pierre-Encise.

(16 novembre) Libéré sur ordre du roi, Sade est assigné à résidence au Château de La Coste.

1769 (mai) Retour de Sade à Paris.

1772 (juin) Partie de débauche à Marseille entre Sade, son valet Latour et quatre prostituées lesquelles se plaignent d'avoir été droguées à l'anis et à la cantharide. Sur la plainte officielle de Marguerite Coste, Sade et Latour sont accusés d'empoisonnement et de sodomie. Sade fuit en Italie avec sa belle-sœur, Anne Prospère de Launay.

(3 septembre) Sentence du procureur à Marseille : Sade et Latour sont exécutés en effigie le 12 septembre.

(8 décembre) Arrestation de Sade à Chambéry (sur dénonciation de Mme de Montreuil). Détention au fort de Miolans.

1773 (30 avril) Sade s'évade de Miolans et réside à La Coste.

1774 Avènement au pouvoir de Louis XVI

1774 (6 janvier) Perquisition à La Coste.

1776-1781 Ministère de Turgot

1775 (janvier) Une nouvelle procédure est engagée à Lyon contre Sade, accusé d'avoir enlevé cinq petites filles. L'affaire est étouffée grâce à Mme de Montreuil.

(juin) Une des chambrières de La Coste menace Sade d'un scandale peu clair, sans succès.

(juillet) Sade s'enfuit malgré tout en Italie.

1776 (juin) Retour en France. Sade rapporte de son voyage quelques éléments d'un ouvrage qu'il n'achèvera pas sur les villes de Rome, Florence, Naples, etc.

1776-1781 Ministère de Necker

1777 Décès de la mère de Sade.

(13 février) Sade est arrêté et enfermé au Donjon de Vincennes.

1778-1783 Guerre d'indépendance des Américains

1778 (juin) Sade quitte Vincennes pour Aix-en-Provence escorté par l'Inspecteur Marais.
(16 juillet) Sade s'évade à l'étape de Valence. Il se réfugie à nouveau à La Coste.
(19 août) Sade est repris et enfermé à Vincennes.

1780 C'est l'année où Sade commence à écrire.

1781 (avril) Une comédie : *L'inconstant*.

1782 (juillet) *Le dialogue entre un prêtre et un moribond*.

1783 (mars) Une tragédie : *Le Prévaricateur,* deux comédies : *La folle épreuve ou le Mari crédule*.

1784 (29 février) Sade est transféré à la Bastille.

1785 Sade rédige *Les 120 journées de Sodome ou l'Ecole du Libertinage*.

1786 Il commence *Aline et Valcour*.

1787 (8 juillet) Sade termine en 15 jours *Les Infortunes de la vertu* (1ʳᵉ version de *Justine*).

1788 Emeutes à Paris, Grenoble, Toulouse, Rennes

1788 Sade enrichit *Les Infortunes de la vertu,* transformant le conte en un roman : *Justine ou les malheurs de la vertu*.

(août) Convocation des Etats Généraux

puis, *Eugénie de Franval*
et *Le catalogue raisonné des œuvres de M. Sxxx*.

1789 (1ᵉʳ mai) Réunion des Etats Généraux

1789 (2 juillet) Sade fait un scandale depuis la fenêtre de sa prison, réclamant la libération des prisonniers de la forteresse.

(4 juillet) A la suite de cette action, Sade est transféré à Charenton. Ses manuscrits sont mis sous scellés (sauf *Les 120 journées de Sodome* qu'il parvient à cacher dans les pierres de sa prison.

(14 juillet) Prise de la Bastille

(26 août) Déclaration des droits de l'homme

1790 (2 avril) Sade est libéré grâce à un décret de l'Assemblée constituante.

(9 juin) Sade se sépare de sa femme (complice à ses yeux de Mme de Montreuil).

(juillet) Sade devient citoyen actif de la Section des Piques (Place Vendôme).

(3 août) La pièce *Le Suborneur* est jouée au théâtre Italien.

(25 août) Rencontre de Sade avec Marie Constance Renelle, épouse délaissée de B. Quesnet et qui restera la plus fidèle amie de l'écrivain jusqu'à sa mort à Charenton.

Entre août et octobre, Sade propose à divers théâtres quelques-unes de ses pièces qui ne seront jamais jouées sauf *Le Comte d'Oxtiern ou les effets du libertinage.*

1791 Manifestation du Champ de Mars

1791 Sade est édité :

— Un opuscule politique (*Adresse d'un citoyen de Paris au roi des Français*) ;

— *Justine ou les malheurs de la vertu.*

1792 Déclaration de guerre de l'Autriche

1792 Publications politiques de Sade dans le cadre de la Section des Piques, notamment la célèbre : *Idée sur le mode de la sanction des lois,* qui le rend populaire.

1792 (10 août) Chute de la royauté

1793 (juin) « La Terreur »

1793 (décembre) Sade est arrêté et ses divers transferts lui épargnent la guillotine. Il est à nouveau libre le 1er octobre.

1794 (juin) Renversement du Comité de Salut Public

1795 Deux de ses œuvres majeures sont publiées en août :
— *Aline et Valcour ;*
— *La Philosophie dans le boudoir.*

1795 Le Directoire

1797 Exécution de G. Babeuf

1799 An VIII Publication *d'Oxtiern ou les malheurs du libertinage.*

1799 (novembre) Le Consulat. Napoléon Bonaparte 1er Consul

1800 Une édition de *Justine* est saisie. C'est le début des poursuites contre l'écrivain Sade.

1801 (6 mars) Sade est arrêté chez son éditeur.
(3 avril) Sade est interné à Sainte-Pélagie comme auteur de *Justine* et de *Juliette.*

1803 (mars) Sade est transféré à Bicêtre, puis :
(avril) Maison de santé de Charenton.

1804 Napoléon Ier, empereur des Français

Entre 1803 et 1807 Sade continue d'écrire à Charenton (*Les Notes littéraires, les Journées de Florbelle*) alors que ses textes sont saisis dans la plupart des librairies et dans sa propre chambre.

1808 Sade dirige des représentations théâtrales jouées par les malades de Charenton.

1810 Mort de Madame de Sade.
Entre 1812 et 1813 Sade achève *Adélaïde de Brunswick, princesse de Saxe, événement du 11e siècle,* puis *Isabelle de Bavière, reine de France,* enfin, *La marquise de Gange.*

1814 Abdication de Napoléon Ier

1814 (2 décembre) Mort de Donatien, Alphonse, François de Sade, à l'asile de Charenton.

DU MÊME AUTEUR

Achevé d'imprimer par Dupli-Print,
à Domont (95), le 2 novembre 2014.
Dépôt légal : novembre 2014.
Premier dépôt légal : octobre 1990.
Numéro d'imprimeur : 2014102913.

ISBN 978-2-07-073851-9/Imprimé en France

279780